一夜盛开如芙蓉

中短篇小说集

李开梅◎著

中国出版集团
现代出版社

图书在版编目（CIP）数据

一夜盛开如芙蓉/李开梅著. --北京：现代出版社，2017.4
ISBN 978-7-5143-5998-5

Ⅰ. ①一… Ⅱ. ①李… Ⅲ. ①中篇小说－小说集－中国－当代
②短篇小说－小说集－中国－当代 Ⅳ. ①I247.7

中国版本图书馆CIP数据核字（2017）第072044号

一夜盛开如芙蓉

作　者	李开梅
责任编辑	李　鹏
出版发行	现代出版社
地　址	北京市安定门外安华里504号
邮政编码	100011
电　话	010-64267325 010-64245264（兼传真）
网　址	www.1980xd.com
电子邮箱	xiandai@vip.sina.com
印　刷	三河市京兰印务有限公司
开　本	710×1000　1/16
印　张	22
版　次	2017年7月第1版　2020年1月第2次印刷
书　号	ISBN 978-7-5143-5998-5
定　价	49.80元

目录

CONTENTS

用我的方式永远爱你

惊蛰刚过，如云似火的桃花便灿烂了整个村庄。

这是一个平常而寂静的早晨，秀云和念念行走在密密的桃林里，秀云满脸凝重，一言不发。念念在后面不紧不慢地跟着，不时调皮的摘下一两朵沾满露水的花瓣凑在鼻子前嗅嗅。

露珠儿还未收尽，她们已将身后一片粉红的村庄拉得好远好远。

临近午后，远远的石径上，飘扬的经幡从寺院高大的围墙里若隐若现，袅袅的经文在云淡风轻的天空低回飘荡。

从念念记事起，每年的惊蛰，秀云都会带念念到这个寺院里来。念念问过无数次为什么，得到的答案永远是妈妈的沉默。

石板路上踏过念念绣了桃花的布鞋，洁白的球鞋，高跟的皮鞋，山上红了又绿，绿了又黄，念念从蹦蹦跳跳的孩童，转眼便成了灿若桃花的大姑娘。

三月的寺院，已然是花红柳绿，蜂飞蝶舞。念念小时候，随妈妈一起磕完头，就会一个人偷偷地跑出殿门，来到院子里，寺院的门前左右各有一个荷塘，念念喜欢看被人放生的老龟慢腾腾的在池里嬉戏。

秀云在门前的香坛里燃上一把香烛，然后跪在大殿的堂前，双手合十，久久不起。

一个人到中年，但眉眼仍旧清秀的和尚，手执念珠，双目紧闭，似对殿前的善男信女视而未见。

二十二年前。

如花似玉的秀云，浪漫天真的秀云，对爱情充满渴望与幻想的秀云，桃花村里的赤脚医生秀云。

媒人来提亲，说的是村东的林立，真格是男才女貌，门当户对，秀云心里那个高兴啊，真是无法言说。

上学时，林立比秀云高两个年级，他是学校的广播员，每天的早操，林立站在最前面，为大家做着示范，秀云满脸崇拜地跟着那个喊一二三四的林立做广播体操；

乡里组织青年歌手大赛，林立一首《在那桃花盛开的地方》，唱醉了多少姑娘的心，秀云挤在人堆里，起劲的鼓掌，巴掌都拍红了；

乡里组织青年男女进行民兵训练，林立是民兵连长，一身戎装，英俊挺拔。反正，林立是秀云心中的白马王子，是秀云心中真正的男子汉。

亲订下了，八字发过了，婚期也近了，可秀云无奈地发现，自己的百般温存，都换不来林立的半分欢颜。

渐渐的知道了林立的心事，藏在林立心里的，是一个和他青梅竹马的叫作婉儿的女孩。

婉儿，桃花村心灵手巧的裁缝，一个温婉美丽得令全村女人又嫉妒又同情的女孩，可婉儿是个瘸子，林立哪里能够违抗得了世俗的舆论及父母之命。

女友好心的对秀云说，林立爱的是婉儿。秀云说，可我爱的是他啊，我会用自己的生命去爱他的，我不信，我会比不了一个瘸子，我不信，我会收不了他林立的心！

桃花村手艺超群的裁缝婉儿，为他们缝制了艳丽喜庆的婚衣，绣了鸳鸯戏水的枕头被面，秀云的心里，有过最舒心的胜利感觉。洞房花烛，芙蓉帐暖，秀云羞红了双眸，几经周折，终是赢得与心上人的春宵一刻。林立摇晃着醉酒的身躯，嘴里呼唤着婉儿婉儿，用力扯下了秀云头上龙凤呈祥的盖头，秀云的心一下子降到冰点。

也许，喧闹的宾客还不曾散去，洞房的红烛还未曾燃尽，第二天早晨，桃花村的后河里便漂起了婉儿的尸体。

三月，秀云的小腹微微突起，林立突然不辞而别，只留下了一张便条：秀云，我对不起婉儿，更对不起你，请原谅我。

武玄山的寺院里，多了一个眉清目秀的和尚。

多少个寂寞的夜里，秀云辗转反侧不得而眠。恨过，怨过，悔过，说他是薄幸，却又痴情如许，只是不解，为何世间竟有这样的男子？为了腹中的孩子，为了对他爱的延续，秀云谢绝了所有好心人的提亲。

这一过，便是二十二年。

迎亲的花车上扎满了五颜六色的彩带及九十九朵鲜红的玫瑰，生生把桃花的艳丽给比了下去。

新郎眉角眼梢都是笑，掩饰不住那份暗藏的幸福，拦腰抱起身穿雪白婚纱的念念，在众人的一片起哄声中，一个热吻扎扎实实地盖在念念的嘴上，身后的鞭炮适时而又欢快地炸响。

桃花渐落，青绿的叶子一嘟噜一嘟噜的挂在枝头上。

按照桃花村的习俗，出嫁的姑娘三天后要回娘家过门。

念念穿着大红的衣裙，挽着新郎的胳膊，老远就大声地喊着妈妈妈妈我回来了，但是没有任何回音。

推开门，念念骇然发现，秀云房间的梳妆台前竟然落满了一地的青丝。

林立，你有你永远的方式，我也有我永远的方式。

单翅的蝴蝶

寂寞的少年

我是一个性情孤僻的孩子，从小到大，我几乎从来没有和一个女孩有过任何交往。

我的父亲是我们那个县城里一个小有名气的画匠，他开了一家画廊，经过他的手描绘出来的山水河流、花鸟鱼虫、官宦仕女总是呼之欲出、活灵活现。

在我的记忆里，父亲总是留一头中分的长发，眼神散淡，有着那种惯常的艺术家的忧郁气质。在我十岁的时候，父亲给我和母亲留下了一笔足够的钱，离开了家，离开了我和母亲。一个来自省城的十八岁女孩，来到画廊后与父亲一见钟情，父亲义无反顾的和那个女孩子私奔了。

从此我的生活一下子失去了颜色，父亲，再也不会教我舞文弄墨，教我吟诗作赋，从此，再难得一见母亲的笑容，母亲变卖了画廊，和我住到了乡下外婆家里。

日子一天天过去，父亲一直杳无音讯，我已渐渐淡忘了他的容颜，虽然没有秉承父亲的教诲，但我却继承了父亲的模样，清秀挺拔，有着一双男人少见的大眼睛和羞涩的笑容。但我从来不留和父亲一样的长发，总是那种剪得极短的板寸，透着一份桀骜与不羁。

母亲一直未嫁。随着我一天天长大，母亲总会长久的凝视着我，充满爱怜与无奈。

认识一个天使般的女人

大学毕业后，根据母亲的意愿，我留在省城参加了工作。

那年，我认识了林婉如，她独自带着一个十岁的女儿芯寒生活。

业余时间我几乎都打发在看书上，有时候会写点东西，一来二去的就认识了林婉如，林婉如在一家当地的杂志社任编辑，这家杂志社与我供职的单位就在隔壁。

林婉如是那种性情温婉、柔和的女子，一如她的名字。眉宇间郁结着一股淡淡的清愁，一头长长的秀发，如果是着了一袭湘裙，高挽了云鬓，我定会透过她的身影看见五百年前的月华。岁月在她的身上几乎看不出任何痕迹，如果你看见她们母女两人相拥而过，你一定会觉得她们是姐妹俩。

因为熟悉了，林婉如会邀我去她家吃饭，她的女儿芯寒十分乖巧，是那种安静懂事的孩子，她家书房的墙上一溜排开的张贴着芯寒三好学生的奖状。芯寒做完作业后，会弹一个小时的琴，她熟练的弹奏着一些经典的老曲子，在悠扬的乐曲声中，秋日落叶古道西风在我的脑海中一一闪现，我很喜欢这种氛围。林婉如在厨房忙碌着，时时用沾满菜叶的手撩一下头发，然后轻言细语的和我讨论着某一个话题。她非常惊异于我的博览群书，我对某些事物的看法常常会带给她意想不到的惊喜。还有，关于那些世事利弊，我的措辞总显十分犀利，她说，你可以去为一个专栏作评论的。

在和林婉如的交谈中，我会一改往日的沉静寡言，我的思维格外活跃，我的语言甚至还带有一些幽默的色彩，逗弄得她们母女十分开心。

在林婉如的帮助下，我在省里一家很有名气的刊物上发表了几篇诗作，我还为一家晚报写生活评论，反响都很好。

我曾经偷偷地、小心翼翼地问芯寒，你爸爸呢？芯寒说，我爸爸死了，在我五岁的时候。

我心里不禁一怔，因为从小没有父亲，对芯寒，我总是会有一种惺惺相惜的感觉。

林婉如是那种细腻、易感，内心柔弱外表坚强的女子，有时候，林婉如非常真诚地对我说，小俊，你年纪不小了，姐给你介绍个女朋友吧，我很慌乱地拒绝了，我是那么害怕和女孩子交往。

我爱上了林婉如

我发现自己已经喜欢上了林婉如，因为在我的心底，从来没有哪一个人会如此让我牵挂。

如果说，我情感的闸门从来不曾开启过，那是因为我生命里春天的姗姗来迟，在我二十二岁的春天，在她羞涩的笑容里，照亮了我体内未开的混沌。

我愿意为一个大我八岁的女子情窦初开。

春天来临的时候，林婉如迎来了她三十岁的生日。

我非常想送一份礼物给她，而且，我想送花给她，但我知道，我是不敢送她玫瑰的，我害怕自己的莽撞会惊扰了她。

在街上溜达了很久，我路过一家又一家花店，内心焦躁不安，我的内心经历着激烈的思想斗争，一半是天使一半是魔鬼。我为自己的羞涩和怯懦恼恨不已，我多么想给自己喜欢的人一个惊喜，初春的阳光很好，撩拨我心底的那份蠢蠢欲动。我在那里徘徊着，不安着，激动着，斗争着。最后，我终于磨磨蹭蹭地来到一家不太起眼的花店，我的眼睛慌乱的扫过那些鲜艳欲滴的玫瑰，但是，最后还是定格到那种几乎可以乱真的绢花玫瑰上。

服务生用一个大大的礼品盒将绢花玫瑰包好，外面再套上一个黑色的塑料袋，送给林婉如的时候，我满脸通红，敏感的林婉如，应该也会感觉到我的失态。

林婉如应该知道我的心事的，可我从来没有对她说过一个爱字，我知道我没有勇气说出这样一个字。

无数个暗夜里我慢慢地练习怎样说爱，睁着眼睛穿过漫长的黑夜，在黎明到来时，我的那些渴望，虽然历经了灵魂的冒险，但总会在林婉如雪山般的宁静前，熄灭掉那些滚烫的话语。我只能在心底说，亲爱的婉如，我是那因腼腆犹豫而迷了爱途的孩子，我唯一献给你的，只是一段无声的爱的音乐。

我将自己的心事掩藏得非常好，林婉如像一个母亲，一个姐姐，适时的给予我关怀，天凉了，嘱我加衣，生病了，照顾我吃药。

林婉如经常鼓励我，要扩大自己的社交圈子，可我知道自己的性格不允许。

我把她对我的关爱悉数回报在对芯寒的辅导上，芯寒的成绩在班上总是名列前茅。

书橱里的秘密

是不是所有快乐的时光，便会过得飞快，转瞬即逝；是不是所有的花朵，开到极致便会萎去，而我的快乐的花蕊，还只生长在我自己的世界里，才只是那么一点稚嫩而娇柔的花蕾，在我二十三年的短短时光里，还没有哪一个日子会像现在令我如此新奇和快乐，原来爱一个人，便是这样的感觉，也许是上苍太吝啬，才会匆匆收回施舍给我的那么一点点快乐。

如果没有那一个夏天，我不知道我和林婉如之间会有一些什么样的故事和结果。

那是一个星期天，我自告奋勇的帮林婉如整理书橱，在书橱的最底层，我看见一个黑色缎面的盒子，好奇心促使我揭开了上面的盖子。一直到今天我都在想，如果当时我不揭开那个盖子，一切会是一个什么模样？

在盒子里面，我看见了一张照片，这辈子最令我触目惊心的照片。

林婉如身着一袭斜襟的、缀满绊扣的淡蓝色长裙，打着一把油纸伞，满脸幸福的立于一个男子的身后，而她身边的男子，那俊朗的眉眼，忧郁的神情，分明便是我的父亲！照片的周围，簇拥着三十八支用黑色织锦缎面绞织而成的玫瑰。

照片的背面题有两句诗：思君若满月，夜夜减清辉。

那天我不辞而别，在床上整整躺了三天，撕心裂肺的三天，惶然无措的三天。

我对林婉如说，我要走了，她起初是大大的惊讶，然后用她那一贯善解人意的、轻柔的语调说，是的，小俊，你是该走了，你不该留在这里的。

林婉如为我买了一双非常贵重的皮鞋，里面只写了八个字：千里之行，始于足下。这八个字，真的没有丝毫的另外一种感情可言。

异乡如梦思念如风

我想，我一定是女娲补天时遗落在深山的一颗冥顽不化的石子，我挣脱了上天的安排，落入这个叫作林婉如的女子的怀抱，我不能亲吻她，不能拥有她，我只能眼睁睁地看着她，洋溢着天真无邪的笑容。我回不了天庭，上帝便用这样一种方式来惩罚我，让我深深感受着天上人间的无情与决绝。

我没有带走那双皮鞋，我怕自己会很伤感。逃离了这座城市，并没有逃离思念。我发现自己对林婉如的思念越来越重，耳畔再也没有她的温言软语，我的生活一下子失重了。本来性格就内向的我更加寡言。

我悲伤地想，这个女人，带走了我母亲的全部幸福，现在，她又如此痛楚的根植于我的灵魂深处，让我夜不能寐。

人道天涯远，犹见地平线，寻遍心深处，不见相思岸。

离开后，我并没有一个目的地，我不停地换地方，不停地给林婉如写信，每封信里都会附上一首小诗，这几乎成了我生活中的全部内容，那些近似于喃喃自语的文字，我自己都无法看懂。

柔软的纸肯定承载不了我的思念吧，我看到笔尖划过时它深深的战栗，是的，我不想给她发那些毫无生气的电子邮件，那些铅块铸成的文字里没有灵性，我的心我的灵魂我的思念我的挚爱，全部隐藏在我狂乱不羁的文字里。

林婉如也会给我回信，叮嘱我在外面要注意身体，少抽点烟，天冷了，要记得加衣，常备些药片，自己照顾好自己，多与人沟通，不要忘记了写东西。每封信里面都会提到，一定要交一个女朋友，她说，你要知道，两个人的温暖会驱除一个人的孤单。林婉如对我所表达的，真的只是一个长者或姐姐的关怀和情谊。

我到过很多城市，有一年冬天还到过哈尔滨，在那个寒冷的地方，我曾经到一个花店打工，只为能够天天正大光明的把那些玫瑰捧在手里，抚摸那些冰凉柔软的花瓣，看那些本来就有生命的花朵在我的手下散发出更加强烈的生命色彩，在送花人的渴盼与等待中领略一份欣喜。

我只想弥补我不曾为林婉如送过一朵真正玫瑰的遗憾。

这个冬天，或许是感觉疲惫了，我终于停歇自己流浪的脚步，在一个同学的公司里驻足。

牵挂是一种说不出的痛

林婉如给我发来短信：小俊，我生病了，你能不能回来看看我。

我心急如焚的赶回那座城市，芯寒为我打开门，我看到了病中的林婉如，虽瘦弱不堪，但清丽依旧。我心如刀绞但却无能为力，我惊异的发现，林婉如已经剪短了头发。

当我抱着鲜花，一头长发，一身格子衬衣一件灰白牛仔裤出现在林婉如面前时，林婉如露出惊喜的神情，喃喃道：小俊，真的是你吗？

那夜，我和芯寒守在林婉如的床头，喂她吃药，我们絮絮叨叨的讲话，我没有提到自己的现在，直至深夜，才沉沉睡去。

梦中，我到了一片洪荒地带，褪尽叶子的瘦弱而光秃秃的树干以及突兀而立的毛辣杆透出几许苍凉，枯叶覆盖的地面偶尔露出的几点新绿，在梦中迢迢地向我招摇。

我知道，我该去看看我的母亲了。

母亲已经老了。从我上大学起，母亲就对我说，你一定要打听你父亲的消息，所以，母亲宁愿忍受我的远离，只希望我能打听到父亲的消息。

母亲依然满怀希望地问我：小俊，有你父亲的消息吗？

我强忍住内心的痛楚，摇摇头。

明知道每次都是这样的结局，可我的母亲，她愿意一等再等。

第三天，我便搭乘了回公司的列车。

我给林婉如发了一条短信：婉如，我放弃了抱抱你的机会，从今以后，忘了我吧。

婉如的回信非常简短，只有三个字：为什么？

我在心底里呐喊：林婉如，你知道吗，我是段炳章的儿子啊！

婉如，婉如，假如我今生无缘遇到你，就让我永远感到恨不相逢，让我念念不忘，让我在醒时或梦中都带着这悲哀的痛苦。

遗失的美好

我换了手机号码，再也没有给林婉如写过一封信。

我曾用两个不同的网名和林婉如聊天，我现在的网名叫阿落，林婉如的网名叫遗失的美好。

阿落：还好吗？今夜，烟已点燃，想你，已成为心中苦涩的芬芳。

遗失的美好：你是谁？你让我想起一个失踪已久的朋友。

我的心不由得狂跳起来，难道林婉如，她也没有忘记过我么？

阿落：你好吗？

遗失的美好：不好。

阿落：为何？小傻瓜，要善待自己。

遗失的美好：我说我不好你能给我安慰吗？不要吝啬你的语言，有时候，看见你，我就把你当作了那个朋友，但是，他就像从地球上蒸发掉一样，再也不留一点痕迹。

遗失的美好：人会死吗？人死了会有灵魂吗？

林婉如总是不等我回话，会接二连三的跟我发来消息。

阿落：我希望会有灵魂。因为我珍爱这世的记忆，还记得年少时曾在多少月夜，轻轻吟唱着，当时明月在，曾照彩云归，我们的心里需要一份淡然，看云起花落。

遗失的美好：如果这世的记忆非常美好，我因为太过珍惜而不忍触碰，并将这份美好遗失了呢？你会是谁呢？难道你就是我的那个朋友？或是他的鬼魅？

阿落：真的那么重要吗？

遗失的美好：我希望是。我总是在想，我总是在寻找，希望他给我一个答案，为何就这样销声匿迹了？

阿落：如果你找不到他，那就学会忘记吧。我想去西藏，那里的高度可以让我看着这个我爱的世界，我爱它却又将它遗弃，我爱它又总想忘记。

遗失的美好：爱在哪里？你以为你的爱是远离就可以给予的幸福么？学会忘记？这样只能给爱一种伤害，一种很深的伤害，伤得鲜血淋漓体无完肤还得给爱一个冠冕堂皇的借口。

阿落：也许是吧，但有的人，也许流浪的脚步真的无法停歇，就像王家卫说过的一种鸟，一生都在飞翔，唯一的停留便是死。

遗失的美好：一个人浪迹天涯，对爱是负不起任何责任的，爱不是你站在多高多远就能看得清的。

阿落：还有地方可以让它停留吗？它真的是无法飞越的海洋。

单翅的蝴蝶

这座城市初秋的天气反复无常。林婉如病重，她没能等来我见她最后一面，芯寒成了一个孤儿。

林婉如永远都不知道，我是段炳章的儿子；我要让芯寒永远都不知道，我是她同父异母的哥哥。我还要让母亲生活在一个希望里，我的父亲他没有死。

我会将一切往事埋葬。

这年的冬天，我会迈向二十八岁的门槛，二十三岁的时候我曾和林婉如说过这样一句话：二十八岁的时候，我也许会有自己的婚姻。

我想起了林婉如和我说过的那些关于爱情与婚姻的话。

小俊，你是什么血型啊？如果你是A型的就一定要找一个B型或O型的女孩子；

小俊，你的性格太内向了，你一定要找一个性格开朗的女孩子，两个人一定要互补才行的；

小俊，爱情好比事业，必须耕耘，才会有结果；婚姻好比一盆花，需悉心照料，才会开出最美的花朵。

我不知道我的爱情和婚姻会在哪里？

至今我依旧保持着一个处子之身，甚至没有自己的初吻，我不是一个清教徒，我只是一个为爱守身如玉的男子。

我牵着芯寒的手，行走在夕阳中，这时候，一只蝴蝶蹒跚飞过，它的舞步已没有往日的奢华，显得是那样迟疑，那样落寞，趺趺撞撞，我的心不由得一紧，它是要去哪里呢？我不由得托住它，原来这只蝴蝶的左翅只有一半了，它用一双安静的眼睛看着我，静静地躺在我的掌心。

跟我走吧，小可爱。

我带着芯寒，我同父异母的妹妹，还有那只蝴蝶，我们会到一个全新的地方，希望那里，永远也不会再重复我们曾经的伤痛。

开在尘埃里的花朵

莫桑的早晨

早晨六点，莫桑准时醒过来。

她轻手轻脚的下床来到客厅，非常小心地拉开窗帘的一角，然后打开窗户。灰蒙蒙的天空中呈现出一派清晨的曼妙与轻柔，一丝新鲜的空气夹杂着一丝冷气扑面而来，她赶紧将窗户重新关上。隔着玻璃，她看到院子里的香樟树上歇着几只和她一样早起的鸟儿，叽叽喳喳的叫个不停。地上掉了许多黑色的香樟树籽，那些鸟儿盘旋着飞来飞去，不时用嘴衔着一两颗树籽嬉闹追逐着，她看着那些自由而快乐的鸟儿，不由得轻轻地叹了一口气。

莲子、红枣、花生、银耳、粟米……一共十多种原料全部放入电饭锅，加上足够的水，插上电源，莫桑满意地看着自己的杰作，便开始洗衣服。

莫桑不喜欢用洗衣机，她坚持用立白的肥皂并用手搓洗，不管冬天水多凉。她觉得这样衣服才洗得干净，况且良恒在厂里做事，衣服上总会有一些油污的东西。衣服洗到一半的时候，电饭锅开始丝丝的冒着热气，她怕热气会冲开锅盖，急忙起身将锅盖揭起，一不小心，锅盖还是掉在了地上，发出哐啷的一声响，睡在沙发上的良恒醒了过来。

良恒翻了一下身，含糊不清地问：几点了？莫桑答：才六点半，你多睡会吧。良恒说：这样早啊。他裹了裹身上的毛毯，又睡了过去。

莫桑将衣服晾晒在阳台上，滴滴答答的水滴声有一阵没一阵地响起，犹如一首和谐优美的音乐，这样的场景，这样的早晨，这个家所透露出的一切信息似乎都在向人传达着一种幸福的味道。衣服晾晒完后，桌上的蒸汽熨斗也刚好开始冒热气，良恒喜欢穿衬衣，无论春夏秋冬，她每天早晨都会将良恒的衬衣熨烫得伸伸展展。穿上熨烫得没有一丝折痕的良恒的身板总是显得那样笔直挺拔。

做完这一切后，确信良恒还在熟睡中，莫桑犹豫了一下，慢慢地跪在良恒的面前，端详着良恒那张俊美得无懈可击的一张脸，她看到睡梦中的良恒有如婴儿般的安静，他的嘴唇红润微微往上翘着，莫桑心底涌出无限柔情，有一种想用手抚摸的冲动，但又不敢惊动他，只是用嘴轻轻地吻了一下。良恒似是醒了，将眉头紧了紧，但仍毫无知觉的未为所动。莫桑的心里就闪过一丝羞愧与不安。

这是一套底色有着暗红的花朵，只在靠背和抱枕上镶嵌着黑白花系的布艺沙发，看上去踏实而温暖。可莫桑却对它充满了无比的憎恨和厌恶，她希望这套沙发有一天塌陷、甚至烂成粉末，可沙发底座是用结实的红木做成的，看上去沉重又瓷实，丝毫没有半点要烂的迹象。自从莫桑怀孕的那天起，良恒从来没有在他们的大床上睡过，现在儿子都快两岁半了。这套沙发，便成了良恒的床。莫桑知道良恒睡觉不老实，受不得半点热，她不得不在多个失眠的夜里起来为他捡起掉在地上的毛毯或者薄被给他盖在身上。

张爱玲说过：喜欢一个人，会卑微到尘埃里，然后开出花来。莫桑想，自己是不是一朵开在尘埃里的花朵呢？明明知道良恒不喜欢自己，可还是心甘情愿地为他生子，为他洗衣做饭，为他操家持务，为他维持名分上的这一个家。

四年前的秋天

那是一起非常意外的事故，对于良恒来说，他自己也百思不得其解，怎么会出现这样的情况的。

良恒学的是化工专业，毕业后便进入了一家不大但专业对口的公司，通过三年的努力后，理所当然地成为了这家公司技术部门的负责人，并为公司创下了很好的经济效益。英俊潇洒踏实稳重，勇于创新又能吃苦耐劳的良恒，自然受到许多异性的追逐。

良恒所负责的部门有三个女孩子，莫桑就是其中的一个。莫桑和其他两个女孩子比起来，无论是长相还是气质都要逊色得多，但她是最安静的一个，安静得让人感觉不到她的存在。那两个女孩子围在良恒身边，每天变着花样地讨好他，今天这个为他带杯早餐奶，明天那个装作无意地拎来一袋零食，其实都是她们处心积虑地为他做的准备。只有莫桑，从来不在良恒面前有任何表示。

良恒不是不想考虑个人问题，只是现在，他的事业才刚刚起步，他的理想不是为别人打一辈子工，他觉得自己现在正是积累经验的时候。他不是不能感觉到两个女孩子对他的爱慕，还有背后那双偷偷关注自己的莫桑的目光，但他一心只想着工作，至于感情上的事情，他暂时还不想考虑。良恒平素极寡言，工作作风严谨，这样更加让人有一份敬畏感，但在公司组织活动时，他却异常活跃，歌唱得好舞跳得也不赖，让那些女孩子们更加喜欢了去。

这种微妙的关系一直持续了将近一年。良恒也在三个女孩子的关注中，两个女孩子的明争暗斗中享受着无尽的关怀，但他从来不厚此薄彼，不是他不想给他们希望，而是他实在没有时间来享受爱情。

直到那次意外事故的出现，良恒除了选择离开好像没有其他的办法，再者，职场竞争异常激烈。在他离开的时候，两个女孩子好像结成了同盟似的，除了目光流露出的同情，她们没有为他说一句辩护的话，也许她们的力量实在太过微弱。在那一刻，良恒多么想找一个人诉说自己的委屈啊，可他一时好像找不到一个可以说话的对象。良恒清楚地记得，背上行囊离开公司的那一刻，莫桑的眼睛无限焦急而渴望的投过来，让他的心里有一丝感动。

良恒只身来到上海继续寻找合适的发展机会。从一个事业有成的部门负责人到一个在异乡四处寻找工作的流浪汉，那段时间对于良恒来说，失落到极点也苦闷到极点，而且一时三刻也找不到对口的专业。在一天晚上，良恒一个人睡在租住的小屋里正烦躁不堪时接到了一个电话。

良恒部长，我是莫桑。莫桑说。居然叫的还是良恒以前的官称。

莫桑？

良恒的头脑中记起了那个安静而瘦弱的女孩子来，他感到很吃惊，就问：你怎么知道我在这里的？

莫桑说：自从你走后，我也没在那里做了，是问你在公司最好的朋友要的号码。不等良恒回话，莫桑似是下了很大的决心似的，但声音非常小地说：我想到你这里来，可不可以？

良恒有一丝丝的犹豫，说：我自己都还没有安顿好呢。

莫桑说：不怕，我手里还有一点积蓄，可以先找工作的。

良恒就答应了莫桑的要求。

一个星期后，良恒去车站接莫桑，看见莫桑瘦瘦小小的身子挤在人群中，费力的拖着一个大箱子，他的心里，说不清是一种什么样的感觉。

良恒没有将莫桑接到自己的住处，而是给她在离自己住处不远的旅店开了一个房间，他对自己和莫桑的关系还有一些顾虑，应该说，他和莫桑什么关系也不是，连朋友也算不上，最多只能算个同事。

心情一直郁闷的良恒带着莫桑吃各种小吃，逛商业大街，两个人都没找到工作，倒是喝了不少的酒，暂时忘切了一些苦恼。那天在莫桑的住处，说不清是谁主动，就这么稀里糊涂地在一起了。莫桑不是处女，这点良恒倒看得开，他自己在大学时也有一个同居女友，最后毕业时各分东西了。但是，莫桑不是他想要的爱情，这是一个无法改变的现实。但莫桑对自己很依恋和顺从，良恒也非常清楚。他不是一个不负责任的人，何况现在已成为了现实，他也只能委屈一下自己，也许，爱情对自己来说，真的是一件很奢侈的东西，可遇不可求吧。

谁说过这样一句话：城市越大越孤独，这句话一点不假。在异地他乡，他们用身体相互取暖，驱除异地他乡带给他们的愁绪。莫桑在良恒的怀里怯柔而安静，总是一味地顺从而任由他摆布，一如她的性格。但终有面对现实的时候，莫桑就小心翼翼地给良恒建议：为什么要在外面做呢，不如回家自己办一家化工厂。这句话让良恒豁然开朗，他们双双回到了家乡。一个月后，他们便举行了婚礼。

对于良恒带回的这个媳妇，良恒的父母亲友还是觉得有一些惋惜的，长相平淡而身材又瘦小的莫桑站在英俊挺拔的良恒身边，着实让人心生叹息。结婚的那天，良恒借口不舒服在床上睡着不起来，直到良恒的姑妈骂他不懂事，大喜的日子还赖在床上，他才强装笑脸地给众亲友敬酒。但是，虽然这个儿媳长得不好，出身也不好，但性情温和，贤淑得体，又能操家持务，把良恒侍候得很好，所以在良恒家，也算讨得了他们的欢心。

四年的时间过去，良恒的化工厂一路发展下来，可谓蒸蒸日上。

跳舞的紫衣

半年前，良恒在商业步行街的拐角口遇见了紫衣。

初秋的城市，天气略有一些凉意，紫衣穿了一袭黑色的风衣，一个人在暮色四合的街上踽踽的行走，阳光早已褪去，但她却戴了一副黑色宽边的墨镜，任顺长的头发随风飘舞。不时有路人侧目，良恒也不由自主地被这个身影所吸引。不同的是，路人的目光是艳羡的，甚至是有一些内容的，良恒则被紫衣的气质所吸引，他想，这个女人他好像在哪里见过。

良恒不想回家，不自觉的尾随着紫衣走进一家快餐店，店里人不是很多，他看到紫衣要了一份宫保鸡丁饭，他装作无意地坐在紫衣的对面，也要了一份同样的食品。

紫衣吃得很慢，慢得良恒没有待下去的理由了，但他不甘心就这样离开，继而又要了一份果汁，极其耐心而又紧张不安地等紫衣吃完，是真的紧张。其实紫衣不是没有感觉，她觉得这个男人的目光里竟然还有种成年人少见的那份羞涩和有别于有些男人惯常的轻浮的东西。所以，有几次，她竟然毫无顾忌地迎着良恒的目光，不得不逼着良恒低下头去。

当他们在这个位置彼此心照不宣的邂逅第三次的时候，良恒知道了紫衣是文化宫的舞蹈老师，心里想，难怪有这样窈窕的身材和高雅的气质。

紫衣的住处居然离良恒的工厂不远，是一幢两层的私人楼房。第一次走进紫衣的住处，良恒简直看得有些呆了，紫衣的住房全部被一种绿色的藤蔓所包围，整个看上去就像一个绿色的鸟巢，只露出两扇朱红的大门，房前有一处约三十平方米的院子，用镂空雕花白色的铁栅栏围起来，整个院子里全部种植着各类花草，一缕桂花的清香随着夜露沁入良恒的心底，夹杂着一丝神秘的气息，良恒看不清植物的品种，随着紫衣进入房间，大大的客厅也放置着许多绿色的植物，高低错落有致的摆放在各式花架上，让装饰简洁的房间平添一份生气。那些植物，良恒没有几个能叫得出名字来的，紫衣就一一地给他介绍，还直笑着说他花盲。

紫衣迈着那双富有弹性而修长的腿，引领着良恒一一参观她的房间，在五颜六色灯光的照射下，紫衣的目光很柔，很美，看上去显得顾盼生辉，她的脸长得有几分欧化的味道，所以让人猜不出她的实际年龄。皮肤是那种蛋青色的白，眼窝陷下去，涂了蓝色的眼影。大抵是因为跳舞的缘故，每一个动作都显示出一种舞蹈的韵味。她的每一个转身，回头，无一不充满着一种性感而迷人的光晕。房子的下面一层是客厅客房卧室和书房，楼上整层是一间大大的练功房，四周全部镶嵌着玻璃，平时紫衣用来练舞和教孩子们舞蹈。中间摆放着一架钢琴，紫衣走过去打开琴盒，按下键盘，一阵叮咚悦耳的音符充塞着房间的每一个角落。

良恒像一个初生的婴儿，他对这里的一切充满了好奇，置身这样的场景中，面对这样的一个女子，他感到兴奋不已。他的心里，有一种什么东西被一层一层的剥开，在紫衣最后一个音符落地的时候，良恒不由得有一种豁然开朗尘埃落定的感觉：原来自己一直苦苦追寻的爱情，不正是在眼前么？

当一对成熟的男女单独相处一室的时候，根本不需要任何铺垫，良恒来到紫衣房间的第三个晚上，没有红酒也没有烛光，只有一点轻音乐，迷离且飘摇，像一般飘荡在河边的小船，需要找到停靠的岸，一切都显得是如此的顺理成章，还有默契。让良恒感到另一份欣喜的是，紫衣不仅外表迷人，在床上，也让他迷恋不已。这是与莫桑在一起从未有过的感受，莫桑像一个未成熟的小女生，第一次在他的怀里还在瑟瑟发抖。而且，莫桑从来都是被动地接受，但紫衣不是，她会调动良恒身体所有兴奋的地方，让他异常快乐。每夜，紫衣会紧紧地抱着良恒，让良恒在一种踏实而温暖的感觉中沉沉睡去。

畅畅宝贝儿子

良恒异常慵懒地躺在沙发上，迷迷糊糊的胡思乱想着。一双小手摸过来，良恒感觉到那是儿子的小手，昨天莫桑从幼儿园将儿子接回来了。儿子在幼儿园上全托，只有周末的时候才会回来和他们在一起。

爸爸不乖，睡懒觉，畅畅都起来了。儿子奶声奶气地说，良恒就笑了。良恒不喜欢莫桑，但对于儿子，却是喜欢得很。

畅畅简直就是莫桑的翻版，那眉眼，那嘴唇，即使是完全不认识他娘俩的人看见了也绝对不会猜错，但畅畅的皮肤和身材继承了良恒的优点，显得很白净也很可爱。

莫桑看见良恒醒过来，就说，今天儿子在家，我做了八宝粥，起来吃一碗吧。只要儿子在，良恒就会很听话，他开始穿衣服，莫桑已经把牙膏和洗脸水为他准备好了。

刚结婚时，看着躺在身边的莫桑，一觉醒过来，良恒总是有一些错觉：他以为自己还是一个人，身边的这个女子是一个和自己一点关系也没有的陌生人，等到阳光一点一点地渗进窗户，照在床前的两双拖鞋上，照在身边的莫桑身上，他才会完全的清醒过来，清醒过来的良恒，那份无法排遣的失落感便会一日胜过一日。时光无可逆转，寂静而无声的流逝，在他的脸上，不经意地刻画着无比失意的痕迹，他无时无刻不在想着改变。但莫桑对自己太过于顺从，他想吵架都找不到理由，要不是他全部的精力都投入在自己的化工厂中去，这种寂静无声的岁月肯定会让他发疯。

结婚两个月时，莫桑怀孕了，但一个月后，便莫名其妙的流产了，没有任何先兆。良恒想，肯定是她身体太弱的缘故。流产后的莫桑，不知从哪里弄来很多中药，每天的饭前，都会捏着鼻子喝下一大碗气候难闻的中药，她说是找中医开的保健的药品。看到莫桑痛苦地皱着眉头，良恒有一些内疚，那些日子，他对莫桑非常的好，一度觉得，这就是自己的女人，为自己怀孕、流产，经受这样多的苦，为什么会对她不好呢。况且良恒创业期间很苦，莫桑把自己照顾得无微不至，每天总是变着花样为自己做好吃的。

过了半年后，莫桑再次怀孕，一个月后，又开始流血，这下子良恒感觉到有一些着急起来，特别是良恒的父母，想抱孙子都快想疯了。良恒是孝子，最不愿意看到父母为他着急，便来到医院为莫桑做检查，良恒向医生询问原因，医生的回答让良恒如五雷轰顶：像莫桑这种情况主要是因为刮宫过多引起的习惯性流产，要想保住孩子，必须进行保胎措施，如果再次流产，可能会永远也怀不上了。

良恒铁青着脸离开了医生的办公室，门外是焦急等待的良恒母亲，还有在一旁不停地绞着衣角的莫桑。

良恒头脑中一片空白，不知是怎么回到家里的。那天晚上，良恒睡在沙发上想了一夜，他想了很多很多，莫桑过去是做什么的？坐台小姐？多次刮宫到底是跟同一个男人还是不同的男人？莫桑是一个孤儿，生活圈子除了自己再没有其他人，结婚后也从来不见她和外界有过任何联系，为什么一个看上去单纯得近乎简单的女人竟然会有如此不堪的过去？他恨不得想找莫桑问个究竟，让她去做手术，离开这里。但不由得转念又一想，他自己也是快三十岁的人了，自己是家里的长子，父母已年近六十，早就想抱一个孙子，如果现在提出离婚，受打击的肯定是他们。还有莫桑，可能从此就会失去了做母亲的资格，因为到底，这个孩子还是自己的。如果此刻质问莫桑，肯定会让腹中的孩子受到影响，想来想去，良恒还是咽下了这口气。只是从此，他不再上莫桑的床。

结婚后，虽然良恒的化工厂一直很忙，不论多晚，他每天都会回到家里，莫桑会为他做好饭菜，良恒的胃口一直都很好，莫桑的饭菜也做得很好。但自从从医院回来后，他从来没有在天黑前回过家，有时甚至是彻夜不归，去哪里也从来不跟莫桑打招呼，有时候因为业务上的事情几天几夜不回家也不告诉莫桑，有时候莫桑住在良恒父母家个把星期良恒都不去看望她，本来就对莫桑缺少热情的他更加空前的冷淡起来。莫桑自然是有所察觉，但她以为是因为自己怀孕而良恒对自己缺少热情的缘故。莫桑一个人在家里，也曾想好了要问的，但一看到良恒回到家里，莫桑的嘴张了一下又咽了回去。良恒拼了命的工作，想忘记现实带给自己的痛苦，他也想原谅莫桑想和莫桑好好交流，到底是不认识自己以前发生的事情，但一看到莫桑低眉顺眼的样子他又打消了念头。

畅畅出生后三个月，莫桑把沙发的外层拆下来洗了放在自己的房间里，她没有套上，床上用品也一一换上干净的，晚上良恒十点多才回来，莫桑非常希望良恒能到大床来睡，但她又不好意思直接说明，只得抱着畅畅来到客厅，良恒洗完澡后裹着浴巾出来了。

来和儿子一起睡大床吧？莫桑说，似是鼓足了勇气。

算了，我还是睡沙发上，睡在这里习惯了。良恒逗弄了一下裹在绒毯里的粉嫩的儿子，说。

睡大床好吗？我很想你。莫桑停顿了一下，又说，就算我求你了好不好？真的。

真的假的都不行，良恒答。

莫桑的脸一瞬间涨得通红，为自己说过的话，为良恒的绝情，她语无伦次地说：为什么？我就这么让你讨厌吗？她是谁？你是要为她守身如玉吗？我这样子还不如一个寡妇啊！

她是谁？那个时候，良恒还真的没有那个所谓的她，但他就是不想和她有半点亲热的举动。

那晚莫桑在床上一直不停地哭，先是大声呜咽，后来变成了小声地抽噎，她这样不停地哭，良恒哪里睡得着，只得走过来劝她，也想给她安慰，但他不知从哪里开始，他觉得自己和这个女人，从来就没有真正融入在一起过，现在只有更加深刻的陌生。

莫桑因为太过伤心，一连几天奶水都下不来，畅畅饿得直哭叫，良恒心痛儿子，心里很着急，把父母接过来，买了许多下奶的甜酒鲫鱼猪蹄，好不容易才将莫桑的奶水又给发了出来。

莫桑的记忆

莫桑不是不知道，良恒在外面肯定有一个女人。她在心里无数次地想过那个女人的样子，二十岁？三十岁？无论怎样，她肯定比自己漂亮。良恒是一个正常的男人，三年来，他从来没有碰过自己一下，难道他就从来不想？

莫桑瘦，像一个未发育成熟的小女孩，儿子断奶后，胸部近乎没有，穿什么衣服也没有韵味，莫桑也试图描眉画眼地打扮过，但不打扮还好，一打扮简直就像一个妖婆，鲜亮的唇膏只能让莫桑黑沉的脸看上去更加没有光泽，这让莫桑无限自卑。自结婚后，莫桑因为怀孕生子也没有工作过，一直待在家里，畅畅也是前不久才上的幼儿园，她除了外出买菜和购买一些日用品外，就是待在家里做家务。良恒也从来不学小区的男人，会牵了自己的手在外面散步或者逛街。莫桑外出的机会很少。所以，打扮了给谁看呢，她干脆放弃了。

莫桑不是不想知道良恒的秘密，有时候，良恒的手机就放在客厅的桌子上，莫桑很想看，良恒只问一句：你想知道什么呢？莫桑便不再看了。莫桑也试着和良恒闹过，质问过为什，但良恒从来不和自己争吵，说得最过的一句话便是：你过去都干了些什么？别以为我不知道！莫桑的心里便轰然作响，几近休克。

真实的莫桑是谁？她宁愿真实的自己已经死掉了，也不愿意去回忆那些令人痛苦得心惊肉跳的日子。

莫桑的家在大别山的深处，当民办老师的父亲十岁那年死于肺病，十多岁的莫桑便领略了人间所有的艰辛。十三岁时母亲带着她改嫁，继父是一个身强力壮的四十多岁的男人，赶着一辆马车，将山里的土特产运往山外，也运来了莫桑的学费。莫桑很害怕继父的目光，她一心只想读书后离开这里。十七岁那年，成绩一般的莫桑考入省职业技术学校读书，二年级的暑假，在一个燥热难当的夜晚被继父奸污了，莫桑欲哭无泪又不敢声张，她不想让苦命的母亲知道。整整一个学期，莫桑害怕回到那个所谓的家，在学校，莫桑不知哭过多少回，她的性格越来越孤僻和内向。等到放寒假时，她孤苦无依无处可去，回到家里时母亲才发现她已经怀孕五个多月，伤心欲绝的母亲将她带到镇医院做了引产手术，那次手术差点要了她的命。

母亲既不堪忍受继父所犯下的恶行，又不能告发他，一是闹穿后莫桑日后不好做人，二是莫桑还得继续上学。在山里，实在拿不出什么可以换钱的东西，除了继父的马车还能换成两个现钱。母亲在莫桑毕业后不久，觉得终于完成了自己的任务，便上吊自杀了，莫桑成了一个名副其实的孤儿。莫桑毕业后一直在外打工，后来辗转来到了良恒所在的公司遇到了良恒。莫桑拼命地工作，在无数个黄昏和清晨，她希望将所有的过去遗忘。

看到良恒的第一眼，良恒稳重的举止让莫桑的心都快要跳出来了，这个男人，怎么给她如此亲切的感觉，好像自己已经等了他几千年似的。莫桑并不指望会有爱情降临到自己身上，在学校时，也曾经有男生向自己示好，但莫桑感到非常害怕，她觉得那些毛毛臊臊的男生不能保护自己，过早失去父爱又饱受人间冷暖的莫桑想寻找的，就是像良恒这样踏实稳重的人。

在他们的那个公司和部门，其他的女孩子都有各自的优点，要么长相漂亮要么多才多艺，性格多数都大方而又出众，平时在良恒面前总是热热闹闹叽叽喳喳，下班后一个个打扮得花枝招展。莫桑知道自己太普通，良恒怎么也不会看上自己的。莫桑也知道自己不是那几个女孩子的对手，但她是如此地喜欢他，只要听到他的名字，她都会莫名的紧张，只要他走过他的身边，闻到他身上散发出的特有的气息，也会让她感到无限欢喜。有时候，她无意中听到他说要去一个地方买东西，就坐车先来到他要去的那个地方，然后当作无意中遇见，出于礼貌，良恒便会邀她一起吃饭，莫桑便幸福得不知所措。

莫桑也有莫桑的优点，那就是工作非常认真，她力图将每一件事情都做到最好，从来不出差错，良恒非常信任她，交给她的工作从来不用担心。那天是公司与一个客户签下的一个新品种，良恒一直策划到深夜，然后将策划单交给莫桑。

在化验室，莫桑的心跳得非常厉害，这件事，她也策划了很久，只要自己将一种原料配比略微加大或变小，便会产生意想不到的后果。而因为是新产品，别人不会发现，但良恒会因此受到影响。

一切都如她想象的那样，那起在良恒看来十拿九稳的新产品开发出现了问题，给公司造成了很大的经济损失，在残酷的竞争法则面前，良恒除了选择离开没有别的办法。

莫桑走这一步棋也不是没有风险，万一良恒不接受她，她也会回归到以往的平静，不管结局如何但总算为自己争取过，好在一切都在她的意料之中，失意的良恒放低了标准。

两难的抉择

紫衣不会生育，这是她一辈子永远的痛。

紫衣的前夫是做药品生意的，生活富足而安康，他们倒是很相爱，只是他家三代单传，结婚五年仍不见生育，他的父母和亲友急得什么似的。紫衣的职业就是跳舞，起初她倒不在意，觉得不生孩子还可以更好的发展自己的事业，紫衣在文化宫跳舞，创作了不少有名的舞蹈并获奖，一般大型企业举办活动时都会请她去进行策划。后来经不住前夫的劝，到医院一检查，双侧输卵管堵塞，到北京做过手术，仍然无济于事。前夫倒还算得上是一个君子，没有透露半点紫衣不能生育的消息，只说紫衣为了跳舞不想要孩子，给紫衣留下了一幢房子和足够的钱，随后娶了一个年轻丰满的女孩，不到一年就生了一个儿子。紫衣就觉得，男人很自私也很无奈，传宗接代看得比什么都重要。

紫衣的家里，周六和周日两天，会有十多个学生来进行舞蹈培训，本来晚上还有钢琴培训的，自从和良恒认识后，她就没再做了。

在又一次身体的纠缠后，良恒又对紫衣说：紫衣，我爱你，嫁给我。深情款款，坚定如铁。

紫衣扭了一下，说：我，我真的不忍心伤害她。

良恒说：那你就忍心伤害我？忍心让我每天在这种要死不活的状态下生活？忍心让我每天都在思念中度过？

紫衣：至少你现在在外人看起来是幸福的，一个贤惠的妻子，一个漂亮的儿子。

良恒：可这不是我想要的生活，从一开始就不是。

紫衣知道良恒是真正地爱上了自己，不然的话，也不会一而再再而三地请求自己嫁给他。而且良恒不同于一般的男人，和她只是想做个情人，她能感觉出良恒是真的想和自己生活在一起，在这个年代，这类男人已经非常稀有。像紫衣这样收入高人又漂亮的优秀女子，再加上所从事的职业，身边不是没有追求者，但紫衣这个人天生清高，一般的追求者她瞧不上，她信奉的原则是宁缺毋滥，找一个一般的男人或给别人做情人还不如独身。喜读各类文学作品的紫衣对男人也算非常地了解，大多男人，可以有爱情，但绝不会伤害到自己的家庭，他们对女人的爱不否认是假的，但对自己的家庭也是真的，男人都是那种想鱼和熊掌兼得的贪心的动物，不像女人，爱上了就毫无保留。紫衣的前夫，在他们刚离婚的日子，也还经常打电话来问候一下，有时候还像个朋友一样的聊聊天吃顿饭，随着儿子的渐渐长大，电话和问候少了，直至彻底的断绝了关系。

紫衣不是没有考虑过，但她知道，横亘在他们中间的，还有许多的问题，她断断续续的从良恒口中知道了他们的现状和莫桑的一些情况，心里不由得对那个女子有些同情。是的，紫衣知道良恒对自己的爱没有半点保留，所以，她没有一点胜利者的感觉，相反，她的心里充满愧疚，虽然良恒不止一次的申明，没有紫衣，他们的关系依然会如此。

良恒拗不过紫衣的请求，还是带紫衣来到自家的小区。紫衣坐在一辆车里，见到了和儿子一起玩耍的莫桑。非常的近，紫衣看到了长相酷似莫桑的良恒和她的儿子，紫衣的心里没来由地一紧。莫桑穿着一套灰暗的家居服，头发和脸色枯暗而没有光泽，用一种听不懂的方言和儿子围着一条狗不停地逗弄着。紫衣知道莫桑也不过才二十五六岁，正是一个女人最美的时候，怎么会是这样一副灰暗的样子呢？这个女子，整整比自己小了五六岁，可是看上去是如此晦涩。紫衣想，良恒是怎么和这样的一个女子在一起共同生活了四年的？

话题终于摆到了桌面上，良恒刚一开口，莫桑就哭得一塌糊涂，最后，良恒只得用手机发短信，向莫桑传达了自己的意思。

没想到一向软弱的莫桑此次异常坚决，说离婚可以，自己什么也不要，除了儿子。良恒过点倒是没有想到，莫桑带着孩子不好嫁人不说，而且凭她的能力抚养孩子应该存在问题。

莫桑：我不想儿子有个后妈，我就是去讨饭，也要将孩子养大，我也不会再嫁人，你放心好了。

良恒：莫桑，你爱孩子吗？你相信我也爱孩子吗？如果爱，你就相信我会对孩子好的。而且孩子跟着我，也许会好一点。

莫桑：我不怀疑你对孩子好，但我不相信别人会对孩子好，他还这样小。

那些不愿意提及的往事，像一座座巨大的冰山，排山倒海的向莫桑扑过来，正是因为失去了亲生父亲，自己的命才会这样苦的，她不愿儿子重蹈覆辙。

不是结局的结局

谈判没有结果，良恒几乎一夜没有合眼，第二天化工厂有事，良恒很早就出了门，等到晚上他回到家时，看到了茶几上面莫桑留的字条：

我带着儿子走了，你可以去追寻你想要的幸福，我想通了，你和我在一起一点也不快乐。我们俩是一种很不平等的生活。贫穷的出生，艰难的人生，让我一直都生活在卑微中，老天让我遇到了你，我的心里是如此欢喜。感谢你这几年来给我提供栖身的住所，组成了一个家，一个儿子，虽然这个家里缺少温暖，但我已经非常满足。

我知道你从来都没有爱过我，能够和我过到今天，肯定承受了很大的委屈。我的过去是有污点，但那不是我的本意所造成的，我不想给你解释太多，我只能说这一生我只爱过你一个人，无论认识你之前还是之后，我的那颗爱你的心都是纯洁的，唯一的。

我一生最幸福的时光，是和你在上海相依为命的那段时光。我爱你，从见到你的那一刻就爱你，现在依然爱你，这辈子也会爱你，只是这种仰视的爱实在太辛苦，我也累了。

另，我带走了那张存单，因为要抚养儿子。不是不想给你留下儿子，而是，我已经失去了再次做母亲的权力。还有，我已经失去了一切，儿子是我活下去的唯一勇气，你再找的肯定比我年轻，你还会有自己的孩子。再者，儿子在你们中间也不好，搞得不好还会是一种累赘。相信我，我肯定不会再嫁人，会好好的将儿子抚养成人。

看完后，良恒的心里一下子就找不着北了，他晕了，糊涂了。在慢慢地有了思维后，他想的第一个问题是，莫桑会把儿子带到哪里？在这个城市，她一个亲人也没有。还有，从来不善于表达的莫桑竟然还有这样丰富的情感，他的心里闪过一丝愧疚，但马上又被儿子不知去向的现实给拉回来。

字条是早晨留的，但现在已经是晚上了，莫桑如果想要离开，早就会去得无影无踪了。良恒还是下意识地拔出一串号码，电话关机。良恒心里怨恨得不得了，莫桑，想不到你还会来这一招，但转过来又想，莫桑在字条里说过，这也是为了自己好，可是，她明明知道儿子就是自己的命。

良恒急急驾车来到紫衣的住处，紫衣和他一样着急起来，紫衣知道，没有了儿子，她也不会和良恒有未来，紫衣不会生育，良恒不能没有儿子，但莫桑会去了哪里呢？莫桑也不能没有儿子，都不能没有儿子，没有儿子，良恒等于没有了希望。还有，良恒父母那里，怎么交代？

怎么办？怎么办？良恒和紫衣两人坐在沙发上一直到天明，也没有想出一个办法。

他们该怎么办？也许谁也不能给他们一个答案吧。

亲亲西子和栀子飘香的五月

一

参加工作没多久，便结识了几个死党，年龄从二十一岁到二十四岁一溜儿排开，我有幸做了老大，并自称棍子队队长。正值青春年少、无所事事、对女孩无限向往的年龄，最乐此不疲的事情就是看美女、评美女、追美女。拿老三的话说，我们的鉴赏水平能达到连蚊子飞过也能知道是公是母是美是丑的地步。

今天是连续四十多天阴雨后晴得最彻底的一个大晴天，似是一瞬间，天空便收尽了昨夜的最后一缕清凉，将一种燥热的气息洒入大地的每一个角落。

在老四豆腐的提议下，我们棍子队今天的目的地是沿江堤作环形漫步，据他昨日一番火力侦察，在江堤上发现了美女群。四根棍子优哉游哉，迈着方步，吹着口哨，看似闲庭漫步，实则睁着一双骨碌碌的贼眼四处乱睃，一刻也不曾消停。诗人和豆腐还就女孩是胖点好看还是瘦点好看而争论不休时（这是他俩永恒的争论话题，但从来没个结果），但闻得一股奇香扑面而来，循着香气一路寻去，原是一院落人家的几大棵栀子树，正开得纷纷扬扬、挤挤挨挨，但见那一朵朵栀子花，开得略败些的，呈一种淡黄的颜色，像一位雍容华贵的妇人，矜持的立于枝头；开得灿烂的，大有一种不管不顾，舍生忘死的气概，酣畅淋漓的占领枝头；最喜是那些半开未开的花骨朵，犹如十七八岁少女羞涩的脸，将一份妩媚尽藏在微微张合的花瓣丛中，羞答答的。

我们几根棍子暂时忘记了寻找美女的神圣使命，完全被花香所陶醉了，“诗人”老二李桦甚至还像个女人样闭上了眼睛，老三阿诺嘴里喊着好香好香，就见一条黑狗以一种迅雷不及掩耳之势朝这边吠叫着狂奔过来，老四豆腐大喊一声我的妈呀，便抱头鼠窜（豆腐后来为此举悔恨不已，因为这一跑，日后为我们留下了无尽的打趣话题）。我也是心里想，完蛋了，今天还不被这狗扯着给生吃了，但碍于老大的面子，尽管腿肚子打着哆嗦但仍然崩立着未动。

二

“黑仔，回来！”只听得一声少女的娇喝，那条狗急急收住向我们俯冲而来的步势，在离我们一步之遥处停下了，转而向房屋左侧一个女孩子跑去。

惊魂未定之时，我们顺着声音张望过去，哇塞，好美的一副女孩与狗图，首先吸引我们眼球的是披散在女孩胸前的那一头长发，可能是刚刚洗了澡，女孩穿着一套粉红色的睡衣，那个娇滴滴，水灵灵，真无法用字眼来形容。

这时候，我们棍子队最帅、最有气质、最有文采的诗人李桦发话了：“美女，我们不是来偷花的，我们是来赏花的，你干吗用这样一个活武器来镇压我们啊？”

“呵呵，呵呵，”女孩子未发话，自顾笑个不停，慢慢地走到花前后停了下来。一时间，看得我们简直发呆了，在夕阳最后一缕余晖的照耀下，女孩子的头发蒙上一层金色的光芒，在近距离的观察中，我们才看清了女孩的长相，真个是手如柔荑，肤如凝脂，领如蝤蛴，齿如瓠犀，螓首蛾眉，巧笑倩兮，美目盼盼……我想就是对女孩最挑剔的李桦也可以给她打上一百分。

四根棍子完全被美女所折服，忘了所受惊吓之痛，因为，面对这样一个美女，错过简直就是一种犯罪。

我们全力以赴地投入到与美女套近乎上来，跑得最远的豆腐不知何时也归了队。

美女有一个可与自己长像媲美的名字：西子。

最后的结果是：西子为了给我们压惊，提出请我们去吃冷饮。

抹掉今夏初出的一身恶汗，品着冰冷的压惊饮品，心里那个惬意啊，美！

就这样，我们四根棍子虽然受了一点惊吓，但认识了美丽的西子姑娘，最后她还给我们每人一大束带叶的栀子花，那种香气一直伴随了整个栀子花开的季节。

西子光荣的成了我们棍子队的一员。

三

第一次决定约西子出来玩，我们选择的地点是去江边放漂流瓶，因为是第一次，我要求每个人要做到彬彬有礼，绝对不许暴露自己狼的本性。我要求他们对着阿诺的那面破镜子练习装斯文，这是诗人的提议，要求每人温柔的呼唤西子的名字，在相互的监督下至少每人练习了十八遍直到都满意了才算完。老四并义正词严的提出抗议，不许我们在西子面前喊他豆腐，得喊他的大名：杜民。

结果那天的效果出奇的好，没一个人说一句他妈的我操傻B去死这类粗话，看来这些笨蛋都是可塑之材。

隔三岔五的，我们便聚在了一起。西子有时候娇气任性但大多数时候都是温柔可爱的，如同一颗星星被我们捧在手里，四根棍子对她是关怀备至，呵护有加。西子任职于中心幼儿园，能歌善舞，常常给我们带来意想不到的惊喜。

四根棍子的宿舍完全变了样，全是西子的功劳，脏衣服脏袜子全不见了，一半是藏起来的，一半是西子洗掉了。为了给我们改善生活，西子还在阿诺的宿舍里开了伙，周末的时候就会一展厨艺，让我们折服不已。四根棍子打从娘肚子出来就没干过这活，全被西子使唤得团团转还心甘情愿。特别是我，为了表现自己，竟然做了平生第一条鱼，味道居然还不错。其结果是得到了西子的极力夸奖，同时也遭到了其他三根棍子的通力排斥，他们齐心协力众口一词坚决拒绝吃那条连毛主席都赞不绝口的鱼。

吃过了喝过了闹过了，西子便给我们进行时装表演。

床单枕巾被套毛毯脸盆绢花等等全部成了西子表演的道具，西子时而云鬓高耸长裙飘飘作古代仕女，时而描红画绿怪异乖张作愤青少女，一会儿是轻纱蒙面风情万种的楼兰姑娘，一会儿成了头顶水罐眉目含情的印度女郎，变化多姿，且歌且舞，真正让我们大开眼界乐不可支。

四

星期天，西子提议，我们去爬山，四根棍子举起十六只手（其中包括八只脚）表示赞同。

到了山脚下，诗人提议，今天要来个绝对意外，那就是抓阄，谁抓到西子，谁将有幸和西子单独爬到半山腰，他话刚一出口，就遭到了我们的一致反对。

诗人白皙颀长，洒脱奔放，有着一张能说会道的甜嘴，拿我们的话说是能将活的说成死的，白的说成黑的，知道许多稀奇古怪的趣闻轶事，头脑中永远装着些精灵古怪的梦想，常常大白天的幻想着自己坐在古罗马的第十八条大街上，要说我们哥几个，玩花样谁也不是他的对手，也就只有他，曾创造过一个星期连泡三妞的记录。

“别急嘛，听我说，”诗人挥舞着那双长手，振振有词：“大家想想，我们是抓阄，谁都会有机会，抓到了就有机会和西子独处，岂不美哉？”

谁都会有机会。这是一句极具煽动性的话，到底花落谁家，这是一个未知数，大家想想也有道理，便表示同意，诗人撕下四张小纸条，递给我：“来，由老大亲自操刀，我决不占半点便宜。”

我折叠好四张纸条，其中三张空白，一张上面写着西子的名字，我将四张字条在手中团团旋转一番，然后对着空中喃喃有词做祈祷状，当然我也无一例外的希望能够抓到西子。

最先是豆腐打开纸条，这家伙到底定力小，喊了一声：“啊，我的是空白。”

我还看见，阿诺的眼睛都绿了，像一只泄了气的皮球。

只有诗人不慌不忙的，但眼角眉梢却掩饰不住那一分得意劲。

阿诺恨恨地瞪了诗人一眼。

尽管我有一份深深的失落，但我这人向来是喜怒不形于色，要不然怎么当老大呢？

我们三人无滋无味地爬到三分之一处，豆腐不干了，说：“凭什么我们几根棍子往上爬，诗人却一人独享？”

我赏给豆腐一个白眼球，说：“傻B，注意遵守游戏规则嘛。”

在我们无限焦急的等待中，诗人终于拉着西子的手磨磨蹭蹭地爬了上来，他俩的头上一人戴了一个手编的花环，不用说，肯定是西子的杰作。诗人两眼放光，一分得意和满足劲显而易见。后来终于还是让我们逮住了机会，豆腐牵住了西子的手，阿诺搂住了西子的肩。我撅下一根枯树枝，和西子一人牵了一头。

西子的脸一片绯红，比沿途的山花还要艳。

五

私下里我们玩笑开得最多的也是关于西子的，我说：虽然平时咱们的口号是有福同享有难同当，但关键时候还是得发扬发扬风格，尊老爱幼的光荣传统不能忘，好歹我也算个老大，不给老大给谁？

诗人说：这话有问题，公平竞争，咱凭实力取胜，西子看上谁是谁，干吗要让？

老三说：你们不要欺负老实人，老实人把爱全放在心里头，不善表达，要说谁更爱她，你们谁也不能跟我比是吧？

老四说：我最小，最没有机会，全靠哥几个照顾，自古孔融让梨的故事听得多了，咱们把历史改写改写怎么样？让着我先！

随着和西子不断深入的交往，我们几乎成了无话不谈的密友，连几根棍子不成熟的恋爱都被相互出卖得差不多了。当然，她的一点个人秘密也被我们挖掘得差不多，她坚持说自己还没有过初吻，四根棍子立马对她来了个轮番轰炸，我说：这么漂亮的妹妹，简直是资源浪费；诗人拍着胸脯凑上前：肥水千万别流外人田哪，我甘愿做出牺牲和奉献；阿诺说：哎呀，正好我也没有，咱们互相奉献怎么样？关键时候还是得我挺身而出对不对？豆腐贼眉鼠眼一脸坏笑：哪里，这回就让我辛苦点吧。只是，我最后总结了一句：说，这回可不能抓阄了。

六

在我们的千般诅咒中，盛夏终于快完蛋了，这种稳定的结构持续了将近三个月时间，情况慢慢地有了些变化。

先是阿诺在周末晚上神秘的失踪，吃晚饭的时候就不见他的人影，阿诺英俊威武，憨厚朴实，不善言辞，是我们棍子中最实在的一个，常用一双温情的眼睛深情地看着西子，一切关怀尽在不言中。我们棍子队出游时常常是他肩挑手提，紧跟其后。昨天他还涎着脸说要和西子单独行动。我们四根棍子向来都是统一行动，特别是在周末这样重要的日子里，这点纪律比部队的军事化作风还要严明。打他手机，不在服务区，不知是谁说，打西子电话，诗人一听这话，迫不及待的开始拨号，关机。

这下，三根棍子紧张了，豆腐没头没脑地说了一句：私奔了？

三个人垂头丧气地坐在阿诺的床上，准备夜审阿诺。为了缓和气氛，我们坐在电脑前开始玩游戏，诗人的喊声最大，搞死搞死，可能这里面最无所谓的要数老四了，他还没开窍呢。

接近九点的时候，阿诺回来了，后面还跟着个面容慈祥的阿姨，这下打乱了我们原先的突审计划。

阿诺从手提袋里拿出好多东西来，说："吃吧吃吧，这是我妈给咱们买的，今晚上去我舅舅家吃饭了，忘了给你们打电话了。"

哦，虚惊一场，三棍子这才长嘘了一口气，提着的心终于落了下来。

事隔三天，我在诗人的宿舍里发现了一首朦胧诗，笨蛋都看得出来是写给西子的，不过，那首小诗还蛮有灵气。

后来是豆腐问了句没头没脑的话：你说，像西子这么好这么美的姑娘，最后会让哪个王八蛋讨了好去？

而我自己，要是一天没见西子就会想得慌。

只是西子，从未见她厚此薄彼，她对我们四个的感情好得像一个人似的。

我感觉到一个严重的问题，那就是：我们四根棍子都喜欢上西子了。

为这，四根棍子召开了一个紧急磋商会议，并制定出了一二三条制度，现摘录如下：

（一）不许与西子单独见面。违者罚洗全部棍子的衣服，并将受到棍子部队的集体孤立。

（二）不许给西子发暧昧短消息写暧昧情书或当面说暧昧话（后面一点遭到了集体反对未通过）。

（三）试着与西子一个星期不见面。

制度试行的第三天，四根棍子结伴来到江边的露天OK厅，看见女孩子时又开始重操旧业——评论，可从我们嘴里吐出来的话全部是：这个脸没有西子的白啦，那个腿没有西子的修长啦，还有那个大眼妹妹，真的是标标准准的眼大无神，哪里有西子的一半灵气，等等。

我问："有几天没见西子了？"

"三天。"豆腐嘴快，迫不及待的就答了出来。

"不见面也不是个办法，不见面会更想咧。"诗人有气无力地说。

掐指一算，我们已经有三个月零八天没有结识新的女孩了，也就是说，哥几个全心全意地围着西子转了三个月零八天。

诗人说："老大，最后一条别遵守了吧？"

"给西子打电话！"我手一挥，那气势简直比拿破仑还拿破仑。

管他呢，我们不管不顾的又玩在了一块。

七

过了十月，我就要满二十四岁了，爸爸妈妈打电话下了紧急通知，今年过年不带个女朋友回家休想踏进家门。

单位的罗大姐早唠叨着要给我介绍对象了，介绍的还是办公室张主任的内侄女儿，说只要去看看看不中也不要紧她的任务就算完成了。经过几根棍子商量后，最后一致认为，（一）我们不能得罪主任，这是一场政治相亲活动；（二）不能让爸妈太过失望，万一瞎猫撞着个死老鼠，说不准那就是我心中的女孩子，错过了多可惜，就这两点，去定了。

对于整个相亲过程，四根棍子制定了周密的出逃计划，当然如果我看得中，就什么计划也不需要实施了。

不过才半年没泡妹妹嘛，就沦落到要去相亲的地步了，去的时候，或多或少的心里还是有些悲壮的味道。

女孩子长得还算周正，不过，那成色和西子比差远了。跟诗人学的，他管女孩子的皮肤叫成色。

"听说你今年本命年？"女孩子发话了。

“是啊。”我答。

“那年纪也不小了啊。”

“嗯哪。”

“如果结婚，你有房子吗？”

我开始偷偷地给诗人发短消息。

十分钟后，手机响起，是诗人打来的，我故意说：“李书记啊，我现在正有点事，要加班？写材料？那好吧，我马上赶回来。”

关掉手机，我装作一副无可奈何的样子，向女孩摊摊手。一出门，一溜烟地向江边跑去。

三根棍子和西子背对着欢叫的江水，整整齐齐的一字排开，像迎接落难归来的英雄。

我使劲地摇着双手，如同见了亲人般。

西子的手被豆腐紧紧地拽着，这家伙，仗着自己年纪最小，大庭广众之下就他敢牵着西子的手，全然不管不顾其他棍子冒火的眼睛。

西子挣脱豆腐的手，朝我这边跑过来，眼里的惊喜落眼即见，并说了句让我感动莫名的话：我还以为失去了你哦！

八

转眼到了年底，女朋友的事情当然还是没有着落，但爸爸却告诉我一个喜忧参半的消息：工作调动的事情有了眉目，过了春节就可以上班。差不多从我参加工作起爸爸便开始在做努力，是到市区的一家事业单位，这意味着，我将再也不能和可爱的棍子们形影相随，耳鬓厮磨了。

我知道自己很舍不得离开棍子部队，还有，美丽的西子姑娘。但，天下没有不散的筵席，我们总不可以这样厮守一辈子。

我用身上所有的钱请棍子部队和西子吃饭，是我们一直想去但一直未去的碧露野味烧烤美食城，每次路过这里时，我们总是发誓，以后不管谁有了钱，一定要吃遍这座城市好吃的地方和玩遍所有好玩的地方。

席间，棍子们流露出依依不舍的神情，西子更是郁郁寡欢。

我说，不要这样子，以后我们还可以你来我往，只当是又开辟了一个新的战场。

我们在一起回忆了过去的点点滴滴，时而开怀大笑，时而伤感至极，一直折腾到晚上十二点钟。

分手的时候，我收到了西子的一条短消息：我希望能够单独和你待一会儿。

这不是我梦寐以求的事情吗？

西子家屋后面大堤下的一片白杨树林里。

夜已深，天气出奇的冷，我很想牵住西子的手。

西子说："老大，你知道我最想做的一件事是什么吗？"一向大方的西子竟然有些扭捏起来。

"是什么？难道还有你想做而做不了的事吗？"

"我想，让你吻我一下。"

"什么？"我有些不敢相信自己的耳朵，愣在了那里。

黑暗中西子小心地碰了一下我的手，像是给了我无形的力量。

我捧起西子的脸，将嘴唇轻轻地盖上去，一下，两下，一种温热清甜的气息将我的整个身心都快要融化掉了，我浑身开始颤抖，然后，我紧紧地抱住了她，再也不敢有任何举动。

要是他们三个人知道，还不得把我的皮给扒了！

九

又至五月，正是栀子飘香时。

转眼到新的单位已经有两年了。单位的院子里有几棵大大的栀子花树，每天的清晨或者黄昏，总有一些女子来采摘，她们站在花前，或叽叽喳喳，或惊喜莫名。办公室里，终日都会萦绕着一股淡淡的清香，几乎所有的男性对此都会视而不见，只有我，常常对着这些洁白的花儿出神，谁也不知道我的心里在想些什么。

西子去了南方，是那种私立的幼稚园，听说待遇很好。

阿诺、诗人、豆腐还在原来的单位，是否还喜欢评美女不得而知，我知道他们生活得都很好。

一遍又一遍，总是记取年少时朦胧的花事，我知道有一半是友情，非常浓烈，到底有没有一半是爱情，却是不得而知，就像随风远逝的花香，虽然随风而去了，但那种香气，却是永远凝结在心头的回忆，挥之不去。

梦中，无数次出现如惊鸿一瞥的那一吻，甚至因了想象而令回忆更加完美。直到今天，我都不能确定西子当时对我提出那个要求的真正意义，不知道自己当时的举动是怯懦还是伟大，是错误还是正确。但无论怎样，我都算守住了棍子部队的集体约定。

我告诉你们吧，我对着栀子花发愣时心里老是在重复着这样一句话：西子，我爱你，但我却不能爱你，我是不是一个大傻瓜？

大街小巷里，总会若有若无地飘过刘若英的那首歌《后来》：栀子花……白花瓣，有些人……错过了……不再来……

哭泣的葡萄

单身的女子是一首怀旧的老歌，悠扬婉转，耐人寻味。

寒是一个单身而不同寻常的女子。

寒有着一丝丝的孤傲，一丝丝的冷漠，一点点的忧郁，目光所及处不经意间常会流露出一份与世隔绝的神情，让人想起钟爱上帝的修女。而许多精灵古怪的念头也时常会从她的脑中闪现。寒凹眼，长睫毛，高挑的身影常常会引来一片赞羡的目光。

寒在电台做主持已有多年，收入高且稳定，生活应属精致而又洒脱的那种。只是，寒却没有自己的爱情和婚姻，因为，她是那么热烈地暗恋着一个已婚男人，一个工厂的一名技术人员。这似为大多数的人所不能理解，寒虽身处娱乐圈，但却是极少与之应酬的。寒于举手投足间所表露出的那份与众不同，大致得益于她的博览群书吧。寒有着一份超脱生活，远离尘嚣的宁静心境。

他们相识已有近五年。初识时寒只是有一种似曾相识的感觉，在往后的日子里寒才顿然惊觉，原来他就是自己心中一直要找的那个人！寒与他相识数年，交往甚少，但每一次的交往都会给寒留下极其深刻的印象。时间的碎末堆积起来成为一个美丽的记忆，那些长夜里点燃的相思，以永恒的方式，焦灼了生命中不可割舍的情缘。就这样，寒一点点的，无望的，默默地深深地爱着他。

许多个寂寞的夜晚，寒再也不能静下心来以看书打发无聊的时光，在无数次领略了遍相思才夜半，又听门外叫过伤心雁的寂寞的夜晚，便会开始刻骨铭心地想他，想得心都隐隐的痛了，想那些他们之间的短暂的相处，那些回忆成为慰藉她失落的灵魂的借口，又夹杂着一些莫名地感动和幸福。

寒与他最初的相识是在一次采访活动中，那是在一个大热天。面对镁光灯摄影机以及寒拿着话筒直视着他的目光，仍然从容不迫，侃侃而谈，从他的嘴里冒出一嘟噜新鲜而又陌生的技术性术语，寒只知道，就是这些新鲜的名词，使这家工厂的一项新产品开发成功。寒还知道，这个男子和自己年纪相仿，他的头发浓密而略带卷曲，采访完毕后便不再说话，沉思的样子像大卫，寒想。寒以后就这样在心底叫他大卫。在以后的交往中寒得知，他其实是不善言辞的那种，但往往是不言则已，一言惊人，能达到一种意想不到的幽默效果，寒就是这样慢慢地喜欢上他的吧。就像一枚果子告别朦胧的花蕊，从青涩走向成熟，心情渐渐明了。等到寒意识到自己喜欢他或是爱上他的时候，她已经错过了他的花期。寒在心里痛过，悔过，但没有一个人知道她的心思，包括她最好的朋友。

如果没有去年的那一次亲密接触，寒也许会努力地从心底忘掉他。那是在去年的四月，省作协举办为期七天的创作笔会在张家界召开，没想到有他，寒的心中别提有多激动和惊喜。在这七天的时间中，寒始终是众多男人追逐的焦点，但寒只想和他在一起，最后的三天旅游时间，他们都剥下沉默和矜持的外衣，像两个活泼可爱的孩子。寒的聪明灵秀和他的幽默含蓄相得益彰，他们跳跃在山涧溪流里抓螃蟹，听鸟儿在林间啾啭，在爬山的时候遇到陡峭的地方，他会拉了她的手一同往上爬，他们将一份愉悦与松弛尽情释放在这山清水秀的大自然中，并拍下许多表情丰富而开怀的照片。夜晚，他们和所有参会的人一起唱歌，跳舞，除了她，他不再邀请别的女子。寒唱《泰坦尼克》，唱《人鬼情未了》，唱到动情处，寒一抬头，正看到他热烈而入迷的目光，一时间，寒真有一种梦里不知身是客的感觉。在回去的路上，寒记住了他对她说的一句话，你是一个优秀而特别的女孩。

以后的日子里，他们互相交换作品，交换书。他很忙，但有时也会受寒的邀约来她的寓所坐坐，三五个朋友，听美国乡村音乐，喝红酒，谈E时代文学，只是从来不谈爱情。他们只是一种纯友谊的朋友。每一个节日，寒都会收到许多祝福和问候，还有鲜花、巧克力。寒的心中只有感谢而没有感动，她知道自己的心已经被他占满，任何精美的礼物和感人的表白都不及他一句简短的问候。而他，总是适可而止的保持着和她的交往。让寒欲罢不能。但寒知道，他是知她喜欢他的，他们虽同年，但他更像一个兄长，成熟稳健而超脱。寒如此一个清傲的女子，能有一些表露已是多么的不易。寒明知自己是不能去爱他的，他有妻子，尽管他从不主动谈他的妻子，但寒依然断断续续地知道一些他们的情况，他们是同学，想必相爱笃深吧。寒也曾调动起十二分的热情去赴那些追求者的约会，但她从他们的身上找不到他的半点影子，寒就这样日复一日的思念着，等待着。珍惜每一次与他的相处，没有希望，但充满幻想，没有承诺，但满怀期待。每一场风雨的来临，每一次雪花的飘落，都会印满寒深情清澈的目光，他是否在风的呼唤中听见我心中的呐喊，在雪的痕迹里看见我炙情的双眸！

寒一日日地忧郁了自己的神情，恹恹以一种超尘之姿，浸洇着每一寸日子。踽踽独行于热闹的街头，看奔驰而过的公交车，想那上面一定会有他的身影，她知他每日上下班都是坐公交车的。她每次给他打电话，并不知自己要和他说些什么，只要听到他温柔磁性的声音，寒的心中才会感到一些安慰。寒在一次次的想象中设计着与他的不期而遇，在一些明知不可能有他的地方搜寻着他的身影，在低迷消沉的乐曲中寄托对他的思念，在午夜的梦中与他携手呢喃，千回百转，百转千回。在这个连续阴雨已近半月的初秋的夜晚，寒真的病了。病中的寒最想见到的依然是他，虽知他不会给她什么，但只要见到他也是一种安慰。

明知那灼人的火焰会烧痛自己的心，可寒愿意一次次被无端的引燃。寒在心底对自己说，最后一次罢，我只想和他说说话。

他出现在她面前的时候，头发和衣服上到处是雨水的痕迹，手里提着一大袋紫色的葡萄，寒苍白的脸上露出久违的红晕，他找来一个盆子将葡萄倒进去，葡萄一颗颗大而圆润，闪耀着晶莹剔透的光泽，在灯光的照耀下像一个个舞蹈的精灵。他提出去洗葡萄时，寒失声叫道，别别，他有一些不解。寒说，你看它多美，不要吃掉它。寒就是这样一个特别的女子。他坐在她的床沿，彼此是那么近，他说着一些关切的询问的话语，她则忧伤地望着他，房间里弥漫着一股动情而暧昧的气息。寒望着他的眼，很想问一句，你喜欢我么？她知自己是不会说出口的，寒无可奈何地闭上眼睛，在闭上眼睛的一瞬，她看到了他不安的拘谨的躲闪的目光，他是在意我的，寒想。

寒一遍遍地回忆着他临走时的那些动作，他把她放在被子外边的手放进去，并给她掖紧被子，把明天要吃的药片放在床头。

因了这些回忆，寒仍觉出自己的幸福。这些轻言笑语，祝福和感动呵，凝结成沧桑心底一个永无止境的——梦。寒心中明白，自己已进入一种较为尴尬的年龄，在又一次生日不可抗拒的到来的时候，她终于又为自己找到可以见他的理由。

她约他于这个周末的晚八点在家中为自己庆祝生日。房间里摆放了五十一朵玫瑰，这是只有寒才能懂的花语，表示我的心中只有你，餐桌上燃烧着一对红烛，舒缓轻曼的钢琴曲在空气中静静流淌。她将他前些天送来的已经冰冻的葡萄从冰箱中取出一颗颗洗干净，她是那么的小心翼翼，像触摸初生的婴儿，她将葡萄摆放在一个玻璃器皿中，码放成一座小山。寒脸上散发出幸福而迷人的笑容，寒觉得只有这光彩照人的面容才配吃这些美丽的葡萄。

时间一点点的过去，八点十分，寒的手机响起，是他的声音：对不起，今天我不能来了，今天是我女儿的生日，祝你幸福！电话被轻轻地挂断。

一种摧枯拉朽的绝望和痛苦迅速的包围和逼近了她，她感到自己像一艘飘荡在大海里的破船，怎么也找不到抛锚的锁链，地球停止转动，时间因此静止，而门外似是千年的风霜。不知不觉中寒已是泪流满面，这时候，杯中的葡萄一颗颗化解坍塌，失去原有的饱满，暗红的液体溢出杯外，一滴滴洒落于洁白的餐桌，蔓延成一片旖旎的绝唱……

等待花开

吟梦做了一个梦。在近一个时期以来，她老是在重复着这个相同的梦。梦里，她被一个男子拥吻着，她努力回忆这个男子的容貌，可总是模糊不清，她只记得他的吻带有一种很糯性的甜，像是一只蝴蝶羽翼的轻轻触摸，留下一阵清香。醒来后吟梦还能感觉出一种战栗，让她不由得回味无穷。

一

吟梦这个名字，起初是叫银梦的，但和吟梦比起来，叫法是一样，但在感觉上却有了很大的区别。在吟梦读初中二年级的时候，便将自己名字中的那个银字改成了吟，直到大学毕业参加工作，这个名字还是如此不落俗套。吟梦是名字美，人更美，她也知道自己的美丽是如何让一些男人着迷。

吟梦有着一张张柏芝的小圆脸，身材却高挑而骨感。在大学的时候，同宿舍的女孩子为了苗条而节食，只吃一点点，吟梦会在吃完一大碗饭之后，还会买来一大堆零食，她会不动声色地看着那些害怕长胖的女孩子们，将一颗颗花生米、巧克力轻松地丢进嘴里嚼得嘎嘣嘎嘣响。除了话梅瓜子巧克力等这些常见的零食外，吟梦还喜欢吃一种黄豆酥，那是一种用面粉做的，并用油炸得酥酥的、香香的、由许多颗粒粘成一块块的食品，看上去金灿灿的。

漂亮的女孩子当然会有些与众不同，爱情也好，人生也罢。吟梦有自己的爱情观，那就是决不会喜欢追求自己的男孩，从读初中到现在，那些追求者少说也有一个加强连。而那些追求者的手段也是花样百出。特别是情书，读初中的时候，男孩子的情书像喊口号，表决心，他们大多会将所谓的情书折叠成一只只鸟的形状，并夹在吟梦的文具盒里，信中大多数会这样写道：书山有路勤为径，学海无涯苦作舟，让我们一起攀登科学文化的高峰，携手走进二〇〇〇年！那时候才多大啊，但二〇〇〇年对他们充满了幻想。到了高中，那些情书则像未成熟的青果，又酸又涩，吟梦收到最多的是舒婷和汪国真的爱情诗，那些傻瓜，抄袭别人的东西是一套套，要知道，吟梦可是校文学社的才女，美女加才女。大学的时候，那些毛头小伙子则大胆得多了，不但会自己作诗，还会生出许多约会的方式来，吟梦也去约过会，但她绝不会单独赴约，每次都要拉上自己最好的女伴。来到这个公司后，吟梦自然也收到过不少情书，惹得公司一帮女同事们羡慕不已。

吟梦的家在一个小镇上，父亲是个乡党委书记，也就是那一方的土皇帝。她知道自己漂亮，但绝对缺少一种高贵的血统与气质，充其量只能算个小家碧玉吧，所以，在她的性格中掺杂着一种自卑与自信的东西。她也有过自己的初恋，但那只能算一种暗恋。那还是读初中的时候，吟梦的班主任老师是一个只有二十来岁的小伙子，有着修长挺拔的身材，特别是那双眼睛，毛茸茸的，她想，男生怎么会有一双这样的眼睛呢？和许多女孩子一样，她会在班主任老师打球的时候在那里大呼小叫，忘乎所以的呐喊助威。有时候打完球后，班主任会叫过她说："吟梦，帮我洗一下衬衫，可以吗？"那时候，班主任喜欢穿一件白色的衬衫和一条蓝色的萝卜裤，看上去帅极了。他不是直接要她洗，而是这样问："吟梦，帮我洗一下，可以吗？"那是一种商量的语气，让人觉得亲切，吟梦会洗得隔外的卖力，一双小手搓得通红。

班主任只带了吟梦一年的课，在吟梦上初三的时候便去武汉进修了，在班主任离去后的那一段日子，吟梦失恋了，且经历了少女时代不为人知的、人世间最痛苦的考验。在吟梦结束中考的时候，还是见到了班主任一面。

那是在一个中午，吟梦去同学家。当时是在临近镇百货大楼的街面上，车来车往，那么多的人，吟梦一眼便认出了他，几乎想也没想，吟梦就叫出了他的名字。他还是那样的装束，几乎没有什么改变。当时，吟梦只是那样傻傻地看着他，他们说了些什么，她一句也不知道，心中全部都是高兴与激动。汽车扬起一阵阵的灰尘，和着吟梦不断流出的汗水，直到他和她说再见。

这个算不算初恋呢？吟梦不知道，但就是从那时候开始，她觉得自己长大了，所以，她将初中二年级定为自己人生当中的一个新的转折点。

到了高中，她又开始喜欢上一个个子不高，其貌不扬的男孩。这个同学虽然长得不好，学习也不怎么样，但有着一种与生俱来的幽默感，什么话只要经过他的口里说出来，就绝对能引起一片大笑，同学们都叫他开心果。每当同学们围着他天南海北侃大山的时候，吟梦也会满脸幸福地望着他，充满憧憬。到了临近高考的时候，那些地下情侣们会以复习为由，晚自习的时候便早早地选择后面的座位，堂而皇之地坐在一起，不知是复习功课还是在复习爱情。特别是到了毕业的时候，留言啊，送礼物啊，忙得不亦乐乎。那时候送得最多的要数笔记本了，吟梦也精心地为他准备了一个，并在笔记本的扉页上写上了一首朦胧的小诗，但最后终于是没有送出去，这就是吟梦不自信的地方，她想，要是他不明白我的意思，或者不领自己这个情，那该怎么办？

对于众多的追求者，如果说吟梦从不为之所动那是假的，但她有自己的爱情原则，看到那些追求者俯首帖耳百依百顺一副讨好卖乖的样子，吟梦刚刚有点张开的心又会紧紧地关起来，再不留一点余地。

吟梦心中的爱情，是在长满青松翠柏的深山，自己着一袭白裙，弹奏着高山流水的曲子，琴声穿过漫长的夜空，慢慢化为一缕相思，而远方一位头戴方巾的书生，手拈书卷，颔首微笑……

二

朱家文出现在吟梦的生活中已有三个月的时间了。

其实朱家文有着许多女孩子想要的东西，比如家世背景，比如财富，特别是在这个以金钱来衡量一切的沿海发达城市。

认识他是在一次商务谈判会上，吟梦以前在营销部工作，现在的身份是总经理助理。本来她与这个商务活动没有任何关系，但那天营销部主任硬拉着她去。在整个谈判过程中，朱家文表现得非常果断与自信。他的个子很高，皮肤有点黑，一双眼睛贼亮贼亮的，浑身透着一股桀骜不驯的气质。

出于礼貌，他们互换了名片和号码，临分手的时候，朱家文说：“吟梦小姐，有空我会约你的。”

吟梦将对方归类为那种风流的纨绔子弟之列，所以也不太留意。

大概一个星期左右，吟梦真的接到了朱家文的电话。

对方的话很简短：“我是朱家文，今年二十七岁，未婚，可不可以出来吃顿饭？”

“不可以。”吟梦的回答斩钉截铁，毫无商量的余地。干什么？征婚啊？

对方大概是有些措手不及，犹豫了一下，只说了句，好吧，连为什么也没问一句。

后来听同事说，这个朱家文还挺不简单的，工商管理硕士研究生，父亲是大东方娱乐城的总经理，他自己则是这个娱乐城的部门经理。

对于这类人物，吟梦向来是敬而远之的。认为他们追女孩，不过是出于好玩，或者说是出于一种征服欲，自己不会傻得连这个也分不清楚。

其实这个朱家文追求的手段也不例外，还不是一种用烂了的方法，一天一束玫瑰，一天一条短消息，电子贺卡、邮件等等。就这样持续了三个月，看来这个朱家文还是一副不到黄河心不死的架势了。

及至吟梦决定去赴那个饭局，也是因了朱家文发在她的手机上的一首小诗：我是你扑面而来的风景，你却未曾感动，在四月妩媚的春天，花一如既往的开放，我依然如故的思念，只是你匆匆的一眼，怎懂我如此深的爱恋。

那天的赴宴，出于一种女性的虚荣和一种不可怠慢自己的想法，吟梦穿了一袭银色的罗兰品牌的长裙，裙的上衣是一种针织面料，下摆则是一种绸缎样的滑爽的面料，裸露着修长的脖子和双臂，手臂上挂了一条同样颜色的针织围巾，围巾的下摆镶着咖啡色的珠子，珠子下面是一排大约两寸来长的流苏，鞋子也是吟梦为了配合这件裙子精心挑选的，鞋面由几根简洁的银色带子褡袢而成，吟梦的头发是略带栗色的那种，她一改往日那种清汤挂面式的披肩发，用发卷卷出一个个的大波浪，就那么随意地打着卷儿，恰恰遮住了那裸露的肩膀。整个装束看上去高贵典雅，还有一种收敛后的珠光宝气。

地点在凯旋大酒店，吟梦是坐计程车去的。远远的，她便看见一群手持玫瑰，身穿黑色西装的男人，站立在金碧辉煌的大酒店的两边，起初她还以为是哪个人结婚摆的玫瑰花阵，等到走进了，那群男人齐声喊道：“吟梦小姐，欢迎光临！”

并依次将这些玫瑰放在吟梦的手里，吟梦真的是有些措手不及。这一点措手不及，多多少少的将吟梦的优雅有些打折扣，就在她措手不及之间，朱家文就出现在她的面前，同样的，也是一束玫瑰。一张诡异的笑脸。

这是一家以经营海鲜为主的大酒店，吟梦走在朱家文的身后，看见那些五彩缤纷的美丽的叫不出名字的海洋生物在透明的玻璃馆里面快乐的游来游去。

烛光，音乐，包间，但只有他们两个。

“为什么会对我这样？”吟梦问。

“因为，你是第一个让我追不到的女孩。”

吟梦的心不由得砰的一跳，这是一个在爱情的观点上和自己一模一样的男人，慢慢地，心跳归于平静。五月的天气略有一丝凉意，她将围巾向脖子上拉了拉，换了一种嘲讽的微笑，说：“所以你不死心，所以你一定要证明给自己看，我不过也是一个不能免俗的女子，是不是？”

“不是，你是一个与众不同的女孩，所以，我喜欢你！”

吟梦看见朱家文的脸黑红黑红起来，眼睛里有一种炽热的光在闪烁。

三

吟梦的生活中，还有一个男孩，叫桑梓平。这是一个性格相当内向的男孩，单薄瘦弱，文静秀气，也许这些形容词用在一个男孩身上有些欠妥，但的确如此。桑梓平比吟梦小了整整三岁，这个男孩，像一只小小的蜗牛，总是小心仔细地保护着自己的自尊。

桑梓平在吟梦所在公司下属车间一个最基层的操作岗位，吟梦认识他，是因为在公司内部刊物的副刊上经常会看到他的名字，小小说，诗歌，散文。特别是有一首词，笔触非常的温婉细腻，曾引起过吟梦心中特别温柔的那根神经。初次见到他，吟梦不由得有些心跳加速，呼吸困难，因为她看见了那双毛茸茸的大眼睛，十三岁那年的心痛又袭上心头，虽然以后，吟梦再也没有见过当年的班主任老师，但留在她心中的记忆，就是眼前的这个桑梓平。

在以后的交往中，当然是吟梦主动去找他了，他不会来找她的，吟梦的心中非常的清楚。他们之间也许会有一些心动的东西，但绝不会有爱情。

吟梦曾做过努力，力荐他去宣传部，但被他婉拒。

这是一个在感情上单纯得没有初恋的男孩，吟梦在脱去白天的应酬与伪装后，扎一束马尾，着一件简单的家常便衣，以一种非常简单而又快乐的心情与桑梓平坐在一起，他们常常会反复听着一段音乐，畅谈至深夜。空气里是一种纯净得透明的东西，他们相互说着一些看过的书，评论着社会时弊，无拘无束，不选择角度，不斟字酌句，不拐弯抹角，以一种最轻松最自然最实情的方式交谈。偶尔，他们也会谈一些自己的爱情观。

吟梦："你是选择一个爱你的人，还是会选择一个你爱的人？"

桑梓平："如果我选择一个我爱的人，如果她只给我一点点，我也会感到非常快乐，如果我选择一个爱我的人，即使是得到她的全部，我也不会感觉到快乐。所以我会选择自己所爱的人。"

吟梦："那么，你将如何去寻访自己的所爱呢？"

桑梓平："我想，二十六岁以前，我不会有爱情，二十八岁以前，我不会有婚姻，而那个我爱的人，现在还是一个未知数。"

吟梦不由得笑了起来："也就是说，到了二十八岁的那一天，就会有一个女孩等在那儿嫁给你了！"

因了这些个爱情观点，吟梦便将他当作自己的知音了。

在桑梓平生日时，吟梦曾做过一张卡片送给他，上面写着只有自己才能懂的几句话：故园，蓄满晶莹的泪珠，打湿采桑的歌子，在昔日梦寐的边缘。

但这些都已经成为一种回忆，桑梓平已经去到了另外一座城市，他们相隔是那么远。起初，他会给她的邮箱里发来许多E－mail，那哪里是叫信，她称之为桑梓平喃喃自语。在信里，他称自己为飞南乌鹊，还会附上许多朦朦胧胧的诗，比如：北雁南飞／衔来北国的相思／在南方等待／北方的小雪／南天的骄阳／织成一道比岁月更长／永不逝落的虹／我将北国的红豆深藏／又将昨天的风景遗忘／木屋／古树／小溪旁／野花一片／岁月流淌令往事埋藏／炊烟袅袅心花未绽放／于是我化着一颗露珠／日落零聚／黎明释放／远方的你啊／可曾好好将他／收藏。

大约半年之后，桑梓平便杳无音讯了，吟梦曾做过许多次的猜测，替他假想了许多没有音讯的理由。桑梓平平日极为寡言，只一个好友叫东东，那是个热情快乐又单纯的小伙子，与桑梓平的性格形成极大的反差。她曾去问过东东，东东心无城府地说，他曾经给我写过一封信，信中提到和你的交往，他说他和你之间是君子之交淡如水啦！吟梦的心不由得一沉。

在以后的日子里，看了一本好书，再也没有人来共同分享，吟梦的心中，真的有几分欲将心事付瑶琴，知音少，弦断无人听的感觉了。

吟梦常会这样想，如果哪天见到他，她一定会和他畅谈三天三夜，然后，还有一个小小的愿望，那就是，希望他能够吻她一下，因为她每天重复的那个梦，那个吻，也许只有桑梓平才能给予。她想，自己的这个要求会不会过分，她什么都不需要，只要一个吻就够了。

真的是梦里梦外，花开花谢，只为等待片刻的相逢。

四

通常，如果有较为重要的外务接待活动，吟梦会去紫楠王美发中心做头发。经常给吟梦做头发的男孩叫阿森，这是一个浑身充满活力的湖北男孩，和吟梦是同乡。这个男孩身高一米八左右，皮肤很白，头发长长的，有着张扬的青春与独特个性相统一的美感，看上去充满活力与朝气。每天，会有许多华贵的妇人点名要阿森做头发，那些女人牵着名贵的宠物狗，挽着小坤包，刷着会员金卡，一来就亲切的和阿森打着招呼。

但每次，只要吟梦出现，阿森会尽量抽空亲力而为，他们之间，有着一丝彼此心照不宣的默契，阿森说一口标准的普通话，话音磁性，温柔可亲。

在做头发的那一大段时间里，其实是很无聊的。吟梦和阿森就会谈一些头发以外的话题，吟梦曾和阿森开玩笑说，你条件那么好，为什么不向娱乐方面发展，或者，可以去报考电台的播音员或者主持人啊？

阿森笑笑：“哪里，我书读得少，高中没毕业就出来混了，走南闯北的，倒是去过不少地方。”

“那你打算就这样一直在这里打工啊？”

“也不是，等我攒够了钱，就回武汉，开一家最好的美发店。”

在说话的时候，他们的目光会不经意地在镜子里相遇，吟梦非常喜欢看他那张无懈可击的英俊的脸，但两眼对视后，多多少少还是有些不好意思。

每次做完头发，阿森会用双手捧着吟梦的头，并低下头来，看着镜中的吟梦，说："真美。"

每当这个时候，吟梦会有一种眩晕的感觉。

有一天在做完头发的时候，阿森突然的有些不好意思起来，吞吞吐吐的对吟梦说："你能告诉我你的电话号码吗？"吟梦多多少少有些意外，但稍一迟疑，还是说："只是，你这样子能记得住吗？"

"你说吧，我想我会的。"

"你是想，如果这里要举办什么大型的美发活动好及时的通知我吗？"为了缓解这份尴尬，吟梦一下子想出这样一个调侃的理由。

这是一个晴朗的夏天，阳光，沙滩，海浪。

这是远离市区的洞头岛屿，吟梦坚持要来这个游人罕至的地方，为什么，她自己也说不清。

吟梦说："阿森，你知道什么叫漏沙吗？"

阿森："嗯？"

吟梦："背对着大海，闭上眼睛，等着浪打过来，感觉脚底的沙一点一点地退去，知道吗？这就叫漏沙。"

阿森不知她葫芦里卖的什么药，便背对着大海，依言站好。

"有时候，幸福就像这脚底的沙一样，当它慢慢漏去的时候，你想要把握，也不能够。"

阿森大笑起来，吟梦不由得一个激愣，阿森说："生活这样美好，你会有什么不幸福的地方啊？"

突然的，吟梦的情绪便低落了下去。

海浪拍打着沙滩，海水在慢慢地上涨，海里有一些嶙峋的礁石，吟梦说，我累了。便寻了一块较为平整的礁石，于是，他们各自坐在两块石头上，相距不过一米左右，吟梦的眼望向前方，海面有一些不知名的鸟飞得很低，吟梦的思绪，一下子有些无着。渐渐的，海水涨起来，已快淹没他们所坐的那块石头了，阿森跳入水中，海水已没至他的膝头上，吟梦不由得呀地叫了一声，她今天穿了一条紧身的七分牛仔裤，裤子是无法向上挽了，她叫起来，怎么办？

"如果你不想将自己浑身弄得湿湿的，"阿森站在水中，双手叉在腰上，像一只白鹤，满脸是坏坏的笑：“我抱你过去啊？”

“不行不行。”吟梦连连摆手，生怕阿森会抢了她去，阿森也不管那么多，一把抱着了她。

吟梦的脸上已经通红，只得由他抱着，口里催促道：“快走啊？”

阿森站在水里，只是不动，猝然地寻找着吟梦的嘴唇，吟梦没想到他会这样，伸开双手做拼命地挣扎，他们在水中踉踉跄跄推来搡去，一挨上岸，吟梦套上鞋，飞快地朝岸上奔去。

阿森在后面边追边喊：“你是怎么搞的啊？你为什么这样啊？我真的搞不懂你哪！”

五

生活本身是多彩多姿的，但取决于你自己对待生活的态度。

吟梦的身边，还是有许多的追求者，但她真的感到有些迷惑，她不知道自己的选择是什么，那些在书里、电影中看来的爱情感觉，现实生活中也许真的难以寻找，而她，又不想将别人当成一个无辜的实验品或牺牲品，过完了本命年生日，她不由得对自己的人生态度有了几分怀疑。从同事的议论中隐隐的知道了一些自己存在的问题，清高孤傲，阳春白雪，和者必寡。她虽然知道木秀于林风必摧之人高于众众必毁之的道理，但也不得不好好地审视自己了，有些时候，是不是该放弃些什么？

寂寞落花人独立，微雨燕双飞。吟梦真的想告别那种茕茕孑立，拥衾独宿的日子了。

以后还要不要阿森做头发，真的是一件为难的事情，吟梦不想伤害这个单纯的男孩，她认为，自己和他绝不是同一种类型的人。

朱家文在持续对吟梦为期五个月零八天的追求后最终收兵回营。朱家文最后这样对吟梦说：你是一个让我敬重的女孩，但也许真的不适合做我的妻子，我尊重你的选择，哪天后悔了，还会有机会。吟梦的心中不知是一种释然还是一份失落，大概两种感觉都有吧，毕竟人家鞍前马后的迷恋了自己这么多天。出于一种愧疚，所以答应了朱家文的邀请，前来参加他的婚礼。朱家文就是朱家文，永远的那么夸张，新娘子才二十岁，他们从认识到结婚不到两个月时间，婚礼在吟梦曾去赴过宴的凯旋大酒店举行，三十辆花车从街上徐徐驶过，气派壮观之极。

那天，吟梦去车间，东东喊住了他："知道吗，桑梓平要回来了。"

吟梦吃了一惊，在一份惊喜过后又是一阵失落，这个家伙，不是失踪了吗？他为什么不给自己打个电话啊。

"他回来了，再不回去吗？"

"不是，他回来这里看看同事，然后回老家，然后再去上班。"

已至初秋，城市的上空呈现出一片玫瑰的色彩，空气里是一种极干爽又清新的味道。吟梦为了迎接桑梓平的回来，买了美国乡村经典歌曲《昨日重现》，有一次去一家餐厅用餐的时候放的就是这首曲子，那种浑厚、低沉、但不失亲切的感觉一直萦绕在心头，吟梦想，也许只有和桑梓平在一起，才会听得出同样的感觉吧。

桌上的小雏菊在花瓶里悄悄地开放着，吟梦静静地坐在桌前，似乎听见花开时嘶嘶的声音，在花开的同时，她看见桑梓平带着灿烂的笑脸推门而入。

爱一个人可以爱多久

一

晨晚斜卧床头，纯白的、丝质的睡袍松垮的套在身上，颈上挂一条莹白的珍珠项链，她将雪白的手臂和长颈鹿般的脖子及饱满的酥胸夸张的展露着，像一只熟透了的苹果。湖蓝色柔和的壁灯，伴着《秋日私语》，叮叮咚咚的琴声一点点的扑散开来，营造出一种温馨极致的韵味。晨晚的眼中，闪耀着几许迷离和期盼，她的耳朵捕捉着门外的每一种声响。

夜十点。

晨晚听到门外钥匙轻轻转动的声音。

是子青。

子青的嘴里含了一朵稻黄的月季，那是在楼下花坛里顺手摘的。他径自来到晨晚的床前，单腿跪地看着晨晚，只一眼，子青便抱住了她，一阵深深的、长长的热吻后，子青悠悠地说："晚，今生我是逃脱不掉你的柔情了。"

"不，不。"晨晚更加紧紧地抱住子青。

已经是第几次了？说好今夜过后就分手，永远的不要再记起，可他们从对方的眼中看到的，却是一种欲罢不忍的依恋。

他们在这个装修豪华的公寓极尽疯狂，在宽大舒适的床上，在洒满玫瑰花瓣的浴缸，在毛茸的提花地毯上，在松软的沙发里，子青满嘴的浑言乱语："妻不如妾，妾不如偷，偷不如偷不着！”说最后一句话的时候，子青总是把晨晚紧紧地按住，引得晨晚一阵阵快乐的大叫。

只是，当最后的一缕激情将喘息的夜画上一个短暂而永恒的句号，天际最远的那颗星星伴着慢慢升起的一轮红日，宽大的落地窗挤进丝丝缕缕若隐若现的车流人流的声音的时候，他们心中升起的，是同样的一种失落和烦躁，然后是子青伤感的离去。

没有未来，没有明天，他们都知终有一日，会有执手相看泪眼的那一天，但都是一种过了今生便不去想来世的架势。

二

子青初识晨晚，是在世纪之星夜总会，那晚子青和许多朋友在一起闹得很起劲。邻桌的晨晚，着一袭家常月白的布衣，胸前垂两条松散的麻花辫子，独自啜饮着一杯红酒，微蹙的双眉下是一双妙玉似的深邃的大眼，却没有妙玉的那份宁静忧郁与空循冷傲，似是饶有兴味的欣赏着台上的表演，脚还不停地和着音乐的节奏。

还有一次是在宏宇菜市场，子青看见一个女孩扎了一条马尾辫，穿着一条宝蓝牛仔的背带长裙，拿着个画夹正在聚精会神地对着一匹马描着，满眼的认真与忘我，与熙熙攘攘来来往往提着菜篮子的人群极不合拍。子青正值青春年少，对这个与众不同的女孩自是很有兴趣，便停下来仔细地看她，还是那副微蹙的眉眼，在清晨微薄的阳光的照耀下显得是如此的清新与自然。这些都是子青对晨晚短暂但深刻的记忆。

他们最后的相识是在一个朋友的生日聚会上，那天是五月初五端阳节，子青一眼便看见晨晚坐在人群中，晨晚的头上挽了一个大髻，周围插了一圈洁白的栀子，一幅端庄娴淑的小妇人模样，像遗落风中的一阙宋词。子青得知，晨晚已婚，是一家初级中学的英文教师。

那晚是在一家陶吧，一共有十来个人，他们不停地疯闹着，一刻也不肯安静。他们有的在陶坊里捏那些瓶瓶罐罐，有的在喝酒唱歌，只剩下子青和晨晚面对面地坐在挂满青藤的秋千上。

“Are you lonely tonight（今夜你是否孤独）？”子青望着晨晚的眼睛。

“Yes.”略一迟疑，晨晚向子青举举手中的杯子。

相识，相知，相恋，其实是一个短暂的过程。他们都惊异于对对方惊鸿一瞥而凝聚成永恒一刻的快意，并彼此诠释一见钟情这一古老的话题。

都市的霓虹引诱情感的泛滥，激情的夜燃烧放纵的情感。他们的初衷，只是想做一对纯粹的朋友，但有过几回心灵相通的眉目传情与交流，又历经无数夜深人静的寂寞及孤枕难眠辗转反侧的煎熬后，终于挣脱了最后一道防线，情不自禁中，他们共同编制了那么多酥软的梦，浓浓的深情凝结成丝丝缕缕的记忆，她踩在他的脚尖跳舞，他们在夏夜的林中听波涛的欢歌……

三

又是一个激情的夜晚。

晨晚告诉子青，他明天要回来了。

子青的笑凝固在脸上，手也停止了动作。晨晚很觉尴尬，知是预料中的反应，只能用更加温柔的肢体去抚慰，似是要把日后的歉疚提前补偿了。又说，大概只待一个星期的时间便走。子青却不耐烦起来，狠狠的叹了一口气，默默地收拾起自己的东西，连平时的吻别都免了，只说一声，我走了。

一滴泪无声的滑过晨晚的脸庞，她在心底对子青说，对不起子青，原谅我的身不由己。

这是一个寂寞的夜。

子青将自己放平在单人床上，眼睛木然地望着头上的墙顶，忽的一下子又坐了起来。他点燃一支烟，蹲在房间的一面穿衣镜前，他想好好地照照自己的灵魂。镜中是一张年轻的、略显稚嫩的、但英气勃发的脸，只是眼中却有了一种沧桑疲惫的意味，烟雾弥漫中子青默默地流泪，他感觉自己就像一块被扔掉的纸尿布：我算什么？我算什么啊？

子青没有豪宅，没有名车，子青只是一家公司的一个小职员，有的只是一份年少的轻狂和虚无缥缈的梦想。

于是子青再一次对自己说，算了吧，就这么忘了吧。

于是，反反复复的，子青问晨晚：“你是爱我，还是爱他？”

晨晚像搁浅在陆地的一条焦渴的鱼，紧紧地抱着子青：“不要离开我！给我一些时间再考虑。”子青的心如一张破败的渔网，千疮百孔。

曾经的山盟海誓已显苍白，子青知昨夜的深情已成今日的负累，离开应是一种最好的选择，虽知彼此都是深爱着对方的，但天下没有不散的筵席，不是你的，总归是不得强求。

四

未认识子青之前，晨晚是一个快乐而单纯的女子，她的世界晴朗透明得像五月的天空。因子青的出现，晨晚的生活变得五彩斑斓。子青带给她的，是一片全新的快乐和刺激的感受，又夹杂着隐隐的不安和愧疚。

晨晚的婚姻，亦是历经两年相恋时间的打磨，且又都是大学同窗，才有得三年婚姻的结果。丈夫属于成熟内敛的那种，知晨晚是一个性情中的女子，也是疼极了她，任由着她。正因为深爱着她，希望晨晚过得幸福，便远到深圳谋事，已做至总经理的职位，只等为晨晚联系的学校妥当，便可接她过去。

晨晚知自己对两方都不能割舍，要做出抉择真的是一件很难的事情，她更觉自己对不起两个爱她的男人。在情感的放纵中虽收获了许多的快乐，但也给自己的心灵栽满了负罪的荆棘，扎得她伤痕累累，心力交瘁。

已多日不见子青。晨晚心中明白，这次子青是真的要离开她了，他说要出去打造一方自己的天空，然后再回来娶晨晚。子青还是一个孩子，哪里就能守得住自己的承诺，不知日后他会找一个什么样的女子为妻？想到子青，晨晚的心中掠过一股巨大的空落与冷清，一切的事情就像发生在昨天，如此的清晰明了……

子青常会拉了晨晚的头发绕在自己的脖子上对晨晚说，你这柔情的三千青丝啊，已牢牢地缠住了我的今生！

在迪厅，子青和一大群少女在尽情地狂舞，晨晚在一旁酸酸的看他，子青会没心没肺的抱着她入场，让晨晚有一种满足的快感。

在偶尔的口角与赌气后，子青总是写上一张便条，或是一个偷吻，有时干脆吼上一嗓：我是铁了心的爱你，一片真情矢志不渝，一切便会烟消云散。

在无数的温存过后，子青总喜欢贴着她的耳朵对她说：“你是我生命中的第一个女人，我永远也不会忘记你！”

五

已至深秋，天边有月如钩。再过几天，晨晚便会离开这座城市，真的是每一个角落都有回忆。晨晚独自信步，不觉已至江边的那片林子，老木屋仍在，木屋下的石头也在，晨晚坐上去，依稀似是子青拥了她在唱童安格的《花瓣雨》：爱一个人可以爱多久，心痛到哪里才是尽头……

一阵风起，落叶簌簌，晨晚的心中，多日积淀的情感如落叶纷纷坠落。

小狗杰克的爱情

风和日丽、晴空万里，太阳展开金色的翅膀，穿过城市的上空投射在大地上，洒下一片粼粼的光影。

我感觉到今天的日子似乎有些不对劲了，老凶，我的主人，我在心里这样称呼他。他不知从哪里弄来一根长长的铁链子套在我的脖子上，刚开始我还觉得挺新鲜好玩的，要知道以前主人的小女儿就给我戴过类似这样的小铃铛，并配上鲜红的丝绸蝴蝶结，挂在脖子上叮当作响，吸引了不少异性狗的目光。

在这里我必须说明的是，我是一条浑身有着乌黑鲜亮的皮毛的，健壮的，情窦初开的，嘻嘻，小狗，我的名字叫杰克。

这次我似乎想错了，主人并不是想给我戴什么项链，主人用这根铁链子原来是要把我锁在房子外面。

我不停地用前爪拍打着房间的大门以示抗议，并希望能引起主人的注意，可主人一副铁石心肠毫无所动的样子，使我不由得心灰意冷。

这是主人在自己的房子后边搭起的一间偏厦，那里有水池，花坛，环境也还过得去，只是有点寂寞，主人家聘请的两个小伙计会随时过来逗弄我一下。

对了，我忘记做了交代，我的主人经营着一家不大的餐馆，在我小的时候，极大的乐趣就是在客人的脚底下钻来钻去，虽然随着年龄的增长和我的日渐壮硕，但对这类游戏依然乐此不疲。先前我还冲着两个小伙计咧嘴讨笑，希望他们能放了我，可见他们一副公事公办的样子，我便彻底死了这份心。我还有一个办法，那就是等她了，我的姐姐。

姐姐在主人家的餐馆搭伙吃饭，每天中午和晚上，都会准时出现在这里，来的第一件事就是杰克杰克的叫，然后是我箭一般地冲向她，添她的手、腿、脚，她就会咯咯地笑着，并抚摸着我油亮的全身，要知道这可是我感觉到最高兴的时候了。

在我的期盼中终于听到了姐姐的呼唤，我拼命地拍打着门，嘴里发出万分委屈的呜咽声，我听到主人给她在说着什么，大概是说客人提了意见，说一条狗在餐馆里钻来钻去的不大好。我的心里有一种叫作自尊的东西悄然消失。

这时候，姐姐走了过来，解开我身上的链子，温柔地对我说："杰克呀，我带你出去玩好不好？"

虽然才不过半天时间，可我早就厌倦了水池边的生活，我和姐姐来到大街上，深深地呼吸了一口新鲜的空气，啊！自由真好。

于是每天，我最盼望的时候就是中午和晚上了，我默默地、无精打采地忍受着水池边的生活，将全部的力量聚集，期待着姐姐的到来。

晚上，姐姐对我说："杰克，姐姐带你回家去玩。"

姐姐的家离这里很近，不一会就到了。姐姐的家里铺着白色的有着心形图案的地板砖，房间干净整洁，充溢着女孩清香的气息。

姐姐带我参观了她房间的每一个角落，然后对着桌上一个方头方脑的家伙告诉我："杰克，你看，这个叫电脑，里面有我好多的朋友呢，我打开来给你看看。"

姐姐打开电脑，里面有许多跳动的小企鹅，姐姐对我说："这个叫风之铃，这个叫文子不咬人，这个叫CAT，我不用出门也能和他们聊天的，慢慢地你就会认识他们了。"

对于这些，我不太感兴趣，我开始仔细地观察起姐姐的房间，房间一共有两间，里间是姐姐的卧室，卧室有一张大床，铺着粉红色的床罩，床的墙头还挂着一幅画，是那个风靡世界的爱情经典电影泰坦尼克中的杰克和露丝在车上接吻的镜头；床的对面是一面大大的穿衣镜，我伸长脖子，在前面做了一个优美的造型，并用前爪理了理身上的毛，自我感觉还蛮好。

外面的房间摆放了一口大大的书柜，里面码满了各种各样的书；还有成套的音响，碟片等；墙上挂着姐姐的大幅照片，骑在一匹高大的骆驼上，一脸灿烂的笑容，又不失一份飒爽英姿。

姐姐已经坐在电脑前和她的朋友开始聊天，我则在她的脚边幸福地睡着了。

“呵呵……”不知为什么，姐姐突然大笑起来，惊得我一个激愣，连忙爬起来一看，原来姐姐在和一只银灰色的小猫聊天，只见屏幕上闪动着这样一段话：我幸亏不住在那家餐馆隔壁，不然的话，也是和杰克一样的待遇了……竟然还提到了我的名字，姐姐是在意我的，我想。

就这样，姐姐每天吃过晚饭就会带我出去散散步，然后再去她家，她洗澡，我就蹲在门边等她，她和朋友们聊天，我就在她身边睡觉，去她家的快乐和在水池边的烦恼正好各半。在孤寂的等待中，姐姐清脆悦耳的呼唤如春日林间的翠鸟，照亮我失落的灵魂。要是哪天姐姐没来，我就会失魂落魄的连饭也吃不下。

这种幸福的日子大约持续了一个月左右，姐姐在电脑里和那只CAT聊得似乎格外起劲，好像也不再提到我的名字，他们聊的什么你是一粒睡在冬日深处的种子，我是春日猎守的农夫，我用我充满智慧和勤劳的双手，叩开春天绿色的大门……他们不停地玩着这些文字游戏，我都有些看不懂了，姐姐对我撒欢的请求也置之不理，有时候只是丢给我一团卫生纸让我一个人撕扯着了事。

这天在水池边好不容易等到了晚上，终于盼来了姐姐。姐姐今天打扮得可真漂亮，穿着一条粉红色的泡泡连衣裙，扎着清爽的马尾，脸上散发出一种幸福而迷人的光彩，姐姐带我在街上溜达了一圈，然后对我说：“杰克，我今天要去见一个哥哥，不能陪你玩了。”听到姐姐这样说，我不由得黯然神伤，楚楚可怜地望着她，姐姐拍了一下我的头说：“没事儿，明天照常和你玩！”

姐姐头也不回地走了。

其实我今天有千言万语想和姐姐说，就在今天早上，主人家商量着要把我送人，看着我一天大似一天了，老这样用条链子拴着也不是个办法。

可我哪也不想去，除了姐姐家。

可姐姐已经有两天没见人影了。我真的好想好想她。

第三天的时候，姐姐终于来了，我听到姐姐声音的时候，正对着花盆的一朵月季出神，我要给姐姐一个惊喜，便费力的用嘴咬下一朵月季，月季上有很多坚利的刺，等到姐姐来到我身边的时候，我的嘴角边流着血，与鲜红的月季相映成趣。

姐姐又带我来到了她家，姐姐不知，不过两天，我似乎已有分别两年的感觉。

姐姐和我玩了一会，便又打开电脑，不一会，姐姐便神采飞扬，我不由得凑过去看了看，原来还是那只银灰色的小猫在和姐姐说话呢，说的什么月上柳梢头，人约黄昏后，老地方见。原来姐姐几天都不来看我是和这只可恶的猫在一起！自古猫狗就不是一家，我对这只小猫充满了刻骨的恨意。

正在胡思乱想的时候，姐姐关掉电脑，拍拍我的头说："杰克呀，姐姐要出去了，明天姐姐给你找个露丝来陪你，你就不会寂寞了。"姐姐难道不明白我对她的感觉么？不知我已经深深地爱上了她？我不知自己用一种什么样的语言来表达对姐姐的那份情意，只是幽怨地望了一眼姐姐，便随姐姐来到池边，一夜我几乎都没怎么合眼，想着主人家的对话，想着那只可恨的小猫。

第二天，姐姐来接我的时候，非常高兴地对我说："杰克，我今天要带你去见一个人，你一定会喜欢他的，我们去东湖吧！"

我没有去想姐姐带我见的人会是谁，只要是和姐姐在一起我就高兴。一路上我撒着欢儿，一会儿咬着姐姐的衣角，一会儿舔舔姐姐的小手，没多久便来到东湖边。

从进公园南门往东湖的第八棵垂柳下，站着一个身材颀长，英俊飘逸的男孩，老远的他便朝姐姐挥着手，姐姐害羞地走过去，然后说："来，我给你们介绍一下，这个是杰克，这个是CAT。"

CAT蹲下身子，笑容满面地抚摸着我的身体赞不绝口："真的是好漂亮好健壮的一条狗哟！"

一条狗？是呀，我只是一条狗，我也没想到，CAT是这样一个优秀的男孩，我还能有什么可以与他相比的？一种绝望和痛苦的感觉迅速的包围了我。

姐姐已经和CAT手挽手地坐在了东湖的第十七棵垂柳边上，不时地还会唤上我一声。此刻我的内心在翻江倒海，失意，绝望，什么感觉都有，想到未知的生活，想到姐姐的幸福，流血的心在晚风的吹拂下如一盏油尽的灯，想着和姐姐无数相知相伴的岁月，一时间成为古老的童话，曾经的心仪如一缕青烟随风远逝，经年的等待飘舞成一群黑蝶……面对眼前平静的湖水，我一下子便有了决定。

我默默地走到姐姐的身边，轻轻地舔着姐姐的手，姐姐和往常一样咯咯地笑着，我望着姐姐，满含深情。

然后我慢慢地踱到离湖水较近的第十八棵垂柳下，嘴里发出最后一声呜咽，那是和姐姐的最后一次道别，然后便纵身往里跳下！

我听到姐姐和CAT的一片惊呼，在我的身体急速下坠的瞬间我感到了一种巨大的快乐和满足。

柳 叶

柳叶是一个女孩的名字。我记忆中的柳叶，总是与江南的春天有着丝丝缕缕的联系。

柳叶是我外婆隔壁家的女孩。七岁那年，我随爸爸从青岛转业回到县城老家，经常去乡下外婆家，就这样我认识了柳叶。柳叶柳叶，我觉得这个名字非常好听，富有诗情画意，可柳叶她妈说，乡下柳叶多的是，贱，好养。

柳叶和我同岁，个头却没有我高，清秀的瓜子脸，笑起来有两个大大的酒窝，乖巧文静又不失坚强勇敢。

去到外婆家后，我便粘上了柳叶，整天跟在她后头柳叶柳叶的叫。正是草长莺飞的三月，阳光明媚，菜花金黄。我要外婆早早地做了饭，吃完后跑到柳叶家，柳叶妈妈说，她早出去挖猪草了。

我飞奔到田头，见柳叶正蹲在豌豆地里，低着头仔细的寻找那些野菜，我蹑手蹑脚地从后面一把捂住她的眼睛，她大叫：俊子，我早知道是你了。

柳叶带我来到田坎边，寻找一种根茎很甜的草，我们叫它芝麻草根。那种草长在泥土外面的叶子是尖的，长在土里面的茎是白色的，放在嘴里嚼甜丝丝的，我们吃得满嘴都是泥。豌豆苗开着紫色的小花，泥土散发着醉人的清香，蒲公英在微风的吹拂下播撒自己的种子，老黄牛在不远处哞哞长鸣……后来我们又用铲子挖洞，打灶，捉迷藏，时间一晃就到了中午，回头再来看菜篮，还是刚来时挖的那点，柳叶用手将菜篮里的菜努力地往上提，松松垮垮的怎么也装不满一篮子。

我和柳叶做贼心虚的提着小半篮野菜回家来，径直向猪圈跑去，把野菜倒在猪槽里，猪风卷残云的两大口就吃掉了。

柳叶妈妈问：柳叶，你挖的野菜呢？

给猪吃了呢，妈。我和柳叶偷偷地抿着嘴笑。

猪睁着一双饥饿的小眼睛，冲我们直哼哼。

乡里人喜欢在队里的晒场上用一些青草、地皮、谷壳熏肥，一垄挨着一垄，星星点点的火种、缭绕的烟雾织成一道美丽的风景，这里成了我们孩子的乐园。我们用树枝扒拉着那些在火里炸得啪啪作响的谷子，有时候运气好还会蹦出来一颗豌豆或黄豆什么的，柳叶用手捡起来，先在衣服上擦擦，再用嘴吹掉上面的灰后送到我的嘴里，看着我狼吞虎咽地吃下去，柳叶满脸都是幸福的笑容。真的，那种香甜胜过一切美食。

那时，我们最喜欢玩一种打手猜名字的游戏，就是分成两组，一组分别有十来个人，由两个组的组长给自己的组员起一些稀奇古怪的名字，两个组长轮流来到对方的组里，随意的蒙上一个人的眼睛，然后喊对方的人过来打一下蒙上眼睛的人的手，猜出来为胜。无论柳叶取的名字多么怪，只要她的手轻轻地打一下我的手，我就能猜出来是她。多年以后我知道了默契那个词，才对那时候的心有灵犀有了很好的诠释。

还喜欢做的一件事就是和柳叶去拾鸡肥，一手提着一把竹箕，另一只手里拿根竹棍，竹棍下面绑着蚌壳，用蚌壳轻轻地一勾，那些鸡肥就全部到了竹箕里。村里有几户人家的大竹院是我们经常光顾的地方，鸡们喜欢聚集在那里追逐嬉戏，我们可以在那里捡拾到很丰足的鸡肥。那些竹院里可好玩了，那些竹或十几根挤在一块遮天蔽日，或单根修长挺拔的直指云霄，我们很小心地用手指刮着竹子上面的白灰，用小刀选择最粗的竹子在上面刻上对方的名字，我总是在左边刻上柳叶的名字，右边刻上自己的名字，柳叶在一边歪着头帮我，选择那些刻痕浅淡的笔画再用刀刻上去。

过一段日子我们会再去看那些名字，那些刀刻的名字好像是竹子身上与生俱来便已生长的花斑，我和柳叶会拍着手说，你看，长大了，它们长大了。

有一次我在竹院里捡到一个鸡蛋，欣喜若狂的交给柳叶，柳叶拿到耳朵边摇摇说，放回到你捡的地方去，我问为什么，她说，傻瓜，这是个寡蛋，我问什么是寡蛋，她把鸡蛋放在我的耳边使劲摇，我听到一股很响的水的摇荡的声音，柳叶说，就是不能孵小鸡的蛋，这是人家用来做引窝的蛋，引那些母鸡下蛋的蛋，柳叶解释了半天，我还是听得迷迷糊糊。

我们玩过家家，柳叶永远是我的新娘，我们的游戏从相亲到结婚，从怀孕到生小孩，所有的程序全部都要走完，最喜欢的游戏过程是结婚，柳叶顶块枕巾当盖头，我用根棍子轻轻挑开柳叶头上的盖头，看见柳叶羞涩的笑脸……我们总是乐此不疲。

外婆的门前有一条小河，小河里面有许多小鱼，我和柳叶在盛饭的筲箕里面撒上饭粒，那些呆头呆脑的小鱼不顾一切地往里撞，我们把鱼捉上来用荷叶包了用火烧熟后喂外婆家的那只花猫。夏天的中午是一天最热的时候，大人都睡觉了，柳叶教我躺在河上捶衣服洗菜的跳板上，便会有清凉的水面风吹过去，看见水一波一波地荡过去，感觉跳板像正在行走的船。

柳叶用一个竹圈网上很多蜘蛛的丝，教我捕蝉，我拿根棍子将树枝拨弄得哗哗响，嘴里叫着：蝉你快点出来！那些蝉鬼灵精似的，等你的人还没走近就飞走了。柳叶笑得弯下了腰，说，你这样子像端着枪进行扫荡的日本鬼子，哪里能捕到蝉？看我的！只见柳叶蹑手蹑脚地循着那些声嘶力竭的鸣蝉，用手上的竹圈啪的一下子网过去，刚刚还在树上嘶鸣不休的黑金刚便只有在网上挣扎的份了。

桑葚红了的时候，我想表现一下男孩子的勇敢，才走到树下，望一眼粗壮的桑葚树，正寻思着从哪里开始下手，柳叶走过来，说，哎呀，别弄脏了，还是我来吧。她将一根绳子结成环套在脚上，噌噌的几下就爬了上去，她骑在树上，丢下一串串红透了的桑葚，我们两人的手上、脸上都吃得乌漆麻黑的。

我给柳叶讲七个小矮人和白雪公主、灰姑娘和小王子、美人鱼的故事，柳叶睁着一双惊奇的眼睛，不停地问：真的吗？真的吗？然后我郑重其事地问柳叶：你愿意做灰姑娘吗？等柳叶点头后我就会说：我就是那个小王子。

后来，我们都长大了，我升入了初中，到乡下去得少了，再也不能像小时候那样疯玩一气。到了高二的时候，外婆不幸脑溢血病故，我和家人都非常悲伤。柳叶和村里的一群姑娘在一起，我能感觉到柳叶在偷偷地看我。柳叶已经长成了一个大姑娘，只是依然瘦弱，在我暗自垂泪的时候，她非常害羞地递给我一块手帕，同时，我看见了柳叶眼里的悲伤。

自那以后，我便再也没有见到过柳叶。

记忆中的柳叶成了我心中一个最美好的回忆。后来，我在外地念大学，又在异地参加了工作，这一别，便是十年，后来还是从母亲那里知道了一些她的消息，结婚了，生小孩了，等等。见柳叶一面，几乎成了我的一块心病。

又至三月，天空云淡风轻，金黄的菜花如待嫁新娘的婚衣，浓墨重彩地铺满大地，豌豆的清香，漫延成一抹不忍离去的惆怅。坐在列车上，一抹抹的金黄从眼底迅速的退去，夹杂着几点桃的粉红，朦朦胧胧中，柳叶，离我越来越近。

近乡情怯。

门前的小河早已干涸，屋前的菜园种上了柑橘，眼前是一个粗壮的妇人，牵着一个六七岁的女孩子，模样清秀，酷似二十年前的柳叶。

没有想象中的羞涩，柳叶剪着乡下女人常见的那种短发，脸是黑红黑红的那种，见了我，说：小俊，你还是那么年轻。嗓门，却是粗声大气的那种。

我只顾呆呆地望着她，要与记忆中的柳叶联系起来。

柳叶笑：人的命是多么的不相同啊，小俊你是城里人，还会记得我们乡下人么？

又拉过小柳叶的手说：听说你在城里教书，以后送孩子去你那上学吧。呵呵。

不是叫着我的小名，我哪里会记起来这就是我梦里常见的那个有着一双大眼睛的柳叶。

岁月无情催人老。眼前的柳叶不是我想见的人，柳叶身边的小柳叶，才是我记忆中要找的影子。

总觉得自己还是意气风发的少年，踌躇满志，还不肯过早地走进婚姻的殿堂，柳叶，却已经是一个七岁孩子的母亲。也就二十七八岁的年纪，记得书上说过，这是一个女人一生中最美的时候，但我从柳叶身上看到的，已然是一个典型的农妇形象。

相见不如怀念，相见不如怀念，我心里不停地念叨着这样一句话，交织着失落与无奈，感慨与释怀，恍惚中真的是百感交集，什么感觉都有。

但终于是圆了自己多年的心愿。也许从今以后，我的心中不再有梦罢。

别了，我心中的柳叶。

蚯蚓绿绿的情感出走

绿绿是一条蚯蚓。

绿绿是蚯蚓界公认的美男子，身材颀长，通体莹绿。绿绿因为自己的出类拔萃而显得有一些莫名的优越和莫名的飘然，还有一些莫名的忧伤。

绿绿很向往外面的世界。

绿绿居住和生活的这个地方叫百草园，这可不是鲁迅先生小时候玩过的百草园，这是一个名副其实的百草园，是一个方园近千亩地的花园苗圃，有着近一百年的历史，花园里有着许多绿绿叫不出名字的名贵的花草树木。绿绿众多的兄弟姐妹们就生活在这里，他们在这里繁衍生息，自得其乐，过着一种简单而快乐的生活。

如果绿绿不是被众人娇宠得失去了自我，也许，他也会是一只简单而快乐的蚯蚓，过着和兄弟姐妹们相同的生活。在日复一日地重复着这种简单而又单调的生活中，绿绿总觉得自己缺少了一点什么。

这是一个连续阴雨后的晴天的早晨。天空蓝得像一面镜子，尽管隔着一层厚厚的泥土，绿绿仍然能够感觉到太阳像一只温暖的大手不停地抚摸着自己。

阳光洒落在花丛间、草尖上，鸟儿在歌唱，还有一个女孩清脆的欢呼声，呈现出一片莺歌燕舞的景象。

绿绿在房间里转了转，看见正熟睡着的妻子青青，觉得有几分莫名的烦躁，便从泥土里爬出来。

因为连续多日的雨天，花园里寂静了许多时日，这个时候的太阳已有些灼热了。这个女孩子穿着一件黑色的丝织长裙，没有打伞，裸露在外面的臂膀有着一种带青色的白，她一点也不管自己穿着尖细的高跟鞋，在这些花盆里跳来跳去，一会儿说要这个，一会儿说要那个，跟在她后面的花工就连忙说好的好的，并将花盆抱到大路上。

女孩在花丛中跳跃着，欢呼着，挑选了大约有半个多小时，共十多盆花。就在女孩打算转身的时候，她一下子看见了一种椭圆形的、有着红色与绿色叶子交替生长着的树，女孩表现出一种爱不释手的样子问花工，这是一种什么树啊，好美哟。花工说，这叫橡皮树，放在办公室里很好。绿绿这时候正倚在这棵树旁，看见女孩连这个树都不认识，心里直叫那女孩子像个傻瓜，但女孩天真的样子让绿绿的心一阵阵的跳，特别是女孩俯下身来看橡皮树的时候，她的长发差点拂在了绿绿的身上，更令绿绿一阵眩晕的是，从女孩子身上散发出来一阵阵好闻的香味，差点让绿绿晕了过去。

女孩说，这棵树，我要了，但要换一个大点的花盆，换一个好看点的花盆。

听见女孩这样说，绿绿的心不由得狂跳起来，他的心中有一种期待，感觉到自己的人生将会出现一个新的转机。

花工找来一个绿色的大花盆，里面垫了些泥土，又用手提着树，另一只手轻轻地拍打着花盆的四周，在绿绿还没来得及考虑这些问题的时候，便随着树干的脱落啪的一下子掉在了地上。

又一次让绿绿感到意外的是，女孩子没有同一般的女孩子那样表现，通常女孩子看见了蚯蚓家族则像看见了魔鬼一样，总喜欢弄出来一片尖叫声。这个女孩子只是一声欢呼，哟，好漂亮的一只蚯蚓，我要，我要。花工用那只粗糙的大手轻轻地一拈，绿绿便回到了橡皮树的泥土里。

于是，绿绿便坐上了一辆双排座的大卡车，别的花都在后面的车厢里，唯有绿绿，和橡皮树一块儿，坐在驾驶室的前排坐边，旁边是那个女孩儿，不时地垂下头来看一眼那根橡皮树，每看一下，绿绿都会一阵兴奋，觉得女孩应该看见了自己。

一路上，绿绿做着许多美丽的梦，有着对一种新生活的无限向往，在这种憧憬与向往中，绿绿不知不觉睡着了。

睁开眼睛，展现在绿绿面前的是一个陌生的世界，这是一个非常大、非常气派的办公室，室内陈设豪华，有着许多绿绿叫不出名字的东西。

在这里，绿绿看见的第一个人是一个半老头子，表情非常严肃，夹着一个大大的黑色公文包，腆着大肚子，头上没有几根头发。最有趣的是，他的头发因为左边的头发已经快掉完了，就将右边的几根头发拼命地梳向左边，好掩盖左边光光的头皮。他进来的时候，根本就没有朝橡皮树——绿绿栖身的地方看上一眼。

好在有那个女孩，那个带绿绿来这里的女孩子，绿绿知道了她的名字——楚楚。

每天早晨，楚楚会来这里打扫卫生，然后，便是给橡皮树浇水，她浇得非常仔细，先是将树根整个的淋湿，然后会用嘴含了水喷洒在叶片上，绿绿会趁这个机会洗个澡。有时候，楚楚见了他就会说，你这个小坏蛋啊，这里好不好玩啊，寂寞吗？

绿绿真的很兴奋，但他知道，他到底只是一只蚯蚓，真的是无以回报楚楚对自己的好，只有劳动，才是对楚楚的回报，绿绿有了这个念头，每天在楚楚给橡皮树浇完水后就开始劳动，他小心而仔细地将橡皮树的泥土一遍遍的翻动，像一个勤劳的农夫。

每天，办公室里都会有许多人来来往往，这个老头——别人都喊他余总，总是板着一张脸，见了他的人都是一副毕恭毕敬的样子，但是绿绿不怕他。

日子在绿绿一种全新的感觉中一天天地过去，楚楚对绿绿说了不少的悄悄话，楚楚甚至对绿绿说：做一只蚯蚓多好啊，没有人世间的烦恼。听到楚楚这样说，绿绿就会有一种伤心和快活交织在一起的感觉。

但是那个中午，一切美好的感觉都被破坏了，甚至没有一丝先兆。如果不是那个中午，也许绿绿对楚楚柏拉图式的恋爱会一直持续下去。

那天天气热得出奇，但室内的空调打到了最舒适的温度，绿绿正在午睡，忽然就听到楚楚发出的不太正常的声音，绿绿四下寻找，声音是从沙发那传出来的，只见余总抱着楚楚，楚楚只是扭扭捏捏象征性的作了几下挣扎，便依偎在余总的怀里。然后，然后，绿绿看见了自己最不想看到的事情。

绿绿有些懵了，他不明白，楚楚看上去这样清纯的一个女孩子为什么要这样，还有那个余总，平时一副威风凛凛、不苟言笑的样子原来都是装出来的！

绿绿再也没有心思耕地了，他病怏怏的在泥土里躺了几天。在这几天，他才开始认真地想起了青青，那个他新婚不久的妻子。想起他和妻子那些快乐的往事。

在一天深夜，绿绿被一阵彻骨的寒意冻醒过来，原来余总昨天走的时候忘了关空调。他睁开眼睛，眼前是一片黑暗，那黑像一口深井，要把人一口吞了下去，绿绿感到一种铺天盖地的恐惧，伴着瑟瑟的寒意，他拼命地从土里爬起来，向着有一丝光亮的门外爬去。

第二天，太阳很早便出来了，炙烤在绿绿的身上，绿绿已经有好多日子没有晒过太阳了，他的身体更加绿了，是那种毫无生气的绿。他一动不动地躺在走廊的地板上。虚弱不堪。万念俱灰。

楚楚每天早晨都会很准时的来打扫卫生，将那些家什椅子弄得咣咣当当响。她提着个拖把，非常认真的从室内一直拖到室外，由于她的动作幅度太大，也没有看见绿绿，一把将他拖至一米开外，他在地板上不知打了多少个滚，头上金星乱舞，直到不能动弹，楚楚才看见了气息奄奄的绿绿，不由得一声惊呼：哎呀，你怎么跑到这里来了？

这时候，一个花工走过来，问楚楚，哪里的花需要换了？楚楚指了指室内的那棵橡皮树，说，你看，叶子都黄了。花工说：这花从买来便不曾搬出过室内晒晒太阳吧？楚楚不好意思地说：是啊，我不知道还该晒太阳的。

花工抱着橡皮树走出去，楚楚看见了地上的绿绿，叫花工停下来，她伸出纤细的手指，抓起地上的绿绿，将他放在橡皮树里，说：你在这里也怪可怜的，还是回到你的老家去吧，那里才是你真正的快乐的家。

绿绿坐在了一辆三轮车上，从一路的颠簸中慢慢苏醒过来，他渐渐的闻到一股久违的青草的气息，那是来自于百草园的清香，远远的，他看见他的兄弟姐妹们，还有他可爱的妻子青青，正腆着个大肚子，翘首以盼着他的归来……

过把瘾

不知从什么时候开始，各处刮起了一股购买香港六合彩彩票风，你无须张大耳朵，走过大街小巷，飘过你耳际的总是谁谁谁又中了大奖啦。凡是有手机的人一天当中都会收到几条这样的短消息，香港六合彩公司白小姐王先生为你提供特码云云。真是一股挡不住的诱惑，搞得一些人不由得蠢蠢欲动，跃跃欲试。

海天油脂公司是一家位于镇中心的中型企业。小梅两口儿原来都在这家厂子里上班，效益还可以，工资在当地可算一个中等水平，能按月发放，且公司各种福利待遇都还不错，但小梅不愿上那一成不变的三班倒，累人。于是在公司旁边开了一家专营生活日用品的小商店，生意还不错。

夏天是小梅商店生意最好的时候，门前支两张桌子，摆上几把塑料椅子，公司的员工渴了累了就会来喝碗冰绿豆汤，买个把冰棍雪糕，这东西的利润可对半计。他们边吃边喝还讲讲荤段子，相互之间开个把出格的玩笑，倒也其乐融融。

一到入秋，生意渐渐清淡下来，来来往往的人也少了些，整天坐在这里，小梅有些无聊，也不折不扣地迷上了买彩票。小镇里的人称为买码。小梅是怎样迷上买码的，这可得从头说起。那天，公司一个来送原材料的客户到小梅商店里买烟，拿出一张码报很仔细的研究起来，最后胸有成竹地说，这期的中奖生肖我可以肯定的说是马，并是三十二号，拿出手机拨了一个号码，喂喂喂了一通说，给我买二十元的三十二号马！那气势就好像钱已经拿到手一样，小梅有点心动了，现在生意差了很多，一天不过才十几元钱的利润，小梅小心地向那人要过码报看起来，上面鬼画桃符的一大堆，又是诗又是画，一时三刻的也看不懂，小梅心想，如果中不了也不过才赔十元，就毫不犹豫的买了十元，也是巧得很，小梅那天还真中了，扣掉本钱十元，小梅净赚了三百五十元。这个生意做得！

以后，小梅迷上了买码，不仅买来码报研究，并在每晚的七点半钟准时收看湖南经视台，因里面的一个娱乐节目中有关于六合彩的透码分析，那可是雷打不动，天王老子爷来了也一样，七岁多的儿子有一道数学题不会做，在旁边挨挨擦擦的求小梅，小梅连声说去去去，别挡着你老妈发财！主持人马可在电视里眉飞色舞，充分运用自己的每一寸肢体语言，在她看来就如同初恋情人般亲切。在她的带动下，身边还围上了一大群彩迷们，门前卖水果的赵阿姨，公司左边巷子里卖鱼卖肉卖小菜的阿婆大娘们，还有公司里一大群小媳妇大小伙们，都希望能横空发一点小财。于是，一到晚上，小梅商店的门前便围满了人。

当然也有对这个不感兴趣并极力反对的，认为天下不会有掉馅饼的好事，一切还得靠勤劳才能致富，这就是小梅的公公。还有一个就是单位里管人事的小金，小金也是一个快乐的单身汉，当然也是小梅商店里的常客，小金有时候会半真半假的和小梅开玩笑，说每天这样一十二十地扔给他们，这个商店算是给六合彩公司开了一回，不知到时候会不会给你发点奖金啊？还说既然那些给手机发短消息的人都知道特码，为何不发动自己的亲戚朋友天天买，那岂不是都成了亿万富翁，还找别人要百元十元的信息费干吗。他还向小梅询问过在买码的人群中到底是赔的时候多还是赢的时候多，统计的结果当然是赔的多赢的少了。

不时有好消息传过来，谁谁谁给六合彩公司的白小姐打电话要求透码又中了几万，那个送纸的客户说他们楼下有一个老师，能非常准确的判断中奖的号码和生肖，发了大财，在城里买了二百平方米的大房子；还听说红胜村一个老头子，要六合彩公司的给他透码，那人问他有几个孩子，在干什么，他说有三个，都在外面打工，那人一听就说，哎呀，早死了两个了！老头子一听，气不打一处来，摔掉了电话，旁边的一人听见了，知道今日中奖号码必是一号，三个儿子死掉两个还剩一个，不是一是什么，就下了一个大注，一下子就中了三万六千元，类似这样的故事数不胜数。小梅商店里每天都有讲故事和听故事的人，讲的是唾沫飞溅，听的是一脸向往，当然听还是不如自己试一把过瘾，说不定就能瞎猫碰上个死老鼠。刚开始买的时候，他们一个个嘻嘻哈哈，全不当一回事似的，这个二十，那个五十，眼睛都不眨一下。特别是那些卖小菜的，一把青菜几个萝卜的，也不知得卖上多少天，在秤杆上使上几多板眼。

有些事情说巧也就真巧，比如门前卖水果的赵阿姨，她平时是不动声色，不言不语，不过买了三五回，每回不过五元，这是最小的彩注了，但硬是让她中了两回。可还真让人说准了，当地有一句关于买码的流行语：北大清华都不怕，就怕老婆婆塌粑粑。意思是说你北大清华的博士生有什么用，还不如个大字不识的老婆婆胡乱下个码准。小梅整天拿着张码报，认为自己终是还有了些名堂，不过是运气不好罢了。这天又到了出码的日子，小梅经过一番研究，认为这期特码必定是蛇无疑，赵阿姨不知听从了谁的意见，下了一个羊，又中了，小梅就揪自己的头发，骂自己是个猪，小梅的丈夫见状，就连忙过来劝阻，还安慰她，今天没中，我们明天再买嘛，要知道小梅的脾气可是出了名的倔，他们在新婚不久，不知为了一件什么小事两人起了一些争端，小梅拿起切菜的刀朝自己的左手剁去，好端端的三个手指就废了，至今还不能往下弯曲，不论干什么活那三个手指总是伸着，碍事。从那以后，她的丈夫可是凡事都得让着她三分，如今看她这个光景，也只得好言相劝。

那个一直反对小梅买码的小金这天刚下班，就被公司质检科的陈小小给喊住了，金科长啊，快来买码，今天的肯定非虎莫属。本来小金对这类事情是从来不参与的，但陈小小是公司里头号的美人儿，娇滴滴，可是公司大小伙子们围着转的主。小金想今儿个好不容易有美人垂青，平时可是想套近乎也没希望，当下就凑过去，听陈小小煞有介事的分析起来，你看这上面写的啊，幽谷猛啸风吼声，深潭龙吟四海惊，鹤立鸡群显威风，闻风丧胆五内惊，这肯定说的是老虎。小金一听，多少也还有点道理，就问陈小小说，既然你猜的这样准，你为什么不买嘛。陈小小不好意思地说，没钱。小金听她这样说，就打开钱夹子，拿出十块钱，陈小小一见，撇撇嘴说，才这点啊？小金哪肯在小小面前掉这个面子，就又拿出一张百元面额的大钞对陈小小说，这可不是我买，是给你买的，中奖了我不要，只请一下客就成。陈小小当下笑逐颜开，立马买下。

到了晚上，小金差不多都忘了这件事，因小金对在买码的态度上是立场坚定，平时常听他说，这个可骗不了我的钱。但一百元对于他来说也不是一个小数目。十点来钟的时候，一下子想起来，心中竟然有些激动，便给小梅商店里打了一个电话，尽量用一种非常平淡的口气问小梅，今天出的码是不是虎啊？小梅说，虎个鬼，是蛇。小金就哦了一声，放下电话后，小金的牙不由得嘶起来，心里就想，一百元甩在水里泡都没鼓一个，不知不觉中自己还是上了一个洋当。

其实真正在买码的人群中，像小梅这样持之以恒的也是少数，许多人都是偶尔为之，看看中奖也不是那么简单的事，也就此一时彼一时的了。要是上期有人中了，今天买的人就会格外多。但小梅是一发不可收拾，还做起了小码桩，小梅的理由是，本不扳回来太不划算了。先是十元，二十元，有时候是一百二百的下，据小梅最好的朋友说，小梅总共也就中了两回。这其中的损失小梅自己最清楚，上小学二年级的儿子，因为没人辅导，在这次期末考试中成绩已下降到倒数第二名。丈夫三班倒，顾不上孩子，只有劝小梅歇手，小梅说，等我哪天中了大奖，给孩子请个家教，比我自己辅导他强得多了。公公早已赌气回了乡下，拿小梅的话说，安逸。

只要是出码的日子，小梅的商店里便会聚集了很多人，现在已不同于当初，一个个表情严肃。在晚上六七点钟的时候，他们互相打听今天会出什么号，你打算买什么号，为什么要买这个号等等，有的小媳妇想得到特码，便给香港六合彩提供玄机特码的人打电话，谎话说了一大堆，说什么的都有，有的说我丈夫因为买六合彩将房子都输掉了，求您给个特码，找个地方安身；有的说我儿子得了白血病，需要好大一笔钱等等，真是想方设法。有的好像专家，一张码报被他们翻来覆去的不知研究过多少遍，都快成豆渣了。到了快七点钟的时候，小梅就对那些一个个犹豫不决的人说快点快点，再过一会就买不好啦，那些人就像下了很大的决心似的说，就今天这回了，再买不中就洗手不干了！一个个争先恐后的将钱递给小梅，商店门前的玻璃柜台都快被他们挤垮，一些小孩子曾机混进去，偷拿货架上的点心糖果食品等，小梅也懒得去管。那些人拿着小梅给他们开的收据，满怀期待的等待开奖的时候。每个晚上总还有一两个中奖的，也有的时候一个都不中。中了的，高兴的跳脚，抱着人转圈，未中的，责怪的，相互埋怨的，我说不是这个你偏要说是这个，像个大炒锅，夏日里的那份安逸闲适已不见，一张张或焦急或期盼的面孔，将这块本来空间就小的商店里的空气搅和得格外紧张，

这样的日子不知不觉过了有些时日，终于还是出事了。这卖六合彩怎么说也得属一种赌博行为，以前他们是偷偷摸摸的在大码桩手里买，小梅这样明目张胆的在大街上叫卖，哪有不透风的墙。在一天晚上小梅刚刚收盘的时候，派出所开来一辆警车，没收了小梅刚卖的两千多元现金，并将小梅给带走了。

小梅商店已有三天没开门了，据说派出所要罚款两万元，还据说小梅不仅输

光了家里的积蓄，还找娘家借了一万多元钱。

今天已是冬月初九，昨晚下了入冬以来的第一场雪，到了中午下班的时候，只剩下小梅商店门前还是白晃晃的一片，和银白色的卷闸门连在一起。太阳出来了，雪开始融化，下班的人群踩在脏兮兮的地面上，抬头看看紧闭着门的小梅商店，不由得一阵叹息。

春梦了无痕

她披一袭粉纱的睡衣，独自伫立窗前。

正是蜂飞蝶舞的三月，窗外已然一片姹紫嫣红。柳树枝条上绽着的新绿似要爆裂开来，在微风中展露着身躯。不远处是油菜大片的金黄，那些置身于花丛中的房舍，因了花的映衬也变得隔外灵动起来。她就这样立在初春的清寒的晨风里，想他。

桌上的手机传来嘀嘀的响声，她知是他，飞奔过去，蓝色的屏幕上显示着一行字：我们离婚吧。

似是天旋地转，她跌坐床沿，眼泪似断线的珠子奔涌而出。

她早就知道会是这样一个结局。婚姻是什么？婚姻是由一道道的伤疤排列而成的日子，日子久了，伤疤也就变成了一道盔甲，外表坚硬，内里脆弱，触碰不得，一碰就鲜血直流。他天南地北地跑，生意越做越大，她也早知他外面有人了。

曾几何时，她曾是他的全部，那时的他，虽也年少得意，但总感郁郁不得志，环境狭促，心境难耐，在几千人的大厂里做最基层的活计，苦熬日月。身为厂长千金的她，顶着多方的压力，放弃了荣华富贵随他而去，艰难、充实、唯一的与他共度了那么多快乐的时光。

她与他在一起，享受最多的时光，便是如两个鬼魅，穿行在夜的上空，坐在江边的石头上，紧紧相拥。他们喜欢那种长久的默默地用身体感受着对方的热烈爱意的感觉，他们清贫到只能用双方的身体取暖。

你会永远爱我吗？她问。

一生一世，不离不弃。他答。

他们不断地重复着相同的话语，用深深的热吻诠释着双方的誓言。

他的羽翼日渐丰满，再也不会对着她说一些关切的话语。他的世界变得有多大，她的世界就变得有多狭小。一贯皆是温婉的女子，只是不善言辞，不会表白。面对他的变故，她没有责怪，他们也便没有争吵，只是更加体谅他的辛苦，更加的温存与小心。一个人在家里，对着菜谱，竟然学会了做那么多的菜，而厨师与食客都只是自己一个人。

爱情如水，如果不能流动，便没有了生命。她像一条在没有生命的水里游动的鱼，窒息，苦闷，失意，外面仍然是风光，只是内里，再也没有了鲜艳的色彩。

家还依然是他的家，并添置了许多高档的物品。他竟然不会用电视机的开关，不知热水器如何调置，即便如此，她也还是心甘情愿。

她日日守在家中，一个人苦苦营造温馨。她将家里换上市面上最流行的窗帘，花瓶里插最名贵的鲜花，坚持美容健身甚至是看最畅销的书。全心全意而小心翼翼地打点着他的每一次行程，而他回到家说得最多的一句话总是，累了。

想想，真的厌烦了，这种生活，其实也不觉得有多留念，一切都厌倦了，像一朵开在暗夜里的花，终是没人欣赏，自己一个人开着实在太辛苦，而那种香气萦绕着的日子更添一份凄凉清冷。

天空很辽阔，她一直没有换衣服，就这样坐在窗前，思绪飘飞。

她的住处是一所郊外的别墅，太阳正热，花儿正灿。外面有三三两两踏青的人们，有相偎的情侣，有嬉闹的孩童，或放风筝，或采摘花草。她搂紧了自己的身体，那是一座荒芜已久的城堡，正透着一股慵懒的远古的气息，而自己的灵魂，则像那只翩飞在花丛中的风筝，欲语还休。

她起身来到客厅，寻找着那把水果刀，她坚持每天吃一个苹果，都是从书上看来的养颜的方法，她只是固执地认为他会在意，会在意自己的每一寸肌肤。

拿着那把刀，她浑身颤抖，似是没有半点的力气，她只好睡到床上。

血从她的手腕上渗出来，洁白的床单已然一片姹紫嫣红。

刀口并不深，极细的一点，她睡在床上，能够清楚地看见血慢慢地由少变多起来。

她的心里，有一种说不出的快慰，还有一种解脱。她想，我终于做了件自己想做的事情，不是为了他，也许，再也不用如此累地活着罢。

在她渐渐地进入一种半明半寐的状态时，桌上的手机再次滴滴的响起：

亲爱的，一定久违了这个称呼吧，我和你开一个玩笑呢。真的，我想清楚了，这个世界上还是只有你是最爱我的，我想与你好好的过日子。

只是，她却再也看不到。

当我遇见你

当我遇见你

端坐于教室，二十二岁的男孩程子民心中夹杂着些许兴奋和期待，因为今天总公司要派一名人事主管来对他们这期短训班的学员进行谈话。

大学刚刚毕业的程子民对自己的未来充满了信心，他希望自己毕业后能够顺利地参加工作，恰逢这家知名公司招聘，通过层层筛选及入司前的短期培训，今天便可望知分晓了。

正是十月金秋，窗外粉红的夹竹桃正开出一片一片的温馨。天空干净得没有一丝云彩，有风儿掠过，缠绵悱恻的吹进了人的心底。

公司的人事主管出现在大家的面前，原来是个极漂亮的女子。穿了一袭白底黑花的裙子，红色的软羊皮的高帮靴子。一张清纯的小圆脸，额前剪着厚厚的一层刘海，一头黑发垂落腰间，这分明就是个邻家女孩。在他们的想象中，能在这样一家公司做至主管的，一定会是个威严的中年人。

程子民望着眼前的人事主管，像是有一股电流传遍全身，他在心中喊出什么叫一见钟情。

“大家好，我叫余欣，以后大家就叫我欣姐好了。八年前，我和大家一样，怀揣着美好的愿望和理想走进了这家公司，那时候公司的规模远没有现在的大，今天大家走进这家公司，以后就都是同事，付出会有回报，机会属于勤奋的人。

在这里，提前预祝大家在新的工作中取得好的成绩。”

八年前？程子民听见底下的同学有惊呼声，那就是对余欣所谓的八年前的自我介绍。也就是说，余欣至少快有三十岁了。

爱上你不是我的错

学中文的程子民被分配至公司的宣传部。

宣传部与人事部的工作有着密切的联系。程子民来公司后不久，便与余欣联手举办了几个大型活动。先是一个与公司各类产品质量有关的知识竞赛，然后是新年的一场联谊活动，他们针对公司年轻人多的特点，将活动分为六个部分，由余欣和程子民做主持，其中有一个活动为抓阄派对，刚好余欣和程子民抓成了一对儿，按照规定两人必须跳一曲长达十分钟的贴面舞。这些活动收到了很好的效果。在共同的工作中，程子民从对余欣的一见钟情演变成一种炽烈的爱意。

余欣很爱笑，说话声音甜美，工作风风火火，与部门工作人员在一起时，常常会有许多奇思妙想，跟她在一起工作是快乐的。但程子民常常能透过她甜美的笑脸看出她内心深处的忧郁，因为，程子民的目光一刻也不曾离开过她，他是如此渴望走进她的内心。

程子民所能知道的余欣的情况是，余欣离婚，原因不明。

程子民被这种不为人知的情感所折磨着。他迷恋余欣的笑容，迷恋她的声音她的一举手一投足。程子民一直喜欢比自己年长的女性，在学校时，程子民不想谈恋爱，他觉得那些女生青涩而不懂事。在宿舍里，他听见过几个男孩对余欣的议论，首先是对她的美丽与工作能力表示认可，然后是对她独身的猜测。

程子民压抑着自己这份不能为人所知的情感。有许多个风清月明的夜晚，他会看着天上的一轮明月，猜她正在干什么，他不知道用什么方法才能摆脱对她的暗恋与思念，只要每天见到她，也是一种安慰。他将这种感情化为对工作的更大投入，在短短的半年内，便获得了公司的好评。其实只有他自己知道，这一切的结果都是余欣的帮助。

程子民自然成了公司女孩注目的焦点。而且程子民长得高大俊朗，又有着阳光般亲切的笑脸，和他们一同进公司的陈星儿就不折不扣地爱上了他。

陈星儿是一个很现代的女孩，她将自己电脑屏幕的保护字幕设置成程子民的头像，并在办公室公开宣称，不追到程子民绝不罢休，今年的情人节，办公室的女孩子们都收到了玫瑰，唯有陈星儿，送给程子民一大抱玫瑰，让一些人大饱眼福的同时又感到大跌眼镜。

但程子民，从不为之心动，在他的心里，只能容纳一个余欣，而余欣的身影与笑语总会时时地冲撞着他的心扉。

公司里每年的三月份都会有一个新人奖的活动，程子民当之无愧的享受了此项殊荣。公司里那些女孩子闹着要程子民请客，程子民将期待的眼神投向余欣，问：欣姐去吗？

余欣说，我就不去了，和你们年轻人在一起有压力啊。

程子民的眼光暗淡了下去。女孩子们笑着说：欣姐一定要去，如果你不去，我们都没得戏了。

就见余欣若有所思地垂下眼睑。

最后的聚会，余欣到底还是去了。他们在金麦子吃饭，然后去缘定终身唱歌，到十二点钟的时候他们又去吃夜宵，还喝了很多酒，最后的结果是他们都醉了。

第二天是星期天，程子民一直睡到上午十点才起床，想起昨天的聚会，想到余欣的醉酒，不知是否起床，便试着用手机发出一条短消息，那端却是没有动静。又试着拨通了电话，一个虚虚的声音传过来，是余欣，却是与平时大不相同，是那种带有磁性的喑哑，充满蛊惑，程子民便突然的有了一个决定：我来看你。

正是三月天气，余欣还在床上，一张脸煞是苍白，头发乱乱的披散开来，自有一派溶溶曳曳、东风无力、欲避还休的表情。程子民是第一次进入一个女人的房间，有些慌乱，有些语无伦次。余欣说，坐吧，程子民就顺势坐在余欣的脚头，内心一片慌乱。

“你知道在黑的夜里自己为自己疗伤的感觉吗？”这是余欣开口的第一句话。“所以，让你见笑了，我的这副模样。”

“难道不能说，我所见到的是一幅睡美人的图画吗？”程子民的思路慢慢地开始清晰起来。他们就这样坐在床头。

但是结果，他们到底什么也没有发生。

第二天的目光互相交汇中，似是有了一些与往日不同的内容，但余欣，却是有意地躲避着程子民热烈的目光。

寂寞天使的眼泪

终是不满足于那惊鸿一瞥的照面，程子民觉得自己的思念已达到了一种极限。日子已到了五月，城市里慵懒的风中透露着一种暧昧的气息，程子民写了一张纸条，折叠成飞鸟的形状，递到了余欣的办公室。

程子民骑的是一辆新款的雅马哈，等在余欣出来的路口，余欣穿了一件娇黄的大朵花的宽松衬衣，蓝色的牛仔裤，头上扎了一个马尾，看上去就像一个学生。

他们来到江边，余欣有些胆怯，此时的江风略有些凉意，还有很深的露水，他们互相挨着，无言地坐下。

仿佛听到对方的心跳声，如此的激荡不安。

程子民深深地吻她。他的心一阵阵的悸动，他不明白，一个女子的嘴唇竟然可以柔软成这个样子。含在嘴里像是一团糯甜的滋味。

然后是余欣问他：为什么会喜欢我？

喜欢一个人需要理由吗？

我想知道。

喜欢的东西、喜欢的地方太多了。

那你就一一说来。

喜欢你的才情，喜欢你的性格，喜欢你的思想。

还有呢？

你的长发，那样黑亮柔顺无懈可击。你的脸，那样娇美那样迷人，我喜欢你的一切，真的。

但我如果破坏这种美呢？

余欣一点一点地、缓缓地解开衬衣的扣子，月光下是一片莹白，程子民有一些眩晕的感觉。

然后是余欣一字一顿的声音：程子民，我是一个被遗弃的女子。因为，我不会生孩子。

余欣指着右肩对程子民说，你看，这里有一块牙印，好深好深，这是我前夫留下来的，他说，他爱我，但他的家庭不能接受我不能为他传宗接代的事实，他说，他不能忘记我，给我留下了这样一块印记，你说，他自私吗？

月光下的程子民被深深地震撼了，是不知所措的一种感觉，他原是没有想到，生活中还会有如此残酷的一面。他转而紧紧地抱着余欣，万千的怜爱不知从何说起，眼中弥漫的深情像是要燃烧了她。他不停地吻着余欣的脸，泪水不知不觉流了下来。

“傻孩子，你为什么要这样呢，我是不会让自己哭的，即使忧郁，也不会掉一滴眼泪。”

余欣用双手绕着程子民的脖子，轻轻地吻了一下他。

“我知道你喜欢我，我也喜欢你，你太优秀，太一帆风顺，还不懂得生活的艰辛，虽然，我的身体和内心同样寂寞。但我不能让自己去伤害任何一个人，特别是你。你还那么小，姑且不说世俗，就是我自己，也无法接受你的爱，我明白你内心的所有想法，我要对得起你明明白白的青春。今夜过后，我们即将陌路。再不要记起今夜的点点滴滴，包括我所说的一切话。”

明天我会爱上谁

下周上班时，程子民惊见，余欣已剪掉了那头黑黑的长发。一副职业女性的装束，显得矜持与高雅，再见程子民时，似是与他有了很大的距离。即使是那份笑容里，也带着一份冷漠与拒人千里，程子民的心中，划过一阵阵的伤痛，他无法让自己的情绪恢复正常。

时间是一副最好的良药，余欣说过这样一句话，她总是在黑暗中为自己疗伤，还有那么多的明天，明天我会爱上谁？程子民无奈地问自己，却是没有一个答案。

程子民不知道花朵一样的青春原是为谁而绽放，为谁而凋零，当一切尘埃落定，回首自己的一片痴情，竟是不得而知。掐指算来，与余欣的相识竟然有二百多个日子，他想过离开这个地方，但从此再也见不到余欣，他不知道自己是否能办得到，可是，见到了余欣，又能怎样呢？还不是徒添一份伤感。

程子民不知道，明天自己还会爱上谁？

被水淹死的鱼

一

星期天的中午。

初秋的太阳透过窗子，暖暖的照在墙上画着的一片盛开的玫瑰上，是那种鲜亮，明艳极了的红。

沉湘坐在阳台上，手里拿着一本书心不在焉地翻看着。

榆生在厨房里切着土豆，看着渐渐堆起像一坐小山样的土豆丝，然后高声喊着：沉湘，拿碗来！

沉湘没有像往常一样欢呼雀跃地跑上前，而是懒懒地坐着一动也没动。

噫？怎么了？榆生顾不上擦擦满手是土豆浆汁的手，跑进房间，看见沉湘正坐在椅子上发呆。

你能不能不再做土豆给我吃？我都吃厌了。沉湘一字一顿地说。

榆生与沉香相识一年半，相恋一年，他们在一起吃得最多的便是土豆。

因为沉湘喜欢吃土豆，榆生便学会了做许多与土豆有关的菜，酸辣土豆丝，土豆泥，煎土豆饼，油炸土豆条，等等。

每次做饭的时候，榆生总是会问：宝贝，今天吃什么？

榆生对沉湘的称呼总是：宝贝，亲亲宝贝。

榆生大了沉湘整整六岁，在这座陌生的城市里，拿沉湘自己的话来说，沉湘还来不及思考自己的未来，便稀里糊涂地落入了榆生的怀抱。榆生有着一种非常稳重的性情，在外人看来，几乎有些不苟言笑，但是对沉湘，却是百般的疼爱和娇宠。

沉湘大学毕业二十二岁，进入公司工作，榆生研究生毕业后在另一家公司实习，榆生都已经二十八岁了。

沉湘很喜欢抱着榆生的腰，然后把头伸过来看榆生切土豆，榆生把土豆切成一根根的细丝，然后用一个大大的瓷碗装着，里面盛满水，经过漂洗去汁后的土豆丝炒过后便不会黏结在一起，这样最适合做酸辣味的，还在锅里的时候，闻着香味，沉湘总是一副等不及了的表情，吵着要尝尝，榆生就会说：宝贝，没有炒熟的土豆是不能吃的。

沉湘像所有爱吃零食的小女孩一样，喜欢吃一些核桃瓜子之类的东西，但她总是不得要领，加上脾气又坏，又喜欢撒娇，吃不了的时候就将这些东西扔得满屋子都是，榆生心痛她，通过慢慢地研究，还真真儿地练就了两样功夫：剥西瓜子仁和砸核桃。

榆生用牙齿把西瓜子尖的那头轻轻咬开，然后用手灵巧的剥出瓜仁来，再一粒粒地喂到沉湘的嘴里。

刚开始砸核桃的时候，榆生会将核桃砸得乱七八糟，肉末飞溅，后来经过潜心研究，榆生终于掌握了砸的技巧，那就是一定要将核桃较圆的那头竖立着，再用石头轻轻地敲，慢慢地将壳敲碎，这样才可以保证果肉的完整性，每砸到一个完整的，榆生就会欣喜的高声大喊：宝贝，快点来吃啊，好大的核桃！

榆生曾经说过这样的话：将来你想吃什么我都做给你吃，我的公主！

听见这句话，沉湘的嘴角总会浮起一丝嘲弄，然后是开心的大笑，说，你？我想吃你的肉！做不做给我吃啊？

当初，他们像两条在这座陌生的城市里相互取暖的鱼。榆生每天上下班都会骑着那辆半新不旧的摩托车，满怀幸福的载着沉湘穿行在繁华的街市，榆生总是先将沉湘送到公司后再去自己实习的公司，沉湘会紧紧地搂着榆生的腰，将头抵在他的肩上。

如今的沉湘，感觉到自己浑身湿淋淋的，一种无来由的冷漫过全身，她不由得打了个寒噤。鱼到底会不会怕冷？沉湘问自己。

二

沉湘知道自己的烦恼来自哪里。

上周，沉湘在女同事罗娜的相邀下，与她参加了一个富商的生日Party，那是在一个五星级酒店，场面之热闹，宴会之奢华，令沉湘为之惊叹。衣香鬓影，觥筹交错中，一个手执香槟的男子向沉湘她们款款示意。这名男子身高一米七八左右，有着一张无懈可击的英俊的脸，举止沉稳，含蓄温情。男子自称林俊雄。

沉湘是那种典型的邻家女孩，娃娃脸，长而碎的直发，额前厚厚的刘海盖住了眉毛，只留下那双大大的黑白分明的眼睛，一套宝蓝的牛仔套裙，上面缀满了蕾丝的花边。身高才一米六，瘦小玲珑，盈盈一握，总给人一种无限疼爱的感觉。

榆生就曾经这样对她说过：宝贝，当我抱紧你的时候，一不小心而将你捏碎了，那也是因为我太爱你的缘故。

宴会结束后，林俊雄的宝马载着沉湘和罗娜来到沉湘的租住地时，车里低迷的音乐很有些让人犯罪的冲动，沉湘的心里夹杂着一丝莫名的兴奋与期待。

沉湘失眠了。

沉湘第一次认真的思考自己与榆生的未来。

宴会上那些光彩照人的女人和她们身上华丽的晚礼服，还有林俊雄迷人的笑容，宝马车里的舒适与豪华……

第二天的时候，林俊雄的电话如期而至。

沉湘有些犹豫，罗娜怂恿道，怕什么，不要把自己的青春浪费在那个只会为你炒土豆的傻瓜身上吧。

有了第一次，便会有第二次，沉湘真的是无限感叹，城市的灯火是如此的绚丽多姿，她觉得自己像一条游弋在大海里的快乐的鱼。

当第三次夜归的时候，沉湘看见，阳台的左墙上，已然盛开了一朵黑色的玫瑰。

榆生租住的是间一室一厅的房子，房子有一个阳台，有落地的玻璃窗，当初他们相约，在那片阳光能够照耀的右墙上，榆生用红黄蓝三色在上面写下三个大大的字：玫瑰园，每历经一个快乐的事件，他们便在墙上画上一朵鲜艳的玫瑰，然后用绿色的彩笔勾勒出几片叶子，在叶子上面用文字作一下简单的记录。在那面面积大约十平方米的白墙上，已经盛开了一大片鲜艳的玫瑰。

在左墙上，当每有一件不开心的事，便会画下一朵黑色的玫瑰，即使是在暗夜里，左墙上黑色的玫瑰依然如此惊心夺目，沉湘凑近了看，斑斑驳驳的叶片上用黑色的笔写着：沉湘：你去了哪里？我等你等得好心痛！

三

早在五一期间，榆生便计划了与沉湘国庆回老家的打算，榆生的家在武汉。榆生便与沉湘商量，沉湘皆是躲躲闪闪的不予答复。榆生的眼底闪过一丝丝的失望，沉湘都一一捕捉到了。

只因为林俊雄早就约好，国庆带她和罗娜去海南的。

沉湘心里有些难以决定，只是拿了罗娜作挡箭牌，说，想去海南玩玩，榆生问，就你们两人吗？

沉湘低下头来，说，是。

幸福与痛苦常常只有一步之遥，沉浸在快乐里的沉湘怎么也没想到，自己就此与幸福诀别。

沉湘做梦也没有想到，林俊雄是一个色情团伙的皮条客，他利用自己温情脉脉的外表频频得手，总是喜欢寻找那些受过高等教育性格单纯的女孩子，他早就看上了沉湘和罗娜的单纯。

沉湘与罗娜历经了九死一生，才从那个魔窟里逃出来，期间，手机也被停机，近两个月时间，与外界失去了一切联系。从那里出来的沉湘，都不知道自己是否还活在人间。

蓬头垢面、面容憔悴、惊惶不安、重见天日的沉湘第一件事就是给榆生打电话，电话里传出来的声音总是：对不起，您所拨打的电话已停机！

沉湘又直奔他们租住的小屋，找来房东打开门，里面的东西一样都没有变，依然是原来他们在这里的样子，只是左面的墙上，盛开着的黑色的玫瑰铺天盖地。

沉湘把脸凑过去看，只见那些绿色的叶片上，榆生用铅笔在上面留下的一行行的字。

10月1日，宝贝，你去了哪里？

10月2日，亲亲宝贝，你不要这样狠心。

10月3日，回来，宝贝，我想你！

10月10日，沉湘，你不再爱我了么？

……

10月25日，沉湘，我等不到你了，我走了。

沉湘早已经泪流满面。突然间，沉湘感觉到那些黑色的玫瑰像一个大蜂窝，那些盛开的花瓣里飞舞着无数个大毒蜂，正向自己刺过来！

沉湘一遍遍的哭着抚摸着墙上的玫瑰，她似乎从这里感觉到了榆生的生命，榆生温情的笑，榆生削土豆时一丝不苟的样子……心酸、委屈，后悔，绝望，紧紧地包围着沉湘，突然，她在最右边的那朵玫瑰下面发现了榆生留下的一段话：

宝贝：

我知道你一定会回来的，这里的房租我已付费至明年的三月。你不在这里，房间里每一个角落都有你的气息，我一个人再也无法待下去了。你知道我是多么的想你，等不到你，我回老家了，如你回到我们的家后，请打电话027××××××××。

沉湘像抓到一根救命的稻草，迫不及待的打过去：榆生吗？

电话里是一个甜甜的女声：您找榆总吗？榆总不在，请问您是哪里？

榆总？沉湘迟疑的再问：他是你们公司的总经理？

是呀，没错。榆生的父亲是我们公司的董事长，他是新任命的总经理，刚刚从上海实习归来，小姐您是哪里？

沉湘的手不由得一抖，慢慢地滑下来，手机当的一声掉在了地上，手机的机壳、电池四分五裂地散开了去。

堂 嫂

堂嫂嫁给堂哥的时候，刚好满二十岁。

那时候，我还在上小学。堂哥娶亲那天，家里热闹非凡。上课的时候，一整天我都心不在焉，放学的铃声响起，我飞奔着跑回家，迎亲的队伍刚刚将堂嫂接进了家门，鞭炮噼里啪啦炸得正欢。我拔开看热闹的人群，拼命挤进了他们的新房，只见堂嫂端坐在婚床上，一张白净秀气的小圆脸，穿着一件红格子的新衣，看到我兴高采烈地挤到跟前来，就笑模吟吟的抓了一把糖塞给我，让我对这个堂嫂顿时生出几分好感。

伯伯早逝，伯母一个人拉扯着几个孩子。除了堂哥一个男孩，下面一溜儿排开四个丫头片子。堂哥没有读过什么书，虽然个子还算清瘦高挑，但性情木讷，又不善言辞，与漂亮开朗、活泼外向的堂嫂显得有些格格不入。堂哥娶到了这样一个好媳妇，心下欢喜的不得了，像捡了个宝贝似的，眼里眉梢都是笑，走起路来也是呼呼生风。堂嫂每天将婚房收拾得干干净净，待人接物落落大方，对守寡的婆母尊重有加，对几个小姑子也非常友爱关怀。新婚燕尔，他们的家里，天天都吸引了一批小青年来玩。

因为和堂哥家住隔壁，每天放了学，我撂下书包，第一个就跑他们家去，看看堂嫂在做什么。他们家里有一个收录机，是既可以放磁带，又可以录歌的那种。堂哥堂嫂不厌其烦地为我录各种无需伴奏带的歌，然后再播放，听得我们嘻嘻哈哈好不开心。听说堂嫂读过高中，因家庭变故，才嫁给了堂哥。堂嫂会画画、会绣花、会编织，一只小小的钩针，在她手里不停地翻飞，一朵小花就成型了。现在想想，日后我那么多的兴趣爱好，是不是因为受堂嫂的影响呢？她还很会梳头，每天将几个小姑子的头发换了花样的梳着，几天都可以不重样。

而我最喜欢的，还是听堂嫂唱京剧。《红灯记》《智取威虎山》《沙家浜》等等一些唱段，她都能来上几句，她将兰花指翘得高高的，学着铁梅的样子唱着都有一颗红亮的心，还教会了我唱。堂嫂说：唱戏的最高境界是讲究手眼身法步的协调。她说：小眉你看，你的手到哪里，眼神就要跟到哪里，说完，做了一个标准的手腕花后，就势还抛了一个大大的媚眼，看得我都有些痴呆了，那时候的堂嫂在我眼里，是多么的美丽娇俏啊！我渴望自己快点长大，长到和堂嫂一样的年纪，一样的漂亮。

寒假的时候，我每天都会腻在堂嫂那里，她会跟我讲一些非常有趣的故事，大多我都忘了，只是有一件事情，不知道为什么到今天还记忆犹新。

堂嫂说：小眉，我以前上学的时候，有一个男老师特别流氓。每次上课的时候，她会寻找长得比较漂亮的女同学，然后在她们的课桌旁边挨着坐下，手就会在她们身上乱摸，被摸到的女生脸立马涨红，这个男老师说会说：脸红什么，精神焕发。

这是京剧《智取威虎山》里的一句台词，堂嫂说。于是，没来由的，我就牢牢地记住了这一句。

说完这个，堂嫂又说：哎呀，我忘记了小眉你还是个小孩子，不能听这样的话的，二妈要是知道了，一定要怪堂嫂教坏你了。我懵里懵懂的，根本不知道这些是个什么意思。

大约一年光景，堂哥堂嫂的女儿便出生了，那是一个和堂嫂一样漂亮的小孩子，我喜欢得不得了，堂嫂跟女儿取了个名字叫小雨。送完祝米那天，堂嫂把我叫去，送给我一块花布，是粉底小白花的那种，要我去做一件新衣服。欢天喜地的拿回家给妈妈，妈妈劝我退给堂嫂，说：你自己姑子一大堆，哪个不缺花衣服呢。堂嫂笑说：我和小眉这个孩子有缘，虽然我们年龄相差了那么多，但是有共同语言，你们别张扬就行，也算是我的一点心意。后来，我用它做了一件袍袍袖的衬衫，穿上确实好看极了。

那时候，因为年幼，不懂得什么，但总觉得堂嫂与众不同，到底不同在哪里，却又说不出来。果真，堂嫂还是做出了一件惊世骇俗的事情出来。

已经进入冬月，地里的活计已经不太多，因为白天时间短，农村人只吃两餐。堂哥如往常一样，吃了早饭便出去干活，堂嫂在家里洗漱收拾带小雨，小雨还不满一岁，不会走路。几个小姑子也都上学去了。到了下午三四点钟的光景，堂哥回到家，厨房里冰锅冷灶，没有见到堂嫂和小雨，以为她到隔壁邻居家串门去了，也就没有在意。到了六点钟的时候，还没有看到堂嫂，堂哥有些奇怪了，就挨家挨户地去找，还是没有找到。这时候，堂哥心里还不是太过着急，心想，莫非是回娘家了？那时候也没有手机电话什么的，冬天天又黑得早，堂嫂娘家还隔着一条河。堂哥只好等到第二天早上找到本村一户人家借了辆凤凰牌自行车，心急火燎的去到了堂嫂娘家，丈母娘见到堂哥一个人回来，也是感觉比较意外，听了堂哥的话后，娘家人也着急了，心想，这女子，带着个不会走路的孩子，会到哪里去呢？再说，两个人没吵没闹的，不至于寻死吧？于是和堂哥一道，先是所有亲戚家，再然后是堂嫂做女儿时的朋友家，全部找遍了，一连几天，也不见堂嫂的人。

堂嫂娘家人不依了，天天睹在堂哥家要人，说这么大两活人，说没就没了，这活不见人，死不见尸的，是不是堂哥家搞了什么名堂，要是有个三长两短，可与堂哥家没完。伯母哭成了一个泪人，说，我们家一屋子的女人，就大柱一个男人，能把她怎么样了，就以我家里这个条件，好不容易娶了媳妇还添了孙子，这日子过得好好的，为什么要把她怎么样？堂嫂娘家人在堂哥家吃喝了多日，也吵闹了多日，甚至杀了准备过年的那头肥猪，才把他们给打发走。

堂哥疯了般，每天坐在家门口，不吃不喝，不言不语，他想念自己的女儿小雨啊，小雨小雨，难道娘俩像这个名字似的，像一滴雨一样，人间蒸发了？我每天放学了也一样，天天幻想着这样一个场景，堂嫂和小雨正坐在家门口冲我笑。

在我幼小的记忆里，这个年，我家、伯伯家，全部都是一片愁云惨雾的，过得最没有年味了。

堂嫂到底去了哪里呢？和人私奔了。和谁，山西的一个货郎。那是在三年后，堂嫂给堂哥写来了一封信，还夹了小雨的一张照片，说自己在山西已经成家，小雨长得很好，别记挂，劝堂哥重新找一个人。

后来，人们才依稀记起，那年冬月，确实有一个年轻的货郎，长得高大清秀，斯文秀气，操着一口普通话，见了人会露出满脸羞涩的笑容，一点也不像个货郎，倒有些像白蛇传里的许仙。他天天走村串户地卖一些花花绿绿的东西，不知道是他的货，还是他的人，总之特别吸引那些大姑娘小媳妇，每次总要围着货柜挑选半天。什么七彩绣花线、塑料有机纽扣、指甲剪、挖耳匙、各式发夹、还有一些我们这里比较罕见的中国结和蝴蝶结的挂件。我们小孩子放学后，都会围住他的货郎摊子，没有钱买，就为看个热闹，堂嫂有时候也会抱着小雨去买个针头线脑什么的。

那时候地里活少，堂嫂基本上不下地，就在家里看护小雨，正好在那个时候，堂嫂就和小货郎好上并和他私奔了。

在得到了堂嫂确切的消息后，郁郁寡欢的堂哥一直不肯再娶，伯母声泪俱下：大柱啊，我就你这么一个儿子，你是想要老王家断后么？那个女人如此狠心，哪点值得你留念的？再说，你就在这里等，人家也不会回来了。后来，在亲戚的撮合下，堂哥又娶了一个新堂嫂。

新堂嫂是一个老实、勤快、节俭、很会过日子的女人，据说嫁给别人后一直没有生育，但是很奇怪，在和堂哥结婚一年后，他们就生下了一个女儿。在新堂嫂的操持下，堂哥家的日子过得越来越好，他们新修了大房子，女儿也十分聪明伶俐。

十年后，终于有堂嫂的消息再次传来。她和那个货郎结婚后，又生了一个儿子，他们的家，在山西一个相当贫穷落后的小山村，货郎虽然读了高中，但家里兄弟有几个，又没有钱，非常不好娶老婆，他把堂嫂带回家，等于老婆孩子都有了。这些年，他们一直在当地做那种小商品生意，渐渐地有了些钱，两个人也还算个知识分子，一心想通过教育改变两个孩子的命运。听说那个地方的教育相当落后，一是因为堂嫂离家多年，想家了，二是为了两个孩子的教育，他们选择了送孩子回来上学，顺便在这里继续做他们的生意。这些都是听说。

堂嫂说，非常对不住堂哥一家，想让堂哥和小雨见一面。

得到这个消息时，伯母全家人都感觉非常意外和震惊，还有一份激动和惊喜。只是我，好生佩服堂嫂的勇气，她果真是一个敢作敢为的女人啊，居然还有胆量回来。特别是堂哥，可以说是悲喜交集。这么多年来，虽然他的心中渐渐平静下来，但还是非常怨恨堂嫂不顾一切地抛弃，让他失去了一个男人应有的尊严。这么多年来，他的心里没有哪一天没有想念过自己的女儿小雨，并无数次的想象着小雨的模样。是啊，十年未见，不知道小雨都出落成一个什么样子了？

见面那天，我要求也参加一个。

是在小雨的舅舅家里，同去的还有几个堂姐妹，她们有的已经成家，并有了自己的孩子。都跟小雨准备了礼物。

一路上，堂哥一言不发，看得出，堂哥非常紧张、期待。

在堂嫂哥哥家的卧室里，一个穿红色衣服的少女坐在床上，非常羞涩地笑着，我们一眼就认出，那就是小雨，所有的人都喊着小雨的名字。没想到，一直没有作声的堂哥一下子爆发了，一把抱住小雨哭了起来：小雨，你现在过得好不好啊？接着，几个姑姑不知道是激动还是喜悦，也轻声抽泣起来。

等到渐渐平静下来后，堂哥和小雨父女俩避开众人，交谈了近一个多小时。我们发现，小雨有着与年龄不相符的一种成熟感，相当的乖巧懂事。只是一直到我们离开，也没有见到堂嫂的面。

两年后，我终于见到了堂嫂，并和她有了一次促膝长谈，也算解开了我心里头的一些心结。

我问她：你当时如此仓促而决绝地抛弃家庭，到底是因为无知，还是因为爱情，或许是想摆脱当时的那种家庭困境？因为短暂的几次接触就认定的一个人，就那样盲目地嫁到一个人生地不熟的地方，那需要多大的勇气啊，一定吃了不少苦吧？这些年，你心里就从来没有后悔过？

堂嫂说：小眉，虽然我年长你十多岁，但你永远是我的一个忘年交，一个知己。嫁给你堂哥，我没有一天甘心过，但自己的出路到底在哪里，怎么改变，却又茫然得很。王大刚的出现，让我一时着迷不已，他英俊漂亮，又细心体贴，总之，一切都是那么的吸引我，我真的是身不由己的沦陷。当时他只是开了一个玩笑，说要带我一起离开这个地方的时候，我都没加什么考虑了。当我义无反顾而又忐忑不安地随着他回到他们家乡的时候，那一片贫瘠与荒凉简直让我的心凉透了。可是，我还能回得去么，我哪里没有后悔过。时刻忍受着思念家乡，思念亲人的痛苦，午夜梦回，多少次哭着醒来，心里充满了矛盾和自责、愧疚和不安。好在王大刚也觉得是自己拐骗了我，天天陪伴着，竭力地让我融入他们家的生活，时时化解一个远嫁女人的孤寂。现在想想，也不算太后悔。而且，他现在愿意陪我在我的家乡度过，也算做出了牺牲。现在，我们全力以赴的，就是让两个孩子考上大学，不要再像我们以前那样做出一些无知的事情了。

我在心里轻叹一声：堂嫂这样算不算找到了自己的幸福呢？哪怕这种幸福付出了如此多的代价。

时间一晃，又过了好多年，小雨考上了医科大学并结婚生子，堂嫂的儿子也以优异的成绩考入了武汉的一所高校，堂嫂到底还是有了一个好的结局。

沈湘儿

沈湘儿是金阳棉纺厂的一朵花。

说沈湘儿是一朵花一点也不假，金阳棉纺厂近八百名女职工，每天上下班时是一派热闹非凡。白净高挑、艳若桃花的沈湘儿，哪怕身上穿着蓝色工作服、头上戴着白色工作帽，走在一大群姑娘嫂子中，也会有一种鹤立鸡群的美。

沈湘儿初中毕业才十六岁就在金阳棉纺厂工作，今年也不过才二十来岁，手艺是非常超群的，在多次比赛中都能拿个奖，人美艺精人年轻，前途一片大好，受到很多人的羡慕和追求。

让我们再来说说与这个故事有着密切关系的另一个人物——吴大林。

吴大林是公司里的保钳工，负责沈湘儿这个车间的维修。吴大林五官长得倒还算清秀俊朗，但身高不过才一米六，人称小精果，中专毕业后进厂还不到一年时间。那天，厂里组织新老员工联欢会，要求新员工做自我介绍，吴大林非常不好意思地往台前一站，说：我叫吴大林，如果大家叫我时去掉姓只叫大林，就会成了亲爱的，不好意思，本人长得不好看，献丑了！

吴大林这一番自我介绍笑倒了一大片，连高傲的沈湘儿都忍不住扑哧一下笑出了声，算是对吴大林有了一个比较深刻的认识。

沈湘儿长得漂亮，追求者自然也多，保钳组的那帮小子们变着法儿地献殷勤，今天你请着看场电影，明天他在超市里带来大包小包的吃食，都是冲着沈湘儿，小姐妹们都跟着沾了不少光。

吴大林也是追求者之一，但吴大林和别人不一样，沈湘儿无论是否给他好脸色，他总是笑嘻嘻的，一点也不恼怒。他说：其实我也就凑个热闹，至于结果怎么样，没想过。他的这种态度赢得了那帮小姐妹们的一致好感，那些追求者对他也不排斥，因为，他们觉得对自己最不构成威胁的人就是吴大林了。

车间里除了一些小姐妹外，还有一些大婶婶们，看到吴大林满怀希望地忙前忙后，那些大婶们总是半真半假地打趣道：大林，你就死了这条心吧，人家沈湘儿哪会看得上你啊？别癞蛤蟆想吃天鹅肉了！

此话不假，因为，沈湘儿早已经有了心上人。

他就是公司副总的儿子，叫作肖林，在外面跑销售。肖林也不过二十五岁左右，个子非常高，长相斯文，戴副眼镜，一副温文尔雅的模样，没读过多少书的沈湘儿对他非常崇拜。

由于女工多，金阳棉纺厂经常组织一些文体活动，漂亮出众的沈湘儿自然是主角，肖林对沈湘儿一见钟情，似乎也没费多大周折，肖林便轻而易举地追到了沈湘儿，由于两个人身份还有一些悬殊，两个人的交往没有公开，也没有得到双方父母的认可，只有沈湘儿那帮小姐妹清楚。肖林由于在外面跑销售，在家里的时间也不多，只要一回家，就会带沈湘儿出去玩。

天有不测风云，一次意外事故彻底改变了这种现状。

那天本来沈湘儿上夜班，但由于白天肖林带她出去玩了一天，回家也没有好好休息便接着上班，深夜两点多钟，正是一个人最感疲劳的时候，沈湘儿一个迷糊，右手臂一下子被带入机器中，幸好工友及时发现做停机处理，才把沈湘儿救了下来，但右手及右手臂已经被绞得稀烂，不得已从上臂处进行截肢。

失去了右手臂的沈湘儿万念俱灰，在医院，相好的小姐妹轮流照顾着她，开导她，但沈湘儿还是愁肠寸断，无法开颜。想起自己从众星捧月的公主变成了一个残疾人，沈湘儿哪里想得开啊？

肖林到医院来看过沈湘儿两次，两次沈湘儿都哭得几乎快晕了过去。

吴大林也到医院来看过沈湘儿，吴大林除了带来熬好的骨头汤，还带来了一大束百合花，这束花少说也得四百多块钱，吴大林还有这份浪漫，这让沈湘儿很感动，再加上吴大林说话幽默搞笑，愁眉不展的沈湘儿硬是让吴大林给逗笑了。

在医院里有人陪着，沈湘儿还好过一点，但康复期间的日子便很难过了。自打那后，肖林的影子算是看不见了，他给沈湘儿发了一条信息，说自己在成都做培训，一时半会回不来，自己多保重身体，再就没有音讯了，本来两人就是偷偷交往，也没有谁会谴责他一个不是，沈湘儿纵然是有满腹委屈，也只能自己一个人咽了。

沈湘儿的事故进行了伤残等级鉴定，棉纺厂按标准赔付了一笔钱，与她解除了劳动关系。

后来的故事是怎样的呢，沈湘儿出院后，那些过去的追求者都没了动静，只有吴大林，三天两头往沈湘儿家里跑，有了吴大林的陪护，沈湘儿的心情好多了，后来，吴大林正儿八经地向沈湘儿求婚，一年后，便把沈湘儿热热闹闹地娶回了家。

其实当时很多人持怀疑态度，包括沈湘儿的父母。那就是吴大林是否会真心对沈湘儿好，甚至还有人说，吴大林是因为看中了沈湘儿的那笔赔款。对此，吴大林从不分辨，他给沈湘儿开了一个商店，经营一些日常用品，他不希望沈湘儿心里过得不舒坦，希望沈湘儿还是用自己的劳动来养活自己，不希望别人说三道四，也不希望自己以一个救世主的姿态出现在沈湘儿的面前。他希望的，是因为自己的真心和真爱来感动和打动着沈湘儿。

婚后一年，他们生下了一个漂亮健康的儿子，长得和沈湘儿一模一样，吴大林快活得像一只鸟儿，每天下班后回到家里逗儿子，逗沈湘儿，他私下里想：哎呀，人有时候也许就是一种命吧，如果不是那次意外，他的幸福也许不是和沈湘儿，至于和谁呢？想不到，也不想想，他只知道，眼前拥有的，就是幸福。但是这种想法，他是从来不会和沈湘儿说的，因为，他怕伤害了沈湘儿。

也算沈湘儿三生有幸，遇到了这样一个好男人。

我是你的玫瑰花

洛星辰是我的一个网友，至于是怎么成为网友的，我也记不得了，只知道他的第一句话就是：我是一个同性恋，你相信吗？我说：这有什么好奇怪的，同性恋也是一种恋情。他说：好，不错，你是第一个不骂我这样直接的人，在网上，我只要说我是同性恋，别人就骂我是神经病。

然后，我就断断续续的知道了一些他们的故事。

洛星辰的语言有着女孩子般的细腻，充满了一种忧伤的情绪，看着他发过来的一些话语，常常会令我有一种揪心和怜爱般的感觉，如果他不是一个同性恋，我想，我都会爱上他的。

洛星辰

八点刚过，这座城市的灯火便已经开始绚烂，充斥着一股迷人而堕落的气息。一对对相拥而过的男女流连在霓虹闪烁的夜幕下，看上去温馨而又甜蜜。

林飞收拾好自己的东西，用一个大大的袋子装好自己的行头，看到在窗边伫立的我，走过来，他从后面抱住我，轻轻地咬了一下我的耳朵，说：亲爱的，我走了，别在电脑前待得太久，听话！

我是一个以卖字为生的男子，每日在电脑上敲击出一串串或喜或忧的字符，便打发了一日日的时光，流连在所有陌生的城市里，我唯一的希望和亲人便是林飞。

林飞去一家娱乐城唱歌，九点的场子，八点二十分到，还要更衣，化妆。我因为要赶一篇稿子，就不陪他去了。

离约稿还有一个星期，我想得头都有些大了，时尚杂志编辑要我写的是一篇关于爱情与谋杀的故事，因为稿酬较高，我就开始伤筋动骨地编造。

为了我们的爱情，我背着电脑，不惜跟随林飞辗转南北。我感觉幸福。常人不能理会的幸福。

画眉

刚下飞机，雪妮就打来电话：画眉，这个月的业绩非常不错，今晚请我们全体员工去维多利亚听歌吧，听说来了一位帅哥，唱得很不错的。

雪妮是我的好朋友，又一直为我的生意帮了不少忙，虽然感觉非常疲倦，但为了不扫这帮女孩子们的兴，就和她们一起来到维多利亚娱乐城。

震聋欲聩的开场音乐后，主持人闪亮登场（一般主持人都喜欢这样自吹自擂）：下面为大家献歌的是我们从湖南请来的情歌王子林飞先生，大家欢迎！

我一直低头喝茶，甚至懒得朝台上看上一眼。一阵低沉忧伤的旋律伴随着充满磁性的歌声传过来：一个人在这个夜里，孤单的难以入睡……这是一首老歌了，可是我一直喜欢，就好像在表达我的心声一样。我不由得抬头，只一眼，便被台上那个俊朗的形象吸引了去！

林飞穿一袭黑色的休闲西服，里面是一件粉红的衬衣，高大俊朗，五官分明。能将粉红色穿出如此感觉的男人真的很少见。还有，小树，我看见的是小树么？

我周身的血液开始沸腾！

真的好想找个人来陪，不喜欢一个人喝醉……林飞在深情演唱，我不由得热泪盈眶。

雪妮发现了我的变化，不由得小心地靠近我，情不自禁地说：啊，这个人怎么长得和小树一模一样？小树是我的已故男友。两年前死于车祸。

林飞

午夜。

沐浴，更衣。我端来星辰为我放在保温杯里的牛奶一饮而尽。搂过已然半酣的星辰，对他说：这里的观众真热心，第一次的演出效果很好，有一个女人点了三首歌呢！

星辰有些含糊地说：我今天晚上收获也不错，故事写得比较顺利，就是结尾还没有写好。说完，星辰的双手环绕过来，我摁熄了床头的灯。

我无限怜爱地、仔细地抚摸着星辰光滑的后背，在他腰际的胯骨段用手那么一掐，星辰便完全醒过来，随后便咯咯地笑了，将手不老实地伸进了我的睡衣里，我一翻身便将他压在身下，开始挠他的胳肢窝。

嬉闹了一会儿，星辰可能有些累了，不像往常那样黏着我不放，只那么一会儿，他便发出了均匀的呼吸声。我轻轻地拿开他搂着我脖子的手，转过身侧身而睡，初到一座城市，我总是会有些失眠，我怕自己的翻身会惊扰了他。

我的眼睛慢慢地适应了周围的黑暗，旅馆的窗外也渐渐的透出一些光亮来，在朦胧的光影里端详星辰的脸，那是一张稚气未尽的、秀气漂亮的脸，长长的睫毛在睡梦中不规则地抖动着，让人无限怜惜。

洛星辰

我一直称自己是林飞的表弟，这样瞒过了许多人。

其实我不太喜欢和他一起出现在他演出的地方，我常常无力应付那些热辣辣的女演员们的目光。那些走南闯北的女人们，不管大的小的，看见了我总是会拿最出格的话语挑逗我：小弟弟长得这样漂亮，莫不还是一只未开苞的小鸭子吧？要不干脆说：弟弟想不想玩玩啊？姐姐可以免费教你的！有时候还会有意无意吃点豆腐，拿露骨的身体在我眼前乱晃。我对她们的举动感到非常恶心，每次总得林飞来救我。林飞说：你们不要欺负我弟弟，他还什么都不懂呢。她们哈哈大笑后总会这样问：林飞，你这样英俊彪悍，你这个弟弟怎么这样斯文秀气啊？

谁叫我生了这样一张斯文秀气的脸？谁叫我从小就喜欢花衣服而不喜欢男人喜欢的一切？如果不是，我也许不会爱上林飞，经受常人所不能承担的痛苦，我爱林飞，爱他胜过一切。

我知道，林飞是一个正常的男人，而我不是。

他那样英俊，喜欢他的女人自然很多，就拿歌厅的一些女人来说，她们毫无顾忌地说着黄色的段子，开着黄色的玩笑，虽然林飞从来不和她们附和，但我知道，那些女人是喜欢他的。在一个地方待上个三五天，就会有人请他们吃夜宵，男人还好，如果是女人，我就得担心了，因为请他的不乏美女富婆，这些都是我潜在的竞争对手。有一次在安徽演出时，一个年近四十的女人，又矮又肥，每晚都点林飞唱歌，还上台给他送花，送完花后抱着林飞总要亲上一口，全然不顾台下人们的尖叫声。这都不算，散场后，还非得请林飞去宵夜。听说那个女人是当地一个有名的富婆而且势力不小，按他们那行的规矩，捧场的顾客是不能得罪的。所以，在一个地方待上一段时间后，我就要林飞去下一站，对这点，林飞总是会听我的。

无论怎样，我感觉总有一天会失去他的，但，只争朝夕，只要能与他待在一起一天，我都会好好享受一天。

林飞

这是一个年轻的女人，叫画眉。

这个女人，周身透出一种从容淡定而高雅的气质，做本市一个品牌服饰的代理，在几座城市都开有连锁店，家资丰厚。

她连着一个星期点唱了我的歌，又和一群姐妹们请我吃夜宵，和她也算是一个熟人了，她说她今天做成了一笔大单，很高兴，无论如何都得请我喝酒。

当歌手其实是最忌讳喝酒的，但这个女人，我好像无法拒绝，也许是她另类的忧郁打动了我，也或许出于一个男人的虚荣，我想知道她是一个什么样的人。喝到最后，她的那帮姐妹们全都偷偷溜走了，只剩下我和画眉，但画眉已经醉了。

我也醉了，但本能的意识还有。我七手八脚的将画眉弄上计程车，她含糊地说了一个地名便倒在我的怀里一动不动。画眉的房子位于这座城市的富人区，面积很大，装修也相当漂亮。我又费了很大的劲才将她弄上床，在床头，我看见了一张巨幅的照片。照片中的男子和我有着惊人的相似。

小树，别走！

画眉咕哝了一声，转身拉住了我的手。我不由得一怔，倒在了床沿。

画眉的呼吸开始急促起来，双手紧紧地抱住我，热烈地狂吻起来。

我有些猝不及防，醉中的画眉如此娇艳，我身不由己地迎向她。已顾不得想太多，一切已经发生了。

这是一种全然不同的体验和感觉。

醒过来后已经到了六点，我开始担心星辰，一夜未归他肯定急死了！

洛星辰

林飞一夜未归，打他手机，只说是热心观众请喝酒。

以前也有过这样的情况，每一次我都会在惴惴不安中度过。

为了林飞，我已经和家里人闹翻，就差没上法庭断绝关系了，他们隐约知道我喜欢一个歌手的事情，这在我家，肯定是一件很丢人的事情。父亲在我们那个地方也算得上是一个有头有脸的人，幸好我还有一个争气的哥哥，父母们今年就可以抱上孙子了，这样会在我的大逆不道中找到些许安慰。

因为我从小就长得漂亮，母亲是一个幼儿园老师，那些老师们都喜欢将我作女生打扮，教我跳舞、演情景剧也总是女生角色，再加上我性格安静，从来不调皮捣乱，所以，老师们都很喜欢我。

认识林飞是一个偶然，从高中开始，我便写一些风花雪月的东西散发在各个报刊，还取了一个非常女孩气的笔名，以至于别人一直以为我是一个女生。

林飞也是从喜欢我的文字开始，他也和别人一样，一直当我是个女孩子，我清楚地记得他当初看见我时的那份惊喜，我们注视，互相欣赏，像认识了千年。

林飞对我说：星辰，你多像一朵俏立在暗夜的花骨朵，其实我没有看见你，只为循着你的清香，便来到你身旁，触摸你质感的花蕊，心便醉了。

我说：林飞，我相信冥冥中一定有一个人，他会用坚强的翅膀带着我飞翔，飞越大地，飞越海洋，飞到没有人群的地方，那里只有我和他，该多好！

可是，这可能吗？我怎么感到这世间到处都是陷阱？

林飞

我发现，画眉对我的依恋已经越来越深。

星辰已有所察觉，他是这样一个敏感而小心的孩子。

星辰跟着我快一年了，其实我一直都在一种矛盾中挣扎，我知道自己也是喜欢他的。星辰比一个女孩子更加干净整洁漂亮，我喜欢用漂亮这个词来形容他，他穿白净的T恤，蓝色的仔裤，长长的刘海遮住大大的丹凤眼，写哀怨婉约的文章，对我的依恋一心一意，从无二心，甚至于与家庭决裂，这一切都让我感动。但我的心似乎开始动摇，聪明如星辰，怎么会有所不知？

在又一次即将去娱乐城的夜晚，星辰从后面抱住我说：飞，我们换一个地方好不好？

我说：为什么？我觉得这里很好。

星辰：我觉得这里没有安全感，我就快要失去你了么？

我突然地不耐烦起来：像我们这样子，在哪里都会没有安全感。

星辰不作声，但我感觉到后背有隐隐的颤动，我知道，星辰哭了，我的心软了，转过身从后面将他抱在怀里。

星辰没有陪我来，散场后，我不想回去，便和画眉去她那里，我知道了画眉的爱情故事。

她有一个相爱笃深的男友，名字叫小树，他们相爱五年共同创业，就在他们即将结婚时，一场车祸夺走了小树的生命，从此画眉陷入了痛苦的思念之中。她将全部精力都投入在自己的服装事业上，越做越大，但没有爱情，遇见了我，她说这是上天送给她的最好礼物，她不想放走我。

可是画眉，星辰怎么办？我向画眉和盘托出了和星辰的关系，画眉先是震惊，既而便开始想办法。

给他一笔钱，让他回家，好不好？画眉试探着问。

我摇摇头：你不了解他，你不知道他对我的依恋有多深，钱对他来说没有任何意义。

画眉说：可是，你们这样下去也不是个办法啊？林飞，明天带他去看心理医生吧，他需要调整自己的心态。

我惊喊起来：别别，我不想伤害他。

我感觉到心神不宁，自从和画眉认识后，我对星辰的感情的确在慢慢动摇，我比他大，说以前是年幼不懂事，但现在，我是该认真地审度我和他的关系了。

将近三点，我才回到了我和星辰的租住地。

星辰没有像往常一样在床上或是在电脑前等我，我以为他在卫生间，就扯起喉咙喊起来：星辰，不要我和玩猫猫啊，还是没有人答应。我有些慌了，在这个人生地不熟的地方，他会跑到哪里去呢？

电脑处于一种睡眠状态，我敲击了一下回车键，电脑屏幕上出现一副画面，是星辰自拍的一双眼睛，我仔细地看上去，这双眼睛红肿得不成样子，旁边还配了一句话：我是你的玫瑰花。来生，永世。

洛星辰

我跟踪了林飞。

夜总会散场后，我看见了那个女人，那个女人用手挽着林飞的胳膊，我的心里难过得要死，心咚咚地跳个不停。那个女人外形气质应该还算不错吧，我对女人没有鉴赏力，我只觉得他和林飞在一起真的很般配，我的泪水开始不争气的涌出来。想到林飞再也不会给我唱那些深情款款的歌了，他那坚毅的肩膀，他温暖的怀抱，他多情的话语，再也不会属于我了，我的眼泪开始汹涌澎湃。

是的，我喜欢哭，像一个女孩子一样，眼泪好像没有开关。

我不是没有想过和林飞的关系，林飞和我不一样，他的性取向比我正常，我甚至这样想，如果林飞愿意，他可以结婚，但只要他也还要我。我没有别的奢求。可真正看到这一幕，我的心里竟痛得不得了。

我坐在电脑前，一直等到两点多钟，林飞还没有回来，我想不能再待在这个冰冷的旅馆了，但要去哪里呢，我不知道，漫无目的地走到了街上，街上的霓虹依然闪烁，只是我的心冷到了冰点。

在那个大大的广告牌旁边，我看见林飞大声呼喊着我的名字，急急地从旅馆的街道穿过来，他看不见我。我的第一反应是迎上去，但我又退缩了，我真的不想离开他，我一点离开他的意思都没有，我只是想看看林飞对我，到底还有没有一点感情。

林飞急急地越走越远，突然我有些害怕了，林飞还是在意我的！我不由自主地在他后面拼命地追赶起来，林飞似有察觉，回过头，我们相拥在夜的街头。

林飞用手狠命地拍打我的背，喃喃地说道：小东西，你别吓唬我了，我们回家。

回家，可是我们的家在哪里啊……

飞鸟和鱼

暮色苍茫。

残阳如血。

参差的碑林掩映在一片郁郁葱葱的松柏间，隐匿着一股氤氲的气息，似与温馨宁静的人间烟火永远隔绝。

一座新起的碑。一个端坐的女孩。以一种入定的姿势，仰望着墓碑，身边散落着一束火红的玫瑰。白墓，白衣，绿松，红花，在渐起的雾色里有着一种触目惊心的美。

不远处，另一个女孩轻轻地走过来，扶起墓前的女子，说："都已经四个时辰了，我们走吧。"

女孩在另一个女孩的搀扶下站起来，无言。转身。

白衣，长发，双拐。在水泥地上沉沉的敲击出一串串伤心与绝望……

子夜微寒

北京积水潭医院。

无尘消毒。麻醉。整个过程前后不过十分钟时间。躺在冰冷的手术台上，我听见手术刀划过腿时嘶拉嘶拉的声音。醒过来时，便不见了我从膝盖关节以下的右腿，床前立着一双银白色的双拐，还有哭红了双眼的妈妈和姐姐。

我替妈妈擦去泪水，又转头对姐姐说：“没事的，这下不就好了吗？”

湖北武汉市。第十五中学。教工楼底层一家爬满青藤的院落。

窗前挤满了一个个的脑袋，是我的可爱的学生们，他们一齐喊：“梅子老师！我们来看你！”一时间，多日蓄积的泪水如洪般泻落……

学生们带来了幸运星，手编风铃，还有一张自制的大贺卡，上书：祝老师早日康复！

生活是从什么开始失去颜色的？

市里经过近一个多月时间排练的“五四”青年节文艺联欢晚会，于五月四日晚在新华剧院准时演出，我是节目主持人之一。当节目进行到一半时，右腿一阵阵钻心的剧痛使我汗珠直滚。其实早在两年前我就应有所察觉，因为腿痛以至几次体育课停下休息，只是没有引起我的足够重视，直至这次全面检查得出的结论。

骨髓炎。

女孩子最喜欢的是什么？高跟鞋，裙子。我是一个不能免俗的女孩。

多想留住那一双双或白或黑或尖或红或绿的高跟鞋，它们曾带着我舞出多情的柔媚，再平常的女子只要穿上高跟鞋都会有了一份轻松与自信，一份袅娜和妩媚。

冷若冰

如果有钱也是一种错，我宁愿一错再错；

如果等你也是一种错，我宁任时光蹉跎。

天下也许没有我这等痴情傻瓜大笨蛋，初恋时间算不得长，但也绝不可说短。但就是这个我称之为初恋的并与之相恋二年的同班女友，在临近毕业分配的时候经权衡利弊最终弃我而去，原因很简单，我没钱，也没有很好的家庭背景。在历经最初的痛不欲生与等待盼望后逐渐明了，感情上的事情没有谁对谁错，是强求不得的。

长夜漫漫，心绪寥寥，只剩一份虔诚，打捞曾经的沧桑与疲惫。

参加工作已经三年多了，在工作中赢得了同事的好感，领导的信任，但在感情上始终没有什么收获，许是初恋给我的感觉太深刻，至今都没有碰到让自己心仪的女孩子，同事们常常善意的调侃我是当今社会的最后一个处男。这年头年轻人谈恋爱，都是频频更换对象，大有过把瘾就死的英雄气概，不是半月谈，就是每月一哥，或曰公共汽车，像我这种稳成持重的年轻人的终身大事，自然成了同事们关心的话题。他们非常乐意帮我，并把自己的经验毫无保留的一股脑儿地抖落出来，除了他们的经验，还吸收了不少有关爱情的箴言，出自内心，我并不赞成有些说法，什么男人不坏，女人不爱，好女怕男缠等等。因此我要求自己保持男儿本色，随时随地都做到不失风度，决不做厚黑之学。我十分坚信，女人用耳朵来感受爱，男人用眼睛来感受爱。对此，我有自己的见解，大凡男人，都有功利的现实主义和唯美主义，大凡女人，都有爱慕虚荣贪图富贵的理想主义，关于男人，我还知道，曹雪芹说过，女人是水做的骨肉，男人是泥做的骨肉。

因此我始终坚信等待一种众里寻她千百度，蓦然回首，那人却在灯火阑珊处的感动与执着。

子夜微寒和冷若冰

冷若冰：告诉我，为什么自称子夜微寒？有点凄凉，有点落寞。让我想起了一首词，与你的名字和内涵或许相近：深夜静，小庭空，断续寒砧断续风，无奈夜长人难寐，数声和月到帘栊。

子夜微寒：你自己呢？冷也罢了，还要若冰，我这里也有一首词与你：碧云天，黄叶地，西风紧，北雁南飞。我心恨水！

冷若冰：我们只能以无言面对这个世界，以一种寻觅的姿态来安慰披霜挂雪的季节。你是微寒，我已若冰。

子夜微寒：霜来自何方？雪来自何方？

冷若冰：来自心底。

子夜微寒：霜当然要成冰了，这是大自然的一种规律。

冷若冰：微寒有一天也会成冰的。

子夜微寒：要怎样才可融化我们心中的坚冰？

冷若冰：我们这样不是在相互慰藉吗？就好像两个促膝而谈的老朋友，没有掩饰，没有做作。

子夜微寒：但网络只是一个虚拟的世界。

冷若冰：其实这里的人是很真实的。

子夜微寒：是真诚如你我么？

冷若冰：我相信，因为这里的人不需要伪装自己。

子夜微寒：也许是的。

冷若冰：但我好像对你还是一无所知啊？

子夜微寒：刚刚不都说过了，不问红尘儿女事的么。

冷若冰：枯井止水堪称奇。不过，我一定会遵守游戏规则。

子夜微寒：想到我看过的《傅雷家书》中的一段话，里面是这样说的，人在宇宙中微不足道，身不由己，但对他人来说，却又神秘莫测，自成一套。

冷若冰：所以要透彻了解一个人相当困难，自己看清自己还是容易些，但如果让一个人能了解自己，那是要花费许多的时间和精力的，所以人的一生需要有时刻支持自己、鼓励自己、帮助自己的知己。

子夜微寒：是啊，人生难得一知己，千古知音最难觅。

冷若冰：我看了你的个人说明，弹铗而歌，起舞弄影。残阳如血，青鸟悲泣。灞桥魂断，羌笛怨柳。花开花落，寂寞成秋。晓风如泥，仲月为酒。良宵有烛，旋落裙裾。浪漫红尘，剑胆琴心。伯牙子期，一碧流韵……充溢着一份才气与浪漫，夹杂着几许辛酸与无奈，似是领略了人间的所有悲哀。是什么让我们的子夜微寒郁郁寡欢？我们会成为伯牙子期的延续么？

子夜微寒：高山流水的绝唱曾碎裂在山石上，音符散落于孤独的红尘。但愿君心似我心，一纸，一笔，明月清风，同签我心！

冷若冰：生活处处有歌声和微笑。让你我用歌声丰富记忆，留住时光，如珍藏一篇精美的散文，细细地品味，慢慢地体会。让你我用散文的心态，善待爱我或我爱的人们吧。

子夜微寒：英雄所见略同，无奈天色已晚，夜色更寒，有缘明天见。

冷若冰：明晚是否还会见到你？

子夜微寒：心诚则灵，有灵则至。

冷若冰：茫茫人海，相识不易，相知更不易。

子夜微寒：月上柳梢头，人约黄昏后。

子夜微寒和冷若冰

子夜微寒：梁祝花前共蝶舞，宝黛月下读西厢，却道天凉好个秋，伊人如约水中央！

冷若冰：伊人她在水中央，水中丽影可成双？

子夜微寒：孤单乡女坐绣楼，为待故人何时休。

冷若冰：等待是一种幸福，有等待就有希望。

子夜微寒：从你的个人说明里可以看出，你是一个很现实的人。好像也是在等待一个人？

冷若冰：是啊，这个人，动了心，所以难过；有了情，所以脆弱。

子夜微寒：没有了她，你会难过？所以说等待也是一种幸福了。

冷若冰：如果是属于我的，我会无悔地守候，我的个人说明可能是庸俗了点，但却坦诚了我的心扉。

子夜微寒：只是，这样你应为自己的等待觉得无怨无悔，但如何又冰心了呢？

冷若冰：非也！那是玩游泳时相对敌人而言，其实我这人绝非看破红尘，我很喜欢这个世界，更喜欢和你这样聪明的女孩子谈话。

子夜微寒：其实网络是一个虚幻的世界，藏在网络后面的每一张脸，是我们不能得知的另一个世界。

冷若冰：以诚相待，无谓得失。

子夜微寒：哦，原来你是想在网中以一颗虔诚之心，等待那个梦中的女孩回心转意？

冷若冰：也许。在寂静的深夜，我希望让自己的思绪飞飘，我在追忆在回味曾经的甜蜜。我在感伤两颗相爱的心，也会匆匆别离。而梦乡的另一边，可有我等待的另一半？梦醒来时，发现眼角淡淡的泪痕，而自己，也从此变成一匹踽踽独行的狼。

子夜微寒：即使是伸出双手，也捧不起水中的月亮，其实世间并非一处缤纷灿烂，那凋零的是花，不是春天。

冷若冰：你有所不知，我早已把你当作了我同病相怜的知音。

子夜微寒：其实人各有所寄，只是所寄不同而已。

冷若冰：愿朋友的关怀，能似一袭罗衾，驱散你心中曾有的寒意。

子夜微寒：谢谢你的真诚，在虚拟的网络，能有这样一份感动与真诚不容易。

冷若冰：真的不再感到孤寂？

子夜微寒：当然。只是我不想骗你，我也许不是你可以关心的人。

冷若冰：我也许明白你的意思，但我固执地认为，只要心灵相通，谈兴相投，做朋友，应该是没有不可逾越的鸿沟。

子夜微寒和冷若冰

冷若冰：虚幻的网络给人一个身外的世界，这个世界很大，大得能装下所有的东西，这个世界又很小，小得能让相隔千万里的人，不经意间狭路相逢，比如你我。

子夜微寒：应该感谢我们彼此的耐心，能让我们真诚的面对了这次相逢。

冷若冰：在这些个月明星稀的夜晚，感觉我们的一切都是真实自然的，没有虚伪，也没有做作，甚至没有掩饰。

子夜微寒：将鲜嫩的阳光种植在梦境之上，催长结果的笑靥。

冷若冰：很多的时候，每个人都把自己的心隐藏起来，想看清别人，却不让别人看清自己，轻易不流露出来，初次相遇的时候我只能算是你的陌路人，但我感觉你的那份才情与内涵，一份浪漫与清新，一种脱俗与超然，这种感觉，不在乎语言的多少，也不在乎时间的长短，即使是一瞬间，即使我们不说一句话。

子夜微寒：也许。初次的相遇，在我们的心里便有了些共鸣，有了一丝的默契，甚至还有一些心照不宣。

冷若冰：这样的夜晚，这样的感觉，这样的心情，这样的场景，就和所有美丽的东西一样，是可遇而不可求的。

子夜微寒：我们永远在追寻那种高山流水，琴瑟和鸣的感动，渴望一个奇迹的出现。

冷若冰：人常说，缘来缘去缘如水，水是流动的，流动是水的生命。

子夜微寒：而对于缘，谁也不敢渴望永恒。

冷若冰：事实上，有多少曾经让我们刻骨铭心的东西，都悄悄黯淡了，多少让我们感动得掉泪的故事，已经成了往昔，人似秋鸿，事如春梦，缘就成了美丽且伤感的化身。

子夜微寒：我们曾在梦里聆听过花开和雪落的声音。但，无论花开，还是雪落，都无法成为生命的永恒。

冷若冰：但生命中苦苦追寻的，其实大多是一个过程，过程的意义，远远大于结果，生活和生命都是这样，稍纵即逝是真正意义上的恒久。

子夜微寒：高山流水的绝唱，相伴伯牙子期的传说随风飘扬……

冷若冰：让我们在姹紫嫣红间忘掉前世的恩怨吧，用生命换取一双自由的翅膀，化作破茧成蝶的期待。

冷若冰

关掉电脑，刚刚还热烈的场景，转眼已成为一片冰凉，这就是网络的无情与现实，耳旁似还回响着子夜微寒的絮语。已是黎明时分，夜已收尽最后一丝黑暗。打了一个哈欠，我丝毫不觉有多累，在楼下吃过早餐，然后蒙头大睡。

醒来已是下午三点。想起昨夜与子夜微寒的交谈，又想起前日在新浪网上看到的一个帖子，上面是这样来形容网恋的：一根电话线，两颗寂寞心，三更半夜里，四目不相见，十指来传情。不觉呵呵有声，这样子算不算傻笑？还是幸福的笑？

子夜微寒毕业于师范学院，是一家中学的老师。虽然我是学电力工程的，但自认为没有平日理工学生的那份呆板。我认为和子夜的交谈是一文一武，有张有弛，妙极！而且昨晚收获不小，我知道了她的真实名字：梅子。梅子，梅子，想起来就像有一股清甜的气息，沁人肺腑。我还知道了她的手机号码，她的声音清脆悦耳，像珠落玉盘。从我们的聊天记录显示来看，昨天是我们聊天的第七天。2002年7月8日。

子夜微寒

窗外的阳光热烈地照着，树上的叶子在飞舞。

正是流火七月，晴空万里无云。

妈妈为了照顾我，已提前办理了内退手续，我为自己成了家里的负担而深感不安，我对自己已彻底失去自信，我变得焦虑不堪。我会莫名其妙的哭泣，为自己的腿，为自己未知的前程。

妈妈总是变着法子逗我开心，我知道妈妈内心也是苦不堪言，为了不让妈妈为我担心，我还是会装出开心的样子来。

妈妈教我编毛衣，姐姐也加入编织的行列中来，我编了一双手套，想不到我还有这方面的天赋。这样也好，暂时可以缓解一下苦闷的心情。

姐姐也嚷嚷着加入编织的行列里，她说给她的男朋友编一条围巾，在这个流火的七月，沈家的三个女人，像开了一家编织坊，五颜六色的毛线摆满了沙发。

变天了，外面在起风。我听见有一只鸟飞翔和扑愣着翅膀的声音，妈妈说，是那只鸟飞进了我的房间。也真有趣，这只小鸟每天早晨都会飞到我的房间来，在临窗的地方，搁置着一面小小的梳妆台，我和姐姐开玩笑说，这一定是只母鸟，很爱美，每天来照镜子的。姐姐说，八成是只公鸟，看上我们家梅子了。未生病前，我和姐姐会打闹一阵，现在是下午，也不知它飞进来做什么？

我突发奇想，要妈妈将它捉来，妈妈关了窗子，费了好大的劲才将它捉住，用一根红绳子缠住它的一条腿交到我的手中，这是一只白色的小鸟，黑色的翅膀，头顶长着一圈翠绿的花纹，瞪着一双圆圆的眼睛，惊恐地望着我。我对这只鸟说，借我一双翅膀吧。忽然，这只鸟一声大叫，叫声相当凄厉，吓了我一大跳，我的手一松，那只鸟拖着一截红色的绳子在房间里左冲右撞。我对妈妈说，放了它吧。妈妈给它剪断了腿上的绳子，那只鸟像历经一场劫后的余生，一路叫着飞向天边。

坐在窗前，我的心随着这只小鸟飞出去好远，恍惚间，我长了一双如天使般美丽的翅膀，在天空中自由地翱翔……

从此以后，便不见了这只小鸟的踪影。

子夜微寒和冷若冰

冷若冰：月出皎兮，佼人僚兮，舒窈纠兮，劳心悄兮？

子夜微寒：青青子衿，悠悠我心，但为君故，沉吟至今。

冷若冰：差点我就要喜极而泣了。孟德诗用在此处，自是妙极。是什么让你的心灵放飞在这个晴朗的夜空？

子夜微寒：还有什么？是曾有的一份温馨与感动，是曾经的声音如此亲切地环绕着我的影子。

冷若冰：借着夜色的掩护，我在偷偷地凝眸你温柔的面容，直到为我打开那扇希望的窗口。

子夜微寒：绿水本无忧，因风皱眉；青山原不老，为露白头。心知，情知，意知，便是你知我知。

冷若冰：佛家有云，五百年的虔诚方成就一次擦肩而过，我们应该珍惜缘分。

子夜微寒：珍缘惜份，人之常情。

冷若冰：因此，虽然佛说缘起缘灭，可我总在奢望缘起不灭的奇迹。

子夜微寒：即有缘起，就一定会有缘灭。

冷若冰：为何在你感伤的眼里，总是结满了透明的惆怅？

子夜微寒：为了一个不会有结果的希望，或者一份永远没有希望的等待。

冷若冰：如果一个人希望得到快乐和幸福，而又害怕承受不起失去它所带来的痛苦，因而就无法鼓起追求它的勇气，这种现象叫作什么？

子夜微寒：所以我们还是追求一种顺其自然的结果。你可知有一句话，叫作鼎盛即衰亡？

冷若冰：不可同一而论的。

子夜微寒：但我害怕这个结局。

冷若冰：那么我们之间也会是这个结局么？

子夜微寒：菩提本无树，明镜亦非台。本来无一物，何处若尘埃。

冷若冰：你啊，一会儿让我如白帆般轻松，一会儿让我如波涛般沉重。

子夜微寒：我是一个自相矛盾的人么？

冷若冰：我也不太清楚，你这样自是有你的道理，万事不可强求。这是做人之根本。

子夜微寒：谢谢你对我的宽容。

冷若冰：我们之间，用不着这个字。在我心里，早已把你当成了我可以倾心相待的红颜知己。

子夜微寒：请你原谅我的喜怒无常。在你眼里，我一定很刁钻古怪吧？

冷若冰：不不，在我心里，你聪明如黄蓉，温柔如小龙女。即是古怪，也有你古怪的道理，我不会有什么想法的。

子夜微寒：网络这端我笑了。

子夜微寒

冷若冰向我发出请求。想见见我的真实面容。不过，是照片。

说真的，以前对这种网上游戏，我是有些不屑一顾，我将自己全部的热情和精力都倾注在我所热爱的教育事业上。因受父母的影响，在我的高考志愿上，填报的是师范学院，终于如愿以偿的分配到父母所在的学校，我立志要向父母学习，做一个人人爱戴的好老师，教书育人。没曾想，参加工作才一年半，我就得了这样一种病。骨髓炎的发病率虽然只有百分之零点二，但争对我国来说就有好几百万人，这是一种仅次于骨癌的骨科疾病，而且最高治愈率不超过百分之五十。

我不想欺骗他，一个对感情真诚得近乎单纯的男孩，可我又不愿失去一个可以倾心交谈的朋友。

权衡再三后，我还是精心挑选了两张。

一张是在大三时全省大学生文艺会演中我担任独舞的剧照，那张照片抢拍得真是恰到好处，正是模仿杨丽萍的孔雀舞《雀之灵》溪边照影的经典动作，娇媚而不失清丽。

另一张是我和姐姐的合影，我俩是双胞胎，长得一模一样。姐姐性情温婉，在市医院工作。学校的教职工说，沈家的两个女儿，一个如春花般灿烂，一个如秋月之静美，各有千秋。照片上我俩头靠头，一样的大眼睛，一样的披肩长发。

现在我唯一能做到的，只是将一份自信寄托于虚拟的网络。

冷若冰

中秋节。

今晚的月亮特别圆，淡粉色的，朦胧中透着光亮，像水晶一样。

梅子说她们那儿在下雨，看不见月亮，一个人在家里看书。我的心中涌起一种深深的情愫，有怜爱，有一种拥她入怀的冲动。这是一个怎样聪明，美丽，乖巧而又寂寞的女孩儿啊。

和许多朋友在一起喝酒，赏月。没有梅子，是一种缺憾。

我不停地给她发短信，向她详细的描述月亮出来的每一个细节，让她真切的感受月亮冲破云层，最后始于辉煌的过程。

朋友钟看我满心投入而又陶醉不已，不时地凑过来看看，末了，不无讥讽地说："喂，我说老兄，现在都二十一世纪了，你还在玩这些水花镜月的游戏？想女朋友了明天我给你找一个！"

"知我者谓我何忧，不知我者谓我何求？"我不加理睬。

"天真啊，"钟嚷起来，"盲目。"

"还想咱们班长不？"另一个同学也加进来。

这本是我的一块心病，一般情况下他们是不会这样问的，班长，也就是我的初恋女友。说真的，分手后，我一直都在想她，可这几个月来，我的心中已完全被这个叫梅子的女孩子所占据，那只可爱的绿孔雀，像一个美丽的精灵，日夜舞动在我的心中。

大概是借着月色，又有三分醉意，钟继续闹个不休："你们之间真的有感情吗？你了解她吗？亏你还是一个受过高等教育的人，对这种虚拟的东西也会相信！"

"她在我的心中，就和黄蓉一样，冰雪聪明。"我都有一些急了。

"哈哈哈。"钟肆无忌惮的大笑起来："听听，听听，情圣啊！说不定是一六十岁的老太太，扮一清纯少女，大家听着，我这里有短信一则：网上无计可消愁，聊天解烦忧，忽见美眉在招手，顿首顿首，关掉其他窗口，聊到最后，是一北方老叟！"

一时间，满堂大笑，外加女孩子的一片尖叫声。

我一下子面红耳赤，苦于无从发作，见我脸色不对，铁杆好友龙连忙从中圆场，我郑重向在座的人宣布："你们听好了，就算梅子是个聋子，瞎子，八十岁的老太婆，我也爱她！"

子夜微寒和冷若冰

冷若冰：子夜，月宫上，不时传来悠扬的琴声，那是嫦娥在倾诉她被驱逐后的失落与冷寂。

子夜微寒：嫦娥应悔偷灵药，碧海青天夜夜心啊。

冷若冰：一旁的吴刚，在麻木地砍着树，背上的汗水与嫦娥腮边的泪水交织在一起，在那间充溢着清香的大屋子里，梅子在一个大木桶里沐浴，水面上漂满了桂花朵儿。屋外，冷若冰蹑手蹑脚地用舌头舔破了窗纸，哎呀，不好！

子夜微寒：怎么了？

冷若冰：警察来了，想不到月宫上也有警察！

子夜微寒：一阵风吹过，但见月影扶疏，冷若冰抱头鼠窜……

冷若冰：冷若冰被抓走啦，等着子夜来探监。

子夜微寒：要不要带点酒？

冷若冰：正合我意。梅子，真的，我将于茫茫人海中访寻我唯一灵魂之伴侣。得之，将是我终身之幸福。

子夜微寒：可我拣尽枝头，哪根才是我的栖身之地？

冷若冰：也许是你太过固执，对我的真诚还有所怀疑。

子夜微寒：不肯栖不是偏激和固执，而是无可栖之枝的无奈和苦痛。就算我飞得太累，也无处可觅一处沙洲。

冷若冰：国庆节，我们去看海如何？呵呵，我们在有月光的夜晚，走在软软的细细的白色的沙滩上，我想感觉一定妙极。

子夜微寒：生命的诺亚方舟已搁浅，何处觅一方明静的天空？

冷若冰：暗梦余生，筝琴难觅，何不丢开一切俗务烦扰，来一个痛快淋漓？

子夜微寒：有时候，我也想去寻找一种感动，一种失去希望后渺茫的感动。但希望是渺茫的，荒凉的，即使我始终有一种信念，但信念如荒凉的沙漠，还有始终荒凉的人生。

冷若冰：梅子，我能感受到你那颗苦闷的心，自从认识了你，坦白地说，我无时无刻不在思念、苦痛与甜蜜中搅和着自己的心情。人生本来就有太多的烦恼，有时我真想一死了之，但转念一想，一个人既然连死都不怕，那他还怕什么？这些天，我常为自己在碌碌无为中度日而烦躁。

子夜微寒：一个真正有思想的人，总会有这样或那样的烦恼。有时候感到自己便是那只飞在残阳暮霭下的孤雁，离群索居，忍不住声声悲鸣。有时候我真希望自己是一个在母腹中孕育的胎儿，一切可以从头来过，或者，老天给我一次重新选择命运的机会，不知我的生活会是一个什么样子？

冷若冰：不要只给你一个人机会，还要给我一个机会，我们最好是一对初生的婴儿，老天还为我们安排了一段木石前盟的情缘。

子夜微寒：你不等待你的金玉良缘了吗？

冷若冰：不等了，上苍已赐给我一份最好的缘，我将用心呵护与珍藏。

冷若冰

今天在信箱里收到了梅子发过来的一封信：

人的一生，要历经多少苦痛才能完美？

九月的天气，说变就变了，昨天还是晴空万里，今日已然欲雨灰蒙。似是为了配合我这糟糕的心情，来一点浓墨重彩的渲染，君不见我眼中蓄满晶莹的泪珠，打湿采桑的歌子，在昔日梦寐的边缘？

尘世的烦嚣，岁月的风霜，织成一张无形的网，宁我不可淡泊，不可忘忧，在网中苦苦挣扎的，是我失落的躯体和灵魂……

工作，生活，学习，情感。人说生活一半是现实，一半是梦幻，我用梦幻装饰残酷的现实，才得以生命的延续。每天早晨睁开眼睛，惶恐，无助，茫然，像漫过堤岸的潮水，无声无息却有如风霜刀剑严相逼，我想逃离这令人窒息的空间，回归芬芳的大地，如果我哪天从这世间消失，不要伤心，不要叹息，那一定是我找到了生命最终的归依……

我的孤苦，我的无奈，我的压力，君可知否？

不知梅子何以会有这种心情，试探着打一个电话过去，真的听见梅子压抑的哭泣。

我的心也跟着乱起来，焦急地对梅子说，告诉我为什么？我能给你安慰吗？电话那头，梅子却又在笑，没什么啊。

我不相信梅子不在意我，我只是想，她一定是遇到了一件很麻烦的事情，而她又不想将这个麻烦说给我听。这正是梅子的可爱之处，也是她像迷一样更加吸引我的地方。

子夜微寒

在我家院子前，有几根高大的梧桐树，每到春天，开满了密密匝匝的白色的小花。在我们年少的时候，我常常和姐姐站在树下，使劲地摇啊摇，看地下撒满了一地的花朵。

在我的记忆中，我们曾搬过两回家，但在这里是住得时间最长的了。学校正在修建新的教工宿舍楼，面积一百五十多个平方米，共四室两厅的楼中楼式结构。在未竣工前我和姐姐曾去看过，并已选好自己的房间，我房间的窗帘一定要是湖蓝色的，躺在床上就如置身于蔚蓝的大海。

秋天的梧桐是很有几分凄美的，叶子变黄了，没有了以前的那份郁葱。妈妈经常会对我和姐姐开玩笑说，在我们的家乡有一种说法，要是生下一个女儿，就种下一棵梧桐树，一是希望这棵梧桐树能引来金凤凰，而自己的女儿能像凤凰一样美丽；二是在女儿长大后出嫁，梧桐树就成了女儿最好的陪嫁。每到这时，我的心中就会充满一份莫名的憧憬和幻想，不知日后的他会是一个什么样子，一定和《射雕英雄传》里的郭靖一样，骑着一匹枣红色的高头大马，白衣飘飘，风流俊雅，我就是那娇柔美丽的黄蓉，我和他共乘一骑，扬鞭欢歌……

子夜微寒和冷若冰

冷若冰：子夜，非常想在这个不同寻常的夜晚，能给你带来些什么。

子夜微寒：快乐？健康？美丽？智慧？在这样一个虚拟的空间？

冷若冰：网络或许是虚幻的，但它更似一种构想，通过努力或许能成为现实。人之相识，在现实中往往是外表先入为主，对于一个智者而言，网络却给了一个先从心底去了解别人的机会，无唠叨之乱耳，无奔波之劳形，冰曰：何虚之有？

子夜微寒：其实我乃一凡俗女子，能蒙承厚爱，心中多有感激，我从不奢望什么。

冷若冰：我们合起来就是一对凡夫俗女了。

子夜微寒：呵呵。

冷若冰：生活中的我一面是义溥情天，另一面则多愁善感，儿女情长。

子夜微寒：是啊，鲁迅这样一个豪无媚骨的铮铮汉子，也有这样一句名言，无情未必真豪杰，怜子如何不丈夫。

冷若冰：所以我渴望寻找一份永恒的爱，一份来自于远方的情缘。

子夜微寒：只是在缘分的天空下，有多少不为人知的伤心与无奈啊。

冷若冰：当爱到浓时，一定会有春光灿烂的日子，我心里所想的，一点也不含糊，你真的很难得，茫茫人海，多少舟橹相错，我们彼此都能触摸到对方的心，不能否认，这确实是一种缘。

子夜微寒：虽然我们有共同的语言，共同的感受，但相隔千山万水，又如何构筑理想中的家园？

冷若冰：世上没有任何东西可以成为真爱的鸿沟，一百年后，我还是会这样认为。

子夜微寒：一个虚无缥缈的童话。

冷若冰：两个真实存在的人。

冷若冰

每天我最盼望的一件事就是快点下班，坐在桌前，拨号，听我的猫吱吱地叫着，像一首美妙的音乐，然后是上号，看子夜微寒有没有上线。只要那个紫色的头像温柔地闭着眼睛，我就会想象，她正在干什么，有没有想我啊？子夜微寒在线上我会忍痛割爱星际争霸国际象棋007等一切好玩的游戏，

那个灰色的屏幕对我有着极大的吸引力，面对子夜微寒跳动的头像，我指法如飞，把一份爱意通过网络传送给另一端的梅子。

今天妈妈打电话来，要我回家吃晚饭，自从认识子夜后，我就一直没有回家吃过一顿饭了，想来还是有些惭愧的。

吃过饭后，妈妈说，同事张姨的女儿悠悠很不错，是学服装设计的，在桂林市中山路最繁华的商业街开了一家服装店，又漂亮，又懂事，去见见吧。

妈妈絮絮叨叨说了半天，本来我想说，我不去，但妈妈最后又说，你也老大不小了，还要让我为你们哥俩操多少心啊？我的心不由得软下来，妈妈为了我和哥哥读书工作的事，都长出了几根白发，现在哥哥远在海南，年长我两岁，再过两个月就二十八岁了。

地点是一家茶庄，很热闹，也很吵。悠悠果真是一个漂亮的女孩儿，时髦，新潮，染着一头棕红的短发，最惹人注目的是脚下那双红色的高跟鞋，像一艘弯弯的小船。

我给子夜发了一个短信，告诉她我今晚不能上网了，在和一个朋友喝茶，子夜说，是什么茶啊？莫不是妙玉用梅上的雪水泡就的茶么？我说，是啊，要不要我给空运一杯过来？子夜说，喝茶的时候一定要少喝，一杯为品，二杯为解渴的蠢物，三杯则为饮驴了。我说，是！听夫人的话，子夜说，贫嘴了不是？还是好好陪陪你的朋友吧，一心不可二用。

这个善解人意的女孩，真的就如山中的一朵幽兰，在我的心底，时时刻刻充

溢着一股清香与温情，一份浪漫与诗意。

悠悠对台上演唱的歌曲如数家珍，曾获得过什么大奖，是由哪个新人唱红的等等，这是一个真正快乐的女孩。

最后分手的时候，我对悠悠莫名其妙地说了一句：对不起！

子夜微寒和冷若冰

冷若冰：今天折了一枝桂花，送给你，今天是我们相识的第一百天。

子夜微寒：为什么要让我感动？

冷若冰：没有刻意的奉承与讨好，只是一种兴之所至的做法吧，或者是寄托。

子夜微寒：其实我们终极一生也无法企及的一种感动，即是平平淡淡的生活啊。

冷若冰：我想如果给我机会，我会是你一生的寄托的。

子夜微寒：不会的。我从不奢望。知道飞鸟和鱼的故事吗？你是飞鸟，我是鱼。

冷若冰：不知道。能否说给我听听？我一直认为，我就是我，不会是那些文章里所写的角色。

子夜微寒：假以时日，你就会知道这个故事的残酷。

冷若冰：梅子，我只能这样和你说，自从认识你三个月以来，你，以及你的影子，你写给我的一字一句，占据了我所有空闲的时间。

子夜微寒：我也将你当成了精神的寄托。

冷若冰：到底你有些什么样的不开心，真的不能让我分担？

子夜微寒：没有，这世间始终没有理由，有的只是我们一颗渴望幸福的心。

冷若冰：就让所有的往事，随着这秋风中飘落的叶子，静静地尘封在昨日的心底吧。

子夜微寒：是比往事更残酷的现实。也许有一天，我也会成为树上的一片叶子，随风远逝了。

冷若冰：不不不，你不会，白日里，你是我头顶上的那轮太阳，黑夜里，你是我翘首细看的那弯月亮。

子夜微寒：我已收藏好你给予我的一切赞誉与祝福。

冷若冰：真的不愿见我吗梅子？

子夜微寒：留一份想象的空间有什么不好吗？如果觉得对方不是自己理想中的人物，也许我们连朋友都做不了。

冷若冰：我不会看重你的长相，我也知道，你是一个非常聪明美丽的女孩子，是你觉得我有什么不好不愿见我吗？

子夜微寒：不是，在我心里，你就和郭靖一样，是一个善良深情的好人，是我自己不配享有这种情感。

冷若冰：我不敢说我爱你，但我要说，我喜欢你，真的。梅开的季节，定是我一生最有意义的时候。当鹅毛飞雪凝结了我的视线，轻轻地闭上双眼，站在驿外桥边独品那缕来自苦寒的幽香。我极愿，我是那梅树下的一片冰，让花瓣飘零化作泪水，滴在我的心上。我极愿，我是那梅树上空的一片雪，让花瓣飘落化作芳尘，拥在我的怀里。

子夜微寒：我何尝没有过梦，在我的心里，时时有一双水晶鞋，那是灰姑娘的希望与梦想，因为这双鞋，会带我到人世间最美好的地方。

冷若冰：梅子，我们已从夏走到了秋。你看，秋天到了，天空下是一份多温暖的颜色啊，宁静，恬美，我多么希望看见你踩着落叶，而我在响着斯特劳施圆舞曲的不远的地方迎接你的到来。

子夜微寒：梦里吧，若冰。

冷若冰：子夜，我想认真地问你一个问题，你打算真的只让我存在于你虚无的网络生活吗？

子夜微寒：试着在生活中找一份真实的爱，这会比网络的更精彩。

冷若冰：你是这样做的吗？不要伤我的心好不好？我对你的感觉真的不一样，一切困难都是可以克服的，桂林武汉并不是天遥地远。

子夜微寒：也许你是对的，但我也不是错的。我是没想到在网上会遇见你，这本是万分之一的希望，上帝在造人的时候，给了人类许多快乐，但同时也给了人类太多的苦难。

冷若冰：子夜，你到底有些什么样的痛苦不能让我分担？我曾试图着忘了你，原来以为，自己会发狠割舍这份情缘的，原以为，随着时间推移，我能淡忘你的身影。泪水，却在每一回梦醒时分打湿枕巾，子夜，你如何要折磨我的心，你让我一天要有多少心痛的叹息？你可曾听见天边孤雁的阵阵哀鸣？

子夜微寒：忘了我吧，今生我定会负了你的一片深情，我审视自己，原是最薄情寡义的一个人啊。

冷若冰：我不想那些深沉的东西，这几天我想逃避痛苦，但却不由自主的将你的照片做成桌面，我能感受你内心深处的那份苦痛，难道你能说你不爱我吗？

子夜微寒：正因为爱，所以不敢给所爱的人带来痛苦。佛经上说，爱情是条无底的河，人一旦沉溺其中，便不可自拔，或许有些道理，所以佛经上有一种说法叫情劫。

冷若冰：就让我们共同掉进这条爱情的河里，甘心情愿。要弄清情劫二字，须得六根清净，那我非得皈依佛门不可。可我现在满心都是子夜微寒的影子，佛早不收我这个弟子了。

子夜微寒：但我已满心疲倦，伤痕累累，非天山的雪莲与深山灵芝所能治。

冷若冰：冷若冰一路豪歌，走向天涯，发誓要为子夜找到那朵深山的灵芝和天山的雪莲，来医治子夜心中的创伤……

冷若冰

我非常想去看看梅子，去看看梅子居住的地方，这个令我日思夜想的女孩，这个像谜一样吸引我的女孩。

多少事，从来急。其实很多事我都处理得很果断，但在与梅子的感情上真的是拖泥带水，不忍放弃。红颜弹指老，刹那芳华。一个男孩子在不知不觉中误了自己的青春不要紧，而一个女孩子则大大不同。子夜微寒多愁善感、柔弱、聪明、充满灵气、敏感，同时也是一个感情脆弱的女孩儿，真的，我很爱她。不管她以前做过什么，也不管她以前曾有过什么，其实爱就一个字，真的，很简单。

我不知自己会有什么样的收获，我在心里做好了两种猜测，我想，出现在我面前的，要么是像痞子蔡笔下的轻舞飞扬那般的女孩儿，要么是像无盐一样的丑女，其实子夜微寒美也好，丑也罢，在我的心底，都是和黄容一样冰雪聪明的人物。武汉桂林不是一道不可逾越的鸿沟。自从认识了梅子，我感觉到这个女孩有着一份与众不同的忧郁的气质，不见她一面，我会终身遗憾的。

子夜微寒

冷若冰说想到武汉来，看我。

说真的，我也曾在心里无数次想象过和他相逢的场景，那一定是在某个下雨的黄昏，我们共同撑起一把苏杭的绣花伞，我就是那个如丁香一样的姑娘，走在绵绵的雨丝中，耳边，有着他轻轻的气息。

可我知道见面的结果会是怎样，我已欲罢不能，现在就对他说明一切原委？可我没有这份勇气，在我心里，他早已成为我生命里全部的精神寄托，我不敢想象在每个黑夜的来临，没有他温柔头像的出现，我将怎样度过这漫漫长夜？

于是，连着两个晚上，我不再出现在网络中，我将自己处于隐身状态。我看见冷若冰给我的留言：梅子，如果一个人死了以后还能够爱，我将依然爱你！想我的时候，就到网上来看看我。如我不在，也许是在一个酒醉的夜，我死了，我那双渴望的眼睛，将会永不瞑目，眼角流淌着一滴没有消失的泪水，泪光里印着与你共缠绵的快乐往事，却没有我憧憬的未来。

偶尔也到外面看看星星吧，也许我的郁郁忧魂会化着一颗流星，照耀你向往自由幸福的心愿。阴霾的雨季，淋湿你秀发的，是我哭泣的泪水。要我做一个忘情的男人，也许来生。

从冷若冰的留言来看，他一定以为我是一个不愿被爱所束缚的人，一个向往自由生活的人，其实我已知自己连追求一份最简单的爱的权利也没有，还能有什么别的奢望啊！

子夜微寒和冷若冰

冷若冰：梅子，这两天你去哪了？很想你。也很烦躁，我愈发感到自己至今一事无成，我很恨自己，恨自己连追逐自己之所爱的本事都没有！以致我越来越厌倦现在的工作，真的，我很想趁自己还年轻还有一点时间做一些自己想做的事。

子夜微寒：不要对自己太过苛求，只要你自己能这样想，说明你还在努力。

冷若冰：也许吧，年少本轻狂。但我从不失去豪迈的性情。亲爱的梅子，这正是我充满苦闷的一个阶段，我一直都在不懈的努力，唉，谋事在人成事却在天啊。

子夜微寒：其实人生成功的范围太广泛，金钱？地位？不足以说明问题，那是现实而庸俗的想法，之所以至今我与这个世界格格不入，是因为我离现实太遥远，或许男人的想法多有不同。但我想，既然我有这种想法，现实中就有人一定会有和我一样想法的人，是不是？

冷若冰：前些日，我看了一本叫《列子汤问》的书，其所教化的，无非是清虚无为的思想，说得很有道理。我明白了春秋时期的“百家争鸣”，当时的人很善于舌辩，各有一套说法，死的可以说成活的，美的可以说成丑的。

子夜微寒：网络不也如此么？你就从来没有想过，或许我是一个瞎子？一个跛子？

冷若冰：在我的想象里，没有比你更好的了。西蜀贫僧能至南海而富者未能，这个道理谁都能懂，然而世事多变……真的，我有千般感慨。

子夜微寒：感从何来？多有不懂。

冷若冰：梅子啊，你是装糊涂，我是真正感到糊涂。我想自己是不是志大才疏，过于自信，这样终有一天会毁了自己。

子夜微寒：我也说不清楚，看过池莉写的《来来往往》吗？人活于世，常身不由己地萌生种种欲望，这就是痛苦的根源！

冷若冰：我在看列子传的时候，虽觉得书中所写的很有道理，但却一直对它的那种“清虚无为”的思想嗤之以鼻。因为在我的心里，一直很向往“梅妻鹤子”的生活。

子夜微寒：：）

冷若冰：哎，前天晚上我梦见了和你在一起游玩，醒来后喟叹不已。

子夜微寒：：）

冷若冰：在梦里，我牵了你的手，真想把你的小手放进我的心窝，让你感到温暖的同时，能感到我的心在为你跳动。

子夜微寒：你是天下第一号痴情笨蛋大傻瓜。

冷若冰：唉，冷若冰不笨都给你骂笨喽，你给我煮了这么多碗“笨蛋”，把我给撑肥了不怕我向你问罪？

子夜微寒：：）

冷若冰：常幻想，你的脸颊贴着我炽热的胸膛，秀发不时地轻拂着我的脸，在淡淡的发香里，我们彼此熟悉对方呼吸的声音，还有那酣睡的呓语……

子夜微寒：：）

冷若冰：尽管你不说一句话，只要你笑了，我也会感到满足。去睡吧，国庆节来看你，不管你愿不愿意。

冷若冰

国庆长假，我做好了一切准备，找龙借了一辆车，独自驱车前往武汉。

一路上颇有一些豪情，像古代寻找生命最爱的勇士。

一路上，我反复地听着童安格的那首《耶利亚女郎》，眼前出现神秘女郎耶利亚闪动的长睫毛，朦胧的面纱，丰腴的身段，明丽的脸庞，红润的双唇，赤着双脚，跳着印第安人的舞蹈……一会儿，慢慢地变成了一只舞动的绿色的孔雀，梅子修长的腿，清澈的大眼睛。

耶利亚，神秘耶利亚，我一定要找到她！

我不知做过多少梦，梦里是漫天飞舞的大雪，我牵了梅子的小手，梅子穿了一条翠绿的孔雀裙，我们在那洁白的天地里欢笑追逐，在雪地上里踩出一朵朵美丽的六角花。

经过近二十个小时的奔波，至晚十点钟的时候，已见武汉入口的霓虹标志，这个中国四大城市之一的大城，街道鳞次栉比，纵横交错，真的让人不知所措。我记得梅子曾说过，她家住在武昌区第十五中学，四大名楼之一的黄鹤楼附近。我雇了一辆摩托车在前面带路，从武汉长江大桥经过的时候，尽情领略了毛泽东同志所题诗词一桥飞架南北，天堑变通途的豪迈之情。我先找了一家旅馆安顿下来，便开始给梅子打电话。

无人接听，再打，还是无人接听。

直到深夜1点，这个冰冷的小东西里面传出一个声音：对不起，您所拨打的电话已关机！

我不知道梅子为什么会这样对我，我可以找到她的住处，但她既然不想见我，我想我去了也不会有什么意义。

子夜微寒

我不知道自己是不是一个小人，手机一遍又一遍的响起，我的泪一颗颗地流下来。我有什么资格去见他，这个善良又多情的男孩？

姐姐对我说，如果你觉得可以，我去见他。我说，不要，我不能再欺骗他。我和姐姐盯着这个曾经给过我无限等待与盼望的小东西，看着它发出一遍又一遍的呼唤，直至它断电自动关机。

连着五天，我关掉了手机，关掉电脑，我要姐姐及姐姐的男朋友陪我去儿童游乐园，去动物园，我已经有很久没有出过门了，我看着节日期间快乐的人群，我试图从孩子们快乐的笑脸上忘掉路人同情加不解的目光，我强迫自己什么也不想，只是想忘切记忆，忘切这个叫冷若冰的男孩。

10月6号晚7点30分，坐在电脑前，连电，开机，输入拨号信息169，登录网络。打开QQ号，看见龙跳动的图像，伴随着一条触目惊心的留言：冷若冰在武汉遇难！日期是两天前发出的。

我给冷若冰发出交谈请求，没有回音，我用手机拔出一患熟悉的号码，已关机。是他们联合起来惩罚我吗？

我不停地给龙和冷若冰发信息，一直到凌晨3点，均没有回音。

冷若冰

十月的夜已有些凉意，我打开车窗，让冰冷的风从外面吹进来。驱车陌生的街头，已然没有了初时的豪迈与激情，看见所有年轻漂亮的女孩都像是梅子。心中有一份沮丧，一种挫败感。但是我不怪她，梅子不愿见我，一定有她的理由。

忽然想起梅子曾给我描绘过的汉口的吉庆街，按原路过江，见不远处一片灯火辉煌。已至吉庆街街口。梅子不止一次给我描绘过吉庆街的繁华与热闹，此街汇聚各路名吃小炒，无论阳春白雪，还是下里巴人，都喜来此处一醉方休。

还记得梅子曾对我说过，吉庆街最有名的是卤鸭颈和炒田螺。她很喜欢吃田螺，常常在夜晚和同学们一道骑了自行车来解馋，还说有一部影片叫着《爱情麻辣烫》的，里面有两个相爱的人共吃田螺的镜头，梅子说到将来的爱人，一定要和他一起共同吃许多田螺，她会亲手用签子将肉剔出来送到自己所爱的人的口中。于是，我回味着梅子当时打出的这段话，还是颇有一些幸福的感觉，便叫了两份炒田螺。

我用签子小心地将肉剔除出来，味道果真好极了，干脆，还来一瓶酒得了。

我的临桌是一群二十多岁的小青年，大约五六个人，他们喝酒，划拳，操着我听不太懂的武汉话，与我独自一人喝酒的冷清极不相称。

这时候，一个梳着两条辫子的姑娘斜背了一把吉他，款款地走过来。

“先生，点首歌吧？”女孩子怯怯地开口。

“随便唱随便唱。”他们之中有人不耐烦地挥挥手。

女孩子唱的是一首《青藏高原》，本已有几分醉意的我，听到女孩高亢清冽的歌声不由得一震，这声音和梅子的像极了！我一眼也不眨地瞧着这个女孩。

一曲终了，这次女孩唱的是一首《灞桥柳》，这首歌悠扬婉转，如泣如诉。

“别唱了，别唱了，”唱到一半的时候，其中一个瘦得像猴一样的高个子嚷起来：“这个不好听，你给我们唱十八摸！”

“对对对，唱十八摸，今儿让我们哥们饱饱耳福。”他们之中有人不断附和。

我看见这个女孩子瞬时涨红了脸，站在那里满脸无措。

那个像猴一样的男孩说了不算，竟然站起身，拉过那姑娘的手往自己的脸上摸起来，姑娘一个踉跄，跌坐在那个男孩的怀里，怀中的吉他掉在地上，碎裂开来。

女孩子一下子就哭了起来，挣扎着起身，但被那个男孩死死地拉着，不能脱身。

我的血一下往上涌，推开面前的椅子，大喊一声：“住手！”

那群人正在兴头上，没想到我这个外来仔竟然敢管闲事，于是放下了那个女孩，一齐朝我围拢过来。

“关你鸟事？”瘦猴说：“敢在哥们地盘上动粗，不想活了！”

接下来是一阵短兵相接，我赤手空拳，他们人多势众，在最后的奋力拼搏中，我感到腰间一片冰凉。在倒下去的时候，我看到女孩眼中的泪水，焦急，恐惧，感激，等等。心中一股满足与豪情油然而生。

子夜微寒

一阵阵钻心的痛，也不知是第几回了，醒来时我是躺在医院里的。

为了我的出入方便，家里决定放弃搬迁新房。在我患病期间，学校发动了捐款，并在报纸上进行了宣传捐资，爸爸妈妈在沿海开办公司的学生们得知情况后给我们寄来了一笔可观的资金。经过一次又一次的入院治疗，我对自己的腿已有了很清楚的认识。这是我所有的亲人，朋友，同学都绝口不提的三个字：骨髓癌！

昨晚做了一个梦，下了好大的雪，厚厚的雪将所有的一切都掩埋了，冷若冰来了，我要去见他。我找自己的帽子和围巾，总是找着了帽子又找不着围巾，它们总不是一套，最后我只好戴了帽子而没戴围巾，在学校的大门口，我见到了冷若冰，和我想象中的一模一样，英俊挺拔，穿一件黑色的大衣，笑吟吟地站在漫天飞舞的大雪中……

我对姐姐说，我要去桂林看冷若冰。

已经是深秋了，梧桐的叶子已快落尽，我知道一到冬天，我也会和这树上的叶子一样，随风远逝的。

没有人反对我的决定，我和姐姐带上给冷若冰编织的围巾，还有鱼和飞鸟的故事。

传说很久以前，有一只英武精悍的飞鸟，有一天翱翔在大海上空的时候，正好一条美丽的鱼跃出水面，飞鸟惊异于鱼的美丽与超群，鱼爱慕于飞鸟的潇洒英姿，他们相互久久地注视与倾慕，在每个黄昏与清晨，他们的等待沐浴着晶莹的朝露和七彩的斜阳，默默地传递一份爱意与深情。但，随着冬的渐渐临近，飞鸟必须要离开这里，他们一个在天上，一个在水里，挥泪惜别……

鱼对飞鸟说：你看不见我的眼泪，因为我在水里。

飞鸟对鱼说：我感觉得到你的眼泪，因为你永远在我的心里。

七年之痒

一

叶小北懒洋洋地躺在被窝里，百无聊赖地看代寒冰穿衣服。

代寒冰是一家上市公司的总经理办公室主任，每天上班前，总会在镜子前很仔细地穿戴和化妆。

在叶小北的记忆里，只要是上班时间，他从来没有在代寒冰之前起过床。有时候他醒着，看她在镜子前穿戴，心情好的时候会给她提些自己的建议，什么衣服搭配什么裙子或裤子好看，有时候代寒冰会听他的，但大多数的时候，她都会有自己的主见。有时候一觉醒来，床边早已不见了她的人影。

今天代寒冰穿的是一款黑色的呢子套裙，裙子是欧美风格的那种，上身紧窄，恰到好处的勾勒出她玲珑的曲线，下摆则很阔，像一只喇叭，领口和下摆缀着蕾丝的花边，看起来端庄又不失轻俏。代寒冰的皮肤有着一种与众不同的白嫩和细腻，特别适合穿黑色的衣服。叶小北讨好地说："这条裙子穿上真好看，这才像一个白领丽人嘛。"

女人什么时候都喜欢听好话，哪怕是自己的丈夫。本来已打算离开镜子的代寒冰，听他这么说，不由得又回头张望了几眼。

"今天周末了，回家吃晚饭吧？"叶小北不失时机地问。

代寒冰略微迟疑了一下，说："如果公司明天没有什么事情的话，就回去吧。"

我操！叶小北在心里恨恨地骂了一句，看着代寒冰套上白色的高帮靴子，斜背了小包，一阵噔噔噔的脚步声伴着防盗门的轻声锁定渐渐远去。

叶小北在镇里的小学教书，有着大把大把的时间。今天是星期六，叶小北双休。

再一睁开眼，时针已指向了上午十点，他从床上爬起来，去壁柜里找牙刷，一眼就看见那只景泰蓝的手镯还静静地躺在壁柜里，外面的那层塑料纸包装完整，似乎连动也没动一下。

他一把抓起这只手镯，恨不得将它一把扔到楼下去，但想了想，还是忍住了。

这是叶小北国庆节长假期间和同学肖晓一起去北京玩时给代寒冰带的礼物。当时代寒冰正在上网，叶小北从包里拿出来给代寒冰，代寒冰连看也没看一眼，说："你就放那儿好了。"这一放都快一个月了，看来代寒冰压根就没动过它。

代寒冰到家的时候已经快六点了，现在昼短夜长，外面的天色已然朦胧一片。叶小北说的回家，其实是回他们在城里的家。他们七岁的女儿叶子寒在城里上学，由叶小北的父母亲照管。他们匆匆地坐公汽回到家时，饭菜已经端上桌，女儿欢呼雀跃地跳起来搂住叶小北，叶小北立马和叶子寒疯作一团。代寒冰最喜欢看他们父女俩在一起玩闹，女儿从小就跟叶小北亲，而在她面前总是一副乖乖的样子，这令她的心里或多或少的又有一些失落。

晚饭桌上，叶母炖了一只鸡，浓香扑鼻，叶小北吃得狼吞虎咽，叶母说："你这孩子吃饭怎么像从饿牢里出来的一样？"

叶小北心有怨尤，但不想在家里表现出来，只好说道："妈，我中午没时间吃饭，在学校加班呢。"

代寒冰悄悄瞪他一眼道："在桌上加班吧？忙得饭都没时间吃啊？"

叶小北说："哪里，我在帮黄老师布置教室，星期一市里来人听他上公开课。"

代寒冰不作声了。叶子寒说："今天我们老师问我，问我爸爸是干什么的。"

代寒冰来了兴趣，停下筷子，问："干吗啊？"

叶子寒说："我也不知道，反正是问我爸爸有没有当官。"

叶小北头也没抬地说："实验小学五十周年校庆，真是的，问起孩子来了。"

"哦，"代寒冰说："那你是怎么回答老师的？"

"我说，我爸爸也是一个老师。老师就问，在哪里啊？我说，在镇小。就这样，老师再没问别的了。"叶小北稚声稚气地回答。

"你怎么不说，你妈妈是当官的啊？"叶小北的父亲对代寒冰这个儿媳妇总是很亲，也很满意，认为她比儿子有出息。

代寒冰心里有些惭愧，说：“您不知道啊，现在这个社会全乱套了，他们问这个的目的很明显，还不是想拉几个赞助费？”

二

叶小北在生活上有很多不好的习惯，他总是在代寒冰后面起床，但他从来不叠被子。家里脏了也从来不收拾一下，并常常找借口为自己的这些坏习惯开脱。拿代寒冰的话说，是油瓶倒了也不会扶一下。叶小北则会振振有词的反驳：一个大男人，千万不能做这些女人做的事情，做了这些事在家里就会没有男人地位，就会被女人牵着鼻子走了。这也是代寒冰经常骂他的大男子主义思想。但代寒冰还是给了他充分的自由。比如吸烟，还有少量的饮酒。虽然吸烟喝酒都不好，但这算个人爱好，不能强迫的。

代寒冰撅着屁股在家里来来回回的拖完地，不客气地将叶小北的拖鞋一把脱下来，嘴里嘟囔着：“脏鬼，臭死人！”叶小北歪在沙发上看杂志，代寒冰将干净的拖鞋“啪”的一下丢在他面前。叶小北冷不丁地冒出一句：“代寒冰，你到底还爱不爱我？”

代寒冰没好气地说：“你是不是脑子有毛病，都老夫老妻的了，总喜欢问这些无聊的问题？”

其实当初叶小北力挫群雄征服代寒冰，正是因为他这份傻里傻气的浪漫。但现在似乎不太管用了，叶小北觉得代寒冰越来越不关心自己了，她的眼里只有自己。代寒冰则认为，叶小北不思进取虚度光阴，只知道想些无聊的问题和做一些毫无意义的事情，因为，叶小北有一个不大好的业余爱好：打牌。

叶小北两口子住在学校教职工宿舍三楼的一套两室一厅的房子里。这个学校共有五十多位教职工，当初为分上这套房子还大费了一些周折。他们从结婚到现在，一直就住在这里。

那时候，代寒冰也在这所小学教书，叶小北比她先来半年。记得她报到的那天，是在一个秋天的中午，代寒冰穿了一条米黄的灯芯绒背带裙，一顶奶白的帆布帽下面是剪得齐齐的刘海，看上去清纯靓丽。叶小北正在办公室里和几个年长的老师打扑克，正输得一塌糊涂，脸上挂满了纸条，拿代寒冰后来的话形容，那模样就跟阿拉法特差不多。本来叶小北的牌技一流，但那天不知怎么手气格外背，花牌都摸不到一张。代寒冰看他这副样子，当时就乐了。后来代寒冰坦诚，就是叶小北这个样子吸引了她。她是一个讲究感觉的人。她说，当时她就注意观察了他的那双手，纤细、修长，像一双艺术家的手，拿牌的样子非常好看。尽管以后她为他这副好看的样子而伤透了脑筋。

叶小北的身上有着一股慵懒的气息，一道剑眉下的双眼却是细长细长的那种，看着别人的时候总是带着一种温情的笑意，杀伤力度大约在九点五级以上。还有，他有着两条修长的腿，但行动却是慢吞吞的那种，看上去就多了几分含蓄成熟与儒雅的味道。

不能否认，他们的恋爱，是代寒冰先发起的进攻。

当初，叶小北对代寒冰从来没动过心思，不是不想，而是不敢想，因为代寒冰的父亲是局长。叶小北有自知之明，这点是他的优点也是他的缺点，他认为这是一件遥不可及的事情，所以绝不肯去动半点脑筋，这点让他知足常乐，所以他每天都是笑呵呵的。

代寒冰还没来之前，学校就开始传言有一个漂亮的女孩会分到他们学校来，而且这个漂亮女孩的父亲是局长。所以，代寒冰到来的那天，男老师们异常激动。那天，代寒冰是自己坐车来的，并非他们的想象由当局长的父亲开车送来的。这样，男老师们就有了大献殷勤的机会。他们将一切进行得有条不紊，抬的抬桌子，搬的搬箱子，就差没给她铺床了。对这一切，叶小北浑然不觉，他才不想去凑那份热闹呢。是后来老师带领代寒冰参观他们的办公室，他才看见了她。

代寒冰一到学校就显示了她的才华，她组织学校教职工及学生编排了整台元旦晚会的节目，还跳了一曲傣族舞，令所有人大为折服。那时候学校单身教师很多，代寒冰组织策划了很多活动，把个学校弄得一团生机。

那天晚上，男老师们没事，就想去女老师宿舍里玩玩，他们一共去了三人。那天代寒冰有一点不舒服，正躺在床上看书，雪白的绣花被套将她的身子围住，只露出一张脸，看上去娇柔无比，叶小北的心没来由的动了一下，甚至还想到了这样一个词句来：云鬓花颜金步摇，芙蓉帐暖度春宵……想如果自己有一天能拥着这个娇柔的身体，那该是一种什么样的感觉？但叶小北就是叶小北，知道这一切不会属于自己，所以也只是稍微地动了那么一下心思，便立刻将自己的这份念头压了下去。

正因为觉得一切皆无可能，叶小北相比于其他老师，倒多了一份坦然。在其他老师都在代寒冰面前装绅士的时候，他会在吃饭的时候厚着脸皮凑近她旁边，说：“代老师，吃的什么好东西嘛，让我尝尝吧！”其实都是一个锅里舀的菜，会有什么区别；还有如果他们正好一起走，他会冷不丁地揪朵花儿递到代寒冰手里，说：“代老师，这花好看吗？送给你了，我跟我女朋友都没献过花呢。”最让代寒冰动心的一次，他们几个男老师在女老师宿舍里玩，代寒冰正好在梳头，叶小北站在她的后面突发感叹：“哎呀，你看这镜子里头，是不是天生的一对呀？”代寒冰不由得用梳子娇嗔地打了他一下，脸立马红得像个关公。

也许，这些举动在外人眼里看上去很油滑，但在代寒冰看起来，叶小北却是那样的可爱。正是叶小北这些不经意的动作打动了她，反正代寒冰就这样喜欢上了他。

叶小北很要好的那个同学肖晓在另一个镇的学校，星期天的时候叶小北常常会骑了自己的那辆破自行车去他那里玩。一是可以蹭饭，二来可以打牌消磨时光。还有，叶小北有一个若即若离的女朋友曾丽在城里。说若即若离，这完全取决于叶小北的态度。那个女孩子对叶小北可是一片真心。说叶小北年幼无知也好，说他不谙男女之情也好，反正他对那个女孩子的感情，像夏天吹过的风，吹起来感觉凉爽，但吹过后就不留什么痕迹了。所以，星期天的时候，叶小北大多不在学校。

自从有了那么一些举动，代寒冰对叶小北有了一层朦朦胧胧的意思。代寒冰也不大理会学校里那些单身男老师，这也许就是爱情的开端。那天正好是星期天，叶小北正从肖晓那里打牌回来，刚小赢了一把，心里特别高兴，代寒冰正站在学校门口张望。叶小北说：“代老师，你是不是在等我啊？”代寒冰脸又红了一下，说：“是等你又怎么了，咱们去看电影吧！”叶小北有些惊讶，又问：“真的？”代寒冰说：“还会有假的了？”说完就一个人先走了，叶小北急急忙忙将自己那辆破自行车往门房里一放，交代了门房的宋大爷一声就跟了上去，代寒冰没走公路，而是往河堤上的那条小路走去。

夕阳还没有褪尽，当时已经快春天了，看得出代寒冰经过了精心打扮，她穿着一件花格子五短呢子外套，一条同色腰带将腰身收得很细，脖子上围着一条白色的毛线围巾，围巾很长，结着很长的流苏，流苏随着她走动的节奏在臀部上一摆一摆，看上去非常时髦和漂亮。这个季节，小镇上的人大多还裹着厚厚的棉袄，所以，代寒冰的这身装束吸引了许多人的目光。别看叶小北平时油嘴滑舌，真正到了这个时候，倒显出了几分腼腆，他亦步亦趋地紧紧跟着代寒冰，完全没有从这份惊喜中回过神来。

小路两旁，柳枝初绽，四周炊烟袅袅，他们并排慢慢地走着，叶小北渐渐地恢复了常态，就开始想着如何逗代寒冰开心了。他正在给她说着一个笑话的时候，迎面走过来他们学校一个老师的妻子，那个女人满脸惊奇，和他们打完招呼后还忍不住回过头来张望了几眼。叶小北心里想，也许他和代老师在河堤边漫步的事情第二天就会传遍全校。

镇上没有什么娱乐活动，所以电影院的生意特别好，代寒冰执意去买票，并一再强调，今天我请客，叶小北也就由她去了。进入了电影院，他们还是碰到了几个同事，同事们依然拿同样惊奇的眼光打量着他们，叶小北心里感觉很快乐，所以就格外的殷勤。那天放映的又恰恰是一部他以前看过的电影，这就让他有了卖弄的机会。虽然叶小北嘴上很油滑，但行动上却是规矩的很，所以，他一直和代寒冰保持着距离，并绘声绘色地给她进行着讲解，代寒冰则听得津津有味。

回到宿舍，大概有好事者已经得到了消息，男教师围了上来，那种嫉妒明显地写在脸上，恨不得将他给生吃了，问："你他妈的使了什么魔法，把咱们的梦中情人都骗到了手？"叶小北道："天地良心，我可没招惹她，是她请我的。"男老师们哪里肯信，后来叶小北去外面商店买了一包好烟来一一散给他们，才将他们的愤怒平息。

叶小北和代寒冰正式开始了恋爱。他们的足迹几乎踏遍了小镇的长江边，河堤岸。自从和代寒冰开始恋爱后，叶小北几乎知道了沿江的河堤上有多少棵杨柳。

自从和代寒冰开始恋爱，叶小北才知道什么叫爱情；才知道什么叫情窦初开；才知道什么叫一日不见如隔三秋。原来爱情是这样一回事啊！

叶小北在爱情上的确是一个初入门者，在他们经历了半年多，也就是大约二百多天以后，还没有进入实质性的阶段。像一首歌里面唱的那样，爱情只是拉拉手。他们的爱始于春天，油菜花开得艳艳的，他们去江边看花，照相，路很滑，代寒冰差点跌倒，叶小北顶多只扶她一把，也绝对不会对她动手动脚；夏天，他们一起去打球，代寒冰浑身是汗水，玲珑的曲线让叶小北心里想入非非，但也适时地控制住了自己。当秋天来临的时候，他们从学校移栽在盆子里的菊花已初现花蕾，叶小北认为他们的爱情也应该到了收获的季节。以前，在代寒冰的宿舍里，他们通常坐在床上看书，下跳棋，说一些朦朦胧胧的情话。那天，他俩一人靠着床的一头，叶小北似是犹豫了很久，然后递给代寒冰一张纸条，上面写着：寒冰，今天我决定献上自己的初吻。代寒冰一看，脸上红红的，默不作声。叶小北一下子就扑了上去，他也不知该从哪里下口，只是气喘如牛地在代寒冰身上乱蹭一气。由于他动作幅度太大，代寒冰床上的蚊帐不合时宜地掉了下来，一下子就罩在了他俩的身上，那份狼狈劲别提有多可笑。还好，在关键时候，叶小北当机立断地跳下床，支起了蚊帐，代寒冰蜷缩在床角，早已羞得不知所措。叶小北勇敢地发起了第二次冲锋……那天，他们在床上接了三个多小时的吻，第二天他们的嘴都有些肿了。

三

恋爱的时候磕磕碰碰的事情是常有的。男人有时候就是喜欢头脑发热，本来代寒冰是知道叶小北以前有女朋友这回事的。那天，两人说到高兴处，代寒冰提出要看叶小北在学校时和曾丽的通信。叶小北想反正现在我们俩已经是那么一回事了，看看又有何妨，于是就拿了出来。没曾想代寒冰还认认真真的看完了，看完后就吃不消了，指着叶小北的鼻子骂了他一通：“叶小北，看你平时老实巴交的样子还蛮会骗女孩子呢，我跟你可是初恋哪！”骂完了就再也不理他，任凭他百般解释也不成。叶小北就恨自己，逞什么能，卖什么得意？后来为了表示自己的诚意，拿出曾丽的信当着代寒冰的面就烧。代寒冰一下子就急了，说：“叶小北，你这是干什么？你以为这样就可以从心里烧掉她吗？”说完又哭，还躺在床上不起来。弄得叶小北彻底没辙，心里甭提有多懊恼，干脆也睡在她们寝室里另外一个老师的床上，那床是背靠背的。也不知过了多久，叶小北正迷迷糊糊之间，一双手从蚊帐里伸过来，叶小北感觉那是代寒冰的手，一把就握住了。刹那间，叶小北心中的那股欣喜，那种失而复得的心情真是难以言表。

第二天，叶小北写了一张道歉的纸条，托一个学生给代寒冰送去。他们常常玩这样的游戏。叶小北正在办公室里面改作业，那个学生在门口“啪”的一声报告，叶小北头也没抬，喊了一声：“进来！”那个男孩在门口大声说：“报告老师，纸条已给代老师送到！”叶小北一下子羞愧难当的窘在那里，恨不得给那个学生当胸一拳。其他的老师听见了，就开玩笑说：“哈，给代老师的情书啊？”

叶小北曾问过代寒冰：“你为什么要来学校教书呢，你父亲完全可以给你找一个好单位的。”代寒冰说：“这有什么好奇怪的，教书是我小时候的梦想。其实我从小也是在乡下长大的，我从小就喜欢和孩子们在一起。”

他们的爱遭到了所有人的反对，原因很简单，双方家庭地位的悬殊。

叶小北的家在乡下，因为母亲的一次重病而使家里一贫如洗。本来成绩优异的他放弃了上大学的机会而去读了师范，叶小北还有一个正在读高中的妹妹，所以，每月他必须从自己微薄的工资里拿出大半来资助妹妹上学。

学校里那些曾向代寒冰发起过进攻的单身男老师们、阿姨大婶大姐们，也不止一次地对代寒冰旁敲侧击，非常婉转地告诉她叶小北的家庭情况。有的还半是嫉妒半是好心的跟叶小北算过命，说代寒冰不过是跟你玩个新鲜，人家家庭条件好，人又长得漂亮，肯定不会和你当真。但代寒冰的眼里似乎只有叶小北的存在，看到他们的感情如胶似漆的样子，也一个个的偃旗息鼓了。

在这方面叶小北表现得相当坦诚，他曾非常郑重地对代寒冰说：“请你仔细地考虑一下现实，我就是这么一个样子，没有隐瞒你，也没有欺骗你。”代寒冰说：“我喜欢的是你这个人，而不是你的家庭。”

反对归反对，最后还是代寒冰父亲的一句话订了下来：“乡下的孩子有什么不好，乡下的孩子懂事，我们不都是出生在乡下的吗？”

只是代寒冰的妈妈一万个不放心，曾两次来到学校。一是侦察叶小北到底是使了什么迷魂药，勾走了宝贝女儿的心；二来是想说服代寒冰调离这所学校。来了一看叶小北这孩子长得高高大大的，模样也清秀，行为举止也还懂事，一口一个伯母地叫，一颗排斥的心也就慢慢地有些接纳了。

但最后，妈妈还是语重心长地对代寒冰说：“孩子啊，将来你跟着他吃苦可别后悔！”

“妈，不会的，请您放心吧。”

说归说，生活可不是光靠想象和爱情的信念支撑能够度过来的，在代寒冰的要求下，叶小北答应春节的时候带她回家看看。

一路上，叶小北不停地给代寒冰做思想工作：“我看咱们还是不要去了吧，如果你去了扭头就走我可不会追你的。”

代寒冰被他说得有点怕了：“是个什么样子，最坏也不会比牛屋差吧？”代寒冰小时候在乡下长大，牛屋在她的眼里是最差最乱的了。

“要是比牛屋还差，你是不是回头就跑？”

“你看我像是这种没有家教和修养的人吗？”

叶小北笑了，在笑的同时没忘给代寒冰一个吻。

春天的气候真好，那些耐不住寂寞的油菜花在大片大片的青绿中开了个星星点点。一路上，代寒冰都是欢欣鼓舞的，不停地说着笑话，说着小时候在乡下的趣事。她是八岁的时候搬到城里的。一路上，她不停地指着那些农舍问着，是不是这里，为什么还没到啊？相反，叶小北倒显得一副心事重重的样子，因为他实在吃不准代寒冰的表现。

已快临近叶小北家了，在跨过一大片油菜田，又穿过一片蔬菜地的时候，叶小北轻轻地嘟囔了一句：“到了。”

代寒冰连忙从包里拿出镜子照了照，理了理额前的刘海，问叶小北：“我这幅样子你爸妈见了会喜欢吗？”

“得了，你什么样子我爸妈都会喜欢，他们哪里指望我会找这么一个天仙般的女朋友回来？”

当他俩出现在叶小北家门口的时候，门前已站立着叶小北的三个亲人。他们将代寒冰迎进家门。虽说代寒冰在心里作了最坏的打算，也没曾想叶小北的家是这样的破旧。房子倒还有三间，但是用土砖砌的，中间用自制的草篱笆隔开来，上面很仔细地糊了报纸，下面还是露出了一些稻草的痕迹。双亲是慈爱的双亲，妹妹是可爱的妹妹，菜也还做得十分丰盛。吃过晚饭后，电视是没有看的，屋子里升起了一盆火，他们围坐在一起。叶小北的爸爸就说：“寒冰啊，小北一定给你说过我们的家庭情况，可别委屈了你，家里没有什么好招待，连电视也没有呢，我们来开个家庭晚会怎么样？”他的这一提议，得到了大家的一致同意。记得那天叶小北的爸爸拉了一曲二胡，妈妈唱了一首红梅赞的歌，妹妹也不甘示弱，表演了她的拿手节目。代寒冰就想，这是一个充满亲情、温馨的家庭。因为叶小北的一再强调，自己原来还担心他们会是一个愚昧而缺少文化氛围的农村家庭，后来代寒冰才知道，叶小北的父母亲都是老三届的初中毕业生。

四

每天早晨，代寒冰会在学校门口等公汽，学校附近有一个简易的菜场。一些乡下人挑着各色新鲜的蔬菜，红的萝卜绿的青菜，透迤着亮晶晶的水珠儿，在清晨的阳光里闪耀着诱人的光泽。代寒冰也会有些动心，心里有时候也会闪过一丝内疚，但因为工作和时间关系，也只能把这些念头压下去。

自代寒冰离开学校到新的工作单位后，时间便很紧张了，加上后来的升职，工作是越来越忙，便不在家里做饭了。她和叶小北中午在各自的食堂吃，有时候晚上，代寒冰公司会有一些会议和培训，自然是在公司里吃饭，如果回家也是和叶小北在学校附近的餐馆随便炒两个菜对付了事。

叶小北却有点熬不住，每天中午还好受，但一到晚上，闻着楼上楼下飘过来的饭菜香味，叶小北就感觉难受了。于是叶小北郑重地向代寒冰提出："能不能在自己家里做饭啊？你看我都瘦得像猴似的。"

代寒冰只得赔起笑脸调侃道："你是身在福中不知福啊，三十多岁的人了还能保持这样好的身材，上哪找去？其实要我来给你做顿饭，也容易啊。"

"我都好久没有吃过你做的饭了，家里的锅盆碗灶都生锈了。"

"你知道我没有时间啊，你就不能自己做饭吗？"

"就你忙，哪有一个大男人自己做饭的道理？"

"你倒多的是时间，为什么不想着将饭做好了等我回来吃呢？"

他们都觉得自己有理，常常会为了这些鸡毛蒜皮的小事吵架。但代寒冰从来不谈他们之间家庭条件悬殊的事情，这是叶小北对她心存感激的地方。但他实在吵不赢代寒冰的时候，叶小北就开始耍无赖了，说："当初不是你追的我吗？我可没逼你。"每当说这话的时候，一定是代寒冰最伤心的时候，她常常会大骂叶小北无赖！有时候叶小北也会这样想，代寒冰工作实在太忙，也很不容易，但他的心里就是有些不平衡，人家夫妻都是夫唱妇随，凭什么自己一日三餐还得不到保障。

叶小北和代寒冰从恋爱到结婚的日子是美好的。那时他俩在一个学校，拿叶小北的话说，两个人从恋爱到结婚分开的时间没有超过二十天。

新婚之夜，宾客散尽的时候，叶小北搂着代寒冰，幸福地说："寒冰，这一切不会是做梦吧？我等着这一天已经很久很久了，知道吗？自从那天去你宿舍看见你围在那个洁白的被套里，我就想，如果有一天，我能够拥有你，就是终身幸福，现在，我终于得到了我的幸福！”代寒冰也动情地说：“谁叫你让我对你一见钟情呢？也许这就是前世所谓的姻缘吧！”

代寒冰虽然是干部家庭长大的女孩子，但身上没有一般干部子女的娇气。他们俩一同买菜，一同做饭。他们都喜欢吃猪蹄，就照着菜谱变换着花样做。红烧的、清蒸的、油卤的，把他们所能做得出来的味道都尝遍了。代寒冰还是一个聪明能干的女人，将一个小家收拾得干干净净，虽然和其他老师的房子一样，但经过她的摆布就是与众不同，今天放个小装饰品，明天换个摆设，后天在校园里采了各色花草插在瓶子里……常常会弄出些新的花样出来，老师们无一不赞叹她的心灵手巧。她将叶小北也收拾的清清爽爽，自从和叶小北恋爱后，他就像换了个人似的，一改往日的懒散和不桀。那时候流行手织毛衣，叶小北总是能穿上最新流行的款式，就是发型也是代寒冰亲自陪他去理发店打理，让老师们好生羡慕。

当初学校里那些对他们这两个人能否从恋爱走进婚姻殿堂持怀疑态度的老师们，现在看见他们这个样子，也都由衷的祝福他们天长地久。

一切照着他们想象的样子，一年后，叶子寒就呱呱落地了。

月子里，代寒冰享受着最高级的服务，他们的两个妈一个负责做饭洗尿片，一个负责带小孩，代寒冰专心坐月子。就这么侍候着，恼人的事情还是来了，小家伙没有奶水，代寒冰自己倒是长胖了。本来医院里发了那种生小孩后专用的收腹带，医生交代她无论如何都得捆上，但她嫌麻烦，而且心想，自己都是做了妈妈的人了，还要漂亮干什么。等到她从月子里出来，人就像吹气球似的一下子就长到一百三十多斤。

按照这里的风俗，孩子满月是要回娘家的。代寒冰的爸爸开了一辆车来接代寒冰回娘家。代寒冰千叮咛万嘱咐的，都是些生活起居方面的事情，好像叶小北是个三岁的小孩子，一点也不懂照顾自己似的。如果有可能，她恨不得将叶小北也一起带回娘家。

叶子寒是冬天出生的，回娘家差不多一个月的时间就要过年了。冬天的太阳很好，代寒冰的妈妈喜欢把摇篮放在太阳底下让叶子寒睡觉，代寒冰说：“别让寒寒晒黑了，她爸爸回来看见了不漂亮呢。”叶子寒脸上长颗小痘子，都要抱到医院去看。还有，叶子寒头发很少，代寒冰也不许给她剃胎头，说本来头发就少，剃了不好看，叶小北快放假了，她要让叶小北放假后回来看见他的宝贝女儿时是最美的，所以叶子寒一直到现在也没剃过胎头。

叶小北以前一个人单身的时候，打牌是他的特长。不论什么牌，麻将、扑克、花牌，只要在他手里，都有一种无师自通的能耐。后来和代寒冰谈恋爱，叶小北不再打牌，只和同学们在一起聚时才玩玩，代寒冰坐在他的后面，只看不参与。她特别佩服叶小北记牌和算牌的功夫，特别在打扑克的时候，他能够清清楚楚的记住已经出了的牌和对方还有一些什么样的牌，所以，虽然有时候他手里有一手很烂的牌，但是也能够扭转乾坤。现在代寒冰不在家里，打牌又成了他的头号娱乐活动。而且喜欢打牌的也多为那些年长的老师。其实那时候老师们很喜欢跳舞，镇上也开了几家舞厅，但叶小北从来不上舞厅。

代寒冰和孩子在娘家过了百日，才带着孩子回到学校。

就是在这些日子里，叶小北已经习惯了每天吃过晚饭后和老师们在一起吆五喝六的生活。现在突然面对一大堆的尿片奶瓶，刚开始还有一些新鲜劲，忙乱过后，便又开始心痒痒了。

每天晚上，都会有老师在楼下喊："叶老师，麻将，三缺一，来凑一圈吧？"他匆匆地给叶子寒冲上一瓶奶粉，便忙不迭地跑出去了。

代寒冰很不习惯一个人在家里，虽然叶子寒很听话，一点也不吵闹，她一个人完全能够照顾下来。刚开始的时候，她以为叶小北很快就会回来，她会在家里看电视，九点，十点，一个钟头一个钟头的过去，但有时候都转钟了，叶小北还不回来，代寒冰就感觉很不满了。在她的心中，认为打牌是一种最消磨人意志的做法，也是最无聊的一件事情。她不明白叶小北看见了牌怎么就像见了亲人一样。

有时候叶小北打完牌回到家，会涎着脸对代寒冰说："你看，我今天又赢了，不是又可以给咱寒寒买两袋奶粉？"

代寒冰的心中就滑过一阵阵彻头彻尾的寒意。

代寒冰曾对叶小北说："如果哪天将我整火了，小心我掀了你的桌子。"

学校不是没有这样的例子，某某的妻子因不满丈夫打牌，掀了丈夫的桌子，还不止一例两例。被掀了桌子的人往往会很长一段时间在老师们中间抬不起头来。

但叶小北知道代寒冰的个性，是做不来这个事的。

热恋期时，叶小北曾搂着代寒冰说："你出生在那样的家庭，哪里能体会到我的痛苦？在学校的时候，我常常不能按时等来家里的汇款，但我有办法，那就是打牌。我们在宿舍里赌，我常会赢他们的饭菜票。"

代寒冰就会动情地给他一个吻："和我在一起，再也不会让你吃这个苦了。"

代寒冰带孩子的时候，闲下来最大的兴趣是织毛衣。那时候的毛线不像现在，都是绕成团的成品，那时候的毛线必须得一人用手绷着一人绕，绕成一团团的才能织。叶小北最怕绕毛线了，因为绕毛线的时候，他便不能打牌。

谈恋爱时他俩常常坐在床上，一个靠东一个靠西，说着话，一团线不知不觉就绕完了。有一年冬天，那是他们恋爱的第二年。下午的时候天空开始飘起了雪花，代寒冰突然想起在街上看到一款很好看的男式围巾，就拉着叶上北的手到街上买了毛线回来，回来后连饭都顾不上吃就开始织围巾，每织上一段就给叶小北在脖子上套一下，一直到冬方发白，将围巾织好。

叶子寒小时候就是一个美人儿，她遗传了他俩所有的优点，大眼睛，白皮肤，代寒冰总是将她打扮得漂漂亮亮的。从婴儿时起，叶子寒所有的毛衣都是代寒冰自己织的。她买来许多编织的书，照着里面的样子，有时候还经过适当改良，穿在身上别提有多可爱。每穿出来一件毛衣，都会有人拉着看样子，还要照着样子织。特别是她给叶子寒织的一条红色背带裤，上面绣着卡通的图案。不多久，学校老师的小孩都穿上了一条这样的背带裤。

有了孩子后，代寒冰对叶小北也有些冷落了，她的整个心思都放在叶子寒身上，就连给叶小北没有织完的一条围巾都放弃在一边好久。有一天叶小北从衣柜里找出织了一半的围巾对代寒冰抖了抖，代寒冰说："先放一边吧。"叶小北摆出一大堆小孩子的毛衣说："家里都可以开个编织厂了，怎么就舍不得给我把那条围巾织完呢？"代寒冰没好气地说："你整天只知道打牌，还好意思和孩子争风吃醋么？"一席话说得叶小北哑口无言。

有了孩子的日子自然是有些磕磕碰碰的。

最现实的问题是摆在他们面前的经济问题。叶子寒八个月的时候，代寒冰开始上班。叶子寒由他们的两个妈轮流照看。一家四口人的生活需要开支，代寒冰自己又没有奶水，也就是说，叶子寒必须得喝牛奶。那时候，他们的工资加起来不到八百元，叶小北每月要从工资里拿出三百元资助读高中的妹妹。一袋力多精奶粉三十七元，叶子寒一个星期就要吃一袋奶粉，吃奶粉容易上火，还得加上菊花精，一袋菊花精又得好大几块，除去日常开支，他们的工资是捉襟见肘。虽然代寒冰的父母亲经常给予他们资助，但代寒冰以前从来没有为钱操过心，自然是不会理财，看见漂亮的小孩用品就买，叶子寒一天天大了，又要增加营养，还要吃钙片。代寒冰终于知道，一切都不是当初想象的那么简单。

叶子寒两岁时候，适逢那家如日中天的上市公司招聘办公室工作人员，凭着姣好的外貌及学历和工作经历，代寒冰在竞争者中脱颖而出，且个人事业蒸蒸日上，收入也相当于原来的几倍。叶小北的妹妹大学也快毕业了，他们为了叶子寒能在城里上幼儿园，便租了一套房子，将叶小北的父母亲从乡下接来照顾。

经济问题解决了，但新的烦恼也接踵而至。

五

首先是代寒冰越来越忙。代寒冰是一个对待工作认真负责的人，升了职后就更忙了。每天早晨七点半，她会准时等公司的车来接她去上班，晚上差不多有一半的时间在加班开会学习，有时候星期天也难得休息一天。夫妻两人在一起的时间也越来越少。渐渐的叶小北就有一些抱怨了，说我一个大男人连一日三餐都解决不了，早知道这样就该让你在学校待着算了。

学校在公众的心中是一个净化灵魂，传播知识的净地，但如果你未置身其中，是很难想象其中的一份清寒、空虚与寂寞的。特别是一到双休日，校园里安静而空荡，连花坛里的花都开得无精打采。这天是一个星期天，一吃过午饭，教工楼便开始热闹起来，张老师又在楼下扯起喉咙喊：“斗地主啦，谁斗地主？三缺一啦！”

代寒冰正在整理房间，收了一大堆的床上用品在洗。叶小北正蜷缩在沙发上看电视，从一台转到四十二台，但整个心思根本就没在电视上，只顾支棱着一双耳朵捕捉着外面的动静，代寒冰剜他一眼：“又在喊魂了，去啊？”

叶小北一听，如遇大赦，“哧”一下坐起，用脚去趿拉着拖鞋。代寒冰再也忍不住了：“叶小北，你这样空虚无聊打牌赌博到底是为了什么？”

“那你说我干什么去？你又不和我说话，清高什么啊？”叶小北嘟囔了一句。

“你就不想有半点上进心？今年都是三十多岁的人了，我不想你升官发财，不想你赚钱，不过不希望你堕落到整天以打牌度日。”

“那你说我到底干什么去啊？我的姑奶奶！”叶小北心里惦记着楼下的牌局，无心恋战。

“我哪年哪月哪天没和你说过，要你复习功课，报考国家公务员，你几时又听过我的话了？叶小北，你以前的灵气、聪明去哪了？你看看你自己，完全像个小老头，你怎么看见牌就像看见了你亲爹一样？”

“我知道，你现在瞧不起我，代寒冰，你从来就看不起我是不是？你后悔嫁给我了是不是？”

“不是我瞧不瞧得起你的问题，而是你是否自尊自重的问题！没有事情做？难道你就不知道研究一下教学内容，如何带好你那个班级，宁愿这样不思进取，得过且过？”

“切！研究个什么哟，闭上眼睛我都能将教学内容横流倒背了。”

“可是你的成绩呢？成绩在哪？到今天你连个班主任都没当上，还不是因为你自己太不成器了？每次对你的苦口婆心不都是希望你能有所改变？你看你现在这个样子，哪点像个为人师表的样子？”

“当初你嫁给我的时候我就是这个样子，当初你为什么看我顺眼了？现在就不顺眼了？现在眼界高了？就对我横挑鼻子竖挑眼了！”

“当初嫁你算我瞎了眼，现在什么年代了，你还和原来比？现在是市场经济，一切靠本事靠知识靠努力靠奋斗，你这样子迟早会被社会淘汰。”

“哟，代寒冰，你是不是在公司发号施令惯了，教训起人来是一套套！你怎么还像个大学生一样？思想这么天真？你以为你是在给你公司刚踏入社会的毛头小伙子上课？这么多年来你没能改变我，你今天就能改变我了？还是现实一点吧，你都是一个孩子的母亲了，你要知道，什么叫生活，生活就是脚踏实地。”

“生活？就像你们整天坐在一起打牌赌博，打情骂俏，说些低级的笑话，这就是生活？”

“代寒冰，你为什么不好好反省一下，你的眼里除了自己还是自己，就你干了工作我没干工作？作为妻子，你为你的丈夫做了什么？你几时为我做过一顿饭？作为母亲，你有没有接送过孩子上过一回学？你有没有为孩子辅导过一回作业？你整天生活在自己想象的天空里，阳春白雪、自命不凡，有什么资格教训我？”

叶小北找着了拖鞋，站在客厅中央。代寒冰大张着嘴，虽然这几年的办公室工作练就了她一副伶牙俐齿，但被叶小北这样一顿抢白，却只能气急败坏地望着他，说不出一句话。叶小北想，今天的牌是肯定打不成了，便扭头进了卧室。

代寒冰非常生气，心里有千般委屈万般痛心，但又找不到更多的话来还击，也不想和他继续吵下去，只得抓起桌子上的茶杯狠命地向地上砸去，代寒冰想哭想骂甚至想打人，但终究却什么也没做。

自那天一场酣畅淋漓的架吵过之后，叶小北便转移了战场，和以前的老同学肖晓取得了联系。一到星期五，他不再等代寒冰，便自己先回到城里。

那时候，叶小北他们刚结婚不久，肖晓还对叶小北开过玩笑：“你小子别娶了媳妇忘了老同学，还是要经常加强联系呀！”但那时的叶小北是乐不思蜀了，哪里还顾得上肖晓。叶小北没和代寒冰恋爱前，他每个周末骑辆破自行车跑到肖晓那去玩。叶小北和代寒冰谈上恋爱后，便是他跑来叶小北这玩了。由于每个周末都来，相处熟了后，肖晓就会经常对代寒冰开一些玩笑。拿肖晓自己的话说，自身形象有点对不起观众，梦里都想找一个像代寒冰这样的女朋友。于是，他和代寒冰开的最多的一句玩笑就是：“代寒冰，你一三五是叶小北的，二四六是我的，星期天你休息。”

那天是在肖晓的家里。陪客是学校的团委王书记，是一个和他们年纪相仿的漂亮女人。

肖晓的妻子是一个温柔的小女人，肖晓一声吆喝：“老同学来了，摆桌子摆桌子。”小兰便忙不迭地拿麻将、泡茶。

刚开始碍于情面，大家都还能管住自己的嘴。过了两圈再也忍不住了，大家便露出了自己的英雄本色。肖晓打出一张一条说：“鸡鸡！”

团委书记说：“哎呀，多谢，正好进了我的笼子。”

“别高兴，下次你将两筒给我就成。”

大家哈哈大笑，小兰坐在旁边也跟着笑。

他们自摸了叫寡妇洗澡，喊红中叫月经。

那天叶小北手气不好，输了五百多元，但心里高兴。从晚上八点到午夜二点，一共六个小时，他们就在那里随心所欲地乱说一气。其中肖晓还讲了一个斗地主的笑话：有一个村长和妇女主任出去开会，晚上住在招待所。住在招待所没事干，妇女主任就提议：“村长，我们来斗地主吧！”村长说：“那好，快去买扑克。”妇女主任脱开上衣说：“要什么扑克啊，一对三！”村长会意，伸出一双手：“一对五。”妇女主任叉开双腿：“一对八。”村长压在妇女主任身上：“一对蛋，A字插底！”他们一个个笑得前仰后合，拿他的话说：“痛快！”

代寒冰没有双休，有时候星期天不是值班就是开会，所以她无法准确地判断叶小北的行踪。叶子寒和叶小北是统一战线，打电话回家问："爸爸回家了吗？"叶子寒清脆的声音从话筒里传来："爸爸回来了呢，妈。"

六

因学校教师分流，在一个星期前，全县的普通话升级考试在县电教中心举行。有来自全县各乡镇的近五百名老师。叶小北什么也不记得，只记得电教中心门前花坛里的菊花开得十分鲜艳。那天刮起了很大的风，他没有在待考室中等待，而是在学校操场的花坛里看菊花。他看见有个四十来岁的女人梳着很高的发髻，穿着一件很长的白色风衣，那个女人身材很矮小，衣摆都快落地了，脸上还化了很浓的妆。她的手里拿着一本书，大抵是有关普通话通级一类的，在花坛边情绪很好地踱来踱去，时不时地瞄一眼书。叶小北奇怪她为什么这么大年纪了还穿这样一身白色的衣服，胡思乱想了一会儿，后来便不见了她的人影。叶小北看见一大群的人来来回回的在电教中心的校园里穿梭，就想去教学大厅看一下情况。老远的，便看见那个女人从里面冲出来，像个小孩子似的跳起了脚，从那个大厅到地面大概有五六级台阶，她的脚上穿着那种前面很尖的鞋子。叶小北的心里着实有些替她担心，心想如果摔倒了可如何是好。还好，下面有一个男人立马接住了她，并一迭声地直问："考好了没有？考好了没有？"那个女人便开始喋喋不休地描绘了。

叶小北茫然地看着那个女人说话。听见有人喊叶小北，回头一看，是同校的王老师。王老师一脸的失落与无奈，连声说："糟了糟了。"叶小北问："怎么了？"

王老师苦着一张脸，语无伦次地说："叶小北你是知道的，我的普通话一直不行，所以我今天找了一个人代考，哪知道给发现了。"

叶小北也感意外，问："以前不是一直有人代考吗？"

"就是啊，我背运嘛，找的那个代考生是1976年出生的，哪知监考老师问他是几时出生的，我明明告诉过他我是1967年的，哪知他一紧张，就露了马脚了。唉！"

叶小北平时极能侃，但此刻也不知怎样来安慰王老师。想想王老师也可怜，孩子刚上初中，妻子又在一家工厂上三班倒，上夜班的时候孩子只能他拉扯了。如果分到乡下去，他的妻子便不能上班了。

叶小北看见这里或兴奋或沮丧的人群，突然心里就烦闷起来，他对王老师说：“我不想考了，我去乡下，少一个人竞争你也多一个机会。”

中午的时候代寒冰打了一个电话，问他考试情况怎么样，叶小北说，我放弃了。那头代寒冰差点摔了电话，气得连为什么都没问。叶小北好像已经看到了代寒冰那幅恨铁不成钢的表情。

距离考试完已经有一段时间，气氛变得十分紧张起来，已经有些风声鹤唳了。大家都在议论自己会不会分到乡下去。那天有一个同事好心地问他：“你岳父不是当官的吗？你老婆也混得不错，为什么不找她疏通一下关系，说不定可以留下来呢。”叶小北一听，气不打一处来，搞得别人不明就里。

因为分流的事情，学校较以往提前了十多天放假。马上快过春节了，叶小北没有事干，照例回到城里，帮助父母置办年货。别看叶小北在自己家什么事情也不做，但回到这个家里，还是比较勤快的。不但大包小包的扛回各种过年物资，每天还认真仔细地辅导女儿做寒假作业。

代寒冰是一如既往的忙，到了年底，就更忙了。叶父叶母要叶小北给她打电话，说家里买了许多鱼，那些新鲜的鱼内货等她回来吃。代寒冰说：“你们吃吧，让叶子寒多吃点，我回来一趟那不是吃得个饱跑得个瘦吗，不合算。”叶小北又觉得自己是自讨没趣。

叶小北在北京工作的妹妹准备回家过年，还说要带上自己的男朋友。叶小雨大学毕业后分在北京，已经有两年没回家了，代寒冰一直和这个小姑子很亲。她上大学的时候，代寒冰利用到北京出差的机会去她那里玩了几天，晚上就和她的同学住在一起。小雨的同学们说：“你嫂子看上去真年轻，像一个大学生。”

代寒冰得知小雨要回家的消息后，虽然很忙，还是抽了两个晚上的时间回到城里的家。平心而论，代寒冰是个不错的媳妇。婆媳关系处理得也很好，叶小北父母都很喜欢她，代寒冰从来不计较钱，只要有空闲，她就会给叶父叶母买上许多衣物和营养品。因为小姑子要回来，她去买了一整套翠绿的床上用品，将叶子寒的卧室腾出来，用公司开晚会未用完的气球、彩条将房间装饰得漂漂亮亮，又把叶子寒的各类布娃娃、绒兔、丝毛狗等一应玩具清洗干净。又给叶子寒小时候玩过的那个秋千上面缠绕了许多的绿色植物。她知道小雨非常喜欢。小雨虽说大了，但有时候还像个小孩子一样的淘气与顽皮。

腊月二十七，小雨和男朋友回到家里，一家人在一起过了一个热闹而又开心的春节，小雨的男朋友很快就融入了这个家庭，并对代寒冰这个嫂子大加赞赏。

七

春天到来的时候，叶小北来到了距镇二十多里地的清潭小学。

叶小北不明白，这样一个学校为什么会有这样美的名字。学校是那种典型的三点式结构楼房。后面是一幢办公室兼教师宿舍，掩映在一片杉树林中。前面是两幢教学楼，共有七个班。教室前方是一个用砖砌成的圆坛，圆坛上空一面国旗静静地飘着。大操场上有两个篮球架，操场左侧种了许多蔬菜，有韭菜、莴苣、土豆、洋葱……

太阳慢慢地升起来，把一些柔和的光洒在屋顶上、树丫间。伴随着一阵阵鸡、鸭、牛、羊的欢歌声，乡村的早晨便热闹起来。叶小北来报到的那天，就对这里产生了一种亲切感，他总是对乡村有一种亲近感。他眯着眼睛看树上的枝儿叶儿，全都亮晶晶的。他知道那些亮晶晶的东西是露水，就用手拉了一下，水珠溅得他满身满脸，他不由得笑了。

清潭小学坐落在一片田园中间，是村子最居中的地带，拐个弯就能看见农舍。学校旁边有条土路，叶小北喜欢站在这条土路上看树、看花、看风景。

才进入二月，气温还是很低，白天不过才十来度左右。学校上午八点半钟才开课，刚开始的时候，叶小北每天总是早去晚归。有时候他也不想回家，不想回家的时候就在学校吃饭睡觉。反正回了家也不想吃顿好饭菜，还不是在哪个小餐馆胡乱对付。学校有食堂，所有的老师都在学校吃饭，虽然伙食不太好，但老师们在一起倒还有一种其乐融融的感觉。

叶小北一个人睡在学校的宿舍里，也没有什么感觉不好的地方，小时候他在这种环境中待惯了，也不怕天花板上会掉下来一个什么东西。一个人睡下来的时候就开始想他和代寒冰的婚姻。他想不通，当初代寒冰力排众议地嫁给他，能说没有感情基础吗？但现在对他为什么就一百个不顺眼？人说婚姻都有个七年之痒，难道在他们身上应验了？

他不知道代寒冰心里整天想的是些什么。她很爱自己的那份工作，远远胜过爱自己。他就搞不懂她，都是三十多岁的人了，怎么还保持着一颗少女心态。常常说自己是性情中人，性情中人也不是这样一个性情法啊，一段时间一段时间地转移着兴趣。有阵子喜欢啃大部头的外国名著，台湾青春偶像剧《流星花园》热播的时候，她去租了几个地方才租到，还非得拉着叶小北一同看，看完后居然大言不惭地宣布："我喜欢花泽类！"弄得叶小北哭笑不得。有时候，代寒冰晚上洗了脸会抱着个镜子左照右照，冷不丁地就对叶小北说："快来看快来看，我脸上长斑了！"其实不过就是脸上原来的那个小黑痣稍稍变浓了一点点而已。但叶小北想捉弄捉弄她，就没好气地说："就是，你这个年纪的人，该长老年斑了。"弄得代寒冰是一百个不高兴，说："你嫌弃我了，嫌弃我老了！"后来她又迷上了上网，网上聊天、网上交友、网上发帖。对她的这些举动，叶小北认为是心智不成熟的一种表现。你说她不成熟吧，她还非得要求叶小北这样叶小北那样，吵架时振振有词、高谈阔论、引经据典，从国内到国外，从国家大事到身边的现身说法等等胡乱地扯在一起。

就说前些天吧，代寒冰不知从哪里抱来一只小猫，说是被猫妈妈抛弃了。小猫一副弱不禁风、有气无力的样子。她还在阳台上给它搭建了一个小窝，后来觉得自己一日三餐都难以对付了，才将那只小猫送给了门房的宋大爷。

代寒冰在抱回小猫的时候对叶小北说："你不知道那只小猫有多可怜，我刚开完会，走到公司门口时，听见几声微弱的叫唤，那只小猫躲在门房的一个角落里。听门房值班的人员说，这只小猫的妈妈不知是从哪里跑来的，自己在公司的那片树林里产下了一窝小猫。我一听，就拉着保安人员抱着小猫去看小猫的妈妈。在那片植物丛里，真的看见一只大黄猫，身边还有四只小黄猫，但大黄猫对小猫不理不睬，小猫没有东西吃是会死掉的。"

叶小北说："你知不知道猫的繁殖力有多强？一只成年母猫每三个月会下一窝小猫，你同情得了吗？"

有时候叶小北就想到以前的那个女朋友曾丽。其实说是女朋友，不过是高中时曾经暗恋过自己的一个女同学，后来经过另一女同学的撮合，见过几次面，没有特别强烈的感觉。曾丽个子很高，身材自是无可挑剔，脾气也是很温柔的那种，叶小北不知道这恋爱应该怎样来谈，加上在上学，又没有钱，见面的机会也少。曾丽在一所幼儿园当教师，非常喜欢他。他在学校读书的时候，曾丽一个星期给他写一封信。在学校的时候同学们都羡慕他得不得了，曾丽写给他的信，成了公开的情书，特别是肖晓，每次收到信，都会在班上大声地念出来，什么今夜月色真美，我独自行走在风中，任思念漫延……回信也成了大家的事情，大家你一言我一语，叶小北也不用动什么脑筋，就促成了一封回信。

每年的寒暑假，他们会见上几面，叶小北一次也没有去过曾丽的家，因为囊中羞涩，一个穷学生，是不敢奢谈爱情的。曾丽虽然做过暗示，但叶小北总是装糊涂，也许因为年纪小，还不太懂得珍惜。也许是因为感情太平淡，没有一种恋爱的感觉，后来虽然参加了工作，依然没有行动，曾丽也从不强求。

后来因为代寒冰的出现，使得本来和曾丽来往就不密切的叶小北渐渐地淡了和曾丽的来往，曾丽不明就里，从中撮合的女同学过来问缘由，见到了代寒冰，心下凉了半截，这是一个十分强大的对手，只怕曾丽是无法赢得了。同学们想了很多办法，轮流聚会制造让他俩在一起的机会。有一次一个女同学对叶小北说，今天让你大吃一惊，叶小北不知道是怎么一回事，最后看见了曾丽，原来是曾丽剪短了头发，女同学悄悄地告诉叶小北：一切都是因为你！但一切都无济于事，谈恋爱就是这样一回事，男孩子不主动去约见女孩子，对女孩子没有心思，任凭其他朋友再怎么努力也是白搭。曾丽自是万分伤心，最后约见叶小北，她只想问一个为什么，到底自己哪方面做得不够好，他们的爱情是否还有回转的可能，叶小北最后一次去了曾丽的幼儿园，他们坐在园里的秋千上，很拘谨地交谈着，说着说着曾丽就哭了起来，叶小北一心只想着代寒冰肯定在宿舍的床上看书，身上围着那条白色绣花的被套，娇柔可人，也没有心思劝曾丽，曾丽看他一副铁了心的模样，自知已无法挽回，送他走的最后还叮嘱道：自己照顾好自己，少抽点烟，抽烟对身体不好。

叶小北想来想去，不知他和曾丽结婚后会是一种什么样子？曾丽对自己一定是百依百顺，夫唱妇随。想到这里，叶小北就有一些神往，就有了一些对代寒冰的恨意。如果不是代寒冰，他也许就会和曾丽结婚了。一想到代寒冰对自己的百般不满意，当初同事的玩笑带给他的那点得意一下全无影无踪了。

当初同事的玩笑是这样开的：你小子一穷二白，桃花运倒还是蛮旺。

校长是一个四十岁左右的男人，叫王立民，有着非常温和的性情。昨天去镇里教育组开完会后对大家说："为迎接五四青年节的到来，县教委决定举行阳光杯教职工篮球比赛，我们学校和邻近的和平小学组成一个联队，从明天开始，我们就要开始进行训练了。”

以前叶小北在镇小的时候，业余时间除了打牌就是打球。代寒冰最痛恨叶小北打牌，但还是蛮欣赏叶小北打球的，别看叶小北平时一副懒洋洋的样子，但他的三步投篮很准。

都是老师，组队是非常简单的事情。叶小北当了组长，规定每天必须训练两个小时，时间是下午放学后的五点到七点。

八

清潭小学门前有一个小商店，经营些日常用品，小孩子吃的各种零食。店主是一个二十五六岁左右的女子，叫向梅，带着个两三岁的小男孩。叶小北喜欢抽烟，每天差不多要一包。所以，他每天都会光顾向梅的商店，也慢慢地知道了一些向梅的情况。

向梅是个高中生，还和叶小北同校。向梅和她丈夫是高中同学，她的丈夫现在在广州一家公司打工。

叶小北他们每天的训练是热火朝天，他也不再每天回家，只到星期五的时候才回到家里。由于一个星期不见面，夫妻之间倒还有几分亲热，代寒冰会说些公司里面的趣事。她也很满意叶小北现在的生活。每天两个小时的篮球训练，每次训练完，人都会感到很疲倦。慢慢地，就会将打牌的事情忘了。

春天日子短，七点钟左右，天色便有一些朦胧，食堂的张师傅在这个时候也将饭做好了，抽着烟在一边笑眯眯地看他们打球。和平小学还有四个老师和他们一起参加训练，王校长吩咐学校食堂多准备了一点菜，一般会有五六样菜。张师傅也是一个四十多岁的男子，食堂边上的那片菜园子由他侍弄着。食堂平时采些菜园子的菜，再就会买些鱼、肉之类的。一到早晨或晚上，就会有卖鱼卖肉的菜贩子在学校门口叫卖。

从星期一开始，天下起了雨，间或还伴有几声震天的雷声。今天都星期三了，村子里的土路已经泡得稀烂了，叶小北的那辆破自行车也难得骑出去。于是，这几天停止训练，但也不能回家。

乡村的夜晚是无所事事的夜晚，也是会滋生些什么的夜晚。吃过晚饭后，天早已成了雾蒙蒙的一片，四周一片寂静，只听得见雨滴落在树上寂寞的声音。叶小北站在宿舍门口发了一会呆。雨下得不大，叶小北淋着雨来到向梅的商店，头发还是打湿了。向梅穿一件土黄色的宽松上衣，一副典型农村妇女的打扮，手里正织着一件男人的毛衣。看见叶小北，就拿出一条毛巾来给他擦头上的水。叶小北有些感动，在他的记忆里，自打生了孩子后，代寒冰再也没这样对待过自己了。叶小北想到这里，不由得叹了口气。

叶小北看见向梅手里拿的是一件藏青色的毛衣，就问："给你老公织的啊？"向梅有些羞涩，说："是啊。"

他们有一搭没一搭的闲聊着，向梅停下了手中的活，用电视遥控器不停地换着频道，说："现在的电视怎么没一个好看的。"

似乎是觉得气氛有些不自然，向梅说："叶老师，要不我们看碟片吧？"

是一个老片子了，张曼玉和梁朝伟主演的《花样年华》，镜头里那些无数次相逢擦肩，凭栏徘徊的镜头在他们面前一一闪过的时候，叶小北坐在那把藤椅里，不时地吞咽着口水。

小家伙已经睡了，电视声音开得很低。他们一些细微的声响都逃不脱对方的耳朵，叶小北感到拘束压抑，但又希望电视还长些，到了快十一点的时候，叶小北才起身回宿舍。

第二天训练的时候，向梅在商店门前喂孩子吃饭。叶小北忍不住朝这边多看了几眼，有几次，便碰上了向梅有几分躲闪但又很渴望的目光。

每天训练的时候，向梅会端了一把小椅子，拿着一本书，安安静静地坐在商店门口，不时地吆喝一声玩耍的儿子。如果他们的球打完了，她就会端了一盆水，脸盆里放一条毛巾，等着他们来洗把脸。这些老师们也不客气，相互开着玩笑，走的时候也会买上一包烟或者零食什么的，照顾一下她的生意。

今天早上，张师傅不知从哪家买来了一大块腊肉。晚餐就是腊肉炖土豆，一大锅，香得老远都闻得见。叶小北有些兴奋，在打球的时候一连投了两个三分球。小时候家里条件不好，过年的时候，家里只腌一点点，他总有一种没有吃好的感觉。

在吃饭的时候，他们还喝了白酒，很劣质很烈性的那种酒。喝得自是酣畅淋漓，酒足饭饱之后，其他的老师都回到自己的家里。叶小北胡乱地洗了一下，便睡去了。

此时正值四月天，天气闷闷的。青蛙在窗外一阵阵地叫，叫得人心里痒痒的。

也不知睡到什么时候，叶小北口渴难忍，想找点水喝。一抬头，看见向梅的商店还亮着灯，便走了过去。

以前在这里看电视，向梅都是坐在床上，叶小北坐在电视前的藤椅里，藤椅有些破旧了，坐上去会发出一些吱吱嘎嘎的响声，多少会掩饰一些尴尬的气氛。

此时，向梅正偎在床上看电视，正看得出神。大抵是一个情感剧，她的眼睛居然有一点红。叶小北喝完水，向梅好像还没有从剧情里缓过神来，叶小北就朝向梅看，越看越觉出向梅的楚楚动人来。也许是酒精的作用，叶小北一下子抱住向梅开始狂吻起来。

一切似乎都是顺理成章的事情，有了开头，便有了一发不可收拾的局面。

不比不知道，代寒冰之于叶小北，就好像一个妈妈带孩子，在孩子的幼儿期，孩子不知不觉的长大，妈妈常常感觉不到孩子细微的变化。他每天和代寒冰在一起例行公事，也不记得她以前的样子了。别看代寒冰看上去保养得很好，但这是在穿上衣服之后，脱了衣服的代寒冰，还是有几分溃不成军的感觉。由于以前在生养孩子的时候急剧的发胖，代寒冰的乳房丰满是丰满，看上去也还坚挺茁壮，只有叶小北知道，那是用黛安芬内衣向上托起的缘故。但向梅的就不一样，向梅的乳房是一种俗称莲蓬奶的那种，在手中刚好是盈盈的一握，感觉小巧、绵实，且非常的有质感。只是平时，向梅的衣服穿得都比较宽松，根本看不出其中的奥妙。人都说女人二十六七岁的时候最美，此话一点不假。

女人和女人真是不一样。

向梅是一个看上去非常文静内敛的女人。平素也不多言语，在外人眼里，应该是那种刻板木讷的类型。但令叶小北感到惊奇的是，床上的向梅，简直可以用热情似火来形容，也许是干旱已久，在一株禾苗最需要灌溉的时候得到了滋润，一个本来如花的女人加上阳光雨露的浇灌而显得更加妩媚……向梅是那么热烈，并不时发出轻轻的呻吟，让叶小北兴奋不已、激动不已、快乐不已。

近年来，代寒冰越发地觉得夫妻生活是一种例行公事了。有时候他在上面激动得要死，代寒冰竟然拿着一本书，还翻得哗啦哗啦响，嘴里一个劲地催促快点快点。为了不让代寒冰发脾气，叶小北只有忍着，常常是三五分钟便完事。有时候叶小北悲哀地想，我是不是不行了，常言道：三十如狼四十如虎，哎，未老先衰啊。但在向梅的身上，他重新找回了自己的自信，原来自己是这样的勇猛。

临了，叶小北没有回到自己的床上，而是抱着向梅问：“你家那口子都出去几年了？”

向梅说：“去年走的。”

叶小北问：“你想他吗？”

向梅顿了顿，说：“想啊。”

叶小北：“以后别想他，就想我。”

叶小北整天沉迷于那种杀人无形的温柔乡中，他本想用隐秘的手法来处理这一段香艳但却并不光彩的行为，但人一旦陷入其中，是难以自拔的。就好像吸食大麻，明知道有毒，但却怎样也戒不了。

九

校院里的杜鹃花还没有落尽，黛青的叶子便开始长出来了，转眼五一节就到了。

早在十天前，代寒冰的同学们就打来电话，要举行一场高中同学聚会，地点就选在明珠宾馆。

到底以一种什么样的形象出现在老同学们面前，代寒冰颇费了些心思，是保留学生时代的那种清纯，还是以一种成熟高雅的打扮。在试了几件花花绿绿的裙子后，代寒冰还是觉有些勉为其难，与这张脸还是有些不符。最后，她选择了一种淡雅得体的打扮。代寒冰是一个讲究感觉的人，多年的职场生涯，让她的欣赏水平大有进步。

此次的聚会，由一个最有钱的同学发出邀请。据同学们最保守的猜测，资产应该过亿了。

当代寒冰以一袭江南布衣，一头披肩长发出现在同学们面前时，赢得了同学们的交口称赞。都说代寒冰你可是驻颜有方啊，怎么就一点不见老呢。特别是那位出资的同学，真的是两眼放光，无限感慨。那时候在学校，代寒冰收到的第一张纸条就出自这位同学之手，那时候，那位同学可是出了名的调皮学生，想代寒冰历来都是好学生，怎么可能理会他。这么多年不见，没想到他出息了，赚了大钱。

同学在一起的感觉就是不一样，里面有许多十多年未见面的老同学，但见了面还是觉得和以前一样，他们无所顾忌、天南地北地胡侃一气，有人提出打牌，代寒冰说："大家好不容易聚在一起，就在一起聊聊天、讲讲话多好。"得到同学们的一致赞同。

这日的聚会，那位同学对代寒冰大献殷勤，代寒冰一笑而过，及至后来打来电话，邀她出去喝茶，也被她拒绝，代寒冰从来不喜欢钱，她只喜欢性情的生活。在她们那个公司里，有钱人多的是，献殷勤的人也多的是，代寒冰从来都是一笑而过，因为，代寒冰有代寒冰的原则。

代寒冰也有代寒冰的烦恼。

代寒冰很早就发现，叶小北给她买的那只手镯不见了。她曾经问过他，叶小北说："你又不喜欢，我把它给扔了。"

代寒冰有些不解，就问："好好的扔什么扔？发神经啊？"

再就是叶小北回家的次数越来越少了，也不大喜欢跟她讲一些学校的事情。好像也不像以前那样爱打牌，也不大爱和自己吵架了。

这个周末，他们又回到了城里的家，叶小北被同学请去吃饭，事先叶小北曾邀请代寒冰去。应该说，无论什么时候什么场合，叶小北都非常希望代寒冰能够参加自己同学的聚会，代寒冰是叶小北的骄傲。代寒冰说太累，自己又不喜欢打牌，就在家里等他好了。

代寒冰买了全套的《红楼梦》《乱世佳人》《老鼠和猫》等，从小就让叶子寒和她一起看。叶子寒看得晕晕乎乎，代寒冰就一点一点地给她解释，培养她的兴趣。今天租的是《英雄》《十面埋伏》，刚开始的时候，叶子寒看见打打杀杀的挺有兴趣，看着看着就歪到一旁睡着了。

快十二点的时候，叶小北才回来。浑身酒气熏天，一进门就挥舞着那双螳螂似的长臂喊我没醉我没醉我真的没醉。代寒冰看到他那个样子，气不打一处来，瞪着叶小北，坐在沙发上动都没动。

叶小北在卫生间胡乱地洗了一把脸，连卧室的灯都没开，自己摸索着爬上床，然后一头栽倒在床上，沉沉睡去。

《十面埋伏》里章子怡和金城武正在热吻，代寒冰也看得正起劲，传来叶小北手机短信的消息，代寒冰没有动，代寒冰平时从来不看叶小北的手机，倒是叶小北，长期喜欢死皮赖脸的抢代寒冰的手机看，还说：我检查我老婆看有不有什么秘密的东西。

手机短信再次想起，代寒冰听着烦，就起声来到房间拿过手机，推了推叶小北，叶小北睡得猪似的动也没动，代寒冰突然的来了兴趣，就径直拿过手机来到客厅的沙发上。

来信上没有姓名，只显示一个英文字母：M，也就是说，这个人的名字中不是一个美字便是一个梅字。

第一条：叶子，分别快三十个小时了，想我吗？

第二条：叶子，你在干什么呢？为什么不回信息？想你了！

代寒冰一下子蒙了，她的脑神经足足短路十几秒，等到清醒过来的时候，她还不忘悄悄地带上门，然后一条一条的翻看起来。

这是叶小北的妹妹从北京给他寄来的一款最流行的诺基亚手机，可储存短信五百条，手机里大多数都是这个代号叫M的人发的信息，还有叶小北发出去没有删除的信息。从短信时间判断，叶小北与这个女人关系亲密大约在两个月前。

“每次你回家，两天的等待简直是对我的一种折磨，我只要每天看到你，就心满意足了……”

“昨天夜里打雷了，我好害怕，怎么也睡不着，要是你在身边就好了啊……”

“你回家后少喝点酒，你昨天就有一点感冒的症状了，回家后就买一点感冒药来吃，还不好就去输液，千万别加重了，加重了我会心痛的……”

叶小北的回信：梅，一个人在家要小心，把门锁好，想你。

看着看着，代寒冰已泪流满面，她发现自己是真的伤心，还有一些害怕。叶小北在她的心中，除了不思进取表现平庸外，她觉得他还是很在乎自己的，她以为叶小北不会有人去爱，原来竟有人这样想着他！她从来没有想过叶小北有一天会背叛自己，虽然他们吵架，但叶小北从来都说非常非常爱自己。

手机发出无电报警的声音，代寒冰本来不想再看，但鬼使神差地，她又到处去找充电器，一下子找了三个来，她不知道哪个是，就一个一个的试，最后一个才插好，她有些惭愧和自责，自己平常也太不关心他了，竟然连他手机的充电器都不知道是哪个，也不知道他哪天曾经有过感冒的症状。

她的眼睛不听使唤地盯着那几条格外暧昧的信息，那些字眼更加无情地刺激着她的泪腺。这种刺激使得她有一些茅塞顿开的感觉，但这种感觉来得太痛苦，她宁可不要这种感觉。她明白这些天为什么他不再对自己的手机感兴趣了，因为他有了自己的秘密。也因为她从来不看叶小北的手机，所以，这个女人才如此放肆，在深更半夜里还在给他发信息。肯定是叶小北曾经告诉过那个女人，她代寒冰从来不看他的手机，所以她什么时候都可以给他发信息。

代寒冰简直是头疼欲裂。

十

快乐的时光总觉得过得很快，叶小北是真正地感觉到了一种快乐。平常，他和向梅保持着同其他人一样的距离。照样去商店里买烟，喝水，然后从向梅眼睛的余光里捕捉丝丝缕缕的柔情蜜意。这种感觉是很刺激的，丝毫不亚于当初和代寒冰在一起的感觉。但，这种偷偷摸摸的感觉更加附带了一些刺激的色彩。

晚上则是他们的另一番天地。向梅为了他们两人一起方便，把儿子送到她自己妈妈那里去玩一段时间。农村人都睡得早，九点左右的时候四周便已非常安静，叶小北便会来到向梅的商店里。

他们睡在床上，叶小北将向梅的衣服一件件地脱掉。向梅很怕羞，总会保留身上的最后一件衣服，叶小北也不强求，将她紧紧地抱在怀里，迫不及待的进入主题。激情过后，他们东一句西一句地聊着些家长里短的话。向梅也会问一些叶小北家里的事情，叶小北总是搪塞过去。刚开始的时候，也许是因为紧张，他们都会睡不着，向梅要叶小北回自己宿舍里，叶小北又舍不得离开，后来也就渐渐习惯了。叶小北会抱着向梅，沉沉睡去，天未亮的时候，叶小北便回到自己的宿舍。

他们之间几乎从未有过不愉快的时候。向梅总是那样的温柔，对叶小北温言软语。只要叶小北一回家，向梅心里总会有一些失落。叶小北知道这个女人是彻底的爱上自己了，心里很有一些成就感，但同时又有一些害怕的感觉。

向梅对叶小北说："你知道我现在最不喜欢什么时候吗？"

叶小北含糊其辞的嗯了一下。

"星期六啊笨蛋！一到星期六我就会两天看不到你的人了。"别看向梅平时很老实，可是一发起嗲来的样子却叫人不可抵挡。

这时候，叶小北的心里就会有过一丝甜蜜的惆怅和忧伤。

但是，在叶小北心里从来没有想过他和向梅的将来，他自己也觉得糊里糊涂的，根本不知道今天过了明天会怎么办。虽然他觉得向梅是那种善解人意的女人，也不会和自己死缠烂打，但毕竟和人家发生了这样的关系。男人和女人不一样，一个女人最怕动真情，动了真情的女人你想摆脱总是有些困难，再加上自己也不是那种很不负责任的男人，万一有一天被人发现，或者向梅不满足现在这种状况而提出什么要求来，他都是很难交差的。一想起这些，叶小北还是觉得有一些害怕。他在心里也认真的考虑过和代寒冰的婚姻，代寒冰无怪乎心性高了点，对自己要求严了点，但也是为了自己好，而且在别人眼中，他和代寒冰绝对是一个令人羡慕的家庭。和向梅的这种感觉固然刺激，但有多少感情的成分在里面，叶小北自己也说不清楚，反正就是觉得刺激好玩。

看到代寒冰忙碌的样子，叶小北会感觉出一丝愧疚，但每当想到代寒冰数落自己的时候，叶小北又会想到向梅的好处，只有在向梅那里，他才会感觉到自己是个成功的男人。

向梅对叶小北说："你真好，人长得好，书教得好，脾气又好，只可惜恨不相逢啊，不知道你的妻子是否也像我这样喜欢你？"

叶小北对向梅说："她人也不错，事业心很强，只是没有你这样温柔。"叶小北这点底线还是有的，他不像有的男人，为自己的出轨找理由，会罗列出自己妻子一大堆的缺点。

代寒冰倍受煎熬，叶小北浑然不觉。代寒冰很想爆发，但她思前想后，觉得这种事情一旦说穿了，夫妻之间也就等于全部没戏了。但如果让自己一点都不在意是不可能的，人前人后，代寒冰风光无限，是一个多么要强的人，受了这般委屈，还要装作不知道，真的是比什么都难受。

用度日如年来形容代寒冰的心情一点不假。即使是出门办事，走在路上，她也显得心事重重的样子，整个人没精打采。那天外出开会，行走在熙熙攘攘的大街上，她无暇顾及两旁的风景，只顾低着头，看着自己的脚尖走路。一个苍老的声音断断续续地传过来：磨剪子嘞！她循着声音寻过去，原来是一个苍老瘦小的老大爷，肩上背着一把木制的条凳，上面绑着磨剪刀的工具，老大爷步履蹒跚，声音微弱得被吵嚷的人群完全吞没了。但大街两旁的店铺没有一个来照顾老头生意的。代寒冰心里很同情他，但自己手上也没有剪刀要磨，就跟着老大爷，将自己手里没开盖的一瓶矿泉水递给老大爷，说大爷您累不累啊，累了喝口水，这是干净的，没开盖的。老大爷有些迟疑地接过水，说了声谢谢闺女。代寒冰加快脚步，她不想讨别人的谢谢，只是这样心情舒畅一点。拐过一条街，看见那些店铺里卖衣服的女人一个个打扮得又时髦又漂亮，她知道她们也不容易，她有一年去温州服装市场，就看见一群这样的女人在批发衣服，她们筋疲力尽地拖着一个个大包，忍饥挨饿，还得和老板砍价，又要提防坏人。代寒冰知道自己肯定做不了这个事。又往前走着，便看到自己经常去做头发的那家美发店，那个老板娘正忙得不亦乐乎，所有来这里做头发的顾客都冲着她，她总是从早晨一直做到晚上，一刻也不曾停息。老板娘说自己每天上床腿肿得好粗，但是没办法，要生存，如果自己不亲自动手，顾客就会不满意。老板娘的丈夫没有工作，专门在家带孩子，辅导孩子做作业陪孩子睡觉。代寒冰在店里见到过老板娘的丈夫和孩子，那个男人戴着一副眼镜，一副老实巴交的样子，老板娘不知道是没有时间还是怎么的，也不大爱搭理他们，就是有时间搭理也是一副呼来喝去的样子。再看看自己，穿得光鲜体面，提着高档的皮包，不晓得有多少羡慕的目光，可谁知道自己现在的处境，代寒冰就想，活着是多么的不容易，生活是多么的没有意思。代寒冰一路走一路看一路想，本来需要坐二十分钟车的路程，不知不觉竟然走到了。

好不容易熬到了下一个周末，中午的时候，代寒冰就给叶小北打电话，说回城里的家吃晚饭。然后她提前从公司出来，去租了《手机》的碟片，这个片子她以前看过，以前的代寒冰很自信，觉得这种事情不会发生在自己的家里。但是现在，她除了觉得心酸，还有一种很失败的感觉。

吃过晚饭，等叶子寒睡下了，代寒冰开始放碟子，其实她的心一直都跳得很厉害，也一直在观察叶小北的反应。葛优鬼鬼祟祟、偷偷摸摸，范冰冰风骚性感蛮横霸道，把个偷情演绎得真格是淋漓尽致。叶小北精神状态似乎不是太好，哈欠连天，脸色也略有些不自然，歪在沙发里不发表任何评论。代寒冰说：“这片子，拍得多现实啊，这手机里隐藏的鬼还真不少！”叶小北说：“你信哪？还不是那些人瞎编出来的一些故事。”代寒冰说：“瞎编？瞎编还不是有一定的事实才编得出来嘛。”叶小北说：“我就不信那女的会将这种事情拍下来。”代寒冰说：“那你把手机拿出来给我看看，有没有这样的事情？”叶小北说：“你还不放心我，我只喜欢你一个。”代寒冰说：“只怕有人喜欢你呢？”叶小北说：“我这样没有出息，送给别人都不会有人要的。”代寒冰：“说不定你也会碰上像范冰冰这样的风骚女人呢？”叶小北说：“你今天是怎么了？光说这些问题，我在你心中没地位，又不是一天两天的事情，要是真有人喜欢我就好了，你不是巴不得么？”代寒冰说：“叶小北，请你放明白点，莫不要被我抓到什么你才后悔！”

代寒冰强忍住心中的怒火，她之所以选择在城里的家看这部片子，就是因为她不想撕破脸皮，她知道如果在学校，身边没有父母和叶子寒，她一定会爆发的。

虽然叶小北自认为自己做得天衣无缝，到底心中有鬼，代寒冰的一番话，他的心里还是感觉到了一些震慑，他也曾经思前想后，觉得夫妻之间不是完全没有感情，而自己这样，是很对不起代寒冰的。所以说，代寒冰说的那些话，对叶小北或多或少的还是起到一些敲山震虎的作用，他的行为也略微收敛了些。再不敢像以前那样每天都不回家，向梅也有一些察觉，叶小北只说自己烟抽多了，咽喉炎发作，要回家去打点滴。向梅是懂事的女子，看叶小北这样，也不好强求他留下来陪她。

十一

六月的阳光十分热烈，热烈之中还带有几分焦躁，明晃晃的，直逼人的心底。

一辆奥迪在乡村的公路上扬起一片灰尘，直开进清潭小学的校门口。

代寒冰摇开车窗，打量着清潭小学的全景，这是她第一次来这个学校。她的目光是挑剔的，心情是复杂的。这房屋、校舍在她的眼中是那样的陌生，学校正在上课，传来一阵阵朗朗的读书声。

她看到，在小卖部的门口，一个女人在洗衣服。那个女人的手腕上戴着一只景泰蓝的手镯，那个手镯一下子就刺痛了代寒冰的心。那是叶小北送给自己，然后又莫名其妙不见了的那只手镯。她吩咐司机将车停在学校的门外面，自己径直向小卖部走去。

接近那个女人只需短短的一段路程，一分钟即可到达的路程。代寒冰听见自己的心在咚咚的跳着，她强压住自己的紧张，连做了几次深呼吸。

那个女人穿着极普通的一件衬衫，一条牛仔裤，头发随意的向后梳着，脸上没有任何修饰的痕迹。整个人看上去蛮蛮的，憨憨的，手腕上的手镯随着洗衣服的节奏一下一下地摆动，也一下一下地撞击着代寒冰的心。

“嗨，你好！”这是代寒冰和人打招呼的常用方法。

向梅抬起头来，她看到了一个漂亮而优雅的女人，便冲她友好地点点头。

“我是叶小北的妻子，他在上课，我在这里等一下他，可以吗？”

“没关系的，我去拿椅了给你坐。”向梅的脚步有一些蹒跚，夹杂着一丝掩饰不住的慌乱。

代寒冰："你叫什么名字？"

向梅："我叫向梅，"停顿一下，向梅怯怯地问："你喝水吗？"

代寒冰扬了扬手中的矿泉水瓶："不用，谢谢！"

代寒冰："你在这里开商店有几年了？"

向梅："两年多了。"

代寒冰："你丈夫呢？"

向梅："去广州打工了。"

代寒冰问一句向梅便答一句，代寒冰装作突然才看见向梅手腕上那只手镯的样子："你手上的这只手镯很好看啊，在哪买的？"

向梅扭动着手腕，恨不得将手镯往衣袖里藏，她的脸红了，甚至是手足无措，说："一个朋友送的，不知道在哪买的。"

代寒冰不再和向梅说话，而是掏出手机，接通了叶小北的电话："我在你学校的商店门口等你，下课了快点来。"

叶小北以为代寒冰在开玩笑，电话里笑嘻嘻地说："老婆，别骗我了，你现在不上班了？"

代寒冰："是真的，我没有骗你，我正坐在向梅的商店里和她说话。"

叶小北一改往日那种慢腾腾的方步，几乎是慌乱地小跑了过来，他看见两个女人真的坐在门口。

叶小北："你事先怎么不打个招呼？搞突然袭击啊？"

代寒冰："怎么？不行吗？难道说你还会有什么见不得人的事情吗？"

叶小北："哪里哟，你看这里，条件这样差，还会有什么事情。再说，你来了，也没什么好招待你的地方啊！"

代寒冰："你天天都这样过了，我来看看你还不行啊，再说，你马上要离开这里了，不来看看只怕就没有机会了。"

叶小北："你说的什么意思啊？要离开这里了？"

代寒冰："怎么？舍不得？"

叶小北："到底是怎么回事，告诉我啊，你今天来这里肯定是有事的。"

代寒冰："好吧，告诉你，你的调动办好了，事先没让你知道，高兴不？"

叶小北有一些蒙了，他用手摸摸自己的脑袋，有些云里雾里的感觉。

“你想想，你离家这样远，遇到下雨天的时候又不方便，你调到城里后，我也每天回家，咱们夫妻在一起多好啊！”代寒冰用手弹弹叶小北身上的粉笔灰，又拿出手巾给他擦脸上的汗，代寒冰的心里酸酸的，自己竟然在一个根本不是对手的女人面前作秀，想来都要掉眼泪了，但其实放下架子又有什么不好。

叶小北看见代寒冰这样对他，感动万分，突然地才觉得自己是多么的对不起代寒冰，他好像已经忘记了向梅的存在，但实际上，向梅早已不知去向。

在决定来学校的时候，代寒冰想到了很多很多，她是一个聪明的女人，她不想失去叶小北，不想失去这个家。

自那天后，她一直装糊涂，她虽然非常恨叶小北，甚至想过离婚，但她在心里又无数次地想过叶小北的好：叶小北很有爱心，叶小北很有正义感，叶小北很懂得浪漫。叶小北从不拖自己工作上的后腿，平常也很支持自己的工作。公司组织旅游，叶小北总是千叮万嘱，生怕自己有什么闪失，只要是出门在外，总是会打电话问候，知道自己什么时候回来后，都会为自己烧好洗澡水；自己整天忙于工作，叶子寒的学习自己从来没有操过心，叶小北每个星期都会对她进行辅导，即使平时他不回去，遇到叶子寒有难题的时候他都会对她进行耐心的电话辅导；她从来没有开过一次家长会，也没有接送过叶子寒上学。代寒冰喜欢读书，她读了很多书，她明白男人就像一只馋嘴的猫，哪有猫见了荤腥不尝的道理；男人有时候又像个孩子，做妻子的就得像他妈，哪怕是自己的孩子，做妈的不亲也不是个妈。她要挽回叶小北的心，就只有断了他的念想，他和那个女人没有了在一起的机会，再多的亲密也会随着时间的流逝而淡了。她和叶小北曾经那么相爱，是有着很深的感情基础的，今天这个局面，自己要负很大的责任，代寒冰是一个受过教育的女人，是一个通情达理的女人，是一个会审时度势的女人。同时，她也很庆幸自己的决定，没有最终捅破那层窗户纸。她还这样安慰自己，有多少婚姻是能够经受得住时间的考验，男人有个花心事是不可避免的，证明自己的男人还不错，只能怪自己对他太过冷落。她还想起了同学聚会时听到的那句经典名言：能将婚姻进行到底就是一场伟大的胜利！她想通了，一个女人再要强，丈夫、孩子、家才是最重要的。

代寒冰放下了所有的清高，调动了一切关系，不动声色地办好了叶小北的调动。她已经想好了一切打算，他们每天都回家，和叶子寒及他的父母在一起，就算让叶小北打牌也好，总比将他送给那个女人好。

他们将家彻底地搬回了城里，搬家时楼上楼下的老师都来帮忙，张老师还不住地打趣道：“这下子我们少了一个忠实的牌友了。”代寒冰则说：“哪里啊，欢迎你们到家里去做客啊，我肯定摆起八仙桌迎接你们！”

一切安顿妥当，恰好是国庆节，也是他们结婚九周年纪念日。代寒冰让叶子寒爷三个去了乡下，亲自下厨做了红烧猪蹄，还准备了一瓶红酒，代寒冰举起杯子对叶小北说：“以前对你关心太少，是我的错，真的好想回到从前！”

叶小北大抵是有些感动，说：“是啊，那时的你拥坐在洁白的被套里，我可是连想都不敢想。”

代寒冰说：“可惜造化弄人啊，当年那个清纯少女现在变成了黄脸婆。”

叶小北喝了一口酒说：“你永远都不会老，你的心态特年轻。”

代寒冰：“我就是老了，不是老，也不会让别人钻了空子去，男人都喜欢年轻，你当然也不例外了。”

叶小北笑嘻嘻地说：“你别这样说，我可是一直都只喜欢你一个人的。”

代寒冰半嗔还半娇、含威又不露地说：“叶小北，这话以前我爱听，现在听着别扭。还记得我让你看《手机》这部片子吗？我看了你的手机，知道了一些你的秘密。不过不要紧，有些事情，过去的就让它过去，大家不要纠缠就成。”

这样的场景，这样的气氛，这样的话语，这样的大度，叶小北的脸上是红一阵白一阵，只喊了一声寒冰，就差点快要坦白。

代寒冰夹起一块蹄脚送到叶小北口中，直接把他的话给挡了回去：“别让我知道得太多，我不想知道，我只想知道我们现在还爱着就行了。”

让我们套用一句俗而又俗的老话吧：太阳每天都是新的！

何处是归程

一

骑红马，上南山，南山上不去，请你滚下去。

这是流传在南山镇的一个民谣，小孩子们跳皮筋、做游戏当它为歌谣来唱；小媳妇、婆婆们哄孩子睡觉，当它为催眠曲来唱，至于是什么意思，流传了多少年，没有谁能说得清楚。南山镇在离县城一百多公里的最南边，属这个县城最边远的一个小镇。南山这个名字，全部因了镇后街的那座山而得名，整座山高不过三百米，山上虽然没有奇峰异石冰挂雾凇流泉飞瀑等奇观异景，但也是青松翠柏野花竞放山鸟飞歌，间或有一些小松鼠打你面前惊慌逃遁，带给人一份意外的惊喜。山顶上有一座香火旺盛的寺庙，节假日慕名前来烧香拜佛的游人还不少。有结伴而行许愿还愿逢初一十五就吃素的大娘媳妇婆婆们，有开车来的当个不大不小的官儿被称之为局长科长处长的，有做生意不景气想发财或做生意发了财都想求菩萨保佑的，有谈恋爱纯粹来玩玩爬爬山观观风景的。总之，这些人的到来给南山镇增添了不少的人气。

南山镇街面呈一个十字架，分为东南西北街，全镇人口不超过两万，但麻雀虽小五脏俱全，地方政府机构一样不少。整个镇上呈一派街市繁荣人丁兴旺车水马龙的热闹景象，卖服装鞋袜的，卖拖把热水瓶碗筷等各类杂货的，卖甘蔗苹果香蕉等水果的，做夜宵早点麻辣烫的，搞日用品批发的。总之，感觉哪条街都被塞得满满当当拥挤不堪而又不成规划和体统，但也正好显示了南山镇的热闹和繁华。

十五岁的少年林英海就生活在这个小镇上，是南山镇初级中学三年级的学生。

林英海的爸爸林旭初在南山镇也算得上是个数一数二的人物，是南山镇林氏纸业有限公司的董事长兼总经理。林氏纸业专门生产那种低档的瓦楞纸，但销路奇好。林氏纸业坐落在护镇大堤的南边，资产少说也有一个亿，厂房离镇里的街面不过才一里多地。进入镇里的那条公路，远远的便可看见林氏纸业有限公司吐着浓烟的大烟囱，那绝对是南山镇工业经济发展兴旺的一种象征。林氏纸业是这个小镇里的纳税大户，就是镇委书记见了林英海的父亲也十分恭敬，并会为之鞍前马后在所不惜。镇里的书记换了一茬茬，怎么换也影响不了林旭初在镇里的地位和在南山镇人民心中的地位。林旭初是他们眼里的财神菩萨，镇里学校街道举办个什么活动，都少不了林旭初的赞助，再就是林旭初的工厂养活了当地的一方人民，连着周围的商店餐馆生意都跟着沾光，有人群就得有消费，这不能不说都是林旭初的功劳。当镇里那辆破吉普在乡下的土路上跑得上气不接下气的时候，林旭初早就开着奥迪满街转了，镇里有时候来了客人，就会借他的车装个门面，林旭初也很大方，从来都会给他们面子。

但有一个人，总是瞧不起林英海的爸爸，那就是林英海的妈妈。林英海的妈妈碧春是一个干净利落伶牙俐齿的女人，整天把屋子里弄得到处都是那种来苏水的气味，虽已年近四十，但风韵气质丝毫不减当年，或许因为年龄的积淀，使得她更多了一种成熟的韵致，举手投足间夹杂着一股凌厉果敢的味道，令人不敢轻易靠近。

刚进入六月，天气已经非常炎热。知了在树上声嘶力竭的嚎叫，叫得人心烦意乱。林英海的家在镇东街，是一幢四层的小洋楼，高高的围墙和大大的院子，深褐色雕花的铁栅栏和铁门，无一不象征着一种富有与尊严。

快临近中考了，学校放了一个难得的星期天。林英海在院子的葡萄架下复习功课，说是复习功课，但他起码有一半的时间在偷偷临摹着一张卡通画，这是一张漂亮得有些夸张的外国公主卡通画，那双深褐色的眼睛，让她的眼神充满一种忧郁的气质，林英海用铅笔在她的眼睛上涂眼影，他用的不是绘画笔，颜色就很暗淡，所以下的力气就有点大。他要时刻注意妈妈的目光是否在朝自己看过来，所以临摹起来就遮遮掩掩、慌慌张张的，临摹的效果总是不太满意。葡萄已经挂果了，一个个绿色的小球挤挤挨挨的，像一串串珍珠，上面上了一层白色的粉末。碧春在给东墙根的几株月季花修剪枝叶，那是几株上好的爱丽丝公主和蓝宝石，碧春托人从外地捎回来的。刚刚开过的月季呈一种残败的景象，她要及时剪除月季的残花才能使其集中养分，保持植株强壮及开花不衰。只要是休息的日子，碧春的全部精力都放在了侍弄这些花花草草上。

门外的铁门一声响，接着是林英海家那条小狗蓝花儿撒欢低鸣的声音，跟着便进来一个怯生生的人影。

“小姨！”林英海叫了声。

碧春听到林英海的叫声，脸马上阴云密布，连眼都没抬一下，也没有停止手里的活计。

“我来看看海儿，不知复习得怎么样了？马上快要搞考试了。”小姨碧云吃力地将手里提着的一个蛇皮袋放在地上说：“今天去县城在王家码头给英海买了几个西瓜。”

“坐吧小姨？”林英海迟疑的向小姨招呼着，身子也没离开板凳。

碧云朝碧春看了几眼，很为难的样子。又将头转向林英海：“有把握吗？这次考试？可千万要考好啊。”

“知道了小姨。”英海的心里有些难过，不知道自己该怎么做才好，他朝妈妈那边看过去，碧春正将一枝月季花的枝干剪得咔嚓咔嚓响。

“我走了，你好好复习吧，西瓜记得吃，吃完了小姨再给你买。”碧云小声说。

望着小姨离去的身影，林英海心里陷入一片茫然。

林英海是小姨一手带大的，林英海喜欢小姨，小姨非常温柔，林英海总有一种错觉，觉得小姨才是自己的亲妈，而自己的妈妈碧春，那种时时透出的威严和冷漠使他产生隔阂。

小姨一直单身，林英海弄不懂小姨为什么到现在还是一个人，小姨好像只比妈妈小个两三岁吧。

二

碧云的脑海里常常会跳出那个春天，那是碧云短短的一生中记忆里最美最美的春天了。

柳树的叶片一扎扎的，绿得有些化不开，粉红的野蔷薇花像一面瀑布似的流泻下来，开满在林间田头或沟沟壑壑的每个角落，一股淡淡的香气飘荡得到处都是。油菜已经结籽了，荚儿青绿还未褪尽，一只只饱满而又密密麻麻的挺立在枝头。

碧云的家在离镇不远的村子里，隔壁左右的邻居都知道碧云今天要去看婆家，在她们还没出门时，就围了一些大姑娘嫂子们来看热闹。南山镇的规矩是这样的，男女双方先是由媒人带好去相亲，如果觉得没有什么意见，接下来的事情便是看婆家，看完婆家，这门亲事便算是定了下来。如果打算结婚，再过个一年半载的，将女方的出生时间发给男方来合合八字，然后是订婚，订婚时便定下结婚的日期，双方确定要买哪些东西，再选定一个黄道吉日，最后才是结婚。稍有一些体面人家的娶妻嫁女，这些过程一样都不能少，否则就显得这家的儿女太没有档次了，这些过程如果被省略掉，是要被南山人笑话的。

林旭初与碧云的相识不是由人做媒，而是林旭初自己相中的。

那时候碧云在镇西街的黄家裁缝铺里学裁缝，西街专门卖衣服鞋袜日用小商品，其间还有一座四层的百货大楼，算得上是小镇里的最高建筑。十几个学艺的女孩子们，挤在临街面的裁缝铺子里，左右一溜儿摆开七八架缝纫机，惹得路上不时有人会回过头来张望，特别是街上的那些年轻小伙子，有事没事总爱往里凑。

碧云的缝纫手艺学得不是很好，但性格却是这群姑娘里最好的一个，这个喊她拿个剪刀那个叫她递个线头她总会乐意帮忙，加上人又长得好看，镇里有许多男孩子都喜欢他，特别是周家的老三，对碧云更是上心。周家是做豆腐的，无论是豆腐、千张、香干子，在镇里都很有名气，周家的老三在城里上的高中，没考上大学，回到家里见到碧云，惊为天人，这是周家老三的形容词。后托人给碧云做媒，还给碧云写过诗，但被碧云拒绝了。碧云觉得周家的老三个头不高，长得又斯文瘦弱，不是自己喜欢的那种类型。

林旭初出现在碧云的生活里时，是南山镇五星造纸厂的一名工人，那时候的林氏纸业不叫林氏纸业，而叫五星造纸厂。林旭初身高块大，说话声音响亮，很有号召力和影响力，在他的周围围满了一大群愣头小伙子。正是青春年少热血沸腾的年龄，有时候倒班，林旭初就会带着他班上的一群年轻人在街上荡来荡去。黄家裁缝铺的隔壁是卖汽水冰棍的，林旭初最喜欢去那里，他会买根冰棍含在嘴里，然后慢慢地往裁缝铺子里移，那些女孩子看见了他，就会喊着要他请客，他也不推脱，一人一根，这群姑娘就炸开了锅地闹起来，只有碧云一个人最安静，他就喜欢碧云害羞的样子，所以，渐渐地喜欢上了他。最后，林旭初挑开这件事情，是从碧云的那根大辫子上打开的突破口，碧云是一张标准的鹅蛋脸，有一头乌黑发亮的长发，林旭初特意从县城里挑选了一对粉红的塑料发夹送给她，这在当时，送礼物就代表了有这层意思，男女彼此心照不宣。别看林旭初平时一副大大咧咧毛毛躁躁的样子，挑选的这对发夹戴在碧云头上就是好看。林旭初追女孩子也很有勇气，不邀请看电影也不给她写情书，而是当着那些女孩子们的面直接对碧云表白：做我媳妇儿吧！情窦初开的碧云面对这样一个大胆而又豪爽的男人，似乎没有一点拒绝的理由。

那时候的南山镇，自由恋爱不像现在这般平常，或多或少还是有些遮遮掩掩的不敢公开化，但林旭初就是林旭初，做什么事情都有一种超前意识。他对碧云的爱情以及后来对碧云的辜负都可算得上敢作敢为。在南山镇这个地方，谈恋爱最好的去处就是爬南山了，他们几乎每隔一个星期就去爬一次南山，别人用一个小时，林旭初最多只需半个钟头，而且还是不歇气的就爬了上去，男人的力量在碧云面前展现无遗，令碧云爱慕不已。他们在山上捉迷藏赶松鼠，在寺庙里烧香磕头，在溪涧里赤足戏水，爱情令一对年轻人幸福新鲜不已，从头年的夏天到来年的春天，他们之间的日子是快乐而充实的。

虽然他们是自由恋爱，但还是按南山镇的规矩请了媒人。就在看婆家的头天夜里，碧云几乎没怎么睡觉，是因为兴奋睡不着，她强迫自己睡着，但眼前总是想象着明天去林旭初家时的样子。

头天晚上，隔壁的三婶子、阿发嫂子来串门，说了许多关于相亲看婆家的趣事，说得有名有姓的。阿发嫂说，云啊，你不晓得，长虹村的一个姑娘去看婆家，这姑娘很喜欢吃辣椒，正好主人家做了一盘荷包辣椒，这姑娘一口气就吃下了一个，主人觉得这姑娘厉害啊，就没搞成；还有天兴村的一个姑娘去看婆家，吃甘蔗的时候把个皮翻过来翻过去的嚼得干干净净，就像前世没吃过甘蔗的样子，又没搞成。同时告诫碧云一定要注意的一些细节，免得被林家捡着了什么不是日后难做人。一群女人说说笑笑的，把碧云搞得很不好意思。

碧云一群人共八个，全是女人，有碧云的姨妈，相好的小姐妹，媒人等。她们衣着光鲜，这样一群人从街上一走便吸引了人们的目光。碧云的脸红红的，街上有小孩子们摆着柳树的果子，摆得像一条条的小青蛇，小女孩子们摘了粉红的蔷薇花穿在竹枝上，看上去就像竹子开的花，漂亮极了。碧云用充满爱意的眼光看着他们，小孩子什么也不知道，他们不明白碧云的幸福，碧云觉得所有人的目光都在看着自己。

碧云感觉到有人在指点着自己，似乎还听到有人在说，就是那个穿红色衣服的女孩子罢，长得很好看的。为了这次看婆家，碧云特地要师傅为自己做了一件今年街上最流行的粉红色的确良衬衫，衬衫是机器绣花的那种，才刚刚开始流行的，配上一条黑色的直筒裤，人看上去真的是漂亮极了。身边的女友也听到了别人的话，吃吃地笑着，用胳膊捅捅碧云，碧云羞得不知所措，头越发的低了下去。

林旭初穿了一套银灰色的西服站在家门口，满脸喜气，他本来人就长得高大，穿上西服后就越发显得精神了，也许是因为激动，他时不时地用手拭去头上的汗。碧云羞答答的样子，是真正的害羞，这一份害羞绝不是装出来的。

林家来了许多亲戚，还摆了两桌酒席，碧春吃得很慢、很少，表现出十分有教养的样子，街坊邻居都来看过了，双方都很满意。林家很大方，最后给同来看婆家的每人打发了一把洋伞，一块上好的裤子布料，一块手绢，还另外给了碧云二百元钱，这在当时，已经算很奢侈了。

那时候的碧春正在上学，碧春上的是市卫校，家里也给碧春打过电话，要碧春回来陪妹妹去看婆家，碧春正忙着谈恋爱，对妹妹的这些事情一点也不关心。在学校校办的公用电话室里接到家里的电话时，正有三三两两的学生从眼前走过，碧春掐指一算，那天正好是一个星期天，她早就约好和男友要去公园划船，所以，碧春说自己没有时间，还在心里不由得嘀咕了一句：俗。

三

林英海所在的南山镇初级中学坐落在镇中心地带，离家不过才一里路远。吃过晚饭，林英海便来到学校，刚一进门，就看见班上的女同学夏思敏从后面走过来，夏思敏皮肤很白净，她发育得很好，身材高而且丰满，如果和班上的那些男生站在一起，她看上去就像个大姐姐。夏思敏从校门的侧面穿过，装作与林英海偶遇的样子，其实她已经在这里等林英海很久了。

“嗨，周末过得还愉快吗？”夏思敏显得非常轻松地和她打着招呼，两只眼睛放出异样的神采，让人觉得这个女生身上肯定有什么高兴的事情发生。

“有什么愉快不愉快的。”林英海有气无力的回应着，林英海不是那种阳光开朗的性格，但那种与生俱来的桀骜带给人一种想靠近他又害怕靠近他的感觉。

“看我给你带什么好东西来了？”

夏思敏从书包里拿出一本素描，递给林英海说：“这是托我舅舅从武汉给买回来的呢，你看。”

林英海接过书在手里翻过一遍，翻到后面，果然在书的下面发现印有武汉市新华书店的印戳。书的扉页，有夏思敏手工书写上去的字：业精于勤，送给林英海同学。林英海就很不好意思地说：“送给我的？”夏思敏兴奋地说：“是，你不是喜欢画画吗？送给你，好好照着里面学。”

夏思敏对林英海好，林英海心里清楚得很，班上有许多女同学都喜欢自己，林英海也知道，但是，他的心里始终装着另一个女孩子。

那是一个怯怯柔柔的、长着一双有如小鹿似的眼睛样的女孩子，你见过鹿的眼睛吗？哀怨、明亮、有如湖水般清澈的眸子，像是聚集了世界上所有的清愁。

在刚进入初三的时候，英海便注意上了这个叫作冬柳的女孩子，这个女孩子身材单薄，长得斯文秀气极了，当你注视她的时候，在她的眼里，就会出现一种受惊的神情。冬柳学习不好也不坏，安静地存在于众多同学中，各方面都没有林英海那样出名。但是冬柳有一个与林英海相同的地方，那就是冬柳的作文写得很好，他们两人的作文常被当作范文在班上演读。有一次林英海写了篇作文，记生活中发生的一件趣事，林英海的那篇作文写得非常生动有趣，老师又当作范文进行演读，读着读着的时候，听见下面有同学小声嘀咕：抄的！抄的！林英海一听头就大了，心里头不由得满腹委屈和愤怒，他用目光扫射看是谁在说，嘀咕的同学马上不再作声，但林英海的心情却坏透了，他觉得没有比让人误解这种事情更让人难堪的了。下课后，林英海没有出去，而是趴在课桌上，她看见冬柳非常迟疑地来到自己的身边，只说了简单的几个字：我相信是你写的。就是这简单的几个字，让林英海心里头一热，也拉近了他们之间的距离，他用感激的目光看着冬柳，不说话。

林英海为了能够接近她，在上历史课的时候和别人调换座位，坐在冬柳的斜后面，刚好可以看见冬柳的脸的侧面和鼻子，历史老师是一个戴着眼镜的老学究，上课时全然不管课堂的纪律，他常常沉浸在自己的历史事件中，抑扬顿挫，泡沫飞溅。林英海在后面偷偷地观察冬柳，有时候冬柳稍微回过头来一下，林英海都会有一种做贼的感觉，不自觉的脸会红一下，生怕冬柳知道了自己的秘密。

冬柳穿着一件极薄的白色的确良衬衫，由于很瘦，冬柳发育得不是很好，但少女的特征还是十分明显，英海看来看去的就看见了冬柳发育得不是十分好的胸脯。

冬柳没有穿内衣。在她的胸前，有两个微微隆起的小芽包，白色的衬衫上面清晰的印出一左一右两个小黑点，林英海想将眼睛拿开，但却又舍不得，又怕坐在旁边的同学看出了自己的秘密，惶然间，林英海就只得用个课本挡在自己的面前，脸红得什么似的。

就是这两个小芽包一直晃荡在林英海的心间，有时候林英海觉得自己很坏，但又无法克制自己不去想。

林英海从小就喜欢画画，班上的同学都知道，夏思敏也知道。他自己记得很清楚喜欢画画的那一天，刚上小学一年级，邻居家有一个男孩还不到一岁，长得胖乎乎的，大人们都说，看这孩子长得多胖，瞧那胳膊腿，长得像一截截的藕似的！英海回到家里对小姨说，我要画画。

小姨忙不迭地拿出笔和纸，林英海说，我想画藕。

就这样，林英海迷上了画画，画卡通、画美人图，画坦克飞机大炮，见什么画什么。

但林旭初不喜欢林英海画画，曾恶狠狠地对林英海说："你跟老子好点读书，学这些三教九流的东西看老子不打断你的腿！"

林英海拿着夏思敏送的书，一前一后地来到教室，林英海还用目光搜寻一遍冬柳的影子，但是没有看见，林英海的心里掠过一丝失望。刚一坐下，林英海的死党肖亚乐上来捶了他一拳，并冲他一番挤眉弄眼："才分别一天就想了？看你们那份亲热劲。"

林英海横他一眼："你正经点，没你什么事。"

肖亚乐与林英海的身材长相恰恰相反，是那种浓缩了的精华，成绩很好，又很会来事，人非常活跃，对林英海也算是忠心耿耿死心塌地。

听见肖亚乐这样说，夏思敏自然是红了脸，但看得出来，她对肖亚乐这样说并不反感。

晚自习结束后，林英海同肖亚乐来到男生宿舍，宿舍一共五层楼，临近街面，前面晾晒着学生的衣服，像一面面万花旗迎风招展，肖亚乐住在三楼。林英海很羡慕肖亚乐的住宿生活，肖亚乐骂他是身在福中不知福，他是真的不想住在家里，但又确实没有来住宿的理由。

林英海不想待在家里是真，他想逃避家里，他想逃避父母的争吵，他不喜欢母亲的冷峻和凌厉，不喜欢父亲的乱发脾气，不喜欢他们嘴里嘣过来嘣过去的对小姨的不敬，他们吵架的内容总是离不开小姨。

晚九点钟的时候，学生们在宿舍里大声唱着歌，说着脏话，有不少学生将脑袋探出窗口，看过往的行人。

一个穿着白色连衣裙的女孩从街上走过，肖亚乐同一宿舍里的男生大声叫唤道："穿白裙子的女生，请将你的裙子掀起来好吗？"

楼下的女孩可能觉得有些吃惊，回过头来看了一眼楼上，楼上的男生更加得意了，叫声更大："姐姐，你好漂亮哟！"

女孩子逃也似的跑了起来。

林英海和那些男生快乐的大笑起来，这是一群正值青春期的叛逆少年。

四

有人说，碧家的两个女儿一个如火，一个如水，碧春是火，碧云便是水。

碧春在小的时候性格就非常要强，两姐妹虽然相差才两三岁，什么事情都是碧云让着碧春。碧云的性格非常温柔贤淑，说话声音都怕大声了点，又肯热心的帮助人，初中没读完便回到家里帮助干些家务活，后来又去学缝纫。碧春则很有主见，在学校读书很刻苦，后来以优异的成绩考入了市卫校，那时候，只有成绩好的人才能上中专，碧春的愿望是当个医生。

在学校时，碧春曾经经历了一场轰轰烈烈的恋爱，对方是县水产局一位局长的公子，戴着副眼镜，文质彬彬弱不禁风的样子，在这个医学专科的学校里，男生本来就稀少，何况是局长的公子爷，穿戴打扮、举手投足、消费玩乐上处处显示出城里人的一种优越感，在班上自然是受到很多女孩子们的青睐。碧春在众多的追求者中能够力挫群芳，赢得局长公子的心，是非常不容易的，所以，碧春用情较深。

但恋爱归恋爱，现实归现实，碧春不可能分配在市里的医院工作，局长公子的家庭自然无法接纳灰姑娘碧春。碧春可以说是身心俱损，无可奈何。碧春太清楚自己家里的条件了，没有后台，能够进镇卫生院都是相当不错的，就只得心灰意冷地回到镇上等着办理进镇卫生院的一切手续。

那个时候，碧云和林旭初的恋爱关系已经稳定下来，碧云一心只等着嫁给林旭初，像当下许多姑娘一样，碧云在家里悄悄地准备着待嫁的物品，用钩针勾织那种粉红的有着长长流苏的床罩、坐垫，绣鸳鸯戏水的枕头，轻柔顺滑的白色纺绸上绣满大朵艳丽花朵的滚满荷叶边的床檐……碧春回到家后，看到妹妹躲躲藏藏地做着这些，心里很有些不屑。碧云则央求姐姐给她的鞋垫上、枕头上画花样，碧春三两下的就给她画上含苞的并蒂荷花、盛开的玫瑰，引得姑娘们啧啧赞叹，纷纷求她给画鞋样儿。

当时正值五星造纸厂经营不善濒临倒闭的阶段，镇里打算实行承包制，不少人跃跃欲试，林旭初便是其中的一个。林旭初十五岁便进了五星造纸厂，也算是一个年轻的老工人了，此刻负责抄纸生产线，属造纸厂的技术骨干。

对妹夫林旭初，碧春并不反感，但也没有多少瞧得上眼的地方。碧春在学校里接触的都是些文弱男生，比起那个抛弃自己的局长公子来，这个妹夫剽悍霸道，倒也很有些男人味道。而在市里见过世面的碧春，与镇里的姑娘们比起来，无论是穿衣打扮还是言谈举止上，便有些与众不同的味道，那种骨子里的傲气和不屑的态度自然很容易激发起男人的征服欲望。

在所有参加承包的人里面，林旭初虽然在技术上有一套，但在整个承包策划与管理方案的拟定上却是心有余而力不足的，他太需要人的帮助了。碧春刚好在家闲着没事，正好帮上了忙。碧春帮他，一是因为他是自己的妹夫，好歹以后算是一家人，帮了他也等于帮了自己；二是碧春是一个很有能力的人，也是一个很要强的人，她的心性很高，觉得在这个事情上，自己能够运筹帷幄。所以，在整个承包合同的编写、整套管理方案、人员的配备、资金的筹备等各项事宜上，碧春恰到好处的发挥了自己的优势，在众多的竞争对手中，林旭初脱颖而出，一举夺得承包权。合同签订下来后林旭初干劲十足，一气呵成，半年便完成产值三百万元。这当时在镇里，可不是一笔小的数字。镇里出面专门摆了庆功宴，后来觉得还不过瘾，他们又开着车去县城喝酒，那天人人都有些兴奋，夜里都没有回家，在招待所开了住宿房间，糊里糊涂的，碧春便和林旭初发生了关系。

发生了这种事情，碧春心里懊恼得不行，她的心里略有一点点对妹妹的愧疚，但只是那么一点点而已。她更加觉得的，是对不起自己，碧春的心里，有很多的不甘。但林旭初却是暗暗欢喜。说实在的，碧春和碧云比起来对自己事业的帮助上确实要强得多，虽然碧春现在在帮自己，但到底只是个姨姐，以后会有自己的家，而只有和碧春成为真正的一家人，才会更好地帮助自己。如果把碧春比做一轮太阳，没有太阳便没有光明，没有了光明的日子等于是睁眼瞎，而碧云充其量只能算做一弯月亮，有也可无也可。男人的功利思想终究是占了上风，自那以后，林旭初对碧春更加殷勤了，但他没有采取像对碧云一样的做法，他也知道这个姨姐不是个一般的人物，只能采取迂回战术，需要在慢慢的接触中让她感受到自己的魅力。于是，林旭初以谈业务为由，频频带碧春和客户接触，并在和客户谈判时展现出最豪爽最果断最有男人魄力的一面，在他确信碧春相信了自己的能力后，便向碧春说出了自己的打算，希望能和碧春组成家庭，最后林旭初说，碧春，你有文化，我有技术，只有我们两人的结合才能让这个厂红红火火。

碧春前后思量，如果自己不能离开这里，在这个小镇上能找个什么样的人呢，自己今年已经虚岁二十四了，在这个镇上，属于大龄青年。去找个县城的，又离得远，而且还没有机会，找个年纪大的，自己肯定不愿意，而年纪小的又没什么出息，不仅没有，即使是有别人还不一定看得上自己。林旭初虽然粗俗了点，但也算镇里的红人，碧春考虑了很久，答应了嫁给林旭初。

林旭初知道自己对不起碧云，他知道碧云是真的喜欢自己。但事情已经到了这一步，他是肯定要娶碧春的了，他知道碧云的性情，不会和自己闹。所以，在他决定要和碧春结婚的前些日子，将碧云约到县城的一个酒店，将一切和盘托出。果不出林旭初所料，碧云哭得死去活来，碧云不是没听说过他们之间的事情，只是觉得姐姐是在帮自己，但没想到帮到一起去了，看来别人的传言是真的。

林旭初看到碧云这个样子，也知道是预料中的结果。他不知道自己说什么的好，他只有不作声，他知道无论自己说什么，都只能让碧云更加伤心，他只能做一个罪人状，用一双眼睛看着碧云，用手拭去碧云像断线珠子滚下来的泪。碧云看他像个做错事的孩子，心里头的绝望就更加强烈，哭得也就更加伤心。如果林旭初的表情很无情无义的样子，也许碧云会好受一点，人就是这样奇怪，碧云宁可相信林旭初是对自己有感情的，是因为迫不得已才这样的。这样慢慢折腾了一个下午、半个晚上，在这期间共十多个小时里，她的眼泪就没干过，她渐渐地哭累了，两个眼睛肿得像熟透的桃子一样，林旭初就一直陪在她身边唉声叹气，碧云知道没希望了，在停止哭泣后一个小时，她起来洗了一个澡，然后一件件的开始脱衣服，眼神决绝而坚定，当碧云解开白色胸衣扣子的时候，林旭初一把抱住碧云，眼圈发红，动情地说："碧云，是我对不起你！"碧云说："是我自愿给你的。"

事后，林旭初听到碧云令他百感交集的一句话，这句话碧云是用尽了全身的气力说出来的：这辈子我不会嫁人了！

五

婚后的日子，碧春有许多地方对林旭初不满，并时时将林旭初和自己的初恋情人进行比较。比如吃饭时，林旭初会将饭菜嚼得声响很大，又喜欢大块吃肉大碗喝酒像梁山好汉，没一点教养的样子。而那位吃相就很雅而且很讲究，吃水果一定要洗干净了吃，吃西瓜要切成一块一块的，吃饭不能吃得太辛辣也不能暴饮暴食。林旭初可不讲究这些，喝起酒来论斤，桌子上的苹果抓住就啃，渴了会拿个杯子在水龙头底下猛灌一气，人家那位从来不会喝生水，认为这样不卫生。还有，林旭初也不讲卫生，不喜欢洗澡，特别是晚上，不洗澡就想和她亲热，学医的她是很讲究的，在心里厌恶得要死，心里头不高兴了，脸色就不好看了。林旭初摸不着她的脾性，不知道自己是哪里惹得她不高兴。虽然很忙，碧春还是很喜欢看书的，看了书的碧春，会有很多感慨，她想与林旭初交流，林旭初听了她讲给他的故事，不是说是真的吗？就是说，啊，很好啊，要不就是，这是故事，都是编出来骗人的，你还真信啊。这样，碧春心里的失落就会更上一层。她就会走神，就会觉得自己的选择是否正确，就会想，如果和那位在一起，会是一种什么样的情形。

虽然和林旭初在有些生活细节上格格不入，但碧春的性情是那种很要强的，既然已经嫁给了林旭初，她还是很希望林旭初成功的。所以，她很快调整了自己的心态，对他那些她认为不好的习惯睁只眼闭只眼，能纠正的纠正，不能纠正的视而不见。结婚不到两个月，碧春便怀了孕，但这一点也不影响她风风火火运筹帷幄，直到孩子快出生的那一天，还挺着个大肚子忙个不停。孩子出生后刚满月，碧春便回到厂里，厂里的那些事离不开她啊，林旭初不负重望，把个造纸厂经营得红红火火，不能不说与碧春有着至关重要的关系。短短两年，优秀企业家，青年改革能手，各类荣誉接踵而至，罩在林旭初的头上，不晕都没有办法。而在所有人的眼里，似乎将碧云忘记了，碧云本来也在厂里做事，但她在仓库里管物资，抛头露面的事情从来没有做过。碧春生了孩子，碧云理所当然地为他们照顾起了孩子。

在碧春结婚前后的那段时间，碧云将自己准备的嫁妆全部用一个箱子锁了起来，每天夜晚的时候会拿出来看看，碧云是那种能藏得住事的人，虽然她的心里是悲痛欲绝的，但外人无法看得出来，别人不是没有议论过，说碧云是个老实孩子，本来这些应该是她的，但现在成了碧春的，还不是碧春霸道，碧云只当没有听见这些议论，依然波澜不惊地过她的日子，本来就寡言少语的她更加沉默，只是将全部的心思和爱都倾注在林英海的身上。

碧云对林英海好得像亲娘似的，碧春心里不是没有数，但在她的认为里，这个妹妹天生就只会做这些收收捡捡的事情，做做家务，带带孩子，这样自己也很省心，

碧春负责整个公司的管理策划，还兼管财务、内勤等事情，虽然碧春很有能力，但碧春身上那种颐指气使的态度渐渐让林旭初很不满意，这个厂说到底，还是他林旭初的，技术、市场都是林旭初掌握着。这个碧春，虽然嫁给了自己，但自己从来就没有真正驾驭过她，林旭初这个人，从来没有怕过谁，而且在外面受了别人的尊重，回到家里，自然是希望碧春也像别人那样尊重自己，但碧春办不到，在碧春心里，你林旭初再发财也是个土财主，想要我碧春对你俯首称臣，只怕没这个可能。

他们夫妻之间的矛盾不可避免暴露出来的时候，碧云不太清楚他们的问题在哪里，只知道碧春对林旭初不大好，比如林旭初回到家里，林旭初说真累啊，碧春马上会说，你累我不累？从来不会安慰一下他，也不会有一个好脸色给他看。每当这个时候，碧云心里就会为林旭初感到难过，马上会给他们递上茶水端来饭菜，以此平息他们的情绪。好在他们都在家的时候并不多，这样也减少了一些碧云的尴尬。

林英海三岁的时候，碧云也快二十四岁了，其实碧春心里头还是有些着急的，眼看妹妹年纪不小了，在镇里找个人家也不容易，她曾对媒人说过，如果给碧云

找个好婆家，她将送礼金两千元，在当时这个可不是一个小数值。所以，为碧云做媒的人还真不少。别人倒不是完全想那钱，而是觉得碧云是林旭初的姨妹子，为碧云找个婆家，也等于为自己找了一条好路子，那时候就业还是一个大问题，别看这镇小，在街上游四五荡的年轻人一抓一大把。碧云也去相亲，但每次相亲回来后总说是不满意，除了林旭初，她心里还能装得下谁，她答应人家去相亲，不过是做做样子，她根本就没正眼瞧过人家一眼。

碧春还为碧云在镇里修了一座房子，一来是对妹妹的感激，二来算作对妹妹的补偿，这点她没说穿，要不是自己，碧云和林旭初也会结婚生子。但她有时候心烦意乱的时候也会想，要不是这个妹妹找了这样一个妹夫，自己的另一半还不知是什么样子呢，也许会比林旭初好。

碧云有了自己的房子，也不好再住到他们家里，只说离不开林英海，让自己依然带着他，碧春可是巴不得，这孩子也就和她亲，有时候碧云开玩笑说，小姨走了啊，小姨不要你了啊，林英海会哭得鼻涕眼泪一大把，这孩子从小就讲感情。

要说当初，林旭初确实是想和碧春好好的过日子，好好地爱她的，在处理感情上，男人比女人的态度要果敢的多，这点是可以肯定的。但是，碧春在林旭初面前，像一个高高在上的女皇，林旭初的感觉很不好很不好。有一点他们都没有料到，那就是，当他们夫妻处于这种情形的时候，碧云的温柔便恰到好处地得到了体现，碧云绝不是有意要破坏什么，她太爱林旭初了，她自己也没有想到，事情会发展成那样。

六

碧云从碧春家里搬出来后，林英海也被碧云带到了自己住的地方，理所当然的，林旭初会以各种理由去看儿子，一来二去的，便再也控制不住，林旭初太需要碧云的尊重和爱了。男人就是这样，得陇望蜀，如果当初让他娶了碧云，那么碧春在他心里肯定像一个圣女一样，现在，碧云在他心里，简直成了善解人意温柔体贴的化身，他们在一起，似乎是太顺理成章的事情了。

其实在这期间，碧春不是没有怀疑过，一直以来，林旭初都像一头吃不饱的狼，但到了林英海三四岁后，却不怎么和自己亲热了，碧春只道是因为他太忙，不烦着自己，还有一些庆幸，后来就感觉到了一些不对头。

那时候，正值交际舞流行的年代，就因为南山镇离县城远，镇里几乎没有任何娱乐活动，人们突然都迷恋上了跳舞，连那些平常看上去即严肃又古板的中年人都喜欢上了这一项运动。但因为离县城远，自然是不可能跑县城去跳的，镇里便应运而生的开了两家舞厅，生意很好，碧春也迷恋上了跳舞，而且是近乎痴迷。在舞厅简易昏暗的灯光与混沌不清的音响中，碧春找到了自己女皇的感觉。那些初学跳舞的男男女女们像一只只丑小鸭在舞厅里划来划去，令人忍俊不禁。相比之下，碧春在学校里正儿八经拜师学艺的交际舞在这里无异于舞蹈大师的级别了。再加上碧春跳舞的时候都穿着那种下摆很阔的长裙，舞动起来像一朵盛开的喇叭花，那些男人一个个趋之若鹜，无一不迷恋上碧春的舞姿，生生把那些花枝招展的小丫头们都给比了下去，两家舞厅争相请碧春去捧场，似乎碧春在哪里，哪里的客人就会隔外多。在撒满了滑石粉的粗糙的舞池里，碧春轻快地转动着自己的身子，她感觉到自己像轻盈的仙子在凌空飞舞，慢三、快四，恰恰……那些舞步踩在她的脚下是如此的潇洒与自如，那些等着邀请她的男人们是如此的迫不及待，那些惊叹与羡慕的目光是如此让她感到满足。

十一点半，从舞厅里出来的碧春满面绯红，还沉浸在刚才那种飘逸的状态中，夜晚的风轻轻拂过她的身上，感觉如此惬意，她突然觉得，自己该去看看儿子了，儿子在上幼儿园中班，好像还认得了几个字，她心情很好的哼着歌，来到碧云的住所。

和所有老套的故事一样，碧春看到了惊慌失措的两个人。碧春惊呆了，随即操起放在房间里的一根铁制晾衣架，没命地向林旭初身上抽去，一下接着一下，也不知道抽了多少下，直到她筋疲力尽的将动作慢了下去。

相反，这个时候的碧云是冷静的，她一言不发地看着近乎疯狂的碧春，不说一句话。碧春打累了，指着他们开始大骂："你们，你们这对不要脸的东西……"

林英海不知什么时候醒了过来，从另一个房间来到客厅，他看到了披头散发眼睛红肿的妈妈，他感觉到了一丝对母亲的害怕和陌生，只用一双疑惑的眼睛瞪着碧春，然后紧紧地抱住碧云，碧春的心里感觉到更深一层的寒意和心酸。

碧春的心灵受到了严重的伤害，是那种无法言说的来自心底的挫败。连续一个星期，她穿着松松垮垮的睡衣躺在床上昏昏沉沉，不吃东西也不再去工厂。碧春看见镜子里的自己像个鬼一样，眼泡浮肿，神情枯槁，三十岁女人的老态显露无遗。一个星期后，碧春想，这是我吗？难道我碧春就这样轻易地被打垮吗？不，不是的！

碧春起床了，先给自己弄了点吃的，然后叫过司机去县里，她专挑那些精品店，买了很多漂亮的衣服，还和以前的几个同学取得了联系，晚上，她们去县城里最好的舞厅跳舞。

到了县城，碧春才发现，自己在南山镇的那点自以为是是多么可笑，县城里那些年轻漂亮看上去又有品味的女孩子比比皆是，自己在这里根本就不算个什么。

碧春在城里一共逗留了十来天，后来同学还帮她联系上了当初的初恋情人，那个男人现在在市医院上班。听说碧春来了，好像也有些激动，他们约好在一家餐馆吃饭，同学借故走了，说是让他俩好好叙叙旧。刚吃到一半的时候，那男人的呼机响了，男人说："你等一下，我去回个电话。"碧春随口问了句："谁啊？""我老婆。"男人答得自然而流畅，碧春心里开始往下沉，没一点兴趣了。

回到家里的碧春彻底失望了，她先还想着要和林旭初离婚，离婚了自己再去过一种新生活，但离婚意味着什么，意味着自己将一无所有，这么多年苦心经营的一切都将不存在，她已经习惯了南山镇人民对自己的尊重和仰望，但自己充其量只能算是镇里的一只凤凰，离开镇里，自己连只鸡也算不上。城里那么多年轻漂亮的女孩，她一个三十岁的女人还能有什么追求？但是，婚不想离，她不想再帮林旭初了，而是要求在卫生院上班，镇里很快答应了她的要求。后来，碧春总是从卫生院带回来许多来苏水回家来消毒，她说，这里脏那里脏，林英海很不喜欢闻这种气味，回到家里待不了多久就会回到小姨那里。碧春心里冷冷的，儿子不喜欢自己，老公也不爱自己，碧春的脸上，再也难得看见一丝笑容，而是给人一种越来越凌厉的感觉。

碧云决定嫁人了，对方就是当初很喜欢她的那个做豆腐的周家老三，他媳妇生孩子难产死了，本来这年头难产已经很稀奇，怪就怪在他媳妇不该腊月三十那天发作，镇里的医疗条件有限，等送到县里的时候，早就不行了。为这，周家老三很痛苦，听说他到他媳妇坟上一坐就是一夜，陪她说话，也一直未再娶，算得上有情有义的一个男人，而且周家老三的生意做得越来越好，与县里都有业务关系。碧云知道这些，对周家老三没有意见，所以，当媒人再次来说的时候，碧云没有拒绝。碧云出嫁了，碧春的心里松了一口气。

可是到了新婚之夜，当周家老三的手和身子靠过来的时候，碧云发现自己紧张得要命，心里慌乱，浑身颤抖，周家老三只当她是紧张，虽然很有些迫不及待，但也非常的温柔和小心，可是，碧云只用手紧紧地护住自己，不让他有丝毫的靠近，一连几日都是如此，周家老三到底沉不住气了，只说一句：你当真不愿意，我也不勉强你，只是，你要告诉我原因，我好该怎么做。

碧云知道自己的心病在哪里，她的心里，还是只有林旭初，任何男人靠近，她都会感觉到是对林旭初的不贞，但是她能把这些告诉周家老三吗，肯定不能，她只说对不起对不起，我对不起你！让周家老三感觉到云里雾里，但他到底是受过教育的人，绝对不会做出对碧云不敬的事情来。但是一个男人，明明娶了老婆，却碰都不让碰一下，对于他这种过来人，这种名不符实的婚姻哪里能够维持得下去。周家老三只当碧云有病，是什么病却不得而知，他们的婚姻，勉强支撑了半年便结束了。结束后的碧云感到一身轻松，除了对周家老三的内疚外，心里想到的是，到底为林旭初保住了自己的清白。于是，外界就有传言，说碧云是一个石女，是不能嫁人生子的，从那后，再也没有人为碧云做媒了。碧云索性在自己的家里开了一个店，卖布匹兼做些缝纫活计，养活自己也不成问题。

只有碧春和林旭初，对外界的传说，心里明镜似的。碧春的性格更加的不好了，林旭初的日子也不好过，不回家的时候就尽量不回家，碧春动不动就像一头咆哮的狮子，一点点小事就会令他下不了台，林旭初知道自己对碧春理亏，一般的时候都会忍气吞声，不敢有半点造次，实在是受不了的时候就小心翼翼地问：“你既然这样痛苦，还不如分开过吧？”

碧春声嘶力竭的大声叫喊道：“林旭初，你听着，婚我肯定是不会离的，我是绝对不会成全你们的！离了你好和她去过吗？”

七

到底是打着骨头连着筋的亲姐妹，她们的关系虽然恶化，但在外人看来，大面子还是顾过去了，而且林英海一直都是碧云照顾着，虽然是碧春亲生的儿子，但林英海与碧春就是感觉疏远。其实在那个期间，碧春也将林英海接回家自己照顾，但她实在是有些力不从心，还请过保姆，但她的坏脾气令保姆走了一个又一个，林英海在家里也哭闹不已，没办法，林英海还是只好由碧云带着，两个家跑来跑去的，一晃，林英海都快要初中毕业了。

因为快要考试了，碧春在半个月前将林英海接了回来，并向卫生院请了一个月假，说是让他有一个安静的复习环境，碧春已经不再跳舞，自从那时候就不再跳舞了，她学会了练瑜伽。她从电视里看到那些因练瑜伽而丰乳翘臀的女人，先是每天开车去城里开办的健身房里练，等到一些基本动作都会做了后，就对着DVD练，每天都会练上一两个小时，练瑜伽让碧春的心里头平静了不少，还有就是安心的侍弄那些花花草草。

林英海放学回到家里时，林旭初正坐在客厅里抽烟。林旭初很忙，忙应酬忙生产忙销路，几乎很少回到家里，况且是像现在这个时候。他们父子俩平时难得交流，小时候林英海饱尝了爸爸的拳头，对他总有一种耿耿于怀的感觉，林旭初笑起来很恐怖，声音大得把屋顶都快掀翻。

小时候的林英海胖乎乎的，可爱极了，真的是人见人爱。夏天的时候，碧云总喜欢给他穿套雪纺的纯白少爷服，上面一溜儿排开那种手工编结的绊花纽扣，林英海梳着个小分头，蹒跚着在街上扭着八字步，见了人就叫，谁见了都喜欢。

林旭初总喜欢将林英海顶在头上，给他买各种小吃，大声武气地喊着我儿子我儿子，叫得街坊邻居全听见，那份自豪感传出去老远老远。

渐渐长大的林英海越来越显现出一种与众不同的桀骜不驯，首先是长相上，林英海集中了父母两人的全部优点，浓密的黑发，略微打着卷，一张棱角分明的脸上，一道剑眉和一双大眼睛，睫毛密密长长，小时候碧云总喜欢揪着他的脸蛋说，这么长的睫毛，长大了一定是个大情种咧！不晓得要迷倒多少个女孩儿。

上幼儿园的时候，有一天老师要班上的小朋友说说自己长大后的理想，有个小女孩对老师说，老师我长大了的理想是想林英海做我的男朋友，一时传为佳话。

碧云总是将林英海拾掇得干干净净，晚上吃过饭后，如果天还早，就会搬了桌子椅子在院子里做功课，碧云会拿了一把巴扇坐在一旁看着他做作业，不管有蚊子还是没蚊子都会拍那么几下，遇到不懂的地方会过来帮他指点一下，都是那些极其简单的，再复杂点的碧云自己也不会做了。碧云声音柔柔的，眼光柔柔的，林英海没有不听话的理由。

在林英海两岁多的时候，那天家里有客人，那时候厂里来了客人不兴上馆子，都带回家。碧云在电炉上坐了一满铝锅的水，准备杀鸡烫毛用，她交代了碧春好好看住林英海，便去了菜市场。林英海拿根木棍，趔趔瘸瘸、东敲西打的不知何时进了厨房，他大概是看中了铝锅旁边那只篮子里的小萝卜，那些萝卜一个个圆溜溜、红艳艳，很是可爱，那是碧云准备晒萝卜干的。林英海丢掉棍子去拿那些萝卜，不偏不倚的刚好坐进了盛满水的铝锅里，当时的水还没有完全烧开，大概有个八十度左右，林英海立马像杀猪似的嚎叫起来。

正值冬天，碧春正在院子里观察她的那些月季花儿，月季的花蕾像包裹了一层寒气似的舒展不开，她正小心的剥掉包裹住月季的那层冻死的外衣。

林英海的小屁股蛋蛋起了一个个的大燎泡，因为痛，他一刻也不消停地哼哼着，鼻涕眼泪糊了满脸，闻讯赶来医院的碧云一看见林英海的这个样子就开始吧嗒吧嗒地掉眼泪，碧云恨不得和林英海换过来，宁愿烫的是自己。

那些天所遭的罪是可想而知的，碧云每天带着林英海，简直就不能睡个囫囵觉，林英海只能屁股朝上撅着睡觉，他睡着了，碧云得看着他，小心他翻身，把包在屁股上的药给弄掉了，晚上还得起来换药，能想的办法都想了，再怎么着也得一个月左右伤口才有一点效果。

小学三年级的时候林英海便做出一件出格的事，那时候武打片满天飞，电视里的频道翻来覆去的全是打打杀杀的，林英海的家里堆满了棍子棒子刀叉塑料剑之类的玩具，时不时拿到大街上挥来舞去，街上的人们看见了他就得躲着走，怕遭了误伤。林英海觉得上学是一件很无趣的事情，就找了几个同学商量，想去少林寺学武，没想到有几个同学当场一拍即合，林英海从父亲的卧室里偷了一千多元钱，然后和那几个同学搭车到县城，一人买了一辆自行车，豪情万丈的出发了。

这端家长和学校很快就知道了孩子们出走的事，林旭初着实吃了一惊，出动了南山镇派出所所有警察，沿着各个路口开着警车搜寻，当三个小孩子吹着口哨、意气风发地踩着自行车的时候，被林旭初从后面逮了个正着，林旭初恼羞成怒地将林英海连人带车地给揪进了警车的偏斗里。

最后的结果，是林旭初将林英海一顿暴打。林旭初在打林英海的时候，碧春冷眼待在一旁，从来不会为他求情，他俩似乎只有在这时候才保持在同一战线上。

林旭初好像是在专程等林英海回来，看到林英海后就把烟头摁熄了。他问林英海这次考试是不是要去县里，要不要车送，林英海说学校一起参加的统考，哪里用得着送。林旭初说，你好点考，争取考个重点高中。听到他这样说，林英海从鼻子里哼了一声，心想，考不考得上高中都成问题呢，还重点高中，但是他没有作声，他心里头还是有一点虚这个老子的。

林旭初从衬衣口袋里掏出钱夹，拉出几张百元钞票往林英海面前一放：“去县城多买点好吃的，这些都够了吧？”

林英海拿过钱，没有表现出丝毫的感动，他知道自己成绩一般，再怎么努力也不是一朝一夕的事情。

八

中考一共进行了两天，考完已经到了下午，带队的老师对同学们说：“你们如果县城有亲戚的就可以去亲戚家过夜，没有亲戚的就跟我回去。”

林英海和肖亚乐一合计，对老师申请说不回家，说是去舅舅家过夜，便来到县明珠宾馆开了一个房间。

一高一矮两个少年沿着大街一条一条的走，街上的霓虹映照着他们兴奋的脸，他们穿过广场，穿过服装城，见了好吃的就买，不一会儿就将肚子胀得饱饱的。

在路过一家叫作文化新世界的录像厅时，一个长得帅帅的男生穿着风衣戴着墨镜搂着一个娇小的长发女孩子的巨幅广告画吸引了他们的视线，上面写着现代爱情枪战片：浴火重生，还标着价格：夜场十元，加演二十元。

肖亚乐对林英海说：“进去看看？”

“看看吧，反正时间还早。”林英海说。

他们买了两张十元一张的票，找个位置坐下，一看，到处都坐得满满的，他们的前面是一对小情侣，那个女的躺在那个男的身上，只恨不能合二为一了。

影片正播放着他们看到的广告上的男演员主演的打斗片，枪林弹雨，血雨腥风，热吻缠绵的镜头一幕幕的闪现，不一会儿他们便被吸引了过去。

经过男主角一番生死力搏的战斗，最后那个漂亮的女主角还是死了。录像放完了，肖亚乐和林英海咂咂嘴，一副意犹未尽的样子。就有人用话筒喊：录像散场了啊。

这时候，灯亮了，一些人陆陆续续地开始往外走，但也有一部分人没有动，他们两人也跟着往外走，肖亚乐还时不时地回过头来看一眼屏幕。

这时候有人用话筒开始喊话了，打五元票的同志请回，打十元票的同志请留下继续观看。

林英海和肖亚乐已随着人群走到了门口，负责检票的是一个三十多岁的男子，长着一双三角眼，留着八字胡，精瘦精瘦的，拦着林英海他们问："你们是买的五元的还是十元的？"

"十元的，你看。"林英海把票递过去。

"继续看继续看，进去找位置。"那个男的看了一眼他们的票，抬手把他们往里轰。

里面的观众少了很多，等了好一会儿，放映才开始。

影片没有像往常一样先出片名，而是出来两个女人开始脱衣服，一对硕大的乳房把两个少年吓了一大跳。

接下来的镜头更加令人脸热心跳，英海感觉到已经无法控制自己的情绪，呼吸一片急促，脑海一片空白，身体里面正在发生着急剧的变化，那种肿胀的感觉像是要把裤子都撑破了，眼睛只顾一眨不眨地盯着屏幕。林英海只觉得喉咙里面一阵阵的发干发痒，手脚也没地方放。大约放映了三十分钟，又有人开始用话筒喊话了：今天的录像到此结束，想看的明天再来看啊！

意犹未尽间，林英海回过头来看肖亚乐，肖亚乐也和他一样，有如泥塑木雕般一动不动，只是那张脸，在微弱的灯光下泛着红光。

一路上，两个孩子都没有说话，似乎都在回味着刚刚看到的一幕。

那一夜，林英海翻来翻去的怎么也睡不着，他先是和肖亚乐讨论了关于男女之间原来还有这种事的问题，然后推翻了关于人是从胳肢窝里掉下来的这个问题。小时候小姨总是骗他是从外面捡回来的从妈妈胳肢窝里掉下来的等等，他也从来没有仔细地想过这些问题，而学校的生理卫生课也几乎是形同虚设。小时候他还和隔壁的一个小女孩争得面红耳赤，那个小女孩坚持说只要是男的和女的睡在一起了就会生出个小孩子来，林英海说不是这么简单的事情吧，但到底还需要怎么样才能够却又无法说清，此刻林英海觉得没让那个女孩子一起来分享自己的醒悟而觉得有些遗憾了，但那个女孩子早在八岁时就已经搬到了市里，她父亲在市里一家大型工厂工作。

他们一直处于一种极度兴奋之中，对人生的许多问题进行了讨论，后来肖亚乐折腾得筋疲力尽后沉沉睡去。

但是林英海却总也睡不着，他的眼前，交替出现着镜头中硕大的郛房和冬柳的小芽包，躺在床上想起了许多事情，后来迷迷糊糊间，还梦到了小时候的一些事。

小时候上学时总要经过一家肉店。那个张屠夫长着一脸横肉，每次林英海经过张屠夫家门时，张屠夫总是扬起手中那把油光铮亮的大砍刀大声叫喊：“来，海子，看我不割了你的小鸡鸡下酒！”

有时候张屠夫只是喊喊，有时候还会作势上来脱他的裤子，林英海非常害怕，有时候就会绕着从堤上上学也不从街上走。

有天，林英海的妈妈发现了这个问题就问林英海，你为什么不走街上要走堤上啊？林英海就说，张屠夫要割我的小鸡鸡！

妈妈难得的扑哧一笑：“傻瓜，他逗你玩的，你还像个男子汉不？”

迷迷糊糊间，林英海感觉到张屠夫又要割自己的小鸡鸡了，这次让他抓了个正着，张屠夫已经举起了那把刀朝自己裆下割去，林英海感觉到一阵害怕，同时伴随着一股电流的穿击，随之而来的是一种妙不可言的美好感觉，他本能的用手摸去，裤子里一片精湿，林英海一下子醒了过来，心里滑过一种怅然若失的感觉，并伴随着一份新奇和美好，一看旁边的肖亚乐睡得跟头猪似的，一点动静也没有。

九

无论考试结果怎样，林英海还是跨进了县一中的校门，至于林旭初出了多少钱，林英海自然是管不了那么多。夏思敏、肖亚乐成绩一直很好，属正取生，正好和林英海在同一个班级里。

到了高中，男女生之间那种隔阂好像没有了，他们似乎一下子长大了，全然是一副懂事的模样，男女生之间也可以在同学们面前公开讲话，再也不怕别人笑话。

进入新的班级后，开始选班干部了，班主任是一个年轻的小伙子，他打破成绩好的学生当班干部的概念，专挑那些长得漂亮、有活动能力和交际才能的男生女生当班干部，林英海因为长相英俊，老师便挑选他当上了体育委员。

林英海的成绩不怎么样，但体育、文学、绘画和文艺组织方面却很出色，而这些，在学校隔外引人关注。特别是打篮球和乒乓球，只要是学校的体育活动，通常他都会是中心人物。

入校不到一个月，林英海便成了班上的名人，有两件事奠定了他做为名人的基础。

那是一个晚上，学校停水了，宿舍的同学都到学校水房的蓄水池里去接水，才两个水龙头，水流得又慢，水房外面站满了接水的同学。正在接水的是个长得黑不溜秋的男生，脸上长满了一个个花里胡哨的疙瘩，大概是高一（三）班的，他把自己的两桶水接满了，又吆五喝六地招呼着外面等着接水的相好的同学，将两个水龙头全部霸占着，后面的同学们开始有些不满了，但都只是小声嘀咕着。林英海早就按捺不住了，他冲上前一步，指着那个黑小伙喊道："喂，同学，讲点规矩吧，我们还有那么多人都等着呢。"

那个黑小伙正打算接过从外面递过来的一个红色的塑料桶，看见有人向自己挑衅，停下了，说："这有什么，接点水，你接我接不都是一接？反正这水都要接满的。"

"但总得有个先来后到吧？"林英海将胳膊抱在胸前，歪着脑袋说。

"我劝你还是少管闲事！"黑小伙不管不顾，将塑料桶又往水龙头下放。

林英海也不吭声，猛地飞起一脚，将桶踢得骨碌碌滚出老远。

黑小伙没料到林英海会来这招，他的脸色突变，脸上的青春痘像跳舞一样的扭来扭去，想也没想就是一腿踢向林英海，林英海早做好了准备，侧身躲过，扬手一拳，不偏不倚正打在黑小伙的脸上。一黑一白两个男孩在水房外展开了一场激烈的搏斗，林英海个头大，明显的占了上风。

最后的结果是，黑小伙被林英海打落了两颗门牙，林英海的胳膊被黑小伙咬掉了一块皮。

这一架，自然是逃不过政教处的训斥，他俩还分别写出了检讨张贴全校，但是这一架，却为林英海无形中赢得了部分同学们的拥戴。

但后来也应了那一句古话：不打不相识，黑小伙名叫张扬，后来成了林英海的哥们。

十月份，学校召开了一场声势浩大的秋季田径运动会，作为班级体育委员的林英海，理所当然的忙了起来。

先是确定1000米短跑项目的人选，夏思敏自告奋勇的要求参加。

夏思敏不仅成绩好，人也出落得越来越漂亮，是班上许多男生暗恋的对象，特别是年轻的班主任老师，对夏思敏更是格外的关心。

进入高中以来，夏思敏对林英海的关心一点也没有减弱，作为班长，夏思敏不止一次的、十二分委婉的对林英海说过要好好学习的话，但林英海对夏思敏一直都是一种爱答不理的模样，夏思敏的模样让他想起势利而多情的薛宝钗。

上午九点十分便是1000米短跑比赛项目，校园里一派热闹非凡，到处飘满了白蓝相间的身影。林英海早早地便做好了准备，啦啦队，小旗子，全部围满了比赛场地。

班主任老师也来一旁助威，夏思敏扎个马尾，额前的刘海一根不剩的梳向脑后，看上去精神极了，当一声预备开始的时候，夏思敏非常敏捷的向前冲刺，不一会就将其他选手抛在了身后。

当夏思敏冲破红线夺冠的时候，班主任老师不由得热烈的鼓起掌来。

这时候，林英海身边的两个男生小声地说着话，一个说："你刚刚看见了吗？我看见张老师（班主任）两眼紧盯着夏思敏的胸前，色迷迷的。"另一个说："是吗？他想她呗！"

林英海突然觉得非常恶心，到底为什么，他一时也想不通。

十

虽然来自下面的乡镇，而且林英海较为浓重的南山口音让人一听起来就不是本县城的人，比如他总是十、四不分，喜欢将第四声说成第二声，但林英海出众的相貌和气质还是受到了很多人的关注，林英海的座位在第六排靠窗外的桌子。这天林英海用右手托着腮，眼睛望着天花板，不知道在想什么心事。一群女孩子在窗外叽叽喳喳指指点点，林英海竟然浑然不觉。

忽然一个女生终于按捺不住，大声地叫起来，真的很像啊，林英海抬起头，就看到了窗外的一群女孩子，女孩子们用手捂住嘴，一下子一哄而散，其中有一个女孩子，却不走，站在窗外，挑衅似的望着林英海。

"老兄，你走桃花运了，学校评选四大美男子，你有幸名列其中呢。"肖亚乐不知何时鬼鬼祟祟的出现。看见窗外的女生没有离开，他便知趣地走开了。

窗外的女孩子叫曾格格，是高一（十）班的学生，学模特的。

曾格格身高一米七左右，无论是身高还是长相都是出众的，她的母亲在县城里开了一家时装店，曾格格的打扮曾经成为老师们头痛的问题，而且多次在班上指出过，但自从学校办起了模特班，并从省里请来了几位专业模特当老师后，曾格格穿戴新潮的在学校出入后，便再也没有人非议过了。

曾格格双手抱在胸前，斜倚在窗台上，一袭宝蓝的牛仔裙衫上缀满同色系的蕾丝花边，碎刘海下一双大眼睛亮晶晶的，直视着林英海。

林英海也直直地望着她，两个人像对眼似的一眨也不眨，曾格格终于忍不住，扑哧一下笑出声来。然后丢下一张纸条在林英海的桌子上，转身离去。

林英海不知道，自己已经被他们选为学校的四大美男子，而且还是最酷的一个，为什么最酷，也许是因为他平常不大喜欢讲话的缘故吧。

林英海快速地捡起纸条，上面写着：今晚晚自习后，江边兰亭见。林英海有些不屑一顾，说实话，林英海收到的纸条不止这一张，但都是朦朦胧胧欲说还休的语气，比如诗啦歌啦词啦什么的，只有曾格格，敢于当面向他发出邀请，林英海找过肖亚乐，问："去还是不去？"

肖亚乐说："兄弟，怎么不去呢，她可是全校有名的校花，拒绝校花简直就是一种犯罪！"

"那你和我一起去。"林英海说。

那天晚上的月亮很大，照得人心里乱晃晃的，林英海表面是那种无所谓的表现，但其实心里头乱突突地跳，他还没有和哪个女生约过会，虽然肖亚乐和自己一起，但到底主角是自己。

已经九点多了，江边人依然很多，在灯塔白亮的光影照射下，远远的林英海便看见了曾格格，穿着一条粉红色缀满花边的公主裙，头上戴了同色系的蝴蝶结，青春美丽的脸庞、傲然的气质及修长的身材惹得不时有人回头张望，林英海一下子就被这个修长的身影迷惑了，少年的心底好像已被深深的折服，或许说是虚荣心的满足，哦，这是多么美丽的一个女孩子。

其实他们也不知道做什么的好，林英海是不善言辞的那种，面对曾格格出众的美，倒有些无所适从起来。他们走入江边人影稀少的地方，趁着林英海脱鞋到江边嬉水的当口，肖亚乐还是偷偷地跑了，肖亚乐走了，林英海更加没话可说了，曾格格也没有话说，两个孩子总共说了不到十句话，第一次所谓的约会就此结束。

虽然他们什么也没做，但是班上依然有人知道了他们相好的事情，这话是肖亚乐说出去的，说林英海如何如何有本事，校花都主动和他约会了等等。

当然，夏思敏也知道了林英海和曾格格的事情，夏思敏心情很沉重很沉重，夏思敏喜欢林英海可是从小学就开始了的，再追溯得时间长一点，可以说从幼儿园。但夏思敏是那种好学生，即使她喜欢也只是默默地放在心里，是不会轻易启齿的，但是现在知道了这个事情，夏思敏不能不伤心，在一天晨读的时候，夏思敏喊住了林英海，说："听说你和曾格格约会了？"林英海很意外，脱口而出："你怎么知道的？""那么说，这可是真的了？"夏思敏的眼泪一下子流了出来，过了好久才平息自己的情绪，林英海说："你为什么哭呢？"夏思敏没有回答，过了半天才说："林英海，你现在还是学生，要一切以学习为重，"顿了顿又说："你再这样，我去告诉你爸爸妈妈。"

林英海本来觉得夏思敏哭就有些不可思议，听说他要告诉自己的爸爸妈妈，心里头的火就来了："你有什么资格说我，班主任老师喜欢你谁不知道？"

听了这话，夏思敏一下子惊呆了，在夏思敏单纯的心底，被老师喜欢不是一件好事而是一件觉得很受侮辱的事情，她足足看了林英海半天，说不出一句话来，最后憋出一句："林英海，你太混蛋了！我对你没有别的意思，我只是提醒你，考不上大学将来你会后悔的！"

林英海心里懊恼得不行，自己和曾格格根本就没有什么关系，夏思敏为什么要把自己跟她扯在一起？

因为在林英海的心里，他从来没有忘记过冬柳，冬柳辍学了，听肖亚乐说，在帮家里干农活。

十一

高中两年的生活几乎是一晃就过去了，其间，林英海又长高了几分，个头快串到一米八了，长成了一个十足的英俊少年。

放假一个月左右时间，一个闷热的中午，肖亚乐骑了一辆自行车，满头大汗地来找林英海，说有几个同学去他家玩，要他也一块去，林英海正愁时间不好打发，一听高兴极了，就和肖亚乐一块去了。

太阳很毒，一会儿就烤得人像要冒烟似的，肖亚乐住在虎头村，离镇不过十几里多路，不一会就到了家。一看，肖家早就聚了几个同学，肖亚乐的妈妈是个慈祥的模样周正的女人，正喜笑颜开的从菜园里摘了瓜来招待他们。

同学们自然是一番打闹，争先恐后地说着放假后一些开心的事情。在一起疯闹了一会儿，同学们便说要去另外几个同学家里转转，问林英海去不去，林英海不想去，同学们便一哄而散了。

吃过晚饭，肖亚乐很神秘地对林英海说："等会儿要给你一个意外惊喜。"

林英海很是不解，不知道肖亚乐会给自己一个什么意外惊喜。

肖亚乐说："走，我带你去见一个人。"

林英海满腹狐疑地跟在肖亚乐的后面，此时正值暮色四合之际，天边即将收尽最后一缕晚霞。他们顺着村子的居民点一路走过去，肖亚乐走到一个半旧的农舍旁时停住了，这时候，林英海看见了一个熟悉的身影，手里端着一个盛满了饲料的木盆，正打算给猪喂食。

"冬柳？"

林英海脱口而出。

两年不见，冬柳长得有些浑圆了，不比上学那阵子的单薄。

冬柳感觉很是意外，脸上腾地红了，一片手足无措的模样。

肖亚乐说："白天就来找过你了，没见你人影。今天来了好多同学呢，可惜你没见着。"

冬柳说："我帮爸爸妈妈去地里给棉花锄草了。"

"吃饭了吗？"

"没呢。"

"吃饭了我们去堤上坐坐吧。"

"不吃了。"

冬柳来到门口的井台边洗了手，进屋换了身干净的衣裳，他们三人便沿着村子的居民点向堤上走去。

一轮上弦月静静地挂在天空，如钩。星星三三两两的挨在一起，路上的蚊子和虫子成团地飞舞着，牛屋旁点燃着驱虫的艾草，乡村的夜晚是安静的，祥和的。

他们在一起讲了一些笑话，初中时同学们一些朦朦胧胧的故事，谁偷看了谁的日记，谁在毕业时和谁合影了等等，当然都是些异性之间的故事，冬柳只是安静地听着，并不说什么话，最后肖亚乐似是想起什么似的说："哎呀，我还有点事先走了，等会来接你们。"便急急地走了。

乡村的夜晚一片寂静，静得可以听见夏虫的欢叫，少了肖亚乐在中间的插科打诨，他们不知道该怎么打破这份尴尬，还是林英海说："冬柳，你知道什么是北斗星吗？你知道什么是牛郎织女星吗？"

冬柳摇摇头。

他们是坐在临河的那面堤边，河面凉风习习，仿佛置身于一片星星的海洋，草地上，露珠不知何时已经悄悄凝结了。

他们一直不停地说着话，最后，林英海抓住冬柳的手说："你知不知道，我一直都很喜欢你。"

冬柳浑身一片震颤，将脸低了下去。

林英海不知哪来的力量，扳过冬柳的脸，将嘴唇盖了上去。

林英海也不知要怎么样才行，只知道一挨到冬柳的嘴唇便像有一股清甜的滋味漫过全身，冬柳双手向上举着，浑身的肌肉紧张得像绷紧了的一根弦，一动也不动，任恁林英海摆动，只是林英海根本不知道自己下一步该怎么动，只是紧紧地抱住冬柳，冬柳顺势靠在了林英海的身上。

肖亚乐一直也没有来，林英海和冬柳就这样抱着坐着，直到天边开始发白。

十二

进入高三后，林旭初便在临近学校的供销公司住宿楼里为林英海租了一个单元房，两室一厅，碧云把家里的布摊子盘了，全身心的照顾林英海的生活起居。

开学不久的一个星期六，便是林英海十八岁生日，林英海早早地便给小姨打电话，告诉她今天可以回镇里，和同学们会玩得很晚，就不用她打招呼了。肖亚乐早早地便做好了准备，邀请了大约有十几个同学，除本班几个要好的同学外，曾格格还带了几个艺术班的学生来，有模特、传媒、音乐、美术的几个学生，林英海要肖亚乐对夏思敏封锁消息，免得她到场会破坏了大家的兴趣。

艺术班的学生一个个打扮得花里胡哨，样子一点也不像个学生，他们这一群人在街上行走，吸引了许多路人的目光。

他们去广场吃大虾，无论男生还是女生，一起喝了几大罐扎啤，然后又去南海风情娱乐城点了一个包间蹦迪、唱歌。

他们吹过蜡烛吃了蛋糕后，肖亚乐说："大家想不想来点刺激的？"

其他同学跟着起哄："当然想了。"

"来来来，我们有请今天的寿星做一项体育运动，请问林英海，你最擅长的运动是什么？"

马上有一个同学心领神会地说（这是肖亚乐先就编排好的）："当然是俯卧撑了。"

"可做这项运动必须得有一位女同学配合，大家举手表决一下，看谁最合适？"

"这还用问吗，当然是曾格格啦。"

同学们用纸把地板擦干净，七手八脚的将曾格格按在地下，架了林英海的双臂，这时候响起了世界杯足球赛的主题曲《生命之杯》强劲欢快的乐曲声。

其实按林英海的体力，做二十个俯卧撑是小菜一碟，但差不多每做到五个的时候，肖亚乐就会扯一下林英海的后腿，肖亚乐一扯，林英海就会失控，进而就倒在曾格格的身上，同学们一个个乐得前仰后合，将音响的声音开得震天价地的响，以配合他们这种煽情的游戏。

他们一直玩到十二点钟，一个个满头大汗，像是从水里捞出来似的，又去广场吃夜宵，喝酒，一直闹腾到子夜一点。

林英海有些醉了，曾格格附在他耳边小声说："今晚我陪你。"林英海有些云里雾里，然后他们像一对小情侣那样，挽着手回到租住的那间屋子里。

林英海问："格格，你睡哪里啊？这里可只有一张床呢。"

曾格格说："我总不能睡地下吧？"然后一头倒在床上。

林英海虽然喝多了，但好像预感到要发生什么事情似的，便小心翼翼地躺在曾格格的身边，不敢有半点举动，心里有一些莫名其妙的紧张和激动，伴随着一种说不清道不明的奇妙感觉，心里跳得像打鼓似的，擂得他心脏一阵阵的痛，曾格格的脸也一下子变成了冬柳的脸，在他面前晃动起来。

过了一会，曾格格的手伸过来，搂住了林英海的腰，林英海就势一把抱住了曾格格，但是他不知道下一步该怎么办，曾格格喘着气，为他脱去了全身的衣服，然后脱掉了自己身上的衣服。林英海感到自己快要爆炸了，十五岁那年看录像的感觉一下子回到了他的身体中来，林英海满脸通红，充满着幻想和渴望，浑身燥热难耐，需要找到一个发泄的地方，他又像一个溺水的孩子，在水中不停地挣扎，希望能泅渡上岸。最后，还是在曾格格的带领下，一步步的，糊里糊涂地完成了人生中最为向往而又神圣的一个过程。

事后，林英海没来由的叹了一口气，不知是懊恼还是什么。

曾格格紧张地一遍又一遍地问："会不会怀孕啊？会不会怀孕啊？如果怀孕了，我们一定都得被开除，那可怎么办啊？我妈会骂死我的。"

听到曾格格这样问，林英海也有些发懵了，他们相拥着坐在床上，再也不敢有半点举动。好不容易挨到天亮，曾格格脸也没洗就走了。

曾格格走后，林英海又陷入一片茫然中，他从来没有想到过这件事的后果，但在他的心里有一个非常清楚的概念，那就是：曾格格不是处女，林英海感到十分失望。他曾经看过一篇文学作品，也是写两个少年的第一次，当那个男孩看到床上盛开的一片姹紫嫣红时，心里非常激动，他用剪刀将那块床单剪下来，然后用一个盒子封好，作为他们永久的纪念，并发誓一辈子好好爱她，至于那个文字作品中的结果是什么，他忘记了，但林英海记住了这个情节。而林英海想象的自己的第一次，是和冬柳。昨天他根本没有想到这个问题，但是现在，林英海的头脑是清晰的，所以，他的心里就非常的失望了，进而想到了关于怀孕的事情，林英海一个激愣，完全、彻底地清醒过来。林英海的家里有很多医学书籍，他知道有一种紧急避孕药可以避孕。

因为是星期天，学校没有课。林英海去找肖亚乐，因为昨天玩得晚，肖亚乐正睡得香，看见林英海一副如丧考妣的模样，也感觉到一丝不妙，一骨碌从床上爬了起来。

两个孩子匆匆忙忙地往妇幼保健院跑，跑到离妇幼保健院大约十米的时候，林英海不走了，到底是做贼心虚，他让肖亚乐一个人进去买。肖亚乐一听可就犯了愁：

"我怎么说呢？我就说给我姐买的，不对，就说给我妈买的，哎哟，更不对。"肖亚乐用手捧着脸，满面愁容的蹲下身来。

"你还啰里啰嗦个什么呀，去买就是了，都是你们昨天害的。"林英海可是真的急了。

肖亚乐磨磨蹭蹭地走进院里，一楼从左边一溜排开的有小儿科、妇产一科、妇产二科，肖亚乐把个脑袋往里探，看见一科里围满了人，又接着往二科瞄，看见里面没人，他一头就往里钻。

一个穿着白大褂的中年妇女正在翻看着一本厚厚的医书，肖亚乐小声地说："阿姨，给我买盒毓婷。"

阿姨摘下眼镜看看肖亚乐，满脸狐疑地问：“小朋友，你给谁买啊？”肖亚乐本来身材就瘦小，这下恨不得能够像孙悟空一样将身子变没了。

“我，我帮我阿姨买的。”肖亚乐说。

开票，付款，肖亚尔拿着那个白色的药盒，如获至宝，飞奔着跑向林英海，两个孩子看见上面写着：二十四时内可以有抗孕作用。

十三

林英海永远都不会知道，在他和曾格格无限快乐的同时，林英海记忆中最美好的回忆，那个怯怯柔柔的冬柳，是怎样一遍又一遍地对他思念着、想念着。

如果没有那天的相聚，也许冬柳的心会如一弯宁静的湖面。自从有了那个月夜，冬柳的心，再也无法平静下来。

如果不是妈妈生了那样的病，冬柳也许会和同学们一样，坐在宽敞明亮的教室里上学，享受与她这般年纪应该拥有的一切，冬柳的下面还有一个弟弟，正在上初中，冬柳想不辍学都不行。

妈妈只能干点轻松的活，比如种菜。自从那天妈妈在街上卖菜晕倒后，卖菜的任务便由冬柳来完成了。每天早晨五点钟左右，冬柳会将妈妈头天便捆扎好的新鲜蔬菜挑到镇上的菜场里去卖，一般上路的时候天都是麻黑麻黑的，有时候有几点星星，月亮弯弯的挂在天边，十几里路怎么也得走上一个多小时。到了镇里的菜场，因为没有摊位，也只能把菜篮放在菜场的入口处。刚开始的时候，冬柳站在那些大人中间，一张小脸憋得通红，也不会叫卖，都是旁边的大婶大娘们帮她卖的，那些趿着拖鞋、自认为是城里人的男人女人们，在这些卖菜的乡下人面前便自觉高人一等，挑三练四的在菜堆里扔来扔去也不给个好脸，不是嫌青菜有虫了就是嫌茄子太老了，刚开始的时候，冬柳觉得难受极了，慢慢地也就习惯了，麻木了，适应了。

每次卖完菜，路过林英海家高大的院墙，冬柳很想进去看看，但是，每次她都克制住了自己的这种念头，虽然她知道林英海在县城里上学，不可能见得到他，但她想将这种幸福放在心头慢慢地体会。

当挑着菜担走得很累的时候，冬柳就这样想，今天一定去看看，就觉得脚下的步子轻松多了，菜场离得也近了。

今天的菜卖得隔外顺利，是妈妈种的洋葱，一个个红里透着青绿，属于抢鲜货，不到一个小时便全部卖完了。冬柳想，今天一定去他家里看看，昨天她就将日子算好了，今天是星期三，林英海不会在家里，她不想林英海看见自己挑着菜篮的样子。一想到这里，冬柳的心里便开始咚咚地跳起来。

菜场离林英海的家不过半里地，为了让自己的心平息下来，冬柳在菜场买了一个油饼边走边啃，一个油饼还没啃完，从街面上转过一个弯，林英海家高大的院墙便呈现在眼前。

冬柳一块一块地数着院墙上的砖，林英海家的院墙贴了一种金黄色的瓷砖，看上去金碧辉煌。冬柳小心翼翼地、满眼欢喜的慢慢挪动着步子，便走到了雕花的铁栅栏门前。

冬柳只将半个头探过去，她看见了院子里开得正艳的红的白的粉的黄的月季花，还有些花骨朵在晨风里调皮地摇着头，一串红已经开得有些凋谢了，菊花的叶片肥嘟嘟的，还有些绿色的植物上面结满露水，呈现出一片生机勃勃的景象。

冬柳还看见了正门客厅里暗绿色的沙发，客厅后面的旋转楼梯，冬柳想，也许，林英海就是从这个楼梯走到自己的房间吧。

冬柳将目光从楼梯拐弯处收回，向房子外面望去，一至四层楼房的落地玻璃窗紧紧地关闭着，只能看见湖蓝的窗帘垂挂着，整座楼房像一面蓝色的瀑布流泻而下，美丽极了。

这时候，冬柳看见一个穿着黑色套装，挽着发髻的漂亮女人从楼梯上走下来，便慌乱地离开了。

冬柳的心里，装下了许多的梦，白天在地里摘棉花，她会愣愣地想些心事，做饭的时候会哼两声歌儿，看见天上的云，在她的眼里，那是一座座的山，山的这头住着林英海，山的那头住着自己，等到林英海放假了，她就会翻过这座山，去看那座山上的林英海。

有时候冬柳出去做农活，会经过村里的那条公路，公路上会有些来来往往的车辆，冬柳常常会想象林英海就坐在那辆车里，会不自觉地理理头发拉拉衣裳。

还有，幻想林英海突然从那条路上走过来，喊一声：冬柳！

十四

自从和曾格格发生了那一次后，林英海便再不好意思见到她了，而曾格格也像在他面前消失了一样，紧接着，紧张的复习备考阶段便来临了。高考一完，林旭初便将林英海的行李全部拖回了家，林英海在回家的时候，还是想和曾格格道一声别的，到底和自己有过一次直接的肌肤相亲，而且自己和她，以后肯定会天各一方，也不知道还会不会有见面的一天。正胡思乱想间，林旭初催他快点走，他便只好和父亲一起回家了。

林英海考上的是武汉美术学院，林旭初非常高兴，八月末，林旭初在镇里最豪华的饭店请客，

也是在这天晚上，林英海听见了母亲和小姨的一番对话，让这个少年的心灵受到了彻底地震荡。

晚上的时候，宾客都散尽了，碧春和碧云在饭店收拾未用完的烟酒等物品，她们两人本来平时不大来往，这天正好有机会，碧春就先开了口："现在英海也上大学了，你还是找个人嫁了吧。"

"这个不用你操心，你也别逼我，我说过我不会嫁人的。"碧云说。

"你还对他存在幻想是不是？告诉你，你别做梦了，我一天不离婚，你们就休想在一起，我要的就是这个面子，为了英海的将来，我也不会离婚的。你天天都在希望我离婚对不对？我偏就不离婚。"

"我不是这个意思，我只是不想嫁人，我宁愿去做尼姑，也不会嫁人的，你就别逼我了。"

"你不是这个意思是什么意思？我可什么都不怕，家、儿子、丈夫、财产全都有了，你呢？你到今天还是一无所有，你值得吗？为了所谓的爱情，真想不到你怎么就这么傻呢，为了一份没有希望的等待而放弃一切。"

显然，碧云是说不过碧春的，碧春双手叉着腰，指点着碧云的脸，像一挺上足了子弹的机关枪，不停地向碧云发起扫荡，她讲十句，碧云也不插不上一句话。最后，碧春的一句话让碧云心内一震："英海将来是要出国的，肯定不会回到镇里了。别人都说，他会继承他老子的家业，我才不会让他回来，我要让他走得远远的，去看外面的大世界，我这辈子算是不想了，我不想他回来继续过这种生活！"

"你不用逼我，我会让你得到你想要的结果的。"碧云哽咽着，眼泪大颗大

颗地流下来，她用双手捧住脸，怎么也掩不住那份羞辱与悲痛欲绝，门外的林英海彻底蒙了。

这十多年来，碧春看似平静了，其实内心一天也没好过过，只是她的性格太要强，凡事都不会在别人面前表现出来。这些年林旭初又上了两条生产线，事业越做越大，碧春也更加奈何不了他，她似乎认命了，但这些让她的心肠更硬了。

而碧云呢，这么多年来，碧云在等待些什么呢，林旭初不离婚，她就不可能和他生活在一起，自己的盼头是什么，想通了什么也没有，什么也不值。

所以碧云早有打算，林英海离开这里后，她全部的精神支柱也将不复存在，特别是碧春说林英海将来会出国，她就更加的心灰意冷了。于是，她只好作最坏的准备，那就是选择死亡，是的，死亡，对她来说，真的不算什么，只有死亡，才是自己最好的解脱，她已经悄悄积攒了两百多颗安眠药。

林旭初曾对她说过："我对不起你，也对不起你姐，但是，现在这种状况下我又不能和她离婚，别人要看笑话，而且还会影响到我的生意。"而实际上，夹杂在两个女人中的林旭初也感觉到累了。

碧云选择的地点是在南山，这个地方，承载了她短暂的快乐，也承载了她太多的痛苦，初一十五烧香她最虔诚，但大慈大悲的观音菩萨并没有因为她的虔诚而赐予她爱情。她买了一个帐篷支在南山的一片密林中，然后吞下了全部的安眠药，南山的夜里是寂静的，这里肯定不会有狼和其他凶猛的野生动物。当她的意识渐渐开始模糊的时候，她竟然感到了一种前所未有的轻松和快乐。

由于这片林子平时没有人来，等到人们发现时，已经是第三天了。林英海还没到校，他拒绝父亲送他去学校，而是去肖亚乐家里，所以，他知道了小姨自杀的消息。

林英海发疯般的回到小姨家，看见乱成一片的人群，他心里头的屈辱像野草一样疯长，他没有参加小姨的葬礼，而是对自己的父母一顿吼叫：你们会后悔的！然后心里报复的种子开始发芽，你们要的不就是面子吗？我偏不给你们面子，他一下子想到了一个念头：不上学了，去广州！

林英海连夜乘上往广州的火车，在车上，他的眼前浮现出小姨惨白的一张脸，他用手捧着头，痛不欲生，记忆像一条鞭子，一刻也不停地抽打着他。他想起小姨对自己的好，眼泪就会止不住的流下来。

中午的时候，同车的旅客纷纷去餐厅买盒饭，林英海没有一点想吃的念头，他的双眼通红，面容憔悴不堪，整个人像害了一场大病。

顺着人流下了车，一出火车站，宽敞的马路及林立的高楼迎面扑过来，林英海一下了便有了找不着北的感觉，他十分茫然，不知道自己要到哪里去，跨过那片栅栏，一个警察走过来呵斥道：再不懂规矩，罚款！

饥饿，痛苦，孤独，像一张网将他紧紧地裹住，林英海掏出随身带着的那本通讯录，在上面找着张扬的电话号码拔过去。张扬因为高二下学期参加群殴被学校开除，林英海实在找不到第二个熟人，就只好给他打电话。

没过十分钟，张扬从一辆银灰色的出租车里钻出来，看见林英海，快活的一声大叫：哥们，你来了！他们在路边的小饭馆里随便弄了点吃的，张扬便带林英海来到了自己的租住地。

十五

张扬在一家娱乐城做保安，他将林英海安顿好后，交代了一些事情，便上班去了。

安静下来的林英海，想了很多很多的事情，他首先想到的是自己的父母，林英海只想报复他们，如果他不上学，他们在家肯定急得什么似的，但自己到底想做什么，他感到很茫然。

林英海想得最多的，自然是小姨了，他渐渐地有些明白了小姨和父亲、母亲之间的关系，他的心里，实在是难以接受，虽然他还不太懂得爱情，但在他的心底，爱情依然是十分美好的事情，只是他无法理清他们之间的关系。他的心里有一种报复自己父母后的快感。他想，现在，他们在家里还不知道会急成什么样子呢，让他们急去吧，越急越好！

张扬看林英海的情绪一直不好，这天他们在外面吃过饭，张扬说，我带你去一个好玩的地方。

他们去的地方是一家夜总会。张扬在这种地方做熟了，多少知道一些这方面的规矩，但林英海却不知道这种地方是干什么的，张杨也没给他说，他们径直来到一个房间，然后张扬神秘地对他说，如果你看中了谁，就可以挑选一个，我请客，你随便玩。林英海还没有回过神来，就看见一大群涂脂抹粉、打扮得花枝招展、年轻漂亮的女孩子们，整整齐齐的在房间里站成一排，七彩的灯光打在她们的身上，透出几分暧昧的气息。

林英海一下子看见了一张熟悉的脸，那种与生俱来的安静的样子，是冬柳！冬柳虽然还是很瘦，但却已出落得凹凸有致，再加上穿着时尚，虽然已经看不出以前的样子，但那份安静的眼神一直就驻扎在林英海的心里，那才是林英海真正的初恋啊，像明月清风的通透，又像雾岚山冈的静美，他从来都不曾忘记过。

林英海还没来得及喊出来，又有一群男人走了进来，其中一个四十多岁的男人径直朝冬柳走了过来说："这个看起来不错啊，新来的吧？"还用手撮了一下冬柳的下巴，冬柳下意识地将头一扭，那个男人马上出言不逊："怎么，做这个还怕羞，莫不是个雏儿不成？"

林英海的血液一下子往上涌，他几乎连想都没有想，挥拳向那个男人的脸上打去，那个男人没料到会出现这种事情。他身边的两个男人一下子围拢来，狠命地向林英海身上踢去，林英海痛得在地上打滚，最后，几个保安将满身是血的林英海拖到夜总会背面灯光暗淡处后离开了。

整个过程前后不到十五分钟，张扬和冬柳根本来不及有所反应，就是有，他们势单力薄也不是对方的对手，张扬和冬柳抱着浑身是血的林英海，在路上开始拦车，所有的车辆看到他们都不肯停下来。

冬柳万万没有想到，和林英海的重逢会是在这样的一种场景下。自己心里是如何地想着林英海啊，但是，想到自己与他之间的距离，无异于天上地下，她觉得自己这辈子是不可能和林英海有任何机会的。母亲患病一直缺钱买药，她终于经不住同村姐妹的劝说，便由人带着一起南下来到这个地方，没想到第一天就遇见了林英海，她的心里又是羞愧又是悔恨又是庆幸，真的是五味杂陈。

城市的灯光奢华而张扬的灿烂着，让人的心里无限焦急而空落，车流像蚂蚁一样行驶着，冬柳紧紧地抱着林英海，用手给他擦拭着脸上的血迹，林英海昏迷不醒、浑然不觉。

一辆白色宝马轿车缓缓地停下，一个四十来岁的女人推开了驾驶室的门……

一夜盛开如芙蓉

一

七月大暑和小暑，立秋处暑八月间。

大暑小暑，如火如荼。知了在树上声嘶力竭地嚎叫，似乎对即将到来的暴风雨充满了恐惧和不安。树上的叶子打着蔫儿，蜷缩成一团，无精打采的挂在枝头。空气中酝酿着一股躁动不安的情绪，将天边的乌云渐渐逼近。

江诗贵拿手遮住眼睛，抬头看了下天，他的脸上有一丝无法掩藏的紧张和兴奋。这个该死的鬼天气！他恨恨的诅咒了一句，然后回到屋子里。他的妻子满玉正发出一阵紧似一阵的呻吟。村子里接生的黄婶，满头大汗，已准备好了一切接生的用具，脸盆剪刀布条的全部摆放在床面前。她手里拿把巴扇，正使劲地给床上的满玉扇着，嘴里还不停地安慰着：女人哪，都得过这一关，等生下了孩子，就一切都好了。

轰隆隆，几声巨响，狂风裹着暴雨狂斜而至，江波也随着一声惊天动地的炸雷顺利出生。随着这暴风雨闯进来的，还有一个和江波父亲年纪相仿的青年后生。这个人姓王，是当地乡政府的一名干事，当时正在江波所在的村部进行走访。王干事是来躲雨的，江波刚一落地，王干事便将自行车推进了堂屋。

正是这个王干事，改变或者影响了江波一生的命运。

雨下过后，气温腾地又蹿升上来，满玉在床上热得无气奈何，乳房胀得生生痛。但因为乳头凹陷，怎么也下不来奶水，江波饿得嗷嗷叫，活脱脱一副皮老鼠样，拿江诗贵的话来说：从娘胎里带来的那点奶膘都快被拖没了。

江诗贵心里头那个急啊，看着哭声像猫叫的儿子，他用手不停地在满玉的乳房上摸、挤、捏、拉，只希望那陷下去的乳头能弹了出来，好让儿子痛痛快快地吃个饱。满玉的两个乳房胀得像两个圆球，但就是无法吸吮。江波嘴里叼不到东西，以为在骗他，哭得那个伤心，将个小脸拼命地向外扭，江诗贵连忙用一根手指头摸摸流下来的奶汁，放在儿子的嘴里，小家伙一口叼住，吮吸得有滋有味。

黄婶就住在隔壁不远，天天都来江家看看，她瞧见他们这么个折腾样，说：要说满玉，这也是做姑娘时落下的根子，这也得怪你娘的疏忽，小女孩儿不出满月，做娘的在给你洗澡的时候，就要经常把这个奶头往外提，不就省事了。满玉只是羞得不知所措，也没有言语来反驳，江诗贵就在一旁唉声叹气，只默默地去给儿子冲上一点红糖水，然后用奶瓶装上，喂给儿子喝。

黄婶又说：其实也没什么，没有奶水，孩子总会长大的，俗话说，孩子是只愁养不愁长，不过抚得艰难一些。想起我们那阵子，五八五九年，饭都没得吃，人饿得皮包骨，走路都打晃晃，我不也照样生下了怀仁怀想他们哥俩，现在不也照样长得壮壮的？

农村里时兴吃红蛋，送祝米。孩子满月，江家摆了几桌酒席，亲朋好友都来祝贺。小江波很瘦小，但精神还不错，五官模样周周正正。许多刚生下来的孩子都没长头发，可这孩子，居然是满头的黑发，难怪满玉怀他时直喊心口头不舒服，都说怀孩子时心口痛是孩子在长头发，磨的，看来这话不假。满玉用一块蓝底白花的布片将江波包裹着，小家伙大睁着眼睛，看着热闹的人群。乳臭未干的江诗贵，也像模像样的做起了大人，迎来送往的，好不热闹。江诗贵一个从镇里来的表嫂，知道了他媳妇的情况，就给江诗贵说到镇里去买一个吸奶器来，兴许能把满玉的奶头给拔出来了。江诗贵听说了，有些兴奋，详细的询问了一些情况，第二天起了个大早，到镇上去买了个回来。

这是一个枣红色的、呈半圆形乳房模样的塑料吸奶器，江诗贵有些迫不及待，也有些紧张，他先把毛巾用温水蘸湿，敷在满玉的乳房上，并在乳房周围轻轻地按摩，约莫过了五分钟，他开始用手捏吸奶器，只吸了一分钟左右，满玉便开始蹙紧了眉头，江诗贵不敢用大力，看看奶水并没有下来，满玉又是痛苦又是羞涩的样子，江诗贵安慰满玉说：忍忍兴许就出来了？满玉满头大汗，用力点点头，江诗贵又开始第二次吸奶了，满玉终于忍不住，发出了一声长长的喊叫，江诗贵吓了一大跳，扔下吸奶器说：算了，咱不做指望了，没奶就没奶吧，咱喂他吃稀饭喝糊糊，我们小时候还不是吃这个长大的，我就不信这小狗日的长不大了！

二

说归说，把一个娃娃从一堆棉絮样动弹不得的物件抚养成一个会走路会哭会笑的孩子，还真不是那么容易的事情。单说吃奶这件事，就把个江诗贵折腾得不轻。还不到三个月，江诗贵便开始给儿子喂米糊糊，他将打好的新米仔细地磨了，然后在里面掺点鸡蛋、青菜，或者拌一点熬好的鸡汤、猪骨头汤、小鱼汤在里面。虽然这些东西农村不常有，但江诗贵总是看着哪家有了红白喜事，都会去讨要点回来。江诗贵对儿子，可以说是倾注了全部的心血，他要弥补儿子缺奶的遗憾。

江波一岁多点，江诗贵每天晚上都会提着电筒，穿着套鞋，拿着网兜，去田里沟边池塘抓青蛙、鳝鱼、泥鳅、鱼，甚至还有蛇，只要能吃的，他都会抓了来给儿子吃。有一次晚上，他在一块水田旁边看见一个洞，凭经验里面应该会有一条大鳝鱼，他先用一把铁钳在里面鼓捣一阵，估计鳝鱼会爬上来，然后将手候在洞上面，好家伙，洞里面一下子窜出来一条一米多长的土花蛇，要不是江诗贵眼尖手快，就被那蛇咬住了，他想起来都感觉到一阵后怕。

江波从小缺奶，长得虽然瘦，但精神一直都很好，而且清清秀秀的，又很听话，这让江诗贵很是满意。农村人就这样，一点小事都很容易满足，孩子听话、懂事、不生病、健康地长大，就是他们最大的幸福。

江波和这个村子里所有的孩子一样，放牛、捉迷藏、过家家、挖芝麻草根、找猪草、捉知了、放野火，所有在他们看来快乐的事情他都经历过。就这样，上小学，初中，高中，高考后，回到家里开始做农活。

虽然每年的寒暑假，江波都会帮家里做农活，但江诗贵都不会让他做得太多，还留些时间做作业、复习功课。但这次是毕业了，已经没有了退路，眼看江波也快十七岁了，如果打算一辈子待在农村的话，这些基本的活计，都得要开始操练了。

七月天，江诗贵带着江波一起锄棉花草。棉花已经长得很高了，有热烘烘的风吹过来。江波留的是郭富城的发型，中分，又偏长，汗一流下来，发型全乱了。

感觉已经热得喘不过气来了，于是，江波拿着锄头把，伸直了腰吹风，江诗贵看见他那副急赤白脸的样子，就说：要不你先回家？江波自然是不好意思，也不答话，低着头又开始锄地。

江家一共有十来亩地，三亩水田，其余的都种的棉花，早晨天气凉快，还有露水，等到十点多钟的时候，天气就已经很热了，那些芭茅草、回头青生命力非常顽强，刚锄过，只要下一场雨，很快就会疯长起来。江波锄着草，望着一眼看不到头的地垅，心下觉得烦，于是一边锄一边开始做他的青天白日梦。他有一个姨妈在城里，他想，自己肯定考不上大学，但是，如果能到县城里去做点事情，肯定比现在这个样子强，做什么事情好呢？有谁能够帮助自己呢？姨父在卫校上班，姨妈是一个家庭主妇，想来想去，也没有人帮忙。心里想着手下就开始心不在焉起来，一不小心，一根棉花被他锄断了。他看到已经锄到前头几十米远的父亲，就用锄头在刚锄断的地方刨了一个坑，然后将棉花栽上，看上去就像没断的样子。一天地锄下来，少说也得锄断五六根。过了几天，江诗贵到棉花地里，看到蔫死了的棉花，用手轻轻地一提，棉花秧子拔起时连根也没有，他知道这块地是江波锄的，心里马上明白是怎么回事了，也不说破，回到家里只对满玉说道：这该死的地老虎（一种专吃棉花根的蚕），又咬断我几根棉花。后来，赶快补种上了芝麻。

江波不知道父亲到底是否清楚这是不是自己干的，但他非常清楚的是，即使父亲知道了，也绝对不会责怪自己，但自己心里总有点不好意思，好歹也算个成年人了，现在这个样子，只能在农村待着，不好好种田又能干什么呢？虽然同村的人一再对江诗贵说，你这娃将来肯定会有出息，你看他长得细皮嫩肉的，根本就不是种田的料。江波也知道自己做不来这些农活，但自己的出路和未来在哪里，还真的不得而知。

才那么几天工夫，江波便变得有些黑里透红了。

三

江波所在的这个村子叫石马潭，虽然处于县城的中端，但由于地理位置较为偏僻，祖祖辈辈都过着日出而作、日落而息的生活，石马潭的背面，正是长江的支流——虎渡河。

每年的梅雨季节和桃花汛如约而至，虎渡河的水也涨高了不少。这天，江诗贵家门前大堤的堤脚发生了散浸，险情虽然不大，但作为一个经常被洪水围困的地带，乡亲们还是把这个情况上报给了村防汛指挥部，村领导又将这个情况报告给了乡党委，怕万一出现问题后也好有个交代。乡政府当即派来了两个人下来视察险情，其中一个是王乡长，另一个是水利技术员。王乡长即当年江波出生时进他家躲雨的王干事。王乡长两人来后，立即开始到现场指挥如何解决问题。人们一个个都忙得不亦乐乎，事情交代清楚后，他们在江诗贵家里坐了下来，听说是乡长大人，大家还是有一些惧怕，不敢太靠近和他讲话，就这样边看着天气边有一搭没一搭地聊着天。

江波当然不知道坐在这里的人是王乡长。

江波的性格有些内向，平时不大喜欢和生人搭话。王乡长看到江波坐在那里，好生安静的样子，就问：小伙子，你叫什么名字啊？江波就说了自己的名字，没想到王乡长噢了一声说：好小子，想起来了，你这名字还是我给取的呢，那年我在你家里躲雨，正好你出生。

江波的脸腾地红了，这个典故他自然是听说过。当时，农村里有种说法，在自己出生的时候第一个无意中见到的人称为“踩生”，寓意指以后的命运会与此人有着某种相似，富贵或者贫穷，都会沾上一点。

王乡长问：江波啊，你怎么不读书呢？江波老老实实地回答：高中毕业了，没考上大学呢。王乡长又问：为什么不复读呢？江波想了想，答：家里条件不大好，我还有一个妹妹也在上学。王乡长又说：以后有什么打算没有？江波又老实回答：暂时还没有。

王乡长说：我给你指条路吧，想当兵吗？江波吃了一惊，心想，此人什么来头，怎么会说出如此的话呢？王乡长国字脸，一米七八的个头，身材不胖不瘦，穿着白衬衫和灰裤子，看上去气度不凡。但江波还是不知道他是干什么的，于是非常坚定地回答：想！因为在很小的时候，江波就想象过自己穿上军装戴上军帽的神气样子，大多数的男孩子，都有一个当兵的梦想吧。但是，处在当时的环境，想去当兵的确是很不简单的事情。因为在当时，当兵都是要走后门的。那时当兵，也算是一条跳出农门的路子。江波当时的家境，没有一个当官的亲戚和朋友，想当兵也只能算是一种梦想了。就这样，一大一小两个人大概聊了两个小时，险情处理得差不多了，他们要走了。临走时，王乡长说：小伙子，其实我俩还算是有缘分的，考虑一下，如果想当兵的话，到乡政府办公室三楼找我。这时候，旁边的人搭话说：这是我们的王乡长呢。江波又是一顿吃惊，本来聊天时已经放下一颗的心，又开始感觉拘束起来，对江波这个涉世不深，又没见过什么世面的孩子来说，真的有些不知所措。

王乡长走后，江诗贵也从地里回来了，江波无比激动地告诉江诗贵，说遇到了为自己取名字的那个人，还问自己想不想去当兵，那个人现在已经是乡长了。江诗贵一辈子老实巴交，觉得这也算是一个意外的惊喜，但最后还是给江波泼了一瓢冷水，江诗贵说：孩子，别太天真了，别人空着没事，随便和你聊聊，怎么能当真呢？谁会平白无故地帮助你这样一个农村娃呢？

听到父亲的话，江波高兴的心情凉了一大半，他也觉得父亲说的话不无道理，自己和别人素昧平生，别人又是乡长，自己只是一个普通的农村娃，怎么会给我这么好一个机会呢？可江波转念又想：既然别人说了，这的确是自己的一线生机，哪怕是失败了，自己也要试着去尝试一下，否则，只能永远的待在农村了，想到一辈子待在农村，江波的心里又开始给自己鼓气，一定要去，就这样翻来覆去，一夜无眠。

第二天下午，江诗贵和满玉下地干活去了，江波在家准备晚饭。他扯了菜院子里的青菜，正在河埠头洗，一阵突突的引擎声传过来，江波并没有在意，直到有人走到他的身边叫了一声：江波，洗菜哩？那声音感觉好熟悉啊，原来是王乡长。江波捞起还没有洗净的青菜，高兴的迎了过去。王乡长只是随便的聊了几句，说自己还有事，就跨上摩托车走了，直到他走远，江波才回过神来，自己怎么没留人家吃晚饭呢？看来真的是高兴得过了头，连起码的礼节都不懂了，江波又感到懊恼不已。

晚上江诗贵收工回来，在饭桌上，江波提起了今天的事，这下江诗贵才相信了那么一点点，江诗贵说：死马当作活马医，能不能成，自己先努力吧，万一不成，也不费事。听到父亲这样鼓励的话，江波决定还是去找人家，

虽然有了这个想法，江波心里还是有些没底，之后的几天，他非常希望能听到摩托车那熟悉的声音，等待些时日后，这个声音一直没有再想起，于是，江波决定，明天去乡政府。

四

江波踩着自行车，忐忑不安地来到了乡政府。政府大院三面皆是房子，正中央有个大大的花坛，里面种了菊花和剑麻，两旁是几棵高大的梧桐树。一进大院，江波觉得自己变得十分渺小，虽然看上去是个闲逛的人，可谁知道他心底却是心事重重。偌大个院子，楼房耸立，到底是哪边的三楼呢？江波看见一个干部模样的人从大楼里走下来，只好壮着胆子问：请问王乡长在那里上班？那个人说：他在办公室五楼开会。这下，江波松了一口气，但还是不敢去找，只有站在太阳下等。江波傻等着，都不知道要到楼下树荫里去躲个荫，心情实在是太紧张了。差不多等了半个小时，一楼的计生办发生了争吵，江波刹那间看见一张熟悉的面孔从五楼阳台的窗户伸了出来，马上以百米冲刺的速度冲上五楼，叫了一声：王乡长……四目相对，江波怯生生的不敢再说话，但王乡长非常亲切，说：我们的会还没开完，你稍等一会儿。然后王乡长叫来秘书，吩咐秘书把江波带到一楼的接待室先坐一会，等会开完了再来接他。

没等多久，会开完了，王乡长带着江波到了他的办公室，随便聊了一下地里的情况，还问今年的棉花结的桃子多不多。聊了一会，午饭时间到了，王乡长再三挽留江波吃了午饭再走，江波本想推辞，但一想今天的目的还没有达到，所以，就随王乡长一起来到食堂。王乡长交代食堂炒了三个菜，一起吃午饭。但是，江波吃什么都没有胃口，毕竟自己今天的来意还没说出口。王乡长好像看出了江波的心思，饭后，他主动将话题扯到了当兵的这事上，说：江波啊，今年年底征兵的时候，我一定尽力而为，只要你自己的身体条件没有问题就行。江波一听，心里头欢喜不已。

回家的时候，太阳当空，江波骑行在虎渡河的大堤上，也不觉得热和累了，自己的心情从未如此好过，从高考到现在压抑许久的心情也变得轻松了，他大声地唱着当时最流行的歌曲《笑脸》，怎么也抑制不住自己内心的激动。近二十公里路，他踩着自行车，一溜烟就到了家，他要把这个好消息告诉他的家人。

江诗贵听了这个振奋人心的好消息，自然也是非常高兴，想到儿子即将成为一名军人，自己也将是光荣军属，心里头和儿子一样激动。他眼前仿佛出现了每年的正月间，乡里、村里敲锣打鼓地给自己家里送立功喜报、发放礼品和慰问金的情景。在农村，只要家里有当兵的孩子在外头，乡政府都会下来送喜报，看热闹的乡亲会挤破门槛，让隔壁左右都非常的羡慕。

江波畅想着自己即将到来的军旅生涯，做事也显得十分的卖力。那天，他正在家里吃早饭，村里的民兵连长来江波家通知，让他今天下午到乡里集合，参加县里举办的民兵训练。当时，江波就知道，肯定是王乡长的主意，民兵连长还特意说，我们村就你一个人，乡人武部点名要的你呢，看着他的那副脸，好像还带有一种讨好的表情。这时，江诗贵才彻底地相信了江波所说的话，江波简单收拾了一下，晚上到乡政府集合，此行一共八人就在乡政府招待所过夜，住下后，江波想到王乡长那里去看一下，但是出于畏惧，还是没敢去。

基地训练的十五天，让江波初次体会了当兵的辛苦，但当时还是年轻，觉得有种别样的感觉。从民兵训练基地回来，江波年底要去当兵的消息不胫而走。

当时在家乡那块土地上，江波不由得成了焦点人物，但更多的是出于好奇：江诗贵祖上烧了什么高香，或者说江诗贵和乡里哪个干部是亲戚？会得到这样好的一个机会？

五

十月份，江波来到王乡长家里，这次还专程带来了家里的两只老母鸡。满玉说：家里实有没什么好东西，你就给王乡长提两只老母鸡，他们当干部的都喜欢吃乡里的土鸡。江波照母亲的吩咐说了，王乡长本想推辞，但想到江波一片真心，就拿到厨房。

王乡长说：你机会不错，我给你想办法搞个农转非，回来包分配。当时，江波真的是激动不已，到那里去找这样的机会呢？

两人正说着，门外进来一个和江波年龄相仿的女孩子，看见一个陌生的女孩子，江波有些腼腆，他这个人就是这样，从小在农村长大，看见陌生的女孩子总是有一些紧张，那个女孩子看见江波在，也不打招呼，只用余光斜斜地看了过来。

王叔叔过来介绍道：江波，这是我女儿，叫明珠，在镇里的卫生院上班。镇和乡里隔条河，难怪江波一直未看到过她。又转向明珠说：这个是江波，你们年龄差不多吧，可以聊聊，江波可是个不错的孩子。

明珠整个人身材还算小巧，一张小杏脸，眉毛很浓，眼睛也不是很大，皮肤偏黑，看上去缺少少女的那种水灵，完全没有王乡长——王叔叔的风采。明珠穿着当时比较流行的紫色套装，人越发显得黑。其实明珠这种身材和长相，应该穿点亮色的休闲服，才和她的这种身材气质比较配。当时的江波也不懂这一点，但一个人看上去是否舒服，养眼，这点感觉还是有的。

王叔叔的爱人杀了一只鸡，厨房里弄得香喷喷的，本来江波打算去帮忙，但王叔叔不让，就让他们两个看电视、说话，江波也只好作罢。凭直觉，江波觉得明珠有一点喜欢自己，最起码不讨厌自己。因为，他们两人聊天期间，一直都是明珠在问江波一些问题，比如问江波多大了，家住在哪里，哪个学校毕业的，等等。江波从小就知道自己有这种魅力，他一点也不张扬，甚至非常内敛，但举手投足间的那份羞涩总是非常能吸引女孩子，男人和女人一样，羞涩都是一种吸引异性的武器。他们看了一会儿电视，王叔叔便喊他们进去吃饭，虽然王叔叔两口子都热情极了，但江波还是感觉到浑身都不自在，主要是因为紧张。

吃过饭后，王叔叔要明珠送送江波，明珠似乎是不好意思地扭捏了一下，最后还是走在了江波的后面。

江波推着自行车，明珠跟在后面。从乡政府出来后，他们要走完一条坡路，那条坡路旁边住了很多人家，还有一个荷塘，走完那个荷塘后，才有公路。正是黄昏，一些人家把饭桌摆在门口吃饭。所以，在江波他们路过时，不断有人侧目向他们张望，乡下就是这样，看到两个青年男女走在一起，总是要多看几眼的。天色已不大亮了，明珠想了想说：天黑了，我给你拿个手电筒吧，于是，她一路小跑折转身，从家里拿来一个电筒交给江波。江波想：这个女孩子倒是挺细心的啊。

和一个陌生的青年女子走在一起，江波说不上来是一种什么样的感觉，直到明珠转回身，江波骑上自行车，一直都在想着，自己可从来没有这样和一个女孩子单独走在一起过，虽然有一些新鲜，但他心里清楚，明珠不是自己喜欢的类型。

王乡长一直从事乡镇农村工作，很少回家。当时，为了响应国家计划生育号召，王乡长带头作了结扎手术，所以，他们就只有这一个宝贝女儿。明珠是母亲一手带大的，再加上她母亲又没读什么书，在孩子的教育上自然也没费什么心思，所以，明珠的性格上有一些缺陷。

晚上回到家里睡在床上，江波都在想着白天的事情，他有限的生命里与女孩子接触实在不多，即使在上学期间，他与女同学的接触也不多。突然，江波想到了自己的初恋，想到了那个叫作春影的女孩子。

六

高中时，他和同班的那个女孩子相爱了，所谓的相爱，其实连手都没有拉过。那个女孩子性格很活泼，很会画画，正是江波喜欢的类型：中等身材，圆脸，大眼睛，白皮肤，学校很多男生都很喜欢她，但他偏偏和江波好上了。这一点，连江波自己也感觉到意外，也许，这就是所谓的爱情吧，江波从不刻意地追求，但总会有人喜欢他。

江波的乒乓球打得很好，人也长得不赖，但平时一贯低调。那天，他们几个男同学想打球了，但球台正被一群女孩子们占领着，江波就走上前去谈判，女孩子们不让，江波就招呼一个男同学两边开战了，一个球台四个人哪里打得好，女同学看他们也在打，觉得无趣，就退下了。晚自习时，江波在自己的文具盒里看到了一张字条，上面写着：你为什么这样蛮横无理？你要给我道歉！没有落款，只在下面画了一朵盛开的梅花。江波一猜就知道是春影，心想，来而不往非礼也，于是也回了一张字条在春影的文具盒里：行啊！你需要什么仪式的道歉方式？英式？美式？法式？春影再回的字条上画了一个大的笑脸。这样一来二去的，先是一天一张，后来只要有机会，双方都会递上一张，字条内容可谓是丰富多彩。

明白自己喜欢一个人的感觉就是在那个时候，江波想。

江波清楚地记得，他与春影的纸条传情还不到两个月时间，便放暑假了。那个黄昏，他正在打扫着院子，突然一个念头在心里萌生：春影此刻在干什么呢？她是不是也像我一样在想她呢？

春影住在临村，离江波家不过才二十来里路，江波决定，第二天一定要去找春影，不管是否找得到。

江波骑了自行车，一路上只打听了一个人，便问到了春影的家。

春影的父母都去田里干活了，只有春影一个人在家里，看到江波，春影惊讶得说不出话来，但还是非常高兴。

春影家里条件很好，有一个哥哥大学毕业已经在城里结了婚，春影一个人有一个大房间，收拾得整洁又温馨。江波有点拘谨的任春影带着四处参观，看她镜框里的一些照片，春影笑哈哈地给他讲述着小时候的一些故事，江波光顾着听，都没有机会发言了。

时间过得非常快，不知不觉都到了下午，江波要回家了，春影说陪他走一走。江波推着自行车，他们路过一片庄稼地，那里有一个用来蓄水浇地的小水塘，塘周围有成片的野花野草，蝴蝶在上面飞舞。江波放慢了脚步，对春影说：在这里坐坐吧。没等春影回答，自己先坐下了，江波不敢和她坐得太近，他们隔了有一点距离，然后江波终于说出了自己心里的话，说出了自己昨天黄昏的那个感觉，春影有一些难为情，始终不肯回答。

江波虽然性格不大开朗，但骨子里却是一个很浪漫的人，他拉住了春影的手，春影羞涩的不敢看他。他们说了很多很朦胧很诗意的话，后来，江波还深情地为春影唱起了那首《大约在冬季》：轻轻地我将离开你，请将眼角的泪拭去……春影听得非常陶醉，但他们不敢有别的举动，哪怕轻轻地吻一下也不敢，江波离开时，第一次知道了什么叫惆怅，什么叫不舍。

高中生谈恋爱，好像也有点疯狂。快临近毕业时，不少男女同学假借复习功课堂而皇之地调换座位坐在一起，还有不少拍合影照片的。也是的，都来自于不同的乡镇，毕了业，以后能否相见真的很难说。特别是晚自习结束后，班上住校的学生将几张桌子拼在一起，买来蜡烛，男生女生全部挤在一块儿看书。自然，江波和春影也在其中。起先，大家还是很认真地复习功课，不知是谁先提议，唱首歌吧，就有人先唱起来，然后是一起小声地合唱，一首接着一首，唱得忘记了时间，只知道都很兴奋和快乐。

那时候，江波和春影都喜欢互送一点小礼物，扇子、画片、手绢、笔等等，想到以后也许再也见不着面了，江波想学学校里谈恋爱的那些男女同学们一样，约春影单独见面，后来写了张字条，约好在学校的亭子里见面。

晚自习过后，亭子里还是有很多人，月影婆娑，风吹得树叶儿沙沙作响，江波很紧张，也很害怕，生怕有人看到自己。他左等右等，好不容易看到春影的身影一闪，急忙迎了过去。

春影同样也很紧张，江波递上为春影买的礼物，试图去拉春影的手，春影左顾右盼了一会，还是不肯把手递过来，这样僵持了一小会，远处有人来的声响，他们急急地分开，各自走了。

高考后，江波名落孙山。春影考上了武汉的一所美术学院，家里请客，放电影，江波和一群同学一起，去春影家里玩。

同学们在一起时，表面上江波和其他同学一样，闹哄哄的，但江波和别的同学心情不一样，想到以后春影和自己将是两个世界的人，他用目光捕捉着春影的目光。和春影的目光碰撞在一起时，虽然也看到了一种与众不同的感觉，但是，他知道，他们的生活已经彻底不同。

江波知道，自己失恋了，那是江波人生中第一段失魂落魄的日子。

十一月，江波带着父母和乡邻的祝福，赶往了去县城的路。随着接兵干部“新兵开始起运、登车”的号令，广播开始播放那首经典老歌《送战友》的曲子，江波和许多新兵一样，留下了不知是喜悦还是不舍的泪水。

七

江波这个兵一当，就是十年。

江波在部队先是通信兵，然后给首先当公务员，后来考上了军校，毕业后当了排长、指导员，然后转业回到市政府，从事团委工作。在团市委工作的江波，为人稳重，处事干练，再加上一口标准的普通话，无论走到哪里，都让人觉得有一种与众不同的风度和气质，不到一年便被市委任命为团市委书记。

十年军旅生涯的江波，有了一种脱胎换骨的变化。他早已经从当初那个青涩单薄的小男生，变成了一个体格强健、身姿挺拔的大男人，举手投足无一不透着一种稳健和成熟。部队是一个大熔炉，能让人得到锻炼和成长。要想出人头地，只能凭借自己的努力了，所以，江波表现出了一种异于常人的刻苦和努力，无论是训练还是给首长服务，江波都非常认真的做好每一件事，这就形成了良好的工作作风。高中毕业生当兵满一年后可以考军校，江波认为这是一个绝好的机会，所以，在复习备考期间，他付出了与常人双倍的努力，他一门心思的想考好、想考上，他的心中有一个信念，那就是：他要让石马潭的人知道，他在部队凭借的是自己的本事，他还要让父母亲放心，他在部队干得很好，他更要让王乡长欣慰，他看的这个人，没有错。每天，他起得最早，别人还在梦乡，他就已经开始记那些枯燥复杂的公式。最后，他以全团最高分被军校录取。

十年间，江波入了党，提了干，并与王明珠订了婚。

当兵十年，江波回家探亲四次，与明珠单独相处的时间不到半个月，两个年轻人在一起，无非就是两家互相串串门，或者去亲戚家走走。江波穿着军装，明珠穿着在当地还算打扮入时的各色衣服，坐在江波的自行车后面，一路收获路人羡慕的目光，是明珠感觉到最幸福最开心的事情。

其实他们之间语言沟通很少，也没有什么共同的感兴趣的话题，明珠和大多数女孩子一样，比较虚荣，喜欢时装。她父亲相当于那里的土皇帝，所以，自我意识非常强。每次他们的通信，都是薄薄的一页纸，是千篇一律地说自己的近况。明珠喜欢的是罩在江波身上的这种光环，江波越来越成熟也越来越帅气，还有江波身上越来越浓郁的那种军人气质，还有，在那里，考上军校是非常了起的事情。

江波心里非常清楚，他不喜欢明珠，他是怀有一种抱恩的心态来与明珠订婚的，他知道自己不能辜负王叔叔对自己的一片真心。每次回家的途中，他一想到他们殷切的目光，他的脚步就有些沉重。

他和明珠虽然没有什么感情，但在两家人心里面，早已经把他们当成了名正言顺的一对。江波的父母在信中多次提到，明珠一家人对他们家的恩泽，每年过年会送很多肉鱼等食品过来，就是同村的伯父，也跟着沾了不少光。

有些人，有些事，有些感情，是命中注定的，你想躲避都躲避不了，别人不信，江波信。他工作不到一年，邂逅了苏眉，并开始了自己人生中一场真正的恋爱，且如火如荼无力自拔……

八

初夏的夜晚，凉风习习，如勾弯月静悄悄的挂在天空，冷寂的月光照在雅安花园的东墙上，修剪得精致美观的花坛及错落有致的绿化建设，再配上路灯散发出的幽幽荧光，使整幢楼房显得浪漫而又神秘。

苏眉住在雅安花园B幢九楼，这是一幢通体洋溢着新古典主义的法式风格建筑的商品房，三室两厅，有近一百五十个平方。苏眉的室内，那种粉红而朦胧的灯光，正呈扇状照射在墙上。她还开了音响，若有若无的钢琴曲，像无意碰落的珠盘，又像无声润落的春雨。在静听时，它好像能够熨烫人的心灵，让人的感觉宁静、舒坦、远离尘嚣。大理石餐桌上放着的，是苏眉精心制作的四个菜，分别是龙井虾仁、清蒸带鱼、椒盐里脊、醋溜白菜。一个中号的玻璃器皿里，装着的是西瓜、苹果、草莓、葡萄，西瓜切成了三角形的小块，用牙签仔细的穿在上面，整盘果拼红绿搭配，错落有致，无论从哪个角度看，都呈现一种娇艳欲滴、晶莹剔透的美。

苏眉家一直经营着餐饮业，她从小跟着，也耳濡目染地学会了几道拿手好菜，特别是椒盐里脊这道菜，苏眉更是做得地道，连家里的大厨都赞叹苏眉的悟性好。

苏眉正满心愉悦、神采飞扬的准备着，她像一只翩翩起舞的蝴蝶，脚下每踩出的步子都带有探戈的轻盈，嘴里时不时地配合着钢琴的曲调，哼上一两句《秋日的私语》。这个精致的女人，正在准备着一道精致的晚餐，同样，一幕精致的爱情，正在如火如荼的上演。

七点左右，江波如期而至地来到了苏眉的住处。他自己用钥匙轻轻地打开了门，换了拖鞋，然后轻手轻脚的来到苏眉的后面，拦腰抱住她。苏眉闭上眼睛，他们很多时候的见面，都少不了这样一个经典的动作，相互之间配合默契，从未有过闪失。

短暂的温存过后，江波便开始喊叫着饿了饿了，苏眉便笑话他：每次都像个馋猫似的，哪里饿？江波总会笑嘻嘻地答：上面饿，下面更饿。苏眉就会笑作一团，作势拿手打他，江波顺势抓住苏眉的手，啵的就是一口，也不管苏眉惊乎：刚做饭了的手，好多油。江波从来不管这些，说：你怎样都是香的。

苏眉准备了一瓶红酒，她知道江波不胜酒力，但自己还能喝上一点，酒是一个好东西，能调节起好的气氛。她知道喝了酒的江波兴趣会更加高昂。

吃过饭，江波在客厅看电视，苏眉洗了澡直接回到卧室，她身上穿一件粉红的薄纱丝织睡衣，带子松松垮垮地系着，可见若隐若现的宝蓝花边的文胸，正像一朵怒放的蓝色妖姬。江波也去洗了澡，只穿一条三角裤衩，他做出一副饿虎扑食的样子，迫不及待的小跑着来到床边，苏眉坐在床上整理头发，苏眉的头发又长又顺滑，用丝带随意的扎着。江波伸手一揽，苏眉便倒在他的怀中。每次看到江波一幅饥渴难耐的样子，苏眉的情绪也会热烈高涨，其实两个人的这种事情，需要情绪上的相互配合，如果说江波是导演，苏眉便是演员，演员对导演的每个眼神都心领神会，是如此默契、甜蜜、销魂、摄魄，他们联合上演了一部又一部的好戏，演员和观众都只是他们自己。他们共享着一场爱情的盛宴，生命的盛宴，身体的盛宴，在迷醉销魂的黑夜中，在缠绵交错的情节里。

激情过后，他们会相拥着说话，说些各自的趣事，江波最喜欢说小时候农村的趣事和惊险事，还有在部队里的一些事情。苏眉在城里长大，每次都会听得一惊一乍。江波讲小时候有一次起龙卷风，大人都去田里干活了，他一个人在家里写作业，突然狂风大作，暴雨如骤，雷鸣电闪，风像要把房子掀翻的样子，他一下子吓得发抖，赶紧抱住家里饭桌的一条腿，他的父母从地里回来，看到屋顶正中被掀掉了一角，他母亲在外面就开始哭喊，我的儿啊！进得屋里一看，江波好好地蜷缩在桌子底下，又开始破涕为笑，江波讲得绘声绘色，苏眉听得唏嘘不已。听到动情处，苏眉不由得抱紧了江波，说：亲爱，你以后，是再也不会受这种苦了。

江波拥吻着苏眉，深情地说：苏眉，知道什么叫一见钟情吗？别人不信，我是真的信了。

苏眉：你以为你还是一个小青年呢，还一见钟情呢，还情窦初开呢，哈哈，说说看，你为什么会喜欢我？

江波：因为你的与众不同，还有，你和我高中时喜欢的那个女同学长得太像了。

苏眉就笑：你俗不俗啊？这么牵强的理由也好用在我的身上？

江波：我是认真的，不骗你，我在部队待了十年，哪里和女孩子有过接触。一见到你，我的魂就跟着你一起去了，你一定要信。

江波这话，的确不假。苏眉与春影，确实是有几分相像的地方，但苏眉的小圆脸，比春影的要精致得多。当初他第一眼看到她时，他对她，就有几分似曾相识的感觉，但是，他非常克制自己的感受，及至以后的接触多了起来，他发现了苏眉身上越来越多的才情与善良，便无法控制地爱上了她。

苏眉对江波的爱慕与珍惜，并不是江波英俊潇洒的外表，而是江波身上那种认真执着的对爱情的态度，完全不同于地方青年的那种浅薄与喧嚣。还有，江波对自己的那种近乎孩童般的迷恋，让他们像一对初涉爱河的小青年，无比新奇与浪漫。特别是他们的第一次，江波即笨拙又紧张，即懊恼又羞涩，江波那份处子的身心，让苏眉更觉弥足珍贵。在后来的床戏中，江波像一个勤劳勇敢的拓荒者，不断耕耘变化出新的花样，更让他们互相迷恋不已。

九

大多数时候，苏眉和江波相拥着坐在床上，然后开始回忆起他们那些相识的过程，回忆当时的场景，说过的话，做过的事。一个眼神，或者一个动作，江波会一点一滴地描述出来，让苏眉吃惊不已。当时的苏眉，对江波确实是没有在意的，更谈不上有别的想法了。说着说着，苏眉会说：你这是蓄意勾引，可不赖我。江波说：这哪里叫勾引啊，你知不知道，你就是那一朵开到极致的玫瑰，让人不由自主地想靠近你，呼吸你的香气，要说勾引，也是你先勾引的我，谁让你叫我魂不守舍，情不自禁地啊。他们常常会这样打闹一番，无限甜蜜。

苏眉毕业于四川音乐学院，在中学任音乐老师，并兼任学校的团支部书记。家境富裕，歌唱得好，人长得漂亮，性情内敛而不张扬，可谓才情并茂，市里的主要文化活动都少不了她的登台演出。

因为工作上的关系，他们经常会遇到。起初的苏眉，是一副拒人千里的架势，从来不与人主动搭讪，特别是外表看上去比较出众的江波，她更加不会主动搭讪，而江波呢，性格也属于比较内向的那一种，他们的相识，完全是一种水到渠成的相互吸引。

元旦节，团委需要在学校举办一场大型活动，于是他们在一起商量工作的时间多了起来。刚开始接触时，苏眉很不喜欢江波那种认真的或者较真的态度，那天，江波需要在苏眉的学校做一个宣传策划，用的是学校里的两块大型黑板。江波还带了两名助手过来，苏眉在一旁协助，有点漫不经心的样子。而江波呢，一丝不苟，一言不发。后来，策划好的材料要写在黑板上，江波提议，用多种笔法写上去会漂亮一些，要苏眉也写上一段。苏眉很随意的往上面写了几行，江波看见了就说：苏眉老师，你能不能认真点？苏眉一听这话，有点不舒服，打算把笔一扔不写了，但一想到是在自己的学校，忍着没有发作，就不客气地说道：我怎么不认真的，我就这个水平，你如果觉得不好我就别写了。

江波当时正忙着，根本不知道苏眉情绪的变化，苏眉说停就停了下来，不动了。江波看她不动，只好过来问她：你写得怎么样了啊？苏眉不作声，江波才知道苏眉是生气了。

江波这个人，是何等机灵，他一看苏眉那个样子，就开始赔小心：苏眉老师，是我错了，接着写，好不？看到江波满头满脸的粉笔灰，听到他略带磁性的普通话，苏眉认输了。

活动举办得非常成功，市团委请有关单位的团委书记作客，并举办了各项派对活动，热闹非凡。

地点是在一家歌厅，他们包了一个大包间。天气很冷，一干人都穿着棉袄或羽绒服，只有苏眉，外面是一件黑色的昵子大衣，里面穿着一套玫红的薄昵裙，进入空调房后，她脱下了外套，只露出裙子。不像其他女的，将外面的棉袄半脱不脱的敞开着，紧身的毛衣裹住的身材，样子就很难看了。苏眉虽然画着淡妆，但眼睛涂了那种加长的睫毛膏，一双眼睛显得非常大而有神，顾盼生辉，一头长发披散在肩头，在一群人中间非常惹眼。苏眉喜欢一切鲜艳的东西，更加衬托得她这个人的出众，纵是不相干的人见了，也会被她吸引住。

江波对苏眉，自然一番发自内心的赞美：苏眉老师今天真漂亮啊！你看，这房间闪烁的霓虹，与你相比都相形失色。再漂亮出众的女人，虽然清楚自己的魅力，都希望得到别人的肯定。苏眉一番笑，不做回应。那天，江波是主人，不少女子都围在他身边，找他讲话，江波非常得体的与她们谈笑着周旋着。

他们喝酒、唱歌，苏眉唱的是枉凝眉：一个是朗苑仙葩，一个是美玉如瑕……若说没情缘，今生偏又遇着他，若说有情缘，为何心事终虚化……热闹的人群静下来，都沉浸在苏眉清冽的歌声里，江波更是如痴如醉。想当初，自己也是一个热爱文艺的男青年，不过是家境贫穷，从小没有受过任何正规训练。高考那年，江波和同学们一起偷偷到学校参加艺考，一到县城招生办，参加考试的同学有的会唱歌，有的会跳舞，有的会弹琴，只有江波没有任何特长，招生办的老师倒是很亲切，拍拍江波的头说：小伙子，准备了什么才艺表演的节目啊，江波就唱了一首歌。又问，会什么乐器啊，结果江波什么也不会，就回家了。所以，江波特别欣赏那些有才艺的人。

后来又有人提议跳贴面舞，但不准自己挑选对象，而是抓阄，抓到谁是谁，也许是天意，刚好江波就抓到了苏眉。

搂过苏眉的腰，江波刻意的与苏眉保持了一定的距离，正是这个距离，给苏眉形成了一个很好的印象，江波确实不同于一般男子。

放的是《泰坦尼克号》主题曲的萨克斯，这首经典华美的乐曲，总是让人心襟摇荡，江波终于是按捺不住，说：苏老师，信不信，这个机会，我可是千年等一回。

江波说这句话的时候，正是曲子的高潮部分，那种摄人心魄的旋律像是来自天国，令人心灵颤动。没有人能够抵抗得了这个诱惑和表白，骄傲的苏眉也不例外。她不作声，而是无来由地将头抵在江波的胸前，这个动作，给了江波一点勇气，他将手收了收，将苏眉的腰紧紧地搂着，使得苏眉有一种无法抗拒的顺从，他们身上各自散发的气息，令对方心跳不已。

不知道是谁，像是为了更好的配合他们的美妙感受，将这个曲子反复地播放了几遍，而江波和苏眉，在安静舒缓的相拥中逐渐沉醉。

江波的心，狂跳不已，说实在的，江波还从来没有如此近距离地接触过一个女孩子，也许没有人信，后来，苏眉信。

有过那次亲密接触后，江波和苏眉的再次相见，眼睛里就多了一份内容，但谁也没有下一步的举动。江波不是不想，但他没有这个勇气，他怕苏眉会拒绝自己。

转眼到了来年的愚人节，江波压抑的情感终于找到了一个机会，他试着给苏眉发出一条信息：有一句话我一直想对你说，这句话藏在心里很久，我却没有勇气告诉你。今天我要大声地对你说：我爱你！对了，提醒你一下，今天是愚人节。苏眉的信息马上回过来：你不要以为愚人节就可以乱开玩笑。江波回：如果我是真的呢？苏眉回：如果你是真的，就等到明天再发一条相同的信息。结果，江波在十二点零一分的时候，将那条信息又发了过去，只是将后面“今天是愚人节”那几个字删了。这样直接的表白，好像正是苏眉求之不得的结果。

十

江波和苏眉，这两个坠入爱河的人儿，在夜夜的抵死缠绵中，都有一种愿作鸳鸯不羡仙的幸福感，但江波会在偶尔的欢娱中有一点小小的走神。他不是没有想到过明珠，只要一想到他，江波的心底就会增添无限烦恼。

这天，江波对苏眉说，很久没回家了，想回家里一趟。苏眉说：是不是厌倦了和我日日相对的日子，想回归乡土回归自然了吧，多带我呼吸几口田野的清新空气。按照江波往日的风格，肯定会这样回答：我用嘴带回来，再让你从我嘴巴里吸回去。可这时候，江波没有心思开玩笑，只是抱紧苏眉说：无论我走到哪里，你都是我永远的女人。

江波说这话，其实还是有些心思的，只是苏眉没有听出其中的味道而已。江波回家，肯定是要见到明珠的，虽然他非常不愿意和她在一起，但是有什么办法呢？这正是江波愁肠百结的原因。

苏眉开始为江波的回家做一些准备，她给两个老人买了几大盒营养补品，还给两个老人一人买了一套衣服，苏眉拿件上衣在自己身上比画着，问江波：你妈穿上一定好看吧？你可别贪污，一定要说是我给买的啊！

江波说：我就说是他儿媳妇给买的。苏眉听了这话，开心的大笑起来，苏眉是一个性情简单的女子，什么事情都不喜欢想得太多。江波说回家的时间是三天左右，苏眉没有去送行，行程中，只是用短信一遍又一遍的诉说相思，江波也是热烈的回应：见过老同学了；还到地里去看了看，今年地里种的是玉米，一亩地可以收入三千多元；正在和父母一起吃饭，最后还要加上一句，如果你在，就好了，让苏眉感到既幸福又向往。

这个世界有点乱。婚外情、偷情、滥情，唯独没有真情。杂志、周边、小区，每天都能听到或看见这样或那样的新闻，都与情有关，又都与情无关。但是在苏眉的世界里，这些好像永远不会发生在自己身上。

苏眉家境丰厚。她的父亲早在九十年代初就开始经营餐饮业，如今在省城都开了几家分店。同时他还是一名颇有名气的书法家。她的父母亲和哥哥都在那边打理生意。苏眉的性情，确是有些与众不同，她从来不和别的女人扎堆聊天，给人一种清高而不可侵犯的感觉，像一个不食人间烟火的公主，对于那些趋之若鹜的追求者，苏眉从来不拿正眼瞧别人一眼，她在等待自己真心喜欢的人出现。江波恰到好处地出现了，不迟不早，正是一个女孩子感情最为成熟的时候，所以，苏眉对江波，也是百般珍惜的。

就在一个他们都熟悉的人口中，苏眉知道了江波这次回家的缘由，在苏眉听来，不啻一个晴天霹雳。那人说，江波回家去看女朋友了。女朋友？江波哪里来的女朋友？苏眉没法掩饰自己的失态，几乎是脱口而出，那个人满不在乎地说：听说好像是他青梅竹马的女朋友吧，听说他们很早的时候就订婚了。

苏眉第一个反应就是给江波打电话，江波没有接，然后她开始发信息，十指翻飞间一条信息便已发出：江波，你回家到底干什么去了？你还有多少事情瞒着我？你不要我了吗？

有些事情就是那么巧，这条信息江波没有看到，明珠正好在江波家里，又正好江波去上厕所，于是明珠看到了那条信息。

明珠问：江波，这个人是谁？你们之间是什么关系？

江波一看是苏眉的信息，于是他轻描淡写地说：一个同事。

明珠：同事为什么给你发这种信息？

江波不想解释，他选择了不回答。明珠开始不依不饶：这肯定是一个女的，江波，你在城里都做了些什么？明珠开始哭起来，江波还是不作声。他知道，这天迟早会来，所以，江波等明珠安静下来的时候，试图着说：明珠：其实我们之间不合适，我们分手吧。

明珠又开始哭起来：现在说不合适有什么用，你早干什么去了？无论你现在怎么样，我都不会退出，我好不容易等到今天，我不会让自己的十年光阴白白付出的。

看着哭得稀里哗啦的明珠，江波知道，这种分手的方式不可行。

明珠从小在那样一种家庭长大，早已经觉得自己是这个地方最让人仰慕的人，她不允许她比别人过得差。从小，她是王乡长的女儿，长大了，她有一个军官未婚夫，她从来都是在别人羡慕和尊重的目光里生活的，她从来不知道委屈的滋味是什么。父亲老了，早已不是乡长了。如今，如果江波不要自己了，自己的人生将会一落千丈，这是她一点也不愿意接受的现实，哪怕委屈，她也要维护这种虚假的光芒。

明珠不依不饶的哭着，把双眼睛哭得像烂桃子，晚上江诗贵从地里干活回来，明珠又把这个情况给他说了，江诗贵马上对江波吼叫道：你个小兔崽子，你才从部队回来几天，就想学坏是不是？在我们江家，不允许做不光彩的事情，那个女的就是一个金东西，你也给我和她断了，否则，从此我就不认你这个儿子！

十一

江波真正感到了什么叫心力交瘁。

如果说，江波与苏眉之间，仅仅只是一种逢场作戏的玩笑，江波也不会如此痛苦。他的心里非常清楚，他爱苏眉，爱到骨子里头，他爱得是如此纯粹，如此投入，他在爱的时候，甚至没有想到明珠的存在。苏眉，正是他十五岁初恋最完美的再现。他十七岁开始当兵，在部队一心一意工作和学习，十年后转业回到地方，对工作认真负责，对自己要求严格，无任何不良嗜好，不抽烟不喝酒不打牌，可是为什么，自己的命运真的就如此悲惨，连自己真心想爱一个人的权利都没有呢？

那是怎样一段暗无天日的日子。

江波每天下了班，就会来陪着苏眉。但任凭江波百般温存，做好了饭，苏眉就是不肯讲话，多数时间就是不停地流泪。江波只拿了纸巾，无声地给他擦拭，断断续续地给她讲述自己的那些往事。江波说：我什么都讲给你听过的，王乡长，王叔叔，只是从来没有提他有一个女儿。我不敢提，我怕一提，就要失去你。

苏眉问：那你是真的要和那个女的结婚么。

江波不作声，只重重地叹一口气。

苏眉再问：江波，难道现在还有逼婚的不成？

江波：你没有生活在那个地方，你永远不会明白我的处境，我的家，我的根，我的魂，有一半在那里，我真的无法挣脱那块土地啊！

苏眉：可是，你明明知道自己不会娶我，为什么偏偏又要招惹我？

江波：身不由己，我是真的爱你，哪怕我和别人在一起，但心里永远只有你。感觉这种表白有些苍白，江波急急忙忙地抓过苏眉的手，放在自己的胸前：你看，这颗心永远是你的，如果哪天它背叛了你，它也就停止了跳动。

惹得苏眉又是一阵泪如雨下。

事已至此，好像已无力挽回，最后苏眉提出，我想见见她可以么。

时间是一个星期天，在市里的帅府饭店，各方面档次规格都很不错，参加的还有几个单位的团支部书记和苏眉的几个朋友。

这顿饭，对于江波来说，他是左右为难，坐立不安，他知道单纯的苏眉没有想那么多，可是，明珠这里却是难以对付的了。但是，他又不能告诉苏眉这些，所有一切，只能走一步看一步了。

一落席，苏眉的好朋友便开始致欢迎辞：欢迎江波书记携未来的夫人赏脸前来，我们真是荣幸至极。作为我们的领导，江波书记是年轻有为，志大才高，未来的江夫人呢，也是美丽超群，艳光四射，两人真乃天造地设，令人羡慕之至啊。我们的江夫人真的是眼光独到，能够拥有江波这个绝好男人作为未婚夫，真的是祝贺你了。今天，我们略备薄酒一杯，欢迎江波夫人的到来，希望大家尽展欢颜，来来来，干杯！

明珠一看到这种架势，一听到这文谄谄的语言，一看到这群花枝招展、打扮新潮入时的男人女人，心底下便先矮了一截。她为了参加今天的宴会，绞尽脑汁的穿戴打扮了一番：上面穿了一件白色的风衣，下面是一条暗格的直筒长裤，虽然鲜艳夺目，但整体呈一种艳俗之感。虽然明珠从小受人尊敬，自命不凡，但与这样一群人比起来，确实有点相形见绌，而且在气场上，就比别人差了一大截。明珠一直都没有讲话，但是她一直在观察这一群人，江波与他们在一起，谈笑风生，引经据典，字字珠玑，她没有想到江波是如此幽默风趣的一个人，与同自己在一起时完全变了一个样。与自己相处的时候，他总是想睡觉。这个妙语连珠的江波，越发地勾起了她心底的醋意。同时，她看到里面最出众的一个女子，非常安静地坐着，那就是苏眉。

苏眉呢，见到明珠的那一刻，不由得从心底发出了一声叹息，这样的一个女子，哪里配得上江波啊。苏眉的心底有一种释然，觉得这样的一个女人，当然不会将江波的心收了去，但同时，她的心底，又有一种生生的痛，江波与这样的人，日日相对，他怎么会过得下去呢？

苏眉那天穿了一件缀满白色珠子和蕾丝花边的白色衬衣，腰身收得很紧，一条嬉皮风格的黑色七分裤，一双小羊皮的红色靴子，头发整个向脑后梳去，扎一个高高的马尾，将一米六八的身材越发显得修长。特别是那双眼睛，长而密的睫毛扑闪扑闪的，像会说话般的样子，衬出那种略带微笑的冷静神情，那份与众不同的味道冲击着每个人视觉神经。她不说话，但不等于与江波没有交流，虽然她特意与江波坐得隔开，但由于隔得远了，正好成了对面，江波拿着酒杯向苏眉示意时，苏眉没有像其他人一样回意，而是没加理睬，直接把眉头低了下来，放下了酒杯，这样的一个举动，明珠是尽收眼底。于是，明珠的目光锁定了苏眉，心里弄得七上八下，如果江波成天和这样一群人在一起，对自己不变心才怪呢。

明珠看到苏眉郁郁寡欢的样子，断定她和江波一定有某种联系，她突然想起看到江波手机上的那条信息，她当时记住了号码的，便用自己的小灵通拨了过去，苏眉的手机响了，明珠马上摁断了电话，苏眉看到断了，也没有理会。明珠的判断得到了证实，心里立马开始翻江倒海起来。她的脸因为气愤而涨红。只是人太多，没有人注意到明珠心底的变化。

回到江波的住处，明珠马上拿出了拨打的那个号码，问：这是谁的？

江波一看，心里一惊：你怎么知道她的号码？你什么时候打她的电话了？

明珠：哪个她？她是谁？

江波：是学校的一个团支部书记。

明珠：书记，书记个屁，就是那个苏眉小妖精是不是？你不看，在座的所有男人看她的那个样子，小骚货！

江波：你冷静点，别骂人行不行？别人怎样招惹你了？你要这样骂别人？

明珠：心痛了是不是？我偏要骂，勾引男人的小骚货，仗着自己有几分姿色，不得了了是不是？你别以为我不知道，你们当着那么多人的面还在眉来眼去。江波，上次回家给你发信息的就是这个女的，你与她，绝对不是一般的关系。

江波听到此言，不由得为明珠的精明感到骇然。

骂红了脸的明珠，开始口不择言。明珠从小在乡下长大，与那些妇人打交道，骂起人来是一套套的，乡下女人骂人，看哪个不顺眼了，东西被偷了，与人发生纠纷了，通常是用骂人的方式来发泄。她们站在村口，拿个切菜的砧板，握把菜刀，边剁边骂，可以不歇气地骂上半天不重复。明珠从小看热闹，耳濡目染，不学自通。只是江波，从来没有见到如此真实的明珠，竟然会是这样的粗俗不堪。

江波真的感到一种不知所措，他住的是单位的宿舍，宿舍的房间不是很隔音，他连忙走到窗户跟前说：你还是一个女孩子，不要这样骂人好不好？让别人听见了多不好。就打算去关窗户。

没想到明珠一把跨坐在窗户上，指着江波的鼻子说道：江波，如果你想怎样，我就从这个窗户里跳下去，让你身败名裂，我王明珠绝不是好惹的！

江波一下子慌了神，连忙抱住明珠说：我什么也不做，你还是下来吧，这样多危险！

最后，明珠收拾好自己的东西，气咻咻地离去。

十二

金秋十月，江波和苏眉来到离市里不远的一个小镇。那里有山，有水，还有一个小岛，小岛上面有板栗树，岛下面则是一片丘陵地带，坡坡岭岭上种满了橘子，那里的橘子又大又甜，可以随便采摘来吃，但不能带走。

物是人非。想到现实处境，两个人再也不是欢快轻盈的步子踩在金色阳光里的感觉。江波想起当初他们到这里来玩，同行的还有七八位，他们租用一位老伯的船去岛上，苏眉跑在最前面，招呼那老伯划船过来，然后大声呼喊：船来啦！过河啦！然后在船上，他和苏眉对唱那首《过河》：哥哥门前一条弯弯的河，妹妹对岸唱着一支甜甜的歌……一船人开心的大笑，笑说他们是郎才女貌的一对，他们心底都感觉到一种幸福。上了岸，老伯的孙子在一张板凳上做作业，苏眉见了，问老伯：孩子爸妈呢？老伯答：他妈妈嫌这里穷，跟别人跑了，他爸爸外出打工了。苏眉：那他每天上学是您送的？老伯答：是啊，我每天摇船送他上岸后他自己去上学。苏眉不由得一阵嘘唏，硬要塞给老伯两张百元的票子，老伯不肯收，苏眉说：收下吧，助学呢，不是给您的，给孩子的。江波见了，又是对苏眉的一阵欣赏，苏眉是心地善良的女人。

那种开心，真的成了昨日旧梦。

还是那个老伯，不过才一年不见，已经非常的苍老了，他已经记不起苏眉了，苏眉还惦记着那个孩子。老伯说：孩子他父亲接走了，我老了，已经无法照顾他了。

苏眉看老农收获板栗，板栗身上长满了毛刺，很扎手，需要用工具划开后剥出里面的栗子，然后装在篮子里，用布盖着，不能见光，见光后喜欢长虫子。

他们穿梭在一片片橘树林里，苏眉摘下一个橘子，掰掉皮，自己先尝一瓣，如果是甜的就送到江波的嘴里，你一瓣我一瓣。虽然他们都想放下现实的一面，所有的形式与以前都一样，只是内容，已然有些苍白，早已经不是当初那种心无城府的心境了。

正吃着，江波手机响了，他一看，是明珠的。自从那次明珠走后，他们已经有半个月没有联系了，江波希望，明珠从此从自己的生活里消失。他没有接听，直到第二遍再次响起。

江波听到了电话里明珠哭天抢地的叫喊：你快点回来，爸出事了！

江波一惊，连忙问：你别急，好好讲。

从明珠异常悲痛的话语中，江波大致弄清楚了，王叔叔出了车祸。

江波赶到时，王叔叔已处在弥留之际。见到了江波，他眼里发出了一点微弱的光，他断断续续地交代：江波，我就这么一个女儿，我希望你们能够尽快成家，你一定要对她好……

王叔叔的临终嘱托，像扔下了一颗炸弹，炸得江波的头顶轰轰作响，同时，也令在场的所有人员都不由得失声痛哭。江波也哭着点下了头：王叔叔，你放心吧。

江波心里的苦恼像梅雨季节长在衣服上的黑点子，只不过，那黑点子是长在他的心里的，衣服上长了黑点子，丢掉就可以了，可是他的这种苦，是说丢就能丢的吗？江波一想到王叔叔的临终托付，心里就是一阵寒噤。他一想到父母的目光，心里头也五味杂陈不是个滋味。他想起了小时候，村子里有一个男裁缝，本来和同村的一个女孩子已经订下了婚约。但他在学艺的时候，他师傅的女儿爱上了他，而且还多次到那个男孩子家里来，男孩子不得已要和先前的那个女孩子退婚，这在农村，是非常遭人唾弃的。退婚那天，好多人来围观，都非常同情同村的那个女孩子，虽然他师傅的女儿也很漂亮，但谁都说她丑，说她横刀夺爱，不是个好女人。男孩子的父母坚决不同意，骂孩子，说你做这种缺德事，会让我们在村里抬不起头。后来，男孩子还是和师傅的女儿结婚了，但他相当于入赘到了女家，也几乎和家里人断绝了往来。这段故事，让那个男孩成了他们当地负心汉的代名词。

江波想起以前曾经和父母试探性地说出了自己想退婚的想法，马上遭到了江诗贵的激烈反对：你个孩子啊，你不要忘了本，你忘了是谁把你从农村搞出去的，没有王乡长一家，能有你的今天？再说明珠也等了十年，人一辈子有多少个十年？

江波：爸，我和明珠性格不合，只怕婚后不会幸福。

江诗贵：什么合不合的，以前我和你妈结婚了才认识，不也照样生活得好好的，结了婚，谁都是一个样子，孩子，算我求你了，你不要做一个忘恩负义的陈世美，这样，我和你妈一辈子都会抬不起头。

他的父母、亲戚、根都在这里，他又如何能够脱离得了他早已经根深蒂固的家乡呢？还有王叔叔临死前的嘱托，他都不能忘啊！

江波彻底妥协了。

十三

婚礼的日期定了下来，旧历年的冬月十九。

苏眉脸上再难得一见笑容，但是，她也不得不接受这个现实。她只是要求江波说：你婚礼那天，我也要穿一件鲜红的婚衣。

江波起初吓了一跳，不知道苏眉要干什么，苏眉一笑，说：我不会坏你的事的，只不过，我会做你心中的新娘，你明媒正娶她，这还不好么？苏眉说了很多话，又是哭又是笑的，江波心里头像一团乱麻，理也理不清。

星期天，苏眉和江波来到省城的外贸商场，苏眉径直来到女装部，一眼便看到一件大红的羊毛呢大衣，领子上面镶嵌着一条同样色系的毛领，那毛闪闪发亮，一根根像针一样伸展着。江波一看价格，要五千多元。苏眉示意售货员拿过来，脱了身上的衣服试了试，衣服一上身，好像专门为苏眉量身定做的般，那腰身掐得恰到好处，人整个的就像包裹在一片红色的祥云里，看上去富贵极了。苏眉就是适合这种艳丽的红，没有人能穿出她这种极致。

买到了衣服，苏眉的心情似乎有一点点好起来。她又给江波买了西服皮带领带等等东西，算下来，苏眉共花了一万多元。

女人是不是有一种自虐式的倾向，此刻的苏眉其实是迷糊的，她在用这样一种方式惩罚自己，用这种方式强迫自己忘记一种痛。

冬月十九，太阳菩萨的生日，这是江诗贵选的好日子，天空非常清朗，甚至还出现了很温暖的太阳。

江波的婚礼，遵循了江诗贵的意见，在农村的家里举行，其实江诗贵和满玉从五六月份起，就已经开始对家里进行了修缮。江诗贵早已经做好了娶媳妇的准备，他认为江波和明珠的婚事不过是迟早的事。他将门口的院子用一块块的砖铺了，然后倒上了水泥，家里的三间瓦屋，全部铺上了酒红色的地板砖。江波的新房，还置办了全套的家具，全套的床上用品，大红的鸳鸯戏水的被面和枕头，凡俗中呈现出一派喜气洋洋的景象。

苏眉穿着那件红色的衣服，和许多人一起来吃江波的喜酒。共有两个多小时的车程，过了公路便来到乡间的土路，经冬天雨水泡过的大堤，坑坑洼洼，一路颠簸，一车人已感疲惫。有不明就里的同事打趣道：苏眉，你穿这件衣服，是想和新娘子媲美么？苏眉微微一笑，旁边有人接腔：新娘子肯定没有苏眉漂亮，不信我们打个赌好不好？说说笑笑的也就到了。

一到坐后，江波连忙招呼他们吃饭，与江波四目相对，苏眉心里头百感交集，眼泪差点就掉了下来，她看到有许多人在朝自己看过来，连忙别过身子，背对着江波。她这件衣服太打眼，差不多吸引了所有人的目光。她甚至听到有人问：那个穿红衣服的是不是新娘子啊？

苏眉吃得很少，先下了桌，绕过众人，独自一人来到屋子后头。她看到江波时常向她描述的屋后面的那片菜园，菜园里的莴笋和大蒜长得很好。小时候的江波，对里面种的红苕、地瓜、甘蔗、瓜果是多么的感兴趣。她还记得江波说的，他小时候想吃黄瓜，妈妈不让摘，于是江波趴在地下将黄瓜吃了，瓜蒂还留在上面的故事。她一个转身，看到了新房的布置，想到夜里江波搂着新娘子的情景，苏眉突然没有了一点底气，她原来是想看看新娘子的模样，可看了又能怎样呢？她急急忙忙的催司机快点回家。本来有同事嚷嚷着要打牌的，江波看到苏眉要走，也不想挽留，拘留有什么用呢？自己又能怎么样呢？还不如走了都轻松。

神经绷得紧紧的苏眉，一回到家里，便感到非常疲倦，在沙发上不知不觉睡着了。电话响起，一看，是江波的，苏眉本想不接，但转过念头又接了。江波问：在干什么呢？苏眉问：新娘子接回家了吧？江波又说：你吃饭了没有？苏眉问：一定很热闹吧？两个人都在答非所问，苏眉听到旁边闹哄哄的，有一个在喊江波，江波答应了声我就来，然后对苏眉说：你一定要乖啊，我现在有事，等会再打给你。

此刻已到夜里九点，苏眉怕自己会痛苦得想不开，所以不想待在屋子里，她知道自己不能安静下来，如果安静下来，她的心就会撕裂般的痛。于是她打车来到酒吧，以前苏眉和同事一起来过的。

酒吧里灯光昏暗，迷离的男人女人，正搂在一起摇慢嗨。苏眉以前来过这里，但都是以一种非常轻松的心情来感受的，可如今，看到相拥在一起的情侣们，苏眉终于忍不住，忍耐了一天的泪水到底没有控制住，像决堤般喷涌而出。

那夜，苏眉喝了一生中最多的一次酒，醉得一塌糊涂。

婚后四天，江波便回到了单位上班。晚上，他没有给苏眉打电话，而是用钥匙打开了苏眉家的门，苏眉正蜷缩在沙发上看电视，看到江波，有些吃惊，江波小跑着走过来，苏眉想拒绝，江波不由得一把紧紧地抱住了她，四目相对，两人都是一种百感交集的欣喜。江波似乎是拼了命的要补偿，比以往任何时候都要狠。转眼就是春节，七天的假期，江波不得不回到家里，他和苏眉是百般温存，难舍难分。

腊月三十的下午，江波打电话问苏眉吃饭没有，苏眉说吃了，江波说：我们正在给老祖宗上坟呢，你听，放鞭炮了。

过了一会儿，江波又打来电话：我们开始放野火了，烧得多旺啊，要是你在就好了，你不是一直想看我们烧野火吗？一说完，江波感到自己失言了，还没等苏眉说话，又开始说：记住啊，我们一起看春晚，看的时候记住节目名单，我们俩比比看谁记得仔细。

十四

婚前，江波和明珠一直没有过任何亲密接触。有一次，江波有一点想法，但也没有任何内容。在他们订婚后的那天晚上，在明珠家里，王叔叔和王阿姨走亲戚去了，只剩下他们俩在看电视，当时，电视里正播放着一段接吻的镜头，江波被王叔叔相劝着喝了一点酒，到底是二十几岁的血性男子，江波一把抱住明珠，开始在明珠衣服里面摸，明珠连忙说：我大姨妈来了，江波停下手，直朝房门口张望：哪里，大姨妈在哪里？明珠笑得直不起腰来，江波最后才回过神来，但那种勇气和兴致却一点也没有了。

新婚夜由于在家里，江波有理由和明珠没有同房。直到他们回到镇上的家，他们的新房在明珠的单位，一室一厅。已经到了第三夜了，明天就得回单位上班了，江波觉得自己必须要尽一个新郎的义务了，可是，他发现自己好像不行，任凭他百般努力，就是无法进入明珠的身体。

明珠虽然不胖，但髋骨很宽，江波和他的刚好相抵，抵得人生生地痛，明珠也痛，一痛就没有感觉。再加上江波心里想着苏眉，越发的不能行动了。江波只好对明珠说这些天很累，过些日子可能会好一点吧，明珠强忍着没有发作，但是脸色，却是非常的难看，江波知道明珠是这个脾气，自己心里也有愧，便懒得与她计较。

江波从小在农村长大，家境又不富裕，自然是非常节俭的那种。而明珠呢，可从来不管这些，不想做饭了，就去餐馆里对付一顿，什么东西都要买最好的，看到喜欢的衣服，说买就买，自己工资又不多，也不会算账。虽然江波没有天天和她生活在一起，但每个星期总有相聚在一起的时候，江波喜欢看文艺和体育类的电视节目，明珠天天守着那些连续剧和韩剧看，又不能间断，每次都要和江波抢遥控器。江波想起在苏眉装饰典雅的房子里听歌、看大片的情景，再看看身边穿着睡衣嘴里嗑着瓜子的明珠，无论是人与环境，真的是一个天上一个地下，心里觉得空前的索然无味。明珠这个人很敏感，看到江波不开心，总是喜欢问：是不是又在想那个妖精了？对了，你们的关系到底到什么程度了？上过床没有？她怎么还要缠着你，怎么不快点找个男人嫁了算了？

听到这些，江波感觉异常痛苦，他不希望明珠诋毁苏眉，非常不希望，苏眉在他心底是异常圣洁的，与明珠完全不在一个层次上。江波非常清楚明珠的俗不可耐，只要一提到苏眉，她就会激愤不已。所以，他唯一的做法只有闭嘴，不理睬，可是不理睬在明珠看来就是一种默认，默认只能激发明珠更大的斗志。明珠甚至会放下自己心爱的连续剧，做出一副战斗的准备，江波只要一看到明珠这个架势，就会径直走到睡房，明珠没了吵架的对象，会看电视到转钟，第二天直到江波回市里，他们互相之间也不会讲一句话。

这种令人窒息的生活状态让江波非常害怕周末的到来。

同一办公室的同事每到周末都会打趣江波：小别胜新婚，又回家过新婚生活呀，同事的打趣是友好的，可江波只能以苦笑作答。

江波想起有一次，王叔叔与自己谈心。王叔叔说：江波啊，我的这个女儿，由于我从小疏于管教，确实有些刁蛮任性，你以后跟她在一起，只怕是要受些委屈的，你比她懂事，以后可得多担待点啊。江波当时以为是王叔叔一种谦虚的说辞，现在看来，远比王叔叔所说的严重多了。自己和明珠虽然认识十年，但真正在一起的时间没有超过一个月，看来自己对明珠是真的缺乏了解。

婚后三个月，明珠怀孕了，江波说不上是一种什么滋味。他的心里，从来都没有想过要和明珠天长地久的，现在这个孩子来了，自己竟然没有半点高兴的感觉，他的心里有一丝恐慌，觉得自己的这一生真的只能和这个女人捆绑在一起了，以前他还怀有一种侥幸心理，哪天也许还能和苏眉生活在一起，看来，是一种痴心妄想了。有了孩子后，一切将无法逆转。在明珠怀孕三个月的时候，为了照顾明珠，江波将家从镇上搬到了单位。

搬到单位来住后，有一帮同事嚷嚷着要到江波家里做客，江波不好推辞，就做了些准备，没想到，苏眉不请自到了。

江波确实没有请苏眉，他不想苏眉看到自己现在生活的家，也不想两个女人碰面后发生点什么。江波从来没有对苏眉讲过明珠知道他们之间的事情，他不想讲，觉得讲了是对苏眉的一种亵渎，所以，苏眉完全不知道明珠对自己已经是恨之入骨了。

而苏眉呢，她却是非常想来看看江波生活的现状的，虽然江波没有给她说，别人无心的邀请后，苏眉就跟着来了。江波的家是一所陈旧的两室一厅，墙上简单的刷了一层白色的涂料，只搬了几样家具，卧室的一张大床上，铺着一套紫色的床品，是苏眉最不喜欢的颜色，看到江波家中简陋的陈设，苏眉心底的痛真是无以言表。江波每天就生活在这样一种状态下么？这个扎着围裙的男人，这是给她用一口标准的普通话朗读泰戈尔的飞鸟集的江波么？

明珠看到苏眉，也是感觉意外，江波知道，按照明珠的性格，一场事故在所难免。

没想到，明珠变换了一种方式，非常热情地招呼着客人，等到大家入座了，明珠拿起酒杯，先给自己倒了一杯，然后举起来说：谢谢大家看得起我们家江波，肯赏光来家里做客。我们家江波啊，确实长得标致，男人长得标致，和长得标致的女人一样，同样喜欢招蜂引蝶，今天我请大家帮个忙，做个监督官，江波要有个什么不是，请大家一定要通知我，我不胜感谢，因为江波，快要做爸爸了。

明珠的一席话，惹得一片叫嚷声：江波，你好幸福啊，快要做爸爸了。江波偷眼看苏眉，她发现苏眉的眉头小小的皱了一下，那是无法掩饰心底的一种颤动。明珠又说：以后要是看江波和哪个女人在一起，大家举报有奖，然后拿眼睛不客气的扫向苏眉。明珠前面几句讲得还算得体，这句就不行了，大家觉得有些尴尬，不好再附和，于是吃饭喝酒。

饭吃完后，打麻将，要五个人轮换，江波也在桌上。苏眉不会打，坐在一旁看着，明珠将碗筷收到厨房，也没洗，江波他们才打完两盘。明珠说：江波，你去洗碗，我来打。江波本来也不大会打麻将，但刚好起到了一手好牌，光条子，正研究着怎么打，就没理会明珠的。明珠又喊了一遍，江波说声等会，身子也没动弹。明珠从后面一把拖住江波，江波没有提防，明珠一用力，江波就倒在了桌子底下，江波从桌下底下爬起来，满脸通红，但又不好发作，明珠全然不管，一屁股坐在桌上，问：该谁出牌啊？全桌的人都感觉尴尬极了。

于是，人人都知道了江波有一个非常厉害的老婆。

十五

虽然明珠给了江波面子，没有在众人面前撕破脸，但是晚上，明珠起码问了江波二十遍：谁要苏眉来的？江波只是不停地分辨不是自己要她来的，但明珠哪里肯信。

日子在争吵与冷战中一天天过下去，江波的心也越来越麻木，想到即将出生的孩子，江波对明珠非常忍让和迁就。明珠的脾气却越来越坏。她知道江波心里一直放不下那个狐狸精，一直都没把自己放在心里，哪怕自己怀了他的孩子，他也没有回心转意的意思。他们俩在一起，从来没有那种小夫妻打情骂俏般的亲热。江波在外面热情洋溢谈笑风生，可只要一回到家里，他的情绪就会很低落，总难得看见他有一个开心的笑脸，明珠是看在眼里急在心里，她也知道自己不是苏眉的对手，那个女人又漂亮又有钱职业又好，自己根本没有办法和她比，这让明珠气恨不已。小时候，她有一个人人羡慕的父亲，现在家乡人都知道她嫁了一个军官丈夫，过着风光无限的好日子，有谁知道她的真实生活呢？狗屁！江波人长得帅，人缘又好，保不准哪天他真的不要自己了。可是明珠的思想又不会转弯，不懂得用女人应有的温情来打动江波，这也是一个人与生俱来的缺陷。江波狠，她立马表现得比江波更狠，她觉得自己只有这样，才叫没有输给江波。她仗着自己怀着孩子，知道江波不会把自己怎么样，所以，她只要发现有一点蛛丝马迹，就会对苏眉痛骂一通。而江波呢，对明珠的叫骂好像适应了，一般情况下他会不作任何回应，好让明珠骂累了后能够自己偃旗息鼓。

江波与苏眉的交往也不多，有时候星期六下午在苏眉的住处，两个人相对，总是激情难耐，恨不得把相处的片刻都当作世界末日来爱。江波会抱着苏眉，说：我只要你这片刻的温暖，就可让我回味至与你下次相见的时刻。无论多么困苦，只要一想到我们相处的幸福时刻，我的心就会安宁。每次要走的时候，江波会把身上有关苏眉的气息悉数弄干净了才走，搞得苏眉悲愤不已，说：江波，凭什么？凭什么我会当了你的地下情人？公平吗？江波不言语，只是抱紧苏眉：苏眉，对不起，对不起，我真的无能，不能与自己相爱的人在一起，不能给自己所爱的人幸福。苏眉连忙推开他：别说了，我知道就行了，快点回家。每次的相见和分离都是这样，弄得是一片凄风苦雨，每次两个都想，下次不要见了，可分别一段时间，又思念得不行。

苏眉也不是没见过相亲的对象，她也感觉到累，想与江波结束了，寻找自己的幸福。连续见过一些人，不是太轻浮，就是太现实，怎么也找不到与江波在一起那种清朗的感觉。谁都知道，想要忘记一段感情，就是用一段新的感情来代替，可是这新的感情，该如何开始呢？

江诗贵到城里来过几回，知道儿子过得不幸福，他的心里对儿子充满了内疚。所以，他和满玉也很少到儿子家里来，即使来，也是大包小包的扛着米、油、新鲜蔬菜，还有活鸡，自家池塘的鱼，等等，自己都舍不得吃。碰上明珠心情好的时候，会亲自下厨给他们烧顿饭，心情不好，只能等江波回家，每次来后，江诗贵都是连夜回家，从不过夜。

阳春三月，菜籽花开，江波的女儿出生了，满玉来城里照顾孙子。

江波对明珠怀孕时没有什么期待，但女儿真的出生了，江波还是欣喜不已，看到那个酷似自己的小生命对着自己微笑的时候，江波的心里，有了片刻的宁静。

从女儿出生那天起，江波便开始为女儿记日志，记录女儿成长的点点滴滴，会笑了，会走了，会说话了，每日一篇，每篇附一张照片，从不间断，即使是出差，回家后也会补齐。他的这个日志一写，还形成了一定的粉丝群，特别是那些年轻的妈妈们，都喜欢看他的日志，自然留言的人也不少，这又给江波带来了一些麻烦。有些妈妈们，强烈要求江波将孩子妈妈的照片贴出来，说这样漂亮可爱的孩子，妈妈一定也非常漂亮，江波只是不搭理这些留言，那些粉丝们越发的觉得江波有一些神秘。

江波为孩子取名江梦远，为什么要取这个名字，江波心里是非常清楚的，他觉得自己的梦想是与苏眉在一起，而不得不和明珠生了一个女儿，不是梦远又是什么。

江波在单位，口碑是非常好的，他这个工作，经常参与各项活动，接触的年轻女性也多，其中也有不少爱慕江波这个人的，但从来没有传说过任何有关江波的绯闻。但是看到江波博客上的留言，明珠又有点不高兴了，觉得江波从来就没有让自己省心过。他总是能招来女人的喜欢，而这点，明珠又是最不能容忍的。所以，看到留言，明珠要求江波把那些人删掉，一个苏眉，已经让她够烦的了，再加上这些不明不白的女人，保不准哪天江波还会被别人给勾了去。江波说：有那个必要吗？人家不也是看着江梦远可爱吗？就为这些事，也能吵上几个回合。

十六

日子不紧不慢地过着，江梦远一天天长大，可爱至极，江波和苏眉的交往，也已经很少了，时间真是个好东西，有时候会淡忘一些事情。或许爱情，从来就是一件千回百转的事吧。

江波昨夜里睡得早，早晨也醒来得早，他看到明珠还在熟睡中，不由得开始端详起来。明珠睡觉喜欢趴着睡，两只胳膊肘儿向上举着，这本来是一种最为可爱的婴儿式的睡法，但在明珠这里就不行了，明珠的脸由于趴着，眼睛挤在一块，已经完全变形了，身上的那件睡衣已经看不出颜色，胡乱地向上卷着，裤衩松松垮垮的，腰际那端露出了一圈赘肉。但是明珠睡着的时候是安静的，他多么希望她一直能够像睡梦中这样安静啊。

江波的心里感觉很悲凉，岁月是噬人的酸，可以将一个女人变得如此不堪。他恍惚记起那个初见明珠的黄昏，虽然明珠不是自己喜欢的类型，但到底还有一种青春年少的英姿，人说三十岁的女人最美，可明珠的美在哪里呢。

满玉怕梦远吵着明珠睡觉，早早地抱着孩子下了楼。昨天明珠刚和满玉吵过架，她嫌满玉讲话不标准，用家乡话对孩子讲儿歌，比如小白兔，白又白，两只耳朵竖起来，用家乡话讲小白兔就成了小白头，明珠就开始数落满玉：妈，您以后别告诉孩子说这些了，孩子听了多不好，满口土话，以后城里的孩子笑话她。满玉说：江波小时候还不是听这个长大的，有什么不好？明珠说：您那时候是什么年代？现在是什么年代？江波就说：奶奶带孩子，总是这样的，要不你自己带算了。明珠听了，又开始发作了：你有什么本事？每个月那么点钱，我不上班你养得活我们母女俩？然后又是噼里啪啦的一顿数落，要不是满玉相劝，又是一家伙好吵。

江波的手机响了，是个陌生号码，江波接通后知道，原来是春影回家了，想和江波见见。明珠刚好醒来，听到他们在约地方，又是一个女的声音，马上开始盘问：是哪个女的打电话过来的？是不是那个狐狸精？江波为了证实一下就把手机递过去：是个女同学，多少年没见面了。明珠扳过手机一看，确实不是苏眉的号码，就说：你又勾搭上了哪个女同学？一个苏眉已经让我够烦的了，又来一个什么女同学，还约了要见面，你给我小心点。

明珠还在唠叨，还在骂，江波说了声神经病，转身下了楼，他知道，今天明珠的电话肯定会像迫击炮一样，他走到哪，电话就会打到哪。

男人对初恋是否像书上说的那样念念不忘，这点实在无法考证。江波的这个初恋情结持续的时候还是有很长的。到了部队后，他曾经写过信到美术学院，但由于没有班级，而杳无音信，后来还是想了很多办法寻找春影。他退伍后，打听了几个同学，才知道了春影的联系方式，他试图着发了一条信息过去：还记得我吗？春影那头没有回音。想了想，江波还是打了个电话，电话那头传来春影的声音，也是一口标准的普通话：您好，哪位？江波突然的有些心慌气短，还开了句玩笑：猜猜？春影猜不到，说：你再不告诉我你是哪个，我就挂了。江波连忙说：我是江波，你真的听不出来了？春影还是有些意外，说：原来是你，你回家了？接下来他们就没有话了。

后来江波利用出差的机会去见了春影一面，春影因为成绩优异，已经留校了，春影结婚了，长胖了，穿着正统的套装，周身洋溢着一种做学文的端庄气息，昔日那个飞扬活泼的小女生形象已经荡然无存。

江波觉得，这个世界上还是自己的苏眉最好，哪个女人也比不上她的那份妩媚。

这天晚上，江波见到了春影，不过不是单独，而是带上了明珠。明珠说：以后你有什么活动就带上我，我要为了家庭的安宁，不让别的女人有半点机会。江波只好答应了，江波想的是，最好少吵点架，母亲在这里带孩子，少让母亲受点气，等孩子长到三岁上了幼儿园再说吧。

他们的聚会还叫上了另外几个同学，都是单身赴会，只有江波一个人带了家属。久居高等学府的春影，举手投足，表现出一种良好的修养，他们同学在一起讲起往事，非常有趣，不时爆发出一阵阵大笑，可能是感觉到明珠受了冷落，春影也不忘了调侃一下，对明珠说：你的这个丈夫啊，当年在我们学校，可是有不少女同学喜欢他，我就是其中之一，你可要看紧了点，你看他现在，依然是明眸皓齿唇红齿白的，三十岁的男人可是一枝花啊！春影哪里知道，这可是明珠最忌讳的地方，她最烦有人说江波帅，春影这样夸江波不夸自己，明摆起就是说自己配不上他，所以明珠也没有考虑，就说了句：苍蝇不叮无缝的蛋，要有人找他，也是他自己先开了缝的缘故。你们不知道，他天生就是个喜欢招蜂惹蝶的胚子。

听她这样说，有一个男同学打趣道：江波，想不到你还有这个本事，今天当着嫂子的面如实招来，在外面一定不止小三，而是小四小五了吧？

明珠的脸上都变色了，只要有人提到这个，她就会想到苏眉。春影感觉不对劲，连忙岔开了话题，明珠一气之下转身走了。

江波离婚的念头越来越强烈。

十七

现在的天气越来越不正常，全球气候变暖，一年四季感觉在过夏天，冬天里连打霜结冰都少见，新闻、电视、网络到处是关于世界末日的预言。北方沙尘暴，新疆暴雪，西南大旱，真是应有尽有。

这些恶劣的气候，好在离我们很远，丝毫没有影响市里城市之春文化艺术节的成功举办。经过三个多月筹备的文化艺术节终于如期开幕，苏眉担纲了这个艺术节的主唱。

作为团支部书记的江波，自然是筹备组的一员，各部门团支部都抽调了人手，日夜班赶排，江波和苏眉又有了在一起的时间。但是，自从江波有了孩子，出于一种道义和责任，他们像约好了似的，江波再也没有去过苏眉那里。只是互相之间见了面，眉目交流间，那种情感还是有的，真如戏文里唱的般：咱不是前生爱眷，又素乏平生半面，则待来生出现，咋便今生梦见……在眉峰、心坎里别是一股疼痛。虽然他们都在克制，不让自己的情感泛滥，但人的感情就是那么奇怪，不见面倒好，只要见了面，那种欢喜、快乐、愉悦和无限爱慕的心情原来就藏在心底，挥之不去，甚至不需要酝酿也能自己发酵。江波回到家里，只要静下来，总要回味着苏眉的一颦一笑，在江波眼里，苏眉的身上，总是有着一种销人魂魄的气质，这绝对不是情人眼里出西施的感觉。岁月的沉淀，给苏眉更增添了一份成熟妩媚的味道，举手投足间，那份不需藏匿的、与众不同的清高与傲气便显现出来，再加上与江波四目相对时苏眉眼底的那份幽怨，越发勾起江波的无限爱怜。但如今的他们，无论还有多少爱，但都只是在心底了，他们之间，真正地做到了发乎情而止乎礼。

但也因此而影响了江波的心情。与明珠睡在一张床上，他看到明珠邋遢得看不出颜色的睡衣，胡乱扎在一起的头发，本来就黑的皮肤，由于没加保养，毛孔愈显粗大，在灯光下泛着油亮。所以，江波连触碰一下明珠身体的心情都没有。

每晚上了床后，他总是拉过自己的被子，不声不响地就睡在明珠的脚头，中间隔得远远的，那空间还可以睡一个人下去。

开幕式举行的时间是下午，舞台搭建在人民广场的中央，一时间，彩灯闪烁，人声鼎沸，笑语飞扬。由于电视、报纸、广播等对这个艺术节宣传得很久，人们自然是怀着一种无比兴奋的心情，来共同期待这样一场文化盛宴。

第一场景，是体现江南水乡韵致的主题。一群手执杨柳的绿衣女子，簇拥着婀娜多姿的苏眉，且歌且舞，极尽妩媚。

明珠在台下发现是苏眉，心里头很不是滋味。江波已经有快两个月没有碰过自己了，江波不过才三十来岁，没有这方面的需求是不可能的，如果没有苏眉的存在，江波对自己会这样吗？其实作为明珠这个女人，也算是悲哀的很，活到三十岁都没有明白一个道理，那就是怎么样来对待自己的男人，怎样来拴住自己男人的心。明知道自己的男人在各方面都比自己强，而且前途大好，为什么就不肯对江波低调一点、温柔一点、主动一点、肯示弱一点呢？如果明珠对江波好一点，他们的关系至于这样吗？每次就床上那点事，明珠从来都没有主动过一次，她觉得那是一个女人的尊严，自古以来，就没有女人先碰男人的道理，如果江波不碰自己，自己肯定不会去主动求欢。这就是明珠错误的地方，当然明珠错误的地方太多了。

明珠心里正是烦得不得了，看到苏眉还是这样年轻漂亮风情万种的样子，而自己自从有了孩子，穿戴打扮总是随便得很，再加上身材又长胖了不少，与苏眉相比，越发的相形见绌了，自己能不烦闷吗。

明珠只要一见到苏眉，心底那种蠢蠢欲动想骂人、想挑衅的感觉就会呼之欲出，这好像已经形成了一种无法控制的本能。

明珠扭头看了一下江波，她看到，江波看苏眉时眼都不眨一下，眼里充满了无限爱慕。她从来没有在江波眼里看到对自己的这种感觉，她的情绪已经无法忍耐了。明珠已经观察江波很久了，只是江波很投入，根本没有注意到明珠在看自己，他只是沉浸在舞台的意境和苏眉的歌声中去，苏眉正唱到：万紫千红啊春绿草……只听到明珠大声说道：你怎么一看到这个女的眼睛就直了？江波听了一惊，瞪了苏眉一眼，又看了一眼旁边的人，小声说：你放尊重点好不好？明珠问：怎么了？心痛了？我还想骂呢，不就是一个骚货吗，看她那个花枝招展的样子，就是专门勾引别人男人的骚货！明珠这样一骂，旁边有人看了过来，江波实在忍不住了，低声吼道：你滚开！明珠说：你是不是等我滚了好去找她，我偏不滚。两个人就这样僵持着。江波本想离开的，但一走就得起身，黑压压的人，他们又坐得比较靠前，所以，就只能忍着。

苏眉唱完后换了装，来到台下找地方坐，恰好坐在江波他们的前面。明珠一下子兴奋起来，她一直想找个人多的机会当众羞辱苏眉一下，看来今天是个绝好的机会。

最后一个节目完了时，人群开始涌动起来，明珠对江波说：你的情人来了，在前面。江波没有理会她，明珠又大声喊：苏老师。苏眉回过头来，看到是他们，不由得有些诧异，但没有作声。明珠说：你们两个人愣着干什么？这么好的机会不说两句话？江波说了句：你有神经病吧。明珠说：我是神经病，她是婊子，哪个强？苏眉听到明珠这样骂自己，脸腾的一下红到了脖颈，苏眉从来没有让别人这样骂过，她一下子气得不知所措，只说了句：你这个疯子！没想到明珠一下子扑过来，打了苏眉一记耳光：你这个臭不要脸的，你勾引别人的丈夫，还敢在这里和我叫板？旁边刚好有苏眉的同事过来，将苏眉拉走了，江波只看到气得浑身发抖的苏眉，心里痛得不得了。

十八

江波回到家里，脸始终阴沉着，他一直忍让，是希望明珠明白，自己不与她一般见识，是希望她能够有所收敛和改变，并会随着年龄的增长而变得明事理一点。但是今天，明珠能够做出这样的举动，说明这个人已经无可救药了。明珠多次做出的一些不得体的事情像电影一幕幕在江波面前闪现，同事、同学、战友之间的聚会，江波总是很少参加，就怕明珠做出什么不得体的事和说出什么不得体的话出来，让他在外面丢尽了面子。他的同事们都议论纷纷，说他如此英俊潇洒温和体贴优秀出众前途大好的一个男人，怎么就找了这样一个粗俗不堪不清不白胡搅蛮缠的女人，他的心里对同事们的议论都非常清楚。面子的事小，真正伤心的是这日子该怎样继续下去，江波真的有一种痛不欲生的感觉，特别是江梦远现在还小，让女儿跟着这样的母亲，以后会形成一种怎样的性格，他越想越觉得这日子无法过下去，所以回到家里后，他便写好了离婚协议书。

明珠知道自己今天做得是很过火，今天正好是生理周期，无法控制自己的情绪，但是明珠的字典里哪有“错”这个字呢，明明知道自己做错了，也是绝不肯认错的那种。

明珠看了协议书后，准备一把给撕了，江波手快，一把抢了过来，明珠不由得恼羞成怒并开始破口大骂起来：江波，你这个黑良心的，我孩子都给你生了，你想把我一脚踹了去找那个死妖精是不是？我告诉你，除非我死了！江波不知哪里来的力气，一把抓住明珠的衣服领子，摁倒在床上，明珠开始抓江波的脸，双脚拼命地朝他的下身踢去，江波腾开双腿，感觉到有血滴落下来。他用手一摸，原来是脸被明珠给抓破了。江波只好用双腿卡住明珠的腿，两只手抓住明珠的手。身子动弹不得的明珠，嘴里一刻也不闲着，拿出最恶毒的话来骂着。

江波用一只手钳着明珠的双手，然后用另一只捂住明珠的嘴，明珠发不出声音来，江波才无比痛恨的叫起来：你这个女人，你怎么不去死，你毁掉了我一生的幸福你知不知道？明珠还是挣扎，江波一把卡住明珠的脖子，把想说的话全部说了出来：我十七岁认识了你，就像被套上了一个魔咒。你的父亲知道你没人要，就选中了我，我做了不知是谁的替死鬼，谁找到了你，等于鬼附了身，世界上再也找不到像你这种垃圾的女人了！我和你在一起简直是生不如死你知不知道？你给苏眉提鞋子都不配你知不知道？你还想和她争，还想和她比，这辈子你都别想了！你去死吧！江波只知道痛快地发泄着，全然不知道明珠已经讲不出话来，明珠的眼里露出越来越多的恐惧，江波没有听到明珠还嘴的骂声，她的眼睛外突，已经讲不出话来，等江波回过神来时，明珠已经停止了呼吸。

一条爆炸性新闻很快传遍了全市及各乡镇，法院经过公开审判，很快予以定罪：过失杀人罪名成立。

听到法院宣判的那一刻，江波笑了。他想起印度诗人泰戈尔曾这样描述人生：天空不曾留下鸟的痕迹，但我已经飞过。他想起自己短暂的一生，和那么多普通人一样，有过痛苦，有过欢乐，有过爱情，有过家庭，有过孩子，自己好像什么都已经不缺，没有了遗憾。只是此刻，他的人生，就像一朵开得极艳的花朵，为什么一场平淡的盛开，却是如此轰轰烈烈的落幕。

从江波出事的那天，苏眉便将自己关在屋子里，不吃也不喝，她时而清醒时而模糊，清醒时可以记起江波说过的每一句话，其中有一句是这样的：这颗心永远是你的，如果哪天它背叛了你，它也就停止了跳动。可是江波，你的心没有背叛我，可为什么，过不了多久，它也要停止跳动呢？你真会骗人啊。

从法院出来，望着一轮明晃晃的日头，江诗贵不由得老泪纵横，他的眼前，浮现出江波出生的那个雷雨天，江波赤条条的小身子，他想起了给江波踩生的王乡长，如果不是那场雨，如果没有王乡长的踩生，江波也许就是一个平凡普通的农村娃，过一点平凡普通的日子，怎么也不会是今天这个结局的。

命，都是命，一切都是命啊，江诗贵抱着天真无邪的孙子，哭得稀里哗啦，无法自主。

锦瑟年华

一

柳青青生病了，虽然只是个感冒，但却比较严重。她云里雾里地躺在床上，正在做一个美丽的梦。与其说柳青青是在做梦，还不如说她是在编织梦，也许正是做梦的年纪吧。不知道是不是文学书籍看多了，她就是有这个本事，哪怕做梦时醒来了，或者梦醒后去上了厕所，再睡下后可以将梦接着做，故事情节还可以按照自己想象和希望的去做。她把这个事情跟她的小伙伴们说，并绘声绘色地向她们描述着梦里的情景，小伙伴们总是瞪大眼睛吃惊地问：是不是真的哟？语气里满是艳羡与怀疑。刚才的这个梦，年代居然是民国初期，柳青青所在的村庄突发大水，她穿着一件月白色的旗袍，双腿蜷曲着坐在一只圆木盆里顺水而下，一下子漂到了台湾，一个穿制服系皮带挎手枪的年轻英俊的军官救了她，那个军官长得和自己喜欢的那个人一模一样。然后她和那个军官结了婚，婚后的生活甜蜜幸福，两个人恩爱有加，并生下了一个儿子。后来，她只身带着儿子回乡探亲，见到亲人后正在悲喜交集中。这时候，邮差送来了军官的信，柳青青欣喜打开，信封都拆开了，还没来得及看。只听到房门一响，柳青青从梦里醒了过来，迷糊中看到妈妈进了房间，后面还跟着舅舅。

舅舅在县轻工业局当局长，平时工作很忙，一年难得到家里来几次。舅舅家里有两个儿子，但却没有女儿，所以非常喜欢柳青青，逢年过节的到家里来了，总要问问她的学习情况。今天来，主要是听说柳青青高中毕业后没有去复读，还在家里玩着，二来也有段时间没看到妹妹了，听说柳青青生病了，就来到床前。

柳青青强撑着坐起来，舅舅说："青青，听说你不想读书了，舅舅想来劝劝你，还是去复读一年吧。"

柳青青摇摇头，说："舅舅，我偏科太严重，再复读也不可能考得上大学。"

舅舅说："可是，不读大学，想要找个好单位就业就是个问题了，现在的待业青年好多啊。"

柳青青性格活泼开朗，就是有点大大咧咧，平常总是一副没心没肺的样子，再加上她还沉浸在刚才那个未做完的梦里没有回过神来，还在遗憾着和军官的那份甜蜜感觉和未读的信件，不知道军官信里都写了些什么。所以，舅舅的这个话让她不由得一怔。

舅舅说："读书可是人生一辈子的大事，特别是农村青年，读书可是改变命运的唯一途径，你可要考虑清楚啊！"停顿了一下，看柳青青没有作声，接着又说："如果你万一不想读书了，我们局里正好有两个学工业统计的指标，毕业后就可以分配到工厂里面做统计工作。这个工作与数字打交道，不用当工人，比较轻松，你感冒好了就到我家里来，我跟你安排。"

"好啊好啊，我正想出去找事做呢，在家里也玩了一段时间了，舅舅真好。"听到这个消息，柳青青的病不由得好了一大半。

柳青青的爸爸也说："看来指望你读书考学是不可能的了，但是可以招工进厂，也算是一条正儿八经的路子。"

柳青青的爸爸干了一辈子乡镇工作，在当地可算得上是一个有头有脸的人物，但为人实诚得近乎迂腐，平常对柳青青的要求非常严格，一心指望柳青青能考上大学。柳爸爸因为工作的缘故，十天半月难得回家一次，妈妈还要参加队里的劳动，爷爷奶奶又去世得早，柳青青小时候没有人带，两岁就开始在育红班里混，跟着一帮大她几岁的孩子们学习加减乘除。到了上学的时候，与她的同龄人比起来，学习成绩一直名列前茅，并享有"神童"之誉。那还是读小学二年级的时候，有天中午，她正在津津有味地吃着自带的午饭，有一个同学过来叫她，说班主任找她。原来是柳青青的班主任和一个高年级班的老师打赌，说自己的这个学生很聪明，五年级学生做不出来的题目，柳青青可以做出来。柳青青被班主任带到学校开大会的旗台上，只见旗台上竖了一块黑板，黑板上面是一则加减乘除混合运算。众目睽睽下，一个五年级的男生和柳青青两个人开始做题，柳青青拿着粉笔，一点也不惧怕，认真的开始计算着，结果如班主任所言，柳青青很快便计算出了准确的结果，而那个五年级的男生站在那里像猴子一样抓耳挠腮，就是没法下笔。就是这件事情，让柳青青获得了“神童”的赞誉。柳家人也知道了这件事情，全家人都觉得柳青青是块读书的好苗子，以后考大学一点问题也没有，特别是柳爸爸，更是对柳青青考大学寄予了无限希望。一直到初中，柳青青的成绩都还不错，并考上了镇里的高中，当时柳青青所在的班级考上高中的也没有多少。到了高中后，柳青青的数学成绩再也跟不上来，还有英语老师的讲课，怎么也听不明白，只要有一环跟不上来，便失去了学习的兴趣，成绩便垮了下来。

柳青青特别喜欢看文学书籍和写作文，她的这些喜好是有根源的。舅舅原来和她家住在同村，后来才搬到城里。舅舅家的小儿子也很喜欢看书，表哥不仅喜欢看，还喜欢买。表哥很聪明，总是有办法挣到买书的钱，夏天粘知了，晒干了拿到药店去卖，跟人打桌球也可以赢到钱。表哥小时候喜欢买小人书，稍大一点就开始买武侠小说。柳青青天天往他家跑，只要一有新书，总会想法子借过来，后来表哥的好多书便变成了柳青青的，因为表哥一看完就不喜欢了。柳青青有一个很大的纸盒子，里面全部装满了小人书，一有空她就宝贝似的把它们一本本地翻出来看，书越积越多，她就会越快乐。柳青青看的第一部武侠小说是《碧血剑》，也是表哥买的，是那种十六开大的单行本，表哥一买回来就告诉柳青青，说买了一本好书问她看不看，第一次接触到武侠小说，柳青青就被里面的文字吸引住了。

柳青青的大哥在学校当校长，订了很多书，什么《大众电影》《收获》《十月》《当代》等，这些书成了柳青青童年生活中最大的快乐所在。最初她很喜欢《大众电影》中间的彩色插页，都是些花花绿绿的电影演员，她把那些自己认为很漂亮的女演员偷偷地剪下来送给同学，再就是自己做成剪贴本，抄上诗歌或散文，给同学们互相传阅。后来《大众电影》翻来覆去地看厌了，她开始翻阅那些厚书，十多岁的时候开始看第一部长篇小说，是王莹的《宝姑》。《宝姑》连载在《收获》杂志上，一共有三十多万字，讲童养媳的故事，里面有些朦胧的爱情，还有些柳青青看不懂的文字：你又出去吃花酒，花天酒地。看到这句话，她独自琢磨了半天也没弄明白是个啥意思。后来柳青青到镇里去上学，一个月回一次家。镇里有个图书馆，那里的好多书让她惊喜不已。只要是不回家的星期天，她早早地便来到那个图书馆，把里面的书挨个一本本的看，直到天黑了要关门，才会回到学校。有一个梅雨季节，因为看书入了迷，打去图书馆的一把新伞，顺手放在别人挑的一担箩筐上，后来柳青青要走时才发现伞不见了，就到处找那挑箩筐的人。哪里有人家的踪影，柳青青着急地问图书馆里的人，说挑箩筐的人走了没多久，并告诉她走的方向。她就开始拼命地往那条路上跑，要知道，这可是这学期妈妈给她准备的第三把伞了，前两把都在学校被人偷拿走了，妈妈再三嘱咐她，这把伞无论如何不能弄丢，春天雨水多，没有伞可要遭些罪了。一是害怕妈妈责怪，二是没有伞这一个月怎么办，柳青青在雨中快步的跑，眼里还有泪水在打转，路上的行人好奇地停下脚步向她张望，甚至有一个好心的大妈问她发生了什么事。柳青青不回答他们，只顾自己跑着，后来终于赶上了那个挑箩筐的人，她的心里才舒了一口气，然后非常不好意思的要回了那把伞。

除了喜欢看书，柳青青还非常热爱文艺，喜欢唱歌跳舞，从小就对与文艺有关的东西近乎痴迷。什么道情、三盘鼓、渔鼓筒、蚌壳精、耍狮子、舞龙灯，乡间过年的时候，这些民间艺人会走村串户的进行表演，她会跟着那些看热闹的人群，挨家挨户的看。她最喜欢看的是那妖娆而妩媚的蚌壳精。蚌壳精大多画着浓妆，眼波流转、含情脉脉，在蚌壳里一张一合，逗弄着那个手拿渔网却迟迟不肯撒出去的渔夫。在柳爸爸看来，她喜欢的这些东西都是些“下三烂、下九流”，非常反对和排斥。

柳青青读小学三年级的时候，有一个汉剧团来她们学校招生，柳青青眼热得要命，但柳爸爸交代柳妈妈，不要让女儿与剧团的人接触。眼看着招生的人都快要走了，柳青青却连个面都没有见着。她们同班一个和她要好的女生春花被挑中了，走的那天，柳青青溜出去看春花兴高采烈地收拾东西，简直快要羡慕死了，最后眼巴巴地看着春花上了车，回家后柳青青大哭了一场。大约过了些日子，春花放假回家，柳青青一听说马上就去看她，问她每天都是怎么过的。春花“啊啊啊”的给柳青青吊了一番嗓子，学唱了几句汉戏，又唱起当时最流行的那首《渔家姑娘》：“大海边啊，沙滩上，风吹榕树沙沙响，渔家姑娘在海边，织呀织渔网。”春花唱的与柳青青老师教的不同，后面带了汉剧的花腔，将尾音甩得很长，悠扬婉转，就有了戏的味道在里面，让一直在班上当“红歌委员”的柳青青汗颜不已，她近乎崇拜地望着春花，觉得春花唱得真好听啊！歌唱完后，春花双手着地，一个翻身将双脚朝上立着，气若游丝地说：“我们每天都必须要这样练两个小时，好累哟，如果不听话，师傅是要打人的。”听得柳青青直咋舌头，这时候心底的羡慕才打了一点点折。接着，春花又卖弄似的翘起了兰花指，她的手指又柔软又好看，特别是小手指，翘起时可以呈九十度的弧度。春花又说：“你想不想知道是怎么练的吗？”春花停顿了一下，看到柳青青巴巴的直点头，才又说：“拿一个能装水的盆或碗，里面放点盐，每天将手指弯曲成这样，持续放在盐水中，每天这样练一个小时，时间久了，手指就会变得柔软而弯曲了。”

回家后，柳青青便迫不及待地开始了练习。她拿个水瓢，里面放点盐，将左手的小指头使劲地往下压，压得眼泪都快要流下来了，她的骨头好像天生比较硬，这样偷偷地练了很久，小手指果真可以弯曲成九十度了。柳青青还想练右手，可骨头实在太痛，最后还是放弃了。

可能是春花先天的嗓音或身体条件不够好，一年后还是从剧团回家了，又接着上学。春花在剧团学会的几个唱段，柳青青差不多全部学会了。每次她翘着个兰花指，声情并茂的唱：有请小姐，把花观哪……倒也有板有眼。春花就说：“要是你到了剧团，肯定不会回来，一定会成为一个角儿，我们师傅说，要成为角儿，必须自身条件好，你无论是长相还是嗓子都比我强多了，我真的不是唱戏那块材料啊。”柳青青听了，总是信口安慰春花几句，就忘记了。她记挂的是要春花和她一起组织小伙伴们唱戏，她当导演，春花扮小姐，她扮丫鬟，还有书生仆人什么的。她们模仿着戏曲里面的情节，零零碎碎的也还能够唱成一出戏，如此反复，乐此不疲。每天放学后，柳青青要帮家里做一些家务活，打扫院子，把晒干的衣服收进屋并叠好。爸爸妈妈各有一条蓝色的绵绸裤子，这可是柳青青最好玩的道具，她常常将它们当成水袖，舞弄半天。

每个夜晚，柳青青都要模仿电影里面的情节，一个人分演两个角色，用普通话演绎电影里面的对白，当然模仿得最多的要数那些英勇就义的女英雄了，然后在女英雄壮烈牺牲中断断续续的一段台词后才满足地睡去。

柳爸爸看到女儿这些痴迷的现象，害怕她会走火入魔。初三时，荆州艺校来学校招生，柳青青提出想考艺校，柳爸爸异常坚定地拒绝了她的要求。

二

一年时间的学习很快就结束了，柳青青学到了很多有关工业统计方面的专业知识。学习结业后，舅舅带柳青青去轻工业局管辖的几个工厂进行实地参观，好让她感受一下工厂氛围。有酒厂、印刷厂、纸箱厂、车桥厂等等，都是些国营单位，工人端的是铁饭碗。到了工厂后，眼前的场景与柳青青想象的大相径庭，多数厂房因年代久远而陈旧不堪，她看到车间的操作工人满身油腻、毫无朝气地干着活。酒厂的工人们用木锹搅拌着发酵后的米、谷物和麦子，刺鼻的酒糟味熏得她差点背过气去。印刷厂的操作车间里，零乱散落的机器乌漆麻黑，工人们勾着头排着一个个的铅字。纸箱厂的空地上，一群女工正将一捆捆纸箱搬出来放在太阳底下晒。在办公室，柳青青看到那些办公人员暮气沉沉、老气横秋，坐在简陋的办公室里一本正经不苟言笑，她就有一种想逃离的感觉。

虽然柳青青性格比较单纯，但还是非常有主见的。她觉得，自己的理想和志向和这些人不一样，这种开办多年的老厂，人际关系复杂，自己是一个新人，要想重新建立和适应肯定非常困难。在经过几番考虑后，她宁愿放弃国营单位的这个牌子，要求到新办的一家造纸厂去，虽然是个集体企业，但一切可以从头开始。柳青青向舅舅保证，绝对不需要舅舅的保护，一切全部依靠自己的努力，到时候要舅舅放心，舅舅觉得柳青青这个选择不错，不由得开心地笑了，说："我的这个外甥女就是懂事，我相信你的能力，好好干！"在舅舅的安排下，柳青青到县印刷厂实习了两个多月时间，对于车间统计流程有了一些基本的了解。

第一次到造纸厂的经历让柳青青经久难忘。

那还是她在印刷厂实习期间，舅舅要她去参加厂里面的统一招工考试，舅舅说："现在造纸厂属于集体企业，招工手续非常严格。虽然你是属于特招进厂，但为了日后招全民职工或者集体职工，人事档案里面必须要有考试的资料，以你的文化水平，考试一点问题都没有。"柳青青也觉得不成问题，但还是将高中的课本进行了一下复习。

造纸厂坐落在青蚨镇镇中心地带，距离县城不过才十几里路程。不知道是因为路程近，还是本身就不怎么发达，县城到青蚨镇没有公共汽车，交通工具是一种烧柴油的三轮车，属于私人营运，当地人叫它蹦蹦车，这是联络青蚨镇和县城的唯一交通工具。蹦蹦车发动时，会发出很大的声响，车屁股后头冒出一股柴油气味。蹦蹦车的座板细长而窄小，上面绷着一层塑料布，人坐在里面感觉很不舒服。但它作为唯一的交通载客工具，生意非常好。舅舅说："现在造纸厂正在建设期间，条件不大好，你去了以后就知道了。"柳青青没有到过青蚨镇，舅舅不想搞特权，也为了锻炼她的能力，只把她带上一辆三轮车，告知去造纸厂的方向，又交代了师傅几句，就上班去了。柳青青坐上去，用手抓住车后面的一根铁杆子，三轮车发出轰隆隆的声响，有一大股青烟从车屁股后面冒了出来，熏得人什么也看不见。车身一路癫跛着，时高时低，只差把柳青青抛下车去，她双脚用力踩实，屁股只能虚坐着，随着颠簸上下起伏，心中不停默念，还有多久到啊。在下堤坡时，一种强烈的失重感让她直往下沉，柳青青吓得冷汗直冒，在后面连声喊叫，师傅大约是听惯了这种喊叫，也没有理会她，只管往前开着。这样约莫半个小时左右时间，师傅喊一声到了，柳青青才拿开紧紧拽住铁杆的双手，从车后面跳了下来，顿时觉得世界安静美好，仿佛聋子恢复了听力，哑巴能开口说话。

下车后，柳青青一下子傻了眼。这个造纸厂比舅舅带她参观的那些厂更加破败不堪。首先印入她眼帘的是一排破旧不堪的平房，也就是当地政府修建的蓄洪房，造纸厂征用后当作临时办公的地方。平房的另一头，拴着一条大牯牛，地上有牛踩出的几个大水坑，大牯牛浑身糊满了稀泥巴，正摇着尾巴驱赶着身上的蚊子，一股牛粪夹杂着的尿臊味直冲人的鼻孔。

柳青青茫然的四下打量，在那排平房门口，已经三三两两的聚集了一群年轻人。平房的门口架着一块大黑板，上面写着一个通报："关于对严加海打牌赌博的通报批评"。大致内容为某年某月某日，严加海召集学生用扑克牌进行赌博活动，影响恶劣，为严肃厂纪，杜绝此类事件再次发生，特提出通报批评。对于严加海这个名字，柳青青早有耳闻。原来严加海和柳青青是老乡，同属一个镇且居住在相邻的村，只是两人一直未曾谋面。没想到今天第一次见到的严加海，居然是一个处分通报，柳青青是一个完美主义者，特别讲究感觉，可以用偏执来形容，她心里突然感到有一些难过，似乎心底的某些期盼受到了打击。柳青青一直知道，自己有一个老乡在这个厂里，是个造纸专业生，来的时候还打算找人打听一下的，看到这个通报后，这个想法一点也没有了。

柳青青将目光从黑板上面收了回来，四下打量，希望在人群中能够看到一个自己熟悉的人影，但是没有。柳青青不由得自我解嘲了一下：这里离家那么远，怎么可能有自己熟悉的人。

九点钟左右，门口的人越来越多。柳青青穿了一件纯白色的毛衣，那是舅妈用手工钩织的，非常的典雅淑女，一头长发用橡皮筋扎个马尾，显得青春俏皮。城里一年多的洗礼，再加上舅妈对自己穿衣打扮方面的指点，使得她身上的乡土气息褪了不少，在人群中还是十分的显眼。这时候，一个三十岁左右年纪，身材中等，精神气十足的男人走了过来，他手里拿了一份名单，开始招呼周围的人群，并一个一个的喊名字集合。在喊到柳青青这个名字的时候，那个男人抬头多看了她几眼，弄得旁边的几个年轻人也向她看来，柳青青不由自主地红了脸。大概是柳青青这个名字与一大群香啊梅啊芳的有所不同，才会引起了那个男人的注意吧。多亏了柳爸爸，还算个文化人，给自己取了这样一个好听的名字。

名点完后，这个男人做了自我介绍，原来是造纸厂管人事的周科长。随后，周科长便带领这群人出发，去到造纸厂附近的镇中学参加考试。

来到考试地点，柳青青四下打量，好家伙，和高考的规模差不多，一人一个座位，还编了号，必须对号入座，监考的人不仅有造纸厂的领导，还有县政府及轻工业局来的人。监考的人中，柳青青倒是认识两人，轻工业局的一个副局长和一个科长。

考试题目对高中生柳青青来说一点也不难，考试的过程中，那个副局长还来观看了一下柳青青的答题情况，并表扬了柳青青的字写得好。考试共分为三类，一是语文五十分，二是数学五十分，三是综合类五十分。语文里的作文是《假如我被录用》。这是舅舅早就和柳青青分析过的作文题目，再加上柳青青读书时语文成绩一向比较好，作文也是写得很好的，所以柳青青写起来自然是得心应手。

考试规定时间为两个小时，差不多一个小时时，柳青青便答完了所有的题目，她侧头看了一下左右人群，发现有的人试卷还有一大半是空白的。剩下的时间，她开始仔细地检查了一下答题情况。

这次考试，柳青青取得了第二名的好成绩。

三

柳青青第二次到造纸厂，距考试已经有两个多月的时间。部分设备已经到厂，正在进行安装，安装完毕后就要进行试机了。厂里有一批刚毕业的学制浆造纸的专业生，这批专业生只有到工厂进行实地实习，才能将专业和理论有机结合。鉴于此，厂部和岳阳造纸厂进行对接，安排他们到那里进行实习。柳青青因为考试成绩好，再加上舅舅的关系，也获得了这次实习的机会。她的岗位初步定为公司的统计工作，这次实习要把岳阳造纸厂的所有原始记录带回来，并根据自己厂部的实际情况，制定出所有原始记录表格。

第二次到厂里的时候，与第一次来时心境大有不同。柳青青这次来，需要办理正式的进厂手续，顺着那排平房挨个看过去，她找到门上写有政工科的办公室，看到周科长正在里面办公。

柳青青填写好招工表格，再将毕业证、统计结业证、登记照片两张全部交给周科长一一过目后，周科长将这些东西收起来，连声夸柳青青的字写得真漂亮。接着，周科长又简单介绍了一下厂里的情况，并叫来了一个男生，是造纸专业班的班长，姓洪。洪班长身材矮小，面皮白净，但却又是满脸络腮胡子，周科长要洪班长带柳青青先熟悉一下整个厂里的建设情况。

厂里正在进行第一期工程的安装，洪班长带着柳青青进入生产区，一一对她进行介绍，这是制浆车间，这是抄纸车间，这是机修工段，这是锅炉工段，等等。柳青青心里没有一点概念，加上洪班长又不是本地口音，讲话曲里拐弯的，柳青青越发听得糊里糊涂。

每到一个地方，都会有正在干活的一两个年轻人好奇的向他俩张望，洪班长一副正襟危坐的窘态，两眼直视前方，双腿迈得飞快，柳青青在后面跟着，只差小跑了。后来跟那帮男生混熟了听他们讲，当时看到身材矮小的洪班长带着这样一个身材高挑的美女，两个人所形成的极大反差，他们羡慕得眼珠子都快掉下来了。

参观完后，洪班长将柳青青领到周科长办公室就走了。周科长说："小柳，这次实习是一个很好的机会，岳阳造纸厂历史悠久，管理先进，你一定要珍惜这个机会，好好学习，不管用什么方法，争取把别人厂里面好的东西跟我们带回来。现在我带你去女生宿舍，把你住的地方先落实了。"

柳青青随周科长从办公室出来，穿过右边那条泥巴路，前后约莫五十米长的路段，种着一大片油菜，油菜株植高大，生长蓬勃。左边是一幢在建的六层高的楼房，已进入煞尾阶段。周科长是一个很健谈的人，他不停地向柳青青做着介绍："小柳，这个是我们的办公大楼，是不是很气派啊？刚刚洪班长带你看的，就是我们厂新建的车间和工段，等你们实习回来后，设备安装得就差不多了，厂里边就要正式开工了。"当时洪班长带着柳青青到厂区进行参观时，她光顾着跟在他的后头走，对于他介绍的一些情况，哪里是抄纸车间，哪里是锅炉工段，柳青青根本没有半点概念，现在周科长这样问她，柳青青心里哪有半点子丑寅卯，唯有诺诺的不停点头。

向右边转过一个弯后，就到了女生寝室，不过是一个车库改建而成的简易寝室，一共六间。周科长带着柳青青一出现，几个女孩子马上围了过来，周科长向她们做了一下简单的介绍，说：“这个是柳青青，以后就和你们住一个寝室，明天和你们一起去岳阳实习，大家在一起，一定要相互关照，团结友爱。”周科长说完就走了，女孩子们一个个向柳青青问东问西的，有的问她今年多大了，有的问她家是哪里的，柳青青一下子都回答不过来。

这时候，一个一直没有作声，皮肤白皙，身材高挑的女孩子问道：“我们毕业后在这里开荒打草的干了快两个月时间了，今天才有一个去实习的机会，你怎么一来就去实习啊？”话语里明显的带有一种挑衅的意味。

“这，”柳青青一下子不知道怎样回答的好。这时候，一个圆脸大眼睛、剪着一头短发的女孩子过来给她解了围：“覃丽芝，你管这些干吗咧，既然来了，就是我们的新同事，好朋友，对不对？走，我带你去看洗澡的地方。”一把过来拉着柳青青的手，柳青青不由得向她投去了感激的目光。

这个女孩子叫南雁，后来和柳青青成了最要好的朋友。

南雁带柳青青来到洗澡房，有几个女孩子正在洗澡。她们你一瓢我一瓢的相互往身上浇着水，兴高采烈地讨论着去实习的事情，一个个嘻嘻哈哈，热闹非凡。南雁说：“你要不要洗个澡啊，我们这次可要去半个月时间呢。”柳青青说：“我今天没有带衣服和行李过来，明天我直接到车站等你们，等实习完了再过来铺床。”

第二天一大草，柳青青穿了一套珍珠呢的厚外套，戴了一顶自己编织的奶白色帽子，显得非常时尚。她早早地便来到了车站，车站里已经有了早到的男同学。上车后，她选择了一个靠窗的位置坐下来，一个男生迟疑着，挨着她的身边坐下。柳青青不敢侧动一下，但隐隐的，她感觉到这个男生也非常拘谨，满脸的笑意，一笑起来像一朵盛开的菊花。

这时候，厂里一群女孩子们拥上了车，都带着大包小包，南雁看到了柳青青，使劲把那个男生赶到了后面的座位上，非要和她坐在一起，柳青青也非常喜欢南雁的性格，开朗，仗义。她俩一直不停地咬着耳朵，说着悄悄话，南雁说：“这车上二十几个人，我们一共同了三年学，我对他们都十分了解，慢慢地我会把他们的性格啊，好玩的事啊，都告诉你。”

后来，柳青青知道，这些同学都来自农村。因为县里办造纸厂，需要培训出一支专业技术队伍，造纸厂就到几所高中挑选那些高考落榜分数比较高的学生，送到武汉轻工业学院进行为期三年的制浆造纸专业学习，一共有二十几个学生，其中只有五个女生。

柳青青从来没有出过远门，岳阳也是她第一次去，因为全部是清一色的年轻人，一路上叽叽喳喳的，好不热闹，一会儿讲故事，一会儿搞大合唱。带队的马副厂长柳青青比较熟悉，在舅舅家里经常看到，是轻工业局下派到厂里面当副厂长的，三十多岁年纪。从进轻院时，马副厂长就一直带着这批学生，朝夕相处了三年时间，这次又带着他们出去实习。

南雁说："我先跟你介绍一下造纸厂的几个主要负责人吧，为了方便你记住，我跟他们派个名，朱厂长，厂里的一把手；马副厂长，管全面的；刘副厂长，管生产的；杨副厂长，管供销的。我们同学戏称，造纸厂怎么像个动物园啊？猪马牛羊全都有了，这下你可记得住了吧？"柳青青听了，也感觉蛮有趣，不由得笑了起来。

从青蚨镇到岳阳市共有二百多公里的行程。九十年代初期，交通十分不便，没有直达车，到达岳阳造纸厂需要转乘多个地点。二十多个人，一路走来，真可谓浩浩荡荡，再加上一个个都带了大包小裹的行李，每换一辆车都像打一场战役。马副厂长在前面带路，几个男生紧随其后，女生稍微落后一点。男生走得倒快，可就苦了几个女生，一个个紧赶慢赶的，早已经唉哟唉哟直叫唤了。柳青青心里想：这种感觉好像在逃难啊，但因为人多热闹，倒也有几分新奇和好玩。

在这样一群队伍中，有一个男生穿戴打扮比较特别，在这寒冷的冬季，别人大多穿了棉袄，他只穿着一件黑色的西服，胸前戴着一条白色的金属链子，顶着一头大卷发，还戴了个墨镜，看上去非常酷。在车上，柳青青没有发现，一到下车，柳青青就感觉到了，不由得多朝他看了几眼，南雁说："他叫严加海，是我们班的大哥大，人很好。"

"严加海？他就是严加海啊？"柳青青不由得惊呼了一声。

"你认识他？"南雁问。

柳青青说："一个老乡，听说过名字，今天才对上号。"柳青青眼前立马闪现出第一次进造纸厂看到的那个通报批评。

严加海打扮得像个大哥大，也确实发挥了大哥大的风格。他们每上一辆车的时候，严加海就会用双手撑起车门，挡住那些抢着上车的乘客，招呼几个女孩子快点上车，他嘴里还不停地喊着：“快点，快点，这边上。”不知道是他的墨镜给人一种黑社会的感觉，还是他的身高给他增添了几分霸气，总之，在他的庇护下，几个女孩子总能最先上车，并找到座位。

最后一站时，车厢后面传来一阵小小的骚动，柳青青和南雁向后头望去，只见严加海站起身来，在身上到处翻找，同座的男生也站了起来帮他搜着衣服口袋。一问，原来严加海的钱包不见了。估计是他用双手撑门的时候被别人偷了去。

同学们开始猜测起来，柳青青感觉了几分难为情，这真是个义气而又莽撞的男生，做了好事，可是钱包被偷了，实习有半个月时间，没有钱可不行。柳青青就和南雁商量，想要同学们给严加海凑一点钱，南雁说这个提议可以，柳青青率先拿出了二十元，同学们纷纷五元、十元拿出来，大概凑了有二百元左右，实习期间的生活费应该是没有问题了。南雁将钱递给严加海，说：“你真是个大老粗，钱包都管不住。好歹也算是英雄救美落的难，这是同学们的一点心意，别谢我啊，这个提议是柳青青的，你可不能拒绝。”

柳青青没有想到南雁会这样说，脸一下子红透了。严加海说什么也不要。南雁笑嘻嘻地说：“别推辞了，都是同学，生活费都没有了还讲什么客气哟，还不是怕你又搞聚众赌博，赢同学们的饭菜票受处分。”看南雁这样说，严加海只好接下了。柳青青就问南雁，严加海那个处分是怎么回事，南雁悄声道：“你别看严加海大老粗一个，可聪明了，他们在寝室用扑克牌赌饭菜票，严加海老是赢家，连着几个晚上，在寝室里闹得天翻地覆的，把保卫科的人都引来了，厂部就对他提出了通报批评。”

一路辗转，一群充满激情的年轻人也感觉疲惫不堪了。车经过洞庭湖，看到烟波迷离的湖水，他们一下子来了精神，开始大声唱起歌来。柳青青也诗兴大发。她吟诵起范仲淹的《岳阳楼记》：衔远山，吞长江，浩浩汤汤，横无际涯；朝晖夕阴，气象万千。南雁笑道：“呵呵，原来你还是个文艺青年呢。”柳青青不好意思的住了口。过了洞庭湖，又坐了一路汽车，下车，再步行。直至夜幕降临的时候，前方出现了一片璀璨的灯火，只见马副厂长舒了口长气，说：“岳阳造纸厂到了，大家做好下车的准备啊。”一群人才又兴奋起来，厂里面有商店、医院、学校、电影院，感觉都快有青蚨镇那样大了。这个造纸厂好大啊！同学们像刘姥姥进了大观园，虽然疲惫不堪、饥肠辘辘，还是发出了一阵阵惊呼声。

在岳阳造纸厂食堂吃过晚饭后，马副厂长召集全体人员开会，强调了实习期间的纪律，由洪班长全权负责，不同专业不同车间的人员，分为三个班进行，柳青青负责所有原始记录的收集整理，不用上夜班，白天马副厂长会带着她去各个车间进行收集。

第二天，柳青青按规定的时间来到车间门口，只见车间的大铁门紧闭着，还没有到上下班开门的时间，而门口早已经聚集了黑压压的一大群工人，约有上千人，大多数员工都推着自行车，穿着灰色的工作服，满脸漠然的神情。“滴铃铃”，突然一阵铃声传过来，大门开了，门外的工人像一群蚂蚁般迅速涌进门口，柳青青哪里见过这种阵势，看得都有些呆了，第一次对当“工人”有了一种莫名的担忧和排斥情绪。要说这次实习印象最深的一件事，就数看到的这种上班的人员盛况了，当真可以用震撼来形容，多年以后柳青青都无法忘记，尽管她以后所上班的地方永远都没有出现过这种盛况。

四

实习结束后，柳青青的舅舅和舅妈开了车送她到厂里。柳青青没有想到的是，她刚把东西从车上一拿下来，就有几个男生围了过来，非常热情的将她手里的东西接了过去。男生们七手八脚的搬来了床，严加海吭哧吭哧着搬进来一块非常厚实的木板子，全然不顾其他人惊讶的目光，仔细的铺在了柳青青的床上。有一个男同学打趣道：“好你个死加海，这块板子你是藏在哪里的，自己床上都舍不得铺，搞半天是特意跟美女留着的。”严加海一本正经地解释道：“你们不知道吧，柳青青可是我的老乡呢，我早就知道这个老乡妹妹要来，所以特意藏在车间一个你们不知道的角落里，免得被你们偷走了。”那几个男生一番忙碌，床很快就铺好了。他们还用砖头搭建了一个桌子，用塑料纸铺着，上面放了柳青青的箱子。舅舅和舅妈走后，几个女孩子便带柳青青去熟悉食堂。

包括柳青青在内，寝室里一共住了六个女孩子，有南雁、覃丽芝、柳青青、伍家梅、朱红、吴雅丽，过了几天，几个女生便带着柳青青去参观男生宿舍。

男生宿舍是新建的，在那排蓄洪房子左边，一排青砖红瓦房，两层，上下一共有几十间。比女生宿舍漂亮气派多了。柳青青一行人受到了男生们的热烈欢迎，严加海买来了汽水和瓜子招待她们，还特意去买了包白沙烟，要知道严加海有个别名叫“严一根”，这个美名是怎么得来的呢，他每次从口袋里只会掏出一根烟来，并嬉皮笑脸的申明：“对不起兄弟，我刚好就只有一根了。”这样就可以不用向别人派烟，久而久之，同学们就跟他送了个“严一根”的外号。另一个男生王小波别名叫“王打火”，每次别人派烟时他准会掏出打火机来，这样就可以讨得一根烟来抽，“严一根”和“王打火”两兄弟在一起没少打嘴吧仗。对于这两个诨名，南雁几个女生可是十分清楚，今天看到严加海居然破费买来了这些东西，就向严加海打趣道：“严同学，我从认识你到现在，都没有吃到过你一颗瓜子，今天我们算不算是沾了你老乡的光啊？”严加海憨态可掬的直摸头，呵呵傻笑一番。

她们最后在洪班长的宿舍坐下来，男生们就互相开始揭起了老底，争着向柳青青说起他们的糗事和趣事。这些事南雁她们大多知道，只有柳青青是第一次听说，自然是听得哈哈大笑。王小波绘声绘色的向她们讲起了蚊子“俯冲”的故事，那是讲身材矮小、性格迂腐的刘才德。有一天，王小波听到刘才德在床上嘀嘀咕咕的，走到他床前一看，原来刘才德的蚊帐紧闭，他端端正正的坐在床上，用右手食指指着两只蚊子大叫着：“畜生出去，快点出去！”那蚊子自然是听不懂他的人话，一动不动的歇在蚊帐上，他也不知道用手去拍一下。还有一次，可能是蚊子太多了，刘才德用被单包着头，在床上大叫着：“不得了啊，蚊子开始俯冲了！”同宿舍的人纷纷叫他刘迂子。还有长相文质彬彬的江夏天，非常有绘画天分，最擅长的是工笔白描。江夏天可以将电影票、戏票画得以假乱真瞒天过海，还在武汉用手画的电影票和戏票成功的混进过剧院。江夏天毕业回厂的第一天，踌躇满志的问马副厂长：“我分在哪个办公室啊？”马副厂长不屑一顾的答：“先到车间搞操作工，再根据表现进行调整。”当时江夏天举着自己一双擅长工笔的纤纤玉手欲哭无泪，其他男生基本上就不吱声了，情绪一个个冷到了极点。他们原本以为，到武汉这个大城市学习了三年，回来了肯定是要坐办公室的，没想到还是要下车间干粗活。他们接着又讲余公子的故事，余公子长相俊美，性格粘人，有着一张三寸不烂之舌，在学校时和食堂打饭的阿姨打得火热，最后还认了阿姨做干妈。余公子每次吃饭都记账，阿姨就在黑板上打“正”字，在那些“正”字记得已经转了一个大弯的时候，有一天夜晚，余公子偷偷跑到学校食堂，将“正”字全部擦掉，这下子死无对证，账也就一笔勾销了。说这些时，余公子一点也不恼，还跟着没心没肺的笑。受这种情绪的影响，性格腼腆的宋文军，和柳青青开起了玩笑，说那天去实习的车上，自己好不容易鼓起勇气想坐在她的身边，结果被南雁无情的给赶跑了，一群人又是一阵哈哈大笑。他们说得最多的，还是严加海的故事。王小波不愧是个讲故事的高手，什么事情经过他一番添枝加叶、绘声绘色的描述，都能引起大家一阵开心的大笑。说严加海在旧货市场用十元钱买了一辆没有刹车的自行车，那天同学们约好去磨山玩，在过一段下坡路时，由于自行车没有刹车，严加海只好用两只脚当刹车撑住路面，他当时穿着一双胶鞋，由于摩擦的作用，一双脚在地上擦得火星子直冒，惹得路人纷纷围观。严加海也想停啊，但在惯性的作用下，任凭脚底呼呼生风，就是停不下来，只好硬着头皮往下冲。后来，他这辆车像个宝贝样发挥了巨大的作用，不论到哪里，严加海都会骑着它，省了不少车费。他们这一番玩笑话，更加增加了青年男女之间的友谊。后来，男生们也到柳青青的宿舍来进行亲切回访，他们之间的关系和距离一下子拉近了。

因为没有正式投产，柳青青和这帮学生们的主要工作，就是做一些场地平整、清扫、整理工作，对已经安装完毕的设备进行除锈，对各种阀门、仪表、管道、法兰进行包扎。

柳青青和南雁一个组，负责对制浆车间的设备进行除锈。柳青青对这些冷冰冰的机器没有感觉，只是觉得这么多年轻人在一起非常好玩，她和南雁干了一个小时的活后，就悄悄地对南雁说："南雁，你跟我们唱首歌吧。"

南雁是标准的女中音，最擅长唱关牧村、童安格、蒋大为、潘美辰的歌，什么《明天你是否依然爱我》《我想有个家》《敢问路在何方》等歌，她都唱得非常好听。听说南雁在学校时，还获得过校园十大歌手的荣誉。南雁一唱，正在干活的几个男生也被吸引了过来。

正当大家听得津津有味的时候，负责在车间门口放风的余公子喊了一声："快跑，熊猫来了！"正听得带劲的一群人不由得一哄而散。

熊猫是抄纸车间主任，是厂里管生产的刘副厂长的老婆。夫妻俩干了多年造纸，技术非常过硬，是县领导出面把他们从潜江市一家大型造纸厂请过来的。熊主任因为姓熊，加上身材高大壮实，两只眼睛又大又圆，发起火来瞪得像两只铜铃，那帮男生就跟她取了个外号叫熊猫。熊主任讲话声音特别大，有多大呢，他们是这样形容的：熊主任一家人也住在厂门口的那排平房里，只要她在自家屋门口说声："老倌子，我到车间去看看哈。"她这样一声交代，车间里的人就可以听到，偷懒耍滑的、离岗讲话的马上各就各位。

刘副厂长和熊主任这对组合比较有趣，刘副厂长身材矮小，长相秀气，熊主任却是牛高马大、五官粗糙。只要他俩走在一起，就是厂里一道喜人的风景线，偏偏他俩还非常恩爱，天天形影不离，虽然没有手挽手，但肩并肩却是常有的事情。他们生了两个女儿，没有儿子，所以熊主任想儿子想得不得了，因为夫妻两人都是吃国家饭的，已经有了两个女儿，不能超生，不知道是因为遗憾还是什么原因，熊猫主任曾经公开表态，自己只喜欢男生，不喜欢女生，所以，厂里的女生都有些怵她。

熊主任来到车间后，果真对南雁这群女生都不带正眼瞧一下，只对着男生问这问那。她特别喜欢一个叫伍长春的男生，后来还亲自挑选这个男生做了她的女婿。

熊主任的两个女儿，一个长得像爸爸，气质高雅，冷俊漂亮，在潜江市的一家银行上班。小女儿长得像她，黑黑壮壮粗粗蛮蛮的，在厂里办公室当打字员。

听说熊主任挑选女婿有个条件，那就是谁当了她的女婿，她就把全部的造纸技术交给谁，谁就可以接班当车间主任。在这帮男生中就流行了这样一句话，如果哪个男生工作主动、表现积极，就会有人开玩笑说：“狗日的这么积极，是不是想当车间主任啊！”

其实熊主任早就有了目标对象，那就是伍长春。熊主任通过与这帮学生的接触，发现伍长春性格沉稳，反应敏捷，不同于这帮大大咧咧无头无脑一点也没玩醒的男生，将来一定会是一个做大事情的材料。

于是就有传言，熊主任将伍长春列为女婿培养对象。

五

柳青青一到厂里，伍长春就对她展开了攻势。

柳青青记得去实习的头一天，柳青青正在政工科填表，周科长中途离开了一会办公室，表填完后，她就仰着头，看挂在墙上那个玻璃框里的人事管理制度。伍长春不知道什么时候走了过来，对柳青青说：“你是柳青青吧，我早就听说过你的名字了。”

对于这一突然的问句，把柳青青搞愣住了，她转过身来，看到了一张胖圆的脸及一双细小的眼睛，还有一副异常干净的下巴。她觉得这个男生长得很特别，对了，像电影里的“公公”，打那以后，只要一提到伍长春，“公公”这一形象立马就出现在柳青青的脑海里。

伍长春装作很随意的样子，和柳青青攀谈了起来，出于礼貌，柳青青一一作了答。伍长春非常婉转的邀请柳青青，想和她一起结伴去县城，说明天就要去实习了，想买两条新裤子，让柳青青帮忙参考一下。柳青青礼貌地拒绝了，一是凭第一印象，伍长春不是自己喜欢的类型，二是她还从未和一个男孩子单独逛过街呢，要是在街上碰到熟人了怎么得了，那个年代，单独和一个男孩子在一起逛街，就等于有了谈恋爱的嫌疑。好在周科长很快回到了办公室，柳青青才算摆脱了那份尴尬。

在实习的长途汽车上，车行驶到中午时光后作了短暂停靠，有不少小贩挤上车，争相卖着各种吃食，同学们纷纷掏钱买吃的。伍长春竟然不顾众人惊疑的目光，给柳青青也买了一份，隔着几排座位挤着送了过来，让柳青青感到很意外又很难为情，推辞了几个回合还是接下了。柳青青无端的受了别人的恩惠，总觉得不好意思，就从荷包里掏出钱来递给伍长春，没想到伍长春简单的推辞一下，伸手接过了。柳青青心里感觉糟糕透了。

南雁看出了柳青青的不开心，不由得打趣道：“刚一来就有人追，还不开心吗？”柳青青连忙说：“说哪里的话啊。”覃丽芝说：“你不要理伍长春，我们几个女生都不喜欢他。”柳青青说：“为什么啊，他很讨厌吗？”覃丽芝说：“你看今天吧，想追你也得含蓄一点吧，当着全车的人，就只给你一个女生买东西，得罪了我们不说，也让你感觉难堪。再说了，既然自己主动买了，就不应该要钱了吧？为什么还要钱？还不是怕你不接受，钱又白出了。”

柳青青一想，确实是这么一回事。再加上柳青青是特别讲究感觉的那种，讲究到什么程度呢？有一种近乎病态的感觉。如果她和一群年轻人在一起，有哪个男生不小心放了一个屁，或者内急去上个厕所，柳青青都要替那个男生难为情半天，且立马对这个男生好感全无。还有，如果她看到哪个男生写错了一个字，她也会对那个男生有一种很不好的感觉。如今听到覃丽芝这样评价伍长春，本来对伍长春就没有什么好感的柳青青越发的讨厌他了。实习期间，伍长春总是有意无意地向柳青青套近乎，柳青青表现得相当冷淡，几乎连起码的礼节都不想讲了。伍长春也感觉到了柳青青的那份冷淡，倒也十分的知趣。

马副厂长虽然是个副厂长，但在厂里是管全面的，权力比较大，所有的员工都很怕他，但是柳青青不怕他，一来因为马副厂长和柳青青的舅舅关系很好，二来柳青青十来岁的时候就经常在舅舅家里看到他，也算是个老熟人了，马副厂长也从没把柳青青当过外人。

有一天，马副厂长非常郑重地问柳青青："谈恋爱没有？有没有喜欢的男生？"

柳青青一下子红了脸，说："才没有呢。"

马副厂长说："我跟你介绍一个，那个男生非常优秀，怎么样？"

"谁啊？"柳青青虽然不喜欢这种介绍的方式，但是马副厂长到底给自己介绍谁，还是比较好奇。

马副厂长说："伍长春，和他有没有过接触啊？"

"啊，不要不要。"柳青青连忙拒绝。

"小柳，先不要这么快拒绝，你可以先试着和他交往交往，我对他十分了解。我敢断言，将来这个男生一定会非常有出息，我看人非常准的。"马副厂长说。

"不行，我真不喜欢，再说我不要出息，我只要感觉，谢谢马厂长的关心啦。"柳青青笑嘻嘻地说。

马副厂长问："你真是个小孩子，大真的很，还要讲什么感觉。真的完全拒绝？你可不要后悔哟。"

看见推辞不过，柳青青只好说："谢谢马厂长，我已经有男朋友了，正在武汉上大学。"

马副厂长有些吃惊："你的男朋友是大学生，是真的吗？"

柳青青道："怎么您不信哪，不相信我找得到大学生是不是？"

马副厂长道："那倒不是，只是伍长春已经抱了希望了。"

柳青青不知道，伍长春在学校除了性格有些不合群外，各方面表现都非常优异，也没有谈过恋爱，是马副厂长的得意门生。马副厂长曾对他许诺：你在学校期间就好好学习，不要谈恋爱分散了精力，回厂以后，我会跟你介绍一个女孩子，我同事的外甥女，包管你喜欢。这就是为什么伍长春会主动追求柳青青的缘故。当然，柳青青后来才知道这个事情。

其实不只是伍长春，严加海也来凑过热闹。

严加海看上去像个莽夫，但在追求女孩子上面，却是很胆小的。严加海一直就知道有柳青青这个老乡，所以，心里暗暗的也有很多期待，不知道这个女孩子长什么样，柳青青这个名字，严加海一直记在心里面的。直到见了面，才知道原来柳青青长得这样漂亮，这让严加海越发的缺了追求柳青青的底气。他害怕拒绝，但又想试一把，如果自己不主动出击，可能任何希望都没有。

实习回来后，严加海的精神特别亢奋，他一直在思索追求柳青青的方式。经过几个日日夜夜的思考，写下了一封信，并非常郑重的托南雁交给柳青青。南雁拿到信后，都快笑弯了腰，她没想到的是，严加海这样一个大老粗，竟然会给女孩子写求爱信。

信的大致内容是这样的：青青你好，有一个老乡妹妹，我一直等了她三年。今天，我终于鼓起勇气，向她表达我的爱，希望她不要拒绝我的一片情意。

柳青青看到信后，真的是左右为难，她既不想直接拒绝和伤害严加海，但又不想失去他这个老乡朋友，自己对他确实又没有什么感觉。怎么办呢，只有冷处理，不管也不回复。但严加海却不这么认为，以为是自己追求的力度不够。那天，他喝了一点酒壮胆，红着脸一直等在女生寝室门口不走，非得要柳青青出来问个明白，谁劝也不离开，弄得全寝室的人都知道了，柳青青吓得都不敢出来，只好要南雁到门口去告诉严加海，就说自己已经有男朋友了，严加海只好失魂落魄地离开了。

从来没有谈过恋爱的严加海平生长这么大没有这样痛苦过、焦虑过，他睡在寝室的床上，想得头痛欲裂：柳青青要是对我没有好感，可为什么要主动跟我捐钱？她如果讨厌我，可平时看到我为什么又对我微笑？过了差不多一个月时间，他才调整了自己的心态，觉得只要柳青青当自己的妹妹也不错。后来，严加海就当求爱事件没有发生过，只字不再提感情上的事情，他和柳青青成了最要好的哥们、朋友。

六

柳青青有一个青梅竹马两小无猜的男朋友，叫程志鹏，正在武汉上大学。

柳青青的爸爸和程志鹏的爸爸是同事，同在乡政府工作，柳爸爸是程爸爸的上级。他们住在同一个村，两家的屋子，隔了中间的那所小学。从小学到高中，他们一直在一所学校念书，由于程志鹏年长柳青青一岁多，所以一直高柳青青一个年级。

因为两家人的关系，两个人从小就在一起玩。柳青青小时候比较皮，上树掏鸟窝下河捞鱼虾，什么事情都敢干，而程志鹏则斯文秀气、乖巧懂事得多。一天玩下来，柳青青常常灰头土脸，而程志鹏身上一尘不染，柳妈妈就说："看看，看看，你哪里像个女孩子，要是把你们两个孩子换一换，就好了。"

柳青青是从七岁那年夏天开始，觉得程志鹏是一个非常了不起的人的。

那天，两家父母又聚在一起吃饭喝酒扯闲话。柳青青和程志鹏到河滩上去玩，洪水刚刚消退的河滩上满是淤泥，两个孩子不知道情况，柳青青拿着根木棍子，像绿林好汉般地冲到前面，人一下子便陷进了淤泥里，她赶紧拔腿，怎么也拔不出来，她吓得大声喊叫起来。程志鹏因为在后面，双脚才踩了下去，陷得还不算深，他一把拔出脚，听到柳青青的尖叫，一下子也慌了神，但他很快冷静下来，说："青青，你别动，快点用棍子撑住，我去喊大人来救你，你千万不要动啊！"

等到两家大人赶过来的时候，柳青青的小腿已经完全没入到淤泥里去，她的小脸都吓青了，但她牢记着程志鹏的话，一动也不敢动，生怕自己一动，就会全部陷了下去。柳爸爸拿来了几块木板，铺在淤泥上面，救起了惊魂未定的柳青青。他们一直夸程志鹏这个孩子不错，头脑灵活，清醒，如果当时不是喊大人来救，而是自己去拉，两个孩子恐怕都要陷入淤泥了。

知道自己喜欢和在意程志鹏的时候，柳青青还只有十多岁。那天早晨，柳青青正坐在屋门口洗衣服，她穿了妈妈的一件斜襟的花夹袄，正在起劲的搓着衣服。妈妈的这件夹袄，是粉红底子上面映着大朵红牡丹的那种，虽然花色艳丽，但斜襟的衣服早就没人穿了，还是妈妈年轻时候穿过的。柳青青在衣柜里看到，早就有了想穿的欲望。只是衣服大了点，柳青青人又瘦，穿在身上感觉瘪不拉叽的，样子有些滑稽。一抬头，发现程志鹏正在笑眯眯地看着自己，她一下子慌乱不已，很不好意思，脸红得什么似的，想解释一下自己为什么穿了这样一件衣服，又不好意思说出口。程志鹏倒善解人意的先开了口："青青，你穿这件衣服好有味道哟。"柳青青这才说："你别笑话我，肯定丑死了是不是？""我说的是真话，虽然有点大，但把你的脸衬得好白净啊，像个小媳妇，哈哈。"程志鹏说。程志鹏就是这样一个人，他不仅不做令人讨厌的事，也从来不说令人讨厌的话，给人的感觉总是那么温暖和得体。小时候柳青青就特别爱臭美，喜欢试穿大人的衣服。

她经常把自己关在房间里，将妈妈和姐姐的衣服一件件地试穿，还偷偷地抹上姐姐的口红，踩着姐姐的高跟鞋，在镜子前扭来来扭去，盼望着自己快点长大。从那以后，程志鹏开启了柳青青混沌的心灵，她再也不随便乱穿衣了。比如夏天，哪怕在自家院子里，她再也不会只穿着一件背心和一条短裤在外面乘凉了，而是规规矩矩地穿上裙子。

程志鹏不仅人聪明、有头脑，还是一个特别细心的人。

上小学的时候，学生每天都会带饭到学校，集中存放在教室讲台旁边的课桌上，每节课的课间休息，总有贪吃的学生将带的饭菜偷偷吃上几口。柳青青虽然不偷吃，但摔碗、掉碗是经常的事情。开始，她带饭的工具是那种搪瓷的杯子，体积小但容量大，可以装不少饭菜，但两个都被柳青青弄丢了，后来不得不用家里的饭碗带饭。为这事，没少受妈妈的责备。

每天，学生们吃过饭后，将碗在学校门口的那口堰塘里洗干净，然后用毛巾或塑料袋子包起来，放在课桌肚里。柳青青的妈妈生怕女儿吃不好，每次总用两个碗带饭，饭一碗菜一碗。柳青青长大后还埋怨过妈妈：就是小时候给自己吃多了，害得自己饭量这么大。柳青青的课桌下面有一根横杠子，她将用毛巾包好的碗上面系上一根绳子，然后吊在那根横杠上，柳青青看着碗在上面晃晃悠悠的蛮好玩，就开始使劲地转着那根绳子，拧到不能再拧了再一放手，碗由于惯性飞快地转起来，这样不亦乐乎的玩了几次后，悲剧来了，绳子断了，碗啪的一下掉在了地上，柳青青连忙捡起来，打开毛巾一看，两只碗都摔成了几块。还有，每次放学后，总有几个同学一路玩闹，碗也不知道摔碎过多少。再就是每天放学后，由于贪玩，经常忘了拿回来。根据这种情况，妈妈不得不下了最后通牒：再掉了或者摔碎后，就不要带饭到学校去吃了。

这天柳青青又将碗落在了学校。看到一个书包袋子在屁股后头扑嗒扑嗒响，玩得满头大汗两手空空的柳青青，柳妈妈气不打一处来："你玩性怎么这么大啊，像喝了忘魂汤似的，你自己姓什么还记不记得哟，明天你就饿肚子吧，没有碗看你拿什么带饭，还不赶快去学校找？"柳青青二话不说拔腿就跑，刚跑了两步，看到程志鹏正从远处走过来，手里提着两只碗，不正是柳青青带饭的碗么。柳青青大喜过望，一把接过来，说："你怎么知道我的碗没拿回来？"程志鹏说："不是说你经常喜欢掉碗么，每天放学时，我就在你的课桌底下看一下，今天正好看到了。"

柳妈妈口里啧啧有声道：“看看，看看，人家一个男孩子，那么细心，你倒像一匹脱缰的野马一样，哪里像一个女孩子哟，将来怎么嫁得出去，哪个要你哟。”这是柳妈妈的口头禅，每次只要一骂柳青青，准会说将来怎么嫁得出去这样的话。

得了妈妈的批评，柳青青一点也不恼，心里反倒还有几分欢喜。

他俩每个月都会结伴到镇里的中学上学，他们家离镇中学有十来里路，程志鹏骑自行车带着她，然后将自行车放到爸爸工作的地方。村里的小伙伴和同学们都笑话柳青青是程志鹏的媳妇，两个人长期被取笑后，也就不知道害羞了，柳青青觉得当程志鹏的媳妇是一件特别光荣的事。

到学校去要过一条河，坐那种烧柴油的小船。遇到风雨天，小船在河中飘来荡去，挣扎前行，感觉很不安全，每到这个时刻，程志鹏一定会拉着柳青青的手要她别怕，这是柳青青最喜欢的时候，程志鹏每次总像个小大人的样子，充当着柳青青的保护神。

每个月的综合月考后，学校都会将成绩进行排名公榜，只要一公榜，程志鹏就会到柳青青班上来看结果，如果哪次考差了，程志鹏就会说：“青青，要加油了啊。”声音柔软，满怀关怀，并无说教之意。柳青青听了羞赧不已，也想听他的话，可是那些数字公式总是闹得她头痛不已。对于程志鹏的这些关心，柳青青当时没有在意，若干年后，她还是有些疑惑，还在想这样一个问题：程志鹏不过比自己大一岁多，十几岁的孩子，他怎么就这么懂事这么有心思，知道自己的教室，每次考完后就会来看？初中三年，自己连他的教室在哪里都不知道。柳青青终于有了一点庆幸，自己幸好不和他同一个年级同一个班，要不然羞愧的地方会更多。

高二那年，柳青青喜欢上了金庸的武侠小说，在镇里的图书馆租了全套，没日没夜的看，已经受到了班主任的严厉警告。第二天就是还书的最后期限，还有最后几十页没有看完，晚自习时，抱着一种侥幸心理，柳青青又沉浸在书里的情节中去，一下子被班主任抓了个正着，班主任非常恼怒，一把抓过书，双手奋力地撕着，气愤的扔在地上。

柳青青一下子傻了眼。挨到下了晚自习后，她从地上捡起撕乱的书和那些碎片，想到明天就到了还书期限，可这个样子，怎么还回图书馆，要赔好多钱呢？柳青青一筹莫展，她想到了无所不能的程志鹏，只好哭丧着一张脸，硬着头皮去找程志鹏。

程志鹏第一次对柳青青进行了说教：“青青，你已经高二了，明年就要参加高考了，一定要努点力加把油了，这些书，等到以后上了大学，多的是时间看。”

说归说，程志鹏还是要柳青青别担心，自己肯定会把书弄好，明天还回去就是了。他买来了胶水，将书页用几块硬纸板夹着，粘了一夜，终于把书给粘好了，柳青青心里那个佩服与感激真是无法言表。

程志鹏总是那么懂事，懂事得有那么一种与年龄不相称的矜持与正统，纵是柳青青心绪再过浮躁，到了程志鹏的面前，也会化着了一汪清水。

程志鹏大学第一个暑假回家，正值柳青青结束高考。那段时间的相处，可以算作他们感情升华的一个过程。读书时，程志鹏忙于学习，一直鼓励柳青青好好学习，一刻也不肯放松自己。大一的第一个暑假，感觉自然是非常轻松的，程志鹏就天天陪着柳青青玩得不亦乐乎，他们一起钓鱼，一起到湖里划船摘莲蓬，两个人坐在柳青青家的那片橘园里，把柳青青收藏的小人书一本本拿出来翻看着，回忆着小时候一些有趣的事情。晚上，他们拿把巴扇，坐在大堤的青草地上，看着月亮吹着风，程志鹏小心的为柳青青赶着蚊子，向她描述着他们学校的场景，教室多宽大，图书馆有好多书，每个周末到了，学生都会组织舞会，那些女生如何变着花样想成为舞会的焦点。大学里有很多社团组织，说像柳青青你这样多才多艺的人，如果上了大学，肯定是学校里最出风头的一个。还说柳青青每次的来信，都是班上的公开信，都知道程志鹏有一个非常有文采的女朋友，特别是柳青青写了一篇琼瑶小说《几度夕阳红》的读后评论，当时，班上的同学们相互传阅，都被柳青青的文采所折服。有时候，他们什么话都不讲，程志鹏就会小心而轻柔地吻住柳青青的嘴唇，让柳青青战栗不已。

柳青青落榜后，程志鹏上学时又多次来信，要柳青青复读重考，自己在武汉等她，可柳青青再也不想踏进学校一步。

七

九十年代初期，工人虽然可以吃饱，但想吃好却谈不上。柳青青他们这一代人，从读初中起就开始吃食堂饭，一吃差不多就是十来年。他们总结了一条颠扑不破的真理，只要是公家的食堂，似乎每一个食堂打菜的都是一个师傅教出来的，看得顺眼的帅哥美女，恨不得撑死人家，搞得帅哥美女忙不迭地“谢谢，谢谢，我要不了那么多，多了也吃不完”。轮到看不顺眼的，一勺子下去，半勺子汤，要不就是西红柿青椒，鸡蛋和肉死活不肯到碗里来。如果有，先别高兴得太早，小手一抖，照旧回到菜盆里，能到碗里来的，是让人顿生把饭菜呼他一脸的冲动。在当时，最困惑造纸厂这群年轻人的，就是吃饭问题。特别是那些男生，一个个生龙活虎，运动量又大，下班了都喜欢去打打篮球羽毛球乒乓球什么的，有的是想吸引女生的注意，有的确实有这个爱好。吃不好是一个方面，有一段时间，大家甚至感觉到吃不饱了，是因为厂里的食堂实行了承包制，承包食堂的是一对年轻的情侣，他们倒好，打菜时很公平，无论你长得多帅和多美，在他们手里都讨不到半点好。

说到那对情侣，因为年龄长相悬殊差别太大，是让厂里人津津乐道的一对儿。

那女的叫王金枝，年龄大约二十七八岁，长得五大三粗，金鱼眼，大龅牙，一笑起来牙龈向外翻着，露出鲜红的牙床。王金枝的声音粗大而且响亮，特别是一笑起来，从胸腔里发出来的声音挟裹着一股隆重的喉音，让人感觉难听死了。但是王金枝是商品粮户口，还是分配到这个厂里的正式工。在那个年代，有一份商品粮等于有了一个铁饭碗。就因为这个，金枝无论是在气势上还是在身份上，就有了一种掩盖自己外貌不足的底气。那个男的都叫他阿强，原来是一个饭店的大厨，长得唇红齿白细皮嫩肉，不过才二十多岁，两个人年龄相差了五六岁，但却成了情侣。听说阿强家里条件很不好，看上王金枝是因为她有商品粮户口，以后生活会有保障。

原来的食堂属造纸厂后勤部管，当时厂里一共才几十个人吃饭，食堂的工作人员倒不少，有采买、会计、大厨、帮厨等，食堂一帮人闲得要死。厂里看到这个情况，就承包给王金枝他俩。自从这两个人承包后，厂里这帮身强力壮的年轻人可就遭了殃，王金枝他们为了多赚点钱，常常克扣饭菜，弄得一帮年轻人非常不满。

别看柳青青长得比较秀气，但是饭量却比较大，还有一个比她更大的，那就是覃丽芝，常常是没到吃饭的时候就饿了。柳青青经常和她打赌看谁的饭吃得多，覃丽芝还吃过一斤。倒不是真的吃得下一斤，是因为食堂的一斤饭最多只有五六两。

女孩子们吃饭时都喜欢结队去食堂打饭，然后打回来到宿舍吃。如果正常的话，一般女生吃个三四两，男生半斤就可以了。食堂里的饭用一种长方形的铝质盆子，用柴火灶进行蒸煮。柳青青刚开始吃这种饭时，还感觉出一种香味，吃得久了，就感觉不是那个味道了，特别是承包给那王金枝和阿强以后，铝盆里的米越放越少，水越放越多，饭里就有了一股水腥味，还有蒸好的饭块明显可以看到凹下去一截。铝盆里的饭被裁成一个个小方块，一个方块是四两，柳青青和覃丽芝四两饭根本就吃不饱，她俩在打饭时，经常直接打一块半即六两。

食堂有个后门，平时是开着的，后门正好对着女生寝室。没有承包的时候，食堂的工作人员多数时候会在后门口择菜洗菜，几个中年妇女坐在板凳上，嘴上肆无忌惮地开着玩笑，但手脚麻利一刻也不闲着。无论是冬瓜南瓜还是土豆莴苣，三两下就被她们削得干干净净。特别是拾弄芹菜时，她们才不会耐烦的一根根的去择，而是用根筷子，唰唰几下子就将菜叶子弄得干干净净。柳青青和南雁嘴馋的时候，会走走后门跟几个大妈讲讲好话，到那里去捞点好吃的。现在承包给王金枝后，他俩就不在后门口择菜了，而且一到开饭的时候后门就关得死死的。有一天停水了，柳青青和南雁敲开食堂后门想去洗碗，王金枝开门后看到她们，故意冷着脸，也不和她们讲话。平常只要王金枝不在旁边，阿强还会和她们讲几句话开开玩笑，现在看到王金枝这个表情，也将脸上的笑收了回去，柳青青一下子就感到非常没趣。她们看到灶台上的铁锅里，是大块五花肉炖土豆，肉是腊肉，土豆是新鲜土豆，放了茴香和桂皮，正发出一阵阵诱人的香气，她俩忍不住用鼻子拼命地吸了几口，碗洗好后出了食堂，南雁对柳青青说道："看来找个厨子做男朋友也不错，这样还可以改善一下生活。"柳青青就大笑着说："这好办，你要是不怕王金枝的金鱼眼鼓死你，我明天就帮你给阿强写封求爱信，只要你出马，阿强肯定会把王金枝休了，你要是嫁给了阿强，阿强肯定天天跟你弄肉吃，而我也可以跟着沾点光了。"南雁用碗打在柳青青的背上说："你才嫁给阿强呢。"两个女孩子一路打打闹闹，不时发出一阵快活的大笑，把想吃肉的情绪都给平息了。

这种吃不饱的状态持续了很久，虽然大家都有怨气，也只是私下里议论一下，没有一个人提出任何意见和建议。

有天凌晨快一点钟的时候，寝室门外传来一阵轻轻的敲门声，南雁打开门一看，只见严加海和王小波端了一大盆热气腾腾的面条进来，他们一进屋就开始招呼寝室里的女孩子们快点起来吃面条。柳青青很是吃惊，问他们面条哪儿来的。严加海小心地说："在食堂搞的，我们拔了食堂后门的门闩，放心，他们不会发现的。”几个女孩子全部爬起床，拿了自己平常吃饭的筷子，睡眼惺松地吃起了面条。后来严加海一再强调，咱们有福同享有难同当，此事千万不能外传，再怎么说这也算是偷窃行为，不光彩。几个女孩子连声说好。后来，几个人心照不宣，哪天想吃面条了就会事先跟严加海打招呼。

还有一招更绝的，那就是粘饭票。这个点子是余公子想出来的，说自己有几次已经成功实施，还悄悄地向柳青青和南雁两人传授经验。当时食堂用的是一种统一的塑料饭菜票，只需将碗底打湿，然后打饭时故意将碗放在饭菜票上面，碗底部肯定会粘上几张饭菜票。柳青青和南雁也想效仿，她俩对王金枝克扣饭菜的行为相当不满，但真要操作起来，还是很害怕，打饭时，只要一有这个念头，柳青青就开始脸红，然后心里像打鼓一样跳个不停，心想这和做强盗有什么区别，所以她们一直不敢实施这个行动。

这种吃不饱的现状终于被伍长春打破了。

那天，也许是王金枝跟他打的饭菜实在太少，也许是伍长春心情不大好，他看到自己碗里的大半碗饭菜，便向王金枝提出要多加一点。王金枝没好气地说："加饭要加票。"伍长春说："你跟我给足量就行了，加什么票，我这可是出的半斤饭票，你自己看看，有半斤吗？"王金枝黑着脸，象征性地在盆里刮了些饭粒子往他碗里一扣。伍长春火气来了，说："加这么一点点，打发叫花子都不够，就是找你讨，也不止给这么一点吧？"王金枝说："你这个人怎么这么不知足？又想多又不肯给票，那你干脆去讨好了。"话确实恶毒了些，伍长春忍不住回敬了一句，他们之间终于发生了激烈的争吵。伍长春彻底爆发了，他将一碗饭菜直接扣在了食堂的窗台上，且骂了一句恶狠狠的话："你也不撒泡尿看看，长得像只癞蛤蟆，真是丑人多作怪，你是不是赚了钱买棺材去的？"王金枝气得甩下饭瓢，从食堂冲了出来，阿强闻讯也从食堂冲了出来，他们三个人很快就扭打在了一起。最终伍长春的脸上被王金枝泡下了几条大血印子，伍长春气呼呼的撂下了一句狠话："你俩跟我等着，总有一天我会把你们赶出去！"那天的晚饭自然没有吃成。平时伍长春在厂里没有什么朋友，大多时候都是独来独往，当时围观的人看了一会热闹，却没有一个人来劝架的，也没有一个人来帮他。

那天柳青青因为赶报表，没有时间去食堂打饭，她要南雁打回来放在寝室里，刚一回寝室，就听覃丽芝正在绘声绘色的描述着伍长春和王金枝打架的事。

柳青青一下子对伍长春充满了同情。造纸厂附近连个餐馆都没有，伍长春和王金枝打了架，自然是没有饭吃的。柳青青心里想，王金枝阿强他们如此可恶，却没有一个人指出来，伍长春和女人打架，虽然不是什么好事情，但到底是为厂里年轻人做了一件好事，出了一回头，也许通过这样一闹，他们会有所收敛，再怎么样，也不能让伍长春饿肚子。第二天中午，柳青青自己吃过饭后，便又到食堂里打了一份饭，和南雁一起，跟伍长春送到寝室。

伍长春正躺在床上，两眼空洞地望着床顶，他看到柳青青和南雁，有一些惊讶，一听说柳青青是来给自己送饭的，又有一些感激，他的表情非常复杂，又夹杂着几分难为情。

柳青青说："让你受委屈了，我们一直都是敢怒不敢言，还是你勇敢些，敢于和他们斗争。估计这次打架事件会引起厂里的重视，也许对我们的生活会有一些改善。"

伍长春说："我也是忍耐他们很久了，厂里也不知道这些事情，遭殃的只有我们自己，每天辛辛苦苦的工作，连肚子都吃不饱。明天我会跟厂里写一个关于目前食堂现状的报告，希望你们能跟我签一个名。"

柳青青说："好的，你写吧，我还会发动其他同学一起签名的。"

他们在一起说了很多话，关于工厂的管理问题，还有食堂的管理问题，柳青青发现，伍长春思路清晰，表述清楚，逻辑性也非常强，确实很有头脑。

不知道是因为王金枝他们做得实在太过分，还是伍长春写的那个报告奏了效，一个月后，厂部收回了食堂。柳青青和覃丽芝再也不用吃一斤饭了，他们看到，铝盒里的饭满涨满涨的，都快高出盆口一指宽了，四两可以抵原来的八两。

八

时间一晃就到了年底。

这天下午，马副厂长召集了部分人开会，会议的主题是：落后分子会。主要是通过这一阶段的工作，对那些表现差、上班吊儿郎当、得过且过的员工进行交心谈心活动，覃丽芝不幸榜上有名。回到宿舍后，覃丽芝忍不住就哭了，任凭寝室的几个女孩子怎么问，也不肯说话。

覃丽芝长相漂亮，但对工作表现得确实不怎么积极，她的业余时间都用在了织毛衣上。也不知道她怎么会有那么多的毛衣要织，织完爸爸织妈妈的，织完姐姐织妹妹的，织了上衣织裤子，从来没看她空过手。只要在寝室，就见她不停地织呀织，覃丽芝有很多织毛衣的针，有竹制的棒针，有不绣钢针，还有一头是铁的一头是塑料的环形针，粗细不一，用一根橡皮筋缠着，放在床底下的纸箱子里，每次会根据毛线的粗细来选择毛衣针。宿舍里的女孩子们也织过，都是一阵子的新鲜，没覃丽芝那个耐性，每个人的箱子里都放着一些未织完的半成品。寝室里的女生们最怕跟她缠线团了，那时候的线团不比现在是成品，而是一大股一大股的，需要两个人来完成，一个绷着一个绕，只要她抓住谁，谁就会倒霉了，大家都跟她绕过线团。因为是安装期，每个人还没有定岗，覃丽芝有时候会偷偷地跑回寝室织上几圈，这些自然是逃不过那些领导干部的眼睛的。

过完年后，时间就到了二月份。

天气还有些寒冷，等到抄纸车间的复卷设备安装完毕后，差不多就进入了煞尾阶段。这天，马副厂长来到柳青青她们宿舍，说："我们的生产线马上就要开机了，厂部准备进行剪彩仪式，县里各部门要来很多领导参加。要在你们中间挑选八名女生参加剪彩仪式，从明天开始，上级部门要派来一名同志，对此项活动的人员进行挑选、对剪彩人员的礼仪、服装、化妆进行指导，挑选上的人这几天就不用上班了。"

听到这个消息，女孩子们都兴奋不已。夜里，六个女孩子都在讨论，来的会是谁，男的还是女的，相互猜测有哪几个会被挑选上。

来的是柳青青的大表哥。表哥三十来岁，穿了一套藏青色的西装，本来身材就很挺拔，加上这套西装的衬托，越发显得英俊潇洒。女孩子们一个个发出惊呼声，齐声说：好帅呀。特别是覃丽芝，两眼放光，大声嚷嚷道："青青，你表哥有没有结婚啊，介绍给我好不好？"柳青青说："孩子都会打酱油了，你去当偏房行不行？"覃丽芝不由得蔫了。

柳青青、南雁、覃丽芝几个女生都被选中了，只有个子最小的徐红没有被选上。表哥对她们进行了仪容、仪表、仪态等方面的培训，交代了需要注意的一些细节，又向她们提出举止必须文雅大方、庄重优美。接下来她们需要自己准备服装，即要大方得体，又要鲜艳夺目，女孩子们兴奋得几个晚上都没有睡好觉，想方设法去借来最漂亮时尚的衣服，天天在寝室里左搭右配，想穿出最美的效果，她们一个个你推我攘、互相争抢着在寝室唯一的那面镜子前扭着身体转来转去，一下子好不热闹。

剪彩仪式在宽敞明亮的抄纸车间举行，会场布置得热烈而又隆重，县里来了很多领导，一个个全都西装革履气宇不凡。柳青青找表嫂借了一套当下最流行的衣服，一件淡粉色的圆领衬衫，胸前有那种闪亮的手工串珠加精致的绣花，一条质感十足的百褶短裙，再配上一双黑色的高跟皮鞋，显得端庄大方又青春俏皮。覃丽芝个子最高身材最好，衣服颜色也最亮，是一套大红的紧身针织连衣裙，配了一条黑色的腰带斜挂着，尽显时尚，她理所当然地站在队伍的最中间，成为所有人注目的焦点。按照事先设计好的程序，几个女孩子拉着彩带，等待着剪彩的领导。会场围了里三层外三层的人，除了厂里边的工人外，还有青蚨镇上的人和其他工厂里边的一些人，都是些闻讯前来看热闹的年轻人。在这群人中，有一个打扮得非常夸张的女孩子差不多和柳青青她们一样引人注目。这个女孩子上面穿了一件七彩的蝙蝠衫毛衣，下面穿了一条破洞的牛仔裤，特别是耳朵上，吊着一副白色圆圈圈的塑料耳环，非常惹眼，像电影画报上面的明星姜黎黎。显然，这个女生自我感觉非常良好，她一直用一副挑剔的目光和旁边的同伴咬着耳朵，对参加剪彩的八个女孩子从头到尾的进行评论，这个长得好看，那个身材不好，柳青青心里想，这真是一个有个性而又性格直爽、敢说敢为的女孩子啊。几个女孩子找本厂青蚨镇上的工人一打听，才知道这个女孩子是厂里管供应的朱科长的女儿，叫作阿朱，在镇里的油脂厂上班。

到了三月份，厂里招进了大量的工人，全部清一色年轻人，男生女生都有，女生宿舍旁边的空屋一下子住满了，整个工厂里渐渐热闹起来。马副厂长对实习回来的学生全部进行了分工，男生多数分到两大车间做操作工。只有几个人做了抄纸和制浆车间的班长，算得上是个管理人员。柳青青分到了制浆车间做统计工作，南雁、徐红和另外两个女孩子分到了质检室做倒班的质检员，只有覃丽芝，分到化验室上长白班。女孩子们不由得私下议论，说覃丽芝过年的时候都是个落后分子，现在怎么突然一下子分到了这样一个重要岗位，还不是充分利用了自己长相，谋到了这样一份好差事。

厂里快两个月时间没有发工资了，工资表都已经造好了放在财务科，只因审核工资的马副厂长到上海出差去了，同去的还有覃丽芝，说是要去看一台什么化验设备，一来参观二来学习。从上海回来后，覃丽芝带了几套上海最流行的服饰，还有当时最流行的登云皮鞋，寝室里的人都说是马副厂长跟她买的。柳青青一直不相信这种事情，覃丽芝是这群女生中最出众的一个，无论身材长相还是穿衣打扮，觉得有人这样议论她也许是出于嫉妒，有时候听到有人说她，就会为她进行辩护。有一天，覃丽芝心情不好，就找柳青青倾诉：“我这一生，都被姓马的给毁了，我心里清楚，别人都是怎么看我和议论我的，也知道你是怎么维护我的，谢谢你。”覃丽芝如此直接，柳青青不由得吃了一惊：“你今天怎么讲这个话啊？”覃丽芝说：“真人面前不说假话，厂里边，就数你心地最单纯了。以前上班，我是不太认真，姓马的把我喊去开落后分子会，其实是有他的用意的。”柳青青说：“哪个姓马的啊？”覃丽芝苦笑了一下：“这你都不知道，马副厂长。上次开了落后分子会，他把我喊去谈话，大意是，只要我好好表现，他就跟我安排个好点的工作，这次去上海，他跟我买了几套衣服，还买了鞋子，反正我都背了这个名誉了，干脆破罐子破摔算了。现在学的这个鬼专业，又不好出去找工作，只好等有机会后再出去了。”初涉社会的柳青青，心里不由得打了一个寒噤，她实在想不到，自己从小就熟悉的马副厂长是这样一种人。她把这个想法跟南雁说了，南雁却一针见血的分析道：“你不要光听覃丽芝的一面之词，我不这么认为。这个事情要一分为二地看待，为什么马副厂长不找别人，偏偏要找覃丽芝，还不是因为一个巴掌拍不响，一个愿打一个愿挨的事情。本来覃丽芝就爱慕虚荣，平常举止就比较轻佻，看到帅一点的男人就忘记了一个女生应有的矜持。又想穿点好的又想吃点好的，寝室里哪个人的漂亮衣服她没有穿出去过？自己又没有钱买，听说马副厂长很有钱，正好可以满足她的这些要求。一个女孩子，年纪轻轻就不想奋斗想走捷径，也活该她遭人议论了，要是换了你，你肯定不干。”南雁一番理性的分析，让柳青青也感到有一些半信半疑了。南雁说：“这个世界上，就只有你柳青青这样单纯这样傻了，把一切人和事都想象得那么好。”柳青青就呵呵一番傻笑。听归听，只要是自己没有亲眼看到的事情，她还是不会相信。

设备试机开始，所有人员齐齐到场，还有从岳阳造纸厂请来的专业技术人员。没有谁安排和交代，都凭着一股发自内心的关心和热情。柳青青和南雁一直陪着那帮试机的人员，为他们递茶倒水。当终于拉出了第一卷纸的时候，全体人员不由得沸腾了！严加海拿出早已经准备好的鞭炮，在厂区大道上欢快的放了起来，柳青青和南雁抬来了厂部的那块黑板，写下了整篇图文并茂的宣传报道。从那以后，柳青青就成了厂里的义务宣传员，厂里的大事小事好事新鲜事，她都会锦上添花的描写出来，再配上粉笔勾画的彩色插图，柳青青的黑板报，渐渐成了厂里的一道风景。

制浆车间是控制造纸生产成本的关键车间，大部分的原辅材料都要从这里进出和使用，所以，柳青青的工作任务比较重。

制浆车间在厂里的最南边，挨着原料仓库。听说柳青青分到这里，车间那帮熟悉的工人都特别高兴，几个月时间的工作接触，他们早就和柳青青混熟了。严加海是制浆车间的班长，他指挥几个青工把车间办公室打扫得干干净净，还到外面去弄来了一株吊兰，种在一只砌墙的灰桶里，放在窗台上，给简陋的办公室增添了几分颜色，办公室里一共有三个管理人员，一个车间主任，一个工艺员，再加上柳青青。

九

车间主任姓伍，人精瘦精瘦的，走起路来身体向前打着窜，面皮白净，一头卷发，听说头发卷的人性格不好，这个伍主任的脾气果真不好，喜欢喝酒不说，还犟死一头牛。关于伍主任的传说有很多。其中有两件事比较有趣，一个是和供应科朱科长决斗的事情，还有一个就是伍主任的“官大表准”。

先说决斗的事情。

朱科长进了一批染料，染料的纯度达不到要求，色牢度过低，以致染色不匀，两人为这件事引起了争执。别看伍主任只是个车间主任，也是朱厂长从大厂引进来的造纸人才。朱科长虽然在厂里是老资格，但伍主任从来没有怕过他，又因为占着理，所以，伍主任理直气壮声高嗓大。这个朱科长也不是个一般人物，极其自负，平常是个水都泼不进的人物，就算是知道自己出了问题，也容不得别人的指点。争着争着，两人就开始动起了手，几个回合下来，伍主任大概意识到身为一个车间主任，当着工人的面打架影响不好，就说：“姓朱的，我们不要在厂里打，有种的，就去沙滩上玩玩，怎么样？”大概是觉得他们年纪一大把，还和小孩子一样打架不说，还要到沙滩上进行决斗，车间里的人都感觉特别搞笑，至于两个人最后到底去了没有，无从考证，这句话后来多次被那帮学生引用，谁起了冲突，就会笑着调侃：“要不咱们去沙滩上玩玩？”不仅能引发一场大笑，还能化解一些矛盾。

再来说“官大表准”。

虽然伍主任好酒，但还是有很多优点的。第一他技术熟练，大凡纸张出了质量问题，只要他一看，就知道问题出在哪里，是操作过程不到位造成的漏底、上浆不匀、纸面纯净度差、有沙粒，还是原材料本身的质量问题。二是这个人能吃苦，工作起来不要命，如进行新产品试制，或者设备改造和抢修时可以三天三夜不下火线。三是对待工作认真负责，遵守时间。朱厂长虽然知道他爱喝酒、脾气犟的毛病，也是睁一只眼闭一只眼。车间白天的两次交接班会，伍主任每次都会亲自到场，他规定谁都不准迟到和早退。有一天开交接班会，四点钟的班一般需要三点四十五到车间现场，上班和下班的班长进行交接。有一个班长确实是三点四十五到场，但伍主任的手表可能没有调整好，已经到了三点五十，他就说那个班长迟到了。那个班长委屈地举起手，要伍主任看他的手表，只见伍主任脖子一梗，说：“我说你迟到了你就迟到了，我的手表已经到了三点五十，那现在就是三点五十了，以我的手表为准。一句话，官大表准！”那个班长只有干瞪眼，其他人员都掩着嘴直笑。这个“官大表准”后来被王小波绘声绘色的加以描述，就流传开来，也被那帮学生们运用得出神入化。

柳青青每天工作的第一件事情就是收集车间的各种原始记录，统计各种原辅材料的使用情况，对留存的材料进行盘底，再开始做日报表，通过报表对成本进行核算与分析。然后还有旬报、月报。除了日报简单一点以外，旬报和月报都是那种八开的打印纸，上面密密麻麻的全部是各种数据的收、发、存的数字情况，无论横加还是竖加都必须相等，不能错一个数字。那时候没有电脑，都是手工做报表，用算盘打数字。每当做报表的时候，柳青青就会感谢爸爸小时候逼自己练习算盘的好处来。

柳青青的爸爸在乡政府管财经，打得一手好算盘，曾参加过公社举办的珠算比赛，并获得第一名，柳爸爸要求柳青青学打算盘，说不定日后哪天可以用得着，还教了她一些打算盘的诀窍，从三年级开始，规定她每天必须练习半个小时。因为柳爸爸工作忙，十天半月也难得回家一次，监督任务就落在了柳妈妈身上，偏偏柳妈妈又是半个文盲，大字不识得几个，柳妈妈一边纳着鞋底一边拿眼睛瞟着她。柳青青做完作业后，就开始练习算盘了，刚开始还是按照章法来打的，一颗一颗认认真真的拔着。打着打着就不耐烦了，就想着时间到点了好和小伙伴们出去玩，便开始随意的拨弄起来，将几颗算盘珠子拔得噼里啪啦响，还骗妈妈说：“妈妈你看我好聪明，打得好快啊。”柳妈妈也看不出个所以然来，听她这样讲，心下虽然有几分欢喜，也只这样说：“你只跟我乖乖的练着，不要偷懒就是，等你爸爸回家了好检验你的成绩。”柳青青一直都很怕爸爸，不知道是这句话起了作用，还是多次练习的结果终于有了进步，她可以在三分钟时间内打完五千零五十，而且不出任何差错。

柳青青白天上完八小时班后，晚上还要参加厂部举行的业务培训，由财务科负责举办的如财务分析、成本分析、会计原理等等，每学一次都要进行考试验收，柳青青学得非常认真，在业务上进步不少，报表也越做越好。

天刚蒙蒙亮，柳青青还有睡梦中，只听到上深夜班的南雁从外面风风火火地跑到寝室里来，一把掀开柳青青的被子，悄声道：“青青，你快点起床，我们到制浆车间捡钱去。”正是好睡的时候，柳青青以为南雁又在和自己开玩笑，就翻了一个身，迷糊着说：“你一个人去捡，捡了分我一点点就行了。”南雁说：“我可没有骗你，在制浆车间真的发现了一大捆钞票。这可是千载难逢的好机会，我不想一个人去捡，我要跟你有福同享。”柳青青只好起了床，连脸都来不及洗，就和南雁跑到制浆车间的投料口那里。只见碎浆机已经停了，投料口那里围了一圈人，有人用铁耙在投料口里边用力耙着，周围的地上，有一些零散的纸片，柳青青凑近后仔细瞧了瞧，原来是一些破碎的十元纸币。一问情况，原来是投料工人投下去的一捆废纸怎么碎也碎不烂，他们把它耙起来，看到了夹在废纸里面崭新的十元面值的钞票，他们赶紧停机，把那些没有碎完的纸抢了上来，从里面扒找着还没有完全碎烂的钞票。听说有两个操作工人捡到了不少完整的钱，具体有多少，无从得知，但废纸里有钱的消息却是不胫而走。

早晨一上班，伍主任就听说了这件事，他把这个班的人全部召集起来开会，会上伍主任大发雷霆：“谁叫你们擅自停机的？你们知不知道停一次机厂里边要损失多少钱？要浪费多少度电和水？还停机捡钱，邪了门了，你们捡了好多钱？捡的钱能弥补停机的损失？停机到底是谁的主意？”没有一个人敢出来答话，伍主任又说：“都不承认是不是？那就每人各罚款十元！”在会上，伍主任还批评了柳青青：“你身为一个管理人员，不但不制止，还跟着一起凑热闹，你也捡到钱了是吧？”听得柳青青心里难受死了，心里头直怪南雁，自己睡得好好的，喊自己捡什么钱，真是羊肉没吃着，还惹得一身臊。

晚上快下班的时候，严加海瞅着伍主任离开办公室的机会，到车间办公室来找柳青青，说：“听说你今天挨批了，为了抚慰你受伤的心灵，今天晚上特意请你出去吃饭，叫上南雁吧。”

原来是那两个捡到钱的工人请他们到镇里的牛肉餐馆吃饭，柳青青这才知道，他们一共捡了好几百元。

这件事情发生后，原料车间的分选工人都隔外用心了，果真有不少人从里面选出了钱和金戒指，还有衣服、鞋子、包包等物品。那些钱放的地方可谓五花八门，有的放在鞋子里面，有的夹在废报纸或废书里面，有的用布袋子包着。就有人猜测，怎么会有钱放在这些地方不要了，要么是那些当官的人受了别人的贿，还有就是发了财的人，钱太多忘记了放的地方。要么是一些老年人，将钱藏在哪里自己都忘记了，或者去世后被子女当废品给扔掉了。还有一个分选工捡到成套的金首饰，终于有最惊人消息传过来，有一个人捡了三万多块，在那个年代，三万元可以建成一座私人楼房了。

有时候，南雁会拉上柳青青在原料仓库转悠，希望哪天也能捡个漏，最起码可以多买几袋黄豆酥来吃，柳青青笑南雁才这么点追求和出息。但事实是，她们连个硬币都没有捡到过，柳青青说自己从来就没有这个偏财运。有一天，她们在废纸里发现了一只崭新的红色高统雨靴，很漂亮，这让只见过黑色雨靴的她们有一丝新鲜，就拼命地扒拉着废纸，找了半天也没有找到另一只，正在泄气时，又扒出了两个看上去像真皮的包包，南雁说谁知道是哪个死人用过的东西，得消消毒。拿回寝室用开水一淋，皮全部掉了下来，两个人赶紧把包包给扔了，以后再也不捡这些东西了。

只要伍主任不喝酒，还算得上是一个和蔼可亲的小老头，柳青青跟他讨论工作上的事情也好，打点个人商量也好，都没有问题。但只要一喝酒，就连朱厂长，都跟他扯不清白。柳青青只要哪天看到伍主任白净的脸上透着丝丝粉红的光彩，那这天就要小心行事了，因为无论你跟他说什么事情，正说不行，反说也不行，说什么他都要抬杠、都不爱听、都会反驳，柳青青不得不学会了察言观色，万事顺着伍主任，就怕哪里搞反了惹得他不高兴。

十

车间停机两天进行检修，柳青青和南雁没有事干，手拉手在厂区门口瞎晃悠，厂里面拉货的王师傅就问柳青青的家在哪里，柳青青告诉了他，王师傅说："今天我正好有一车货要送到你们镇上，你们可以搭我的车回家。"有这等好事，柳青青和南雁高兴极了，两个人回到寝室简单收拾了一下行李，也没顾得上跟伍主任请个假，就坐上了王师傅的车。

一路上，柳青青掩饰不住那股兴奋劲，说："自从上班后，都快有半年时间没有休息过了，也没有回过家，我好想我妈妈，好想家里的那些花花草草啊，也不知道它们长得怎么样了。"

到了镇上，王师傅去卸货，柳青青和南雁两个人过了河，又去乡政府找程爸爸借了凤凰牌的载重自行车，柳青青驮着南雁，将自行车踏得飞快，十来里的路程，两个女孩子有说不完的话，感觉一转眼的工夫就到家了。

柳妈妈看到女儿回家，很是高兴。正是下午五点钟光景，鸡还没有上笼，柳妈妈端来一瓢谷子，照鸡群中丢了一把，嘴里"咯咯咯"的直叫唤，在一群争食的鸡群中，一把薅住一只大母鸡，到厨房杀了，又到地里去挖了一篮子新鲜土豆，两个女孩子要帮忙，柳妈妈连忙推辞，说："你们在外面工作辛苦了，回来了哪里还要你们帮忙，你们只管等着吃就行了，蛮快的啊！"

听到妈妈这样说，柳青青说："南雁，我带你参观一下我们的院子，你看看我种的花，半年没见，我都想死它们了。"柳青青拉起南雁的手来到院子里，只见满院的橘子树，老叶子泛着油亮的光彩，新叶子嫩绿的可爱。正是挂果的时候，青绿色的小果子一簇簇的挤在一起，将枝丫都快压弯了，柳青青摘下两个，递给南雁一个，要她闻这个青橘子发出的浓烈香气。说："这个橘子树，可是我亲自栽下去的，还记得爸爸从湖南津市买橘子树苗回来的情景，那时候我还很小，大概七八岁的样子吧，正是贪玩的时候。我记得那天是正月初六，都还在过年走亲戚呢，爸爸叫我干活我是一百个不情愿，爸爸栽，我递树苗，种了差不多快一天，我直嚷嚷累，爸爸还说，到时候结橘子了，肯定不给你这个懒丫头吃，后来结出的橘子一个个很大，很甜，可是皮也很厚，可能是品种不大优良。到时候橘子成熟了，我们再回来吃好不好？"柳青青边说边咂摭着嘴巴，就好像橘子那种清甜的滋味已经在嘴里了一样。

南雁看到院子门前，有两长条水泥和砖砌成的花坛，里面栽满了许多的花儿，有月季、大丽菊、枯枝梅、夜来香、金银花、美人蕉、指甲花，还有一些叫不上名字来的，一下子把南雁吸引过去了。

柳青青说："我和我爸都喜欢种花，院子里的这些花，都是我们满世界找来的，也是我最感骄傲的杰作。先说说指甲花吧。这指甲花开起花来，颜色可是五彩缤纷，红的白的粉的，还有单瓣和重瓣的，指甲花的花籽包裹在一层壳里，一串串挂在花秆上，等到成熟的时候，用手这么轻轻一捏，那层壳就爆炸了，一颗颗黑的籽就会蹦出来，很好玩。你有没有看过电影《城南旧事》啊，里面的小英子是我的偶像，她剪着一头可爱的童花头，戴着手编的毛线帽。我最喜欢和小伙伴一起，学小英子用指甲花染红指甲，我们收集那些开得最红的花瓣拿来贴在指甲上，可从来未将指甲染红过，也许是还有什么加工过程吧？"南雁对种花一窍不通，只有听柳青青讲。

不等南雁回话，柳青青又迫不及待介绍起来："再来说说那株木芙蓉，那可是我从别人的坟上挖回来的。十四岁那年的早自习，天色还很黑，我正行走在上学的路上，突然肚子痛，就不管三七二十一的狂奔到一片田地里，解决完后才发现我的身后是一座坟，我一点也不感觉到害怕，因为我看见了一株小木芙蓉！欣喜之余，抬头将地形全部看清楚，后来等放了学后，偷偷地跑到那坟上将那株芙蓉树用力扯下来，像揣着一个宝似的偷了回去，回到家后就栽种在水沟边，不知是当年，还是第二年，记不太清了，每到九月，满树繁花，一朵朵红艳艳的花将树枝都快压弯了。"柳青青越讲越兴奋，像遇到了知音。

"还有那些大丽菊，是同村的一个小伙伴给我的一块根茎，嘱我埋在土里，来年就会发出芽来，从埋下去的那天，我隔些天就会去看，看有没有芽出来了。直到春天，才拱出了一些小小的叶片，等到夏天的时候，就已经枝繁叶茂了，株值又大，开出的花是深红色的，重瓣，非常漂亮。第二年的时候，爸爸将它们分株，如此往复，后来竟然开出了淡粉、橙黄、白粉相间的几种颜色来，我们就到处栽种，让它点缀其间，保证一年四季都有花开。"

"还有一种花，叫不出名字，只知道是宿茎花卉的。春天的时候，从地里突然的就抽出了几根花秆，由许多小花朵组成的一个黄色的花球立于枝头，亭亭玉立，娇俏可人，我甚至怕一阵风把它给吹倒了，就用了一些小树枝给它们撑起一个屏障。花开完后，便长出一片片有如兰草的叶子，肥嘟嘟的。还有枯枝梅、太阳花、蔷薇等这些花，都是通过不同的途径弄回来的，有的花甚至还跨了省，因我家有许多亲戚在湖南，只要是看到有花，我和爸爸，一定会将它弄回来的。”

两个女孩子边说边看，柳青青拿来铲刀，将杂草清除，给花松土，南雁看到柳青青对这些花，满眼都是那种喜欢和爱怜的神情。

柳妈妈喊：“青青，饭熟了，来吃饭哟。”两个女孩子这才从满眼的花中回过神来，立马闻到了一股浓烈的鸡汤香气飘了过来，她们来到厨房，看到桌上一大钵鸡子炖土豆，煎得金黄的腊肉裹糯米粉，还有辣椒煎鸡蛋，清炒四季豆，柳妈妈还端上了一碟子自制的黄豆酱，但见一颗颗黄豆颗粒饱满，色泽晶莹，正发出一阵阵诱人的酱香，柳青青忍不住用筷子夹着一颗放在嘴里，说好久没有吃到了，好想念啊，要南雁也尝尝。

柳妈妈说：“我的这个黄豆酱，人人都说好吃，即可烧菜时当佐料，平时又可当下饭菜吃，我跟你们装两大瓶，明天你们带到厂里去吃。”两个女孩子放开了肚皮尽情地吃，好像要把在厂里没吃的全都给补回来，两个人吃得红光满面，肚子撑得溜圆也不想放筷子。柳妈妈心痛地说：“你们是不是在厂里吃不好啊，慢点吃。”柳青青说：“妈妈，好久没有吃到您做的饭了，所以才这样吃的嘛，可惜厂里离家太远了，要不然我们一个星期回来吃一回，包管把您吃怕了。”柳妈妈说：“家里条件再不好，吃点饭还是不成问题的。”她们三个人有说有笑，一派其乐融融。

柳青青和南雁手挽着手来到大堤上，经过自己和程志鹏经常在一起坐的地方时，柳青青无比幸福而害羞的向南雁描述了自己和程志鹏的事情，南雁听得都快羡慕死了，说：“想不到你们的爱情故事这么浪漫啊，青梅竹马两小无猜，那个程志鹏，简直就像琼瑶故事里的男主角一样呢，哪天我一定要见一见他。”柳青青说：“你肯定会见得到，因为你是我最好的朋友啊！”

第二天，柳妈妈用罐头瓶跟她们装了两大瓶黄豆酱，还装了一些腌菜，两个女孩子坐车回了厂，心里满满的装的都是妈妈的爱，一想到这一次回厂后，不知道什么才可以回家，柳青青就有些闷闷不乐。

刚一进厂门，只见严加海从门房里蹦了出来，急急忙忙地招呼着柳青青说：“你们到哪里去了，伍主任今天找了你一天了，你快点跟他去解释一下。”

柳青青迷糊地问：“我们回家了，出什么事了吗？不是没生产吗？”

严加海说：“你还不知道伍主任那脾气，你走的时候没跟他请假，他又不知道你跑到哪里去了，而且一走就是两天，还说是对你的安全负责。我怕你吃亏，就一直在这里等你，赶快告诉你的。”

柳青青一脸茫然，问：“那我现在应该怎么办？”

严加海说：“我早跟你想好了，直接到他家里去，向他认个错，就说自己缺乏组织观念，擅自外出是自己不对，免得等明天到了办公室后，他再跟你上纲上线的，那闹得多难堪。”

柳青青一听，连谢谢都来不及说，和南雁回到寝室放东西。南雁突然灵光一闪说：“别怕，你就拿一瓶黄豆酱给他，说是你妈妈特意带给他的，他看到这个气一准就消了。”柳青青说：“那你要陪我去。”南雁说：“谁叫我俩是好朋友呢，当然要有福同享有难同当了。”

两个女孩子抱着一瓶黄豆酱，都不讲话，特别是柳青青，内心十分的忐忑不安，一直在琢磨着看到了伍主任该怎么开口。她俩磨磨蹭蹭地来到伍主任家里，伍主任不在家，他老婆在。柳青青递上那瓶黄豆酱，结结巴巴的解释了半天，大意说自己已经半年没有回家，特别想妈妈，所以没跟伍主任请假，妈妈特意让自己给领导捎上这瓶黄豆酱等等，伍主任的老婆大手一挥，说这点小事，等老伍回家我跟他说，你们尽管放心好了，并笑逐颜开地收下了那瓶黄豆酱。

虚惊一场。两个女孩子逃也似的离开了伍主任家，回到寝室，一下子感觉到疲倦不堪，心中也不大安宁。第二天上班，柳青青看到了伍主任，伍主任却像什么事情也没有发生的一样，一句话也没有说，柳青青悬着的一颗心才算落了下来。

十一

这天，柳青青到财务科去送日报，出纳文大姐说：“告诉你们一个消息，我们财务科要来一个主管会计了，听说是朱科长到五星造纸厂挖过来的人才。”王会计问道：“是男的还是女的？”文大姐说：“肯定是男的拉，还是个没结婚的小伙子，财会专业毕业的，已经在五星造纸厂上了三年班了，是个做财务的熟手。”停顿了一下，文大姐又神秘兮兮环顾了一下四周，故意压低了声音，说：“听说是朱科长为自己挑选的女婿伢。”啊？又一个为自己挑选女婿的？办公室所有人都感到不可思议。但是文大姐的话，他们没有不信的，因为文大姐和朱厂长的老婆是好朋友，从她那里听说的消息，十有八九都是内部消息，没假。柳青青一听到朱科长这个名字，眼前立马闪现出朱科长的女儿阿朱夸张的蝙蝠衫以及耳朵上白色的塑料耳环，还有她那副挑剔的目光。柳青青看过金庸的《天龙八部》，里面的那个阿朱可谓天真可爱、足智多谋、古灵精怪、善解人意。心里想：这个阿朱名字倒是好听，与那个阿朱是否也有几分相似之处呢？

财务科的人都认识朱科长的这个女儿。那真是一个大胆、叛逆、时尚、新潮、前卫、泼辣又蛮不讲理的女孩子，特别是以一身奇装异服闻名全镇。在这个落后而封闭的小镇上，她就敢顶着一头烫成爆炸型的长头发，穿一身豹纹衣服，涂一手鲜红的指甲油，描一副乌黑的眼圈，戴一副大圈圈的耳环，走到哪里都能吸引众人的目光。阿朱正在和本镇的一个无业青年谈恋爱，那个男孩子是街上的名人，交谊舞跳得好，台球打得好，人称蒋一杆。因为无所事事，天天在街上和人赌球，据说一场台球他可以一竿子全部将球打进去，让别人没有一个进球的机会，蒋一杆的称号由此得名。阿朱自然是喜欢他不得了，两个人关系好得如胶似漆，朱科长非常看不得蒋一杆那一副流氓阿飞相，如果自己的这个女儿跟了他，那这辈子还不得毁了，自己就这么一个宝贝女儿，在女儿的终身大事上，这事情一点也马虎不得。事实证明，当时以朱科长的眼光，判断是错误的，蒋一杆后来做生意发了大财。

九十年代的青蚨镇，最大的娱乐活动就是看电影，所以电影院的生意特别好，也是造纸厂一帮青年男女最喜欢去的地方。在电影院，柳青青他们经常会看到阿朱和蒋一杆两个人的身影，他们无论走路还是看电影时，总是相互搂抱着，全然不顾众人惊异的目光。好多人不看电影看他们，真可以算得上是青蚨镇上的一道风景。每次电影散场后，人们呼拥着走出电影院，阿朱和蒋一杆绝不会好好走路，蒋一杆将自行车踏得飞快，将自行车铃铛敲得叮当响，众目睽睽下，阿朱搂住蒋一杆的腰，一路尖叫着将哈哈打过河，路人纷纷惊叫着让路，就有看不惯的骂开了：“阿哟，怎么这个样子，公共场合的这么不注意影响，她娘老子是怎么教的哟。”在当时，真是感觉要多出格有多出格。柳青青几个女孩子听了不由得为阿朱感到脸红，但从心底里也非常佩服她的勇气，她们都渴望自己也能有一场轰轰烈烈的爱情。

朱厂长很相信朱科长的工作能力，委以供应科长的重任，所以朱科长就十分的自负和冷傲，平素不大看得起人。他这个人嘴吧比较损，他自称直性子，有看不惯的事情就要说出来，比如哪个人背有点驼，他冷不丁一巴掌拍在别人的后背上，说："站直看多，年纪轻轻的就成了一个驼背。"一巴掌下去吓别人一大跳，还不敢恼怒。还有，如果看到哪个人字写得不好，他一把抢过笔，唰唰几下子，标准的草体，被抢白的人也算心服口服。还有一点，朱科长特别喜欢议论女人的穿着，财务科的几个女人都活怕他。特别是文大姐，每次穿了件新衣服，最怕朱科长毫不留情的评价。因为文大姐长期坐办公室，肚子上的赘肉一大圈，只要朱科长一开口，文大姐马上便没有了自信。所以，只要朱科长到了财务科，文大姐便佯装不睬，她不想给自己找不痛快，但是朱科长这个人又很不识趣，没有意识到文大姐对他的讨厌，没事总喜欢往财务科跑。为了避免和他发生冲突，文大姐只要一看到朱科长到财务科来，话再多也不吭声。朱科长如此自负的一个人，却拿自己的女儿没有一点办法，他无论在哪种场合下都坚决表示，不许女儿和蒋一杆谈恋爱，但却又总是无济于事，只好自己去挑选一个人来收收女儿的心。文大姐私底下悄悄地说："这个老朱，总觉得自己无所不能，连女儿谈个恋爱都要管。那个小蒋虽然现在没有工作，但听说长得不错，人又聪明，人家现在这么年轻，谁能知道以后的事情。"柳青青几个人也觉得是这样，现在是什么年代了，哪里还有做父母的干涉儿女自由恋爱的。

还有一点，朱科长这个人相当抠门，哪家有红白喜事，他从来不随分子，还用一句话来做解释："我是天干无露水，老来无人情，别人不想我的，我不想别人的，你们家里有什么事，我就不凑这个热闹了。"以后哪家有了红白喜事，自然是不好意思接他。入乡随俗，家家有事事不同日，大家聚在一起是个缘分，你来我往都是凑个热闹。朱科长这样做，在众人看来，是很不近人情的，这样的人，自然不会讨人喜欢。

第二天，柳青青又去送日报，果真就见到了新来的乔会计。昨天听到文大姐的话后，柳青青也曾想象过这个新会计会是一个什么样子，唯独没想到乔会计会是这个模样。清秀俊朗的五官，言谈举止间倒有三分羞涩七分内敛，特别是那双手，修长洁白，天生就是与数字打交道的一双手啊。最主要的是，乔科长长得太像程志鹏了，柳青青的心里就没来由的有了几分慌乱，是一种什么样的感觉呢？是"风乍起，吹皱一池春水"的悸动与震颤。文大姐十分热情地向柳青青做着介绍："青青，这个是咱们新来的乔会计，英俊潇洒年轻有为。这个是柳青青。在车间做统计，美女加才女，你们年轻人以后要多些接触相互多了解。"就见乔会计客气而礼貌地说道：“柳青青，这个名字好好听啊，我是新来的，以后还要向你们多学习。”柳青青没想到乔会计这样谦虚，竟然想不到该如何接腔，她只是咧开嘴笑了笑，没再答话，就逃也似的离开了财务科。

柳青青确实有些方寸大乱，她乱的不仅仅是对乔会计有好感，而是乔会计让她想起了程志鹏。乔会计不仅身材长相和程志鹏很像，就连那温情脉脉的笑容和每一个举手投足，都和程志鹏特别神似。每个春节，程志鹏都会以女婿的身份到她家里进行拜访，两家的大人也从心底默认了他们的关系，但在柳青青看来，两个人的感情却又谈不上特别炽烈。程志鹏虽然一直都对自己特别关心，但总感觉缺乏恋人间的那份亲密。有一天柳青青和程志鹏在信里开玩笑，说厂里边好多男孩子，一个个都非常优秀，自己也想在厂里边找一个，正在全面撒网，重点捕鱼中。没想到程志鹏居然回信道：可以呀，你一定要找一个优秀的，而且找男朋友一定要经过我审核，我觉得行才算通过。柳青青看到回信，不开心了好长一段时间，自己开个玩笑，他就这样回答，那他和自己到底算什么关系呢？当柳青青稍感怀疑的时候，小时候的美好回忆就会占了上风，他不喜欢自己，为什么这么多年都对自己那么好？不离不弃，一直像自己的一个保护神一样，还救过她的命。只要是玩过家家，新娘新郎一定是他们俩，像约定俗成一样，小伙伴们从来不争也不抢。恋人间该做的事情如拥抱接吻也都做过，如果这都不算爱情，还有什么可以算？

柳青青只要以后见到乔会计，表情就没有自然过。她不想跟他讲话，只想偷偷地看他，看到他就好像看到程志鹏一样，柳青青跟程志鹏写信，说厂里来了个和他长得特别像的人，程志鹏还开玩笑，说你是不是打算移情别恋了？柳青青说你放一百个心，你变心了我都不会变心。文大姐还偷偷地开过柳青青和乔会计的玩笑，说你们俩多配啊，要不是老朱的女儿，我就给你们做这个媒了，弄得柳青青越发的不好意思。

不久，乔会计真的和阿朱谈起了恋爱。只要到财务科去，便会听到他们交往的最新消息。文大姐和朱科长年龄相仿，又不喜欢朱科长这个人，对他女儿也是一百个看不惯，在两个年轻人的交往上，总是带有一种情绪，觉得乔会计受了委屈，柳青青总能听到文大姐愤愤不平的声音。

青蚨镇刚开始流行跳交谊舞，舞厅的生意特别火爆。乔会计、阿朱，还有财务科新来的两个实习女生，他们一起到舞厅去跳舞，乔会计哪里到过这种地方，到了舞厅连脚都没地方放，阿朱却如鱼得水般在舞池里穿来穿去，一会儿邀请这个，一会儿邀请那个，什么慢三慢四、快三快四、恰恰伦巴，舞得个风生水起花样百出，完全把乔会计当空气丢在一边。两个实习的女生也不会跳，只有陪乔会计坐着，干着急。第二天，两个实习女生添枝加叶的给文大姐描述昨晚的情形，惹得文大姐又是一片啧啧声。

阿朱是一个敢作敢为的女孩子，从来都是有什么说什么。她不止一次的表示：自己不喜欢乔会计，太老实，太内向，一点现代年轻人的气质都没有，自己和他交往，完全是因为父亲的逼迫，至于结果怎样，无所谓，乔会计看得惯就看，看不惯就拜拜好了。单从这一点来看，柳青青很是欣赏她的那份直率性子。

不知道是阿朱收了心，听了朱科长的话，还是乔会计征服了阿朱，半年时间不到，乔会计便和阿朱结了婚，也是造纸厂最早结婚的一对年轻人。柳青青几个女孩子去看了他们的新房，那是一间潮湿简陋的平房。阿朱和她父亲一样，拿这里乡下的土话来讲：人有一个，嘴有一张，倒是非常的聪明能干，把个简单的房间布置得漂亮而有新意。结婚那天，女孩子们随了礼酒钱，吃了喜酒后都跑去看热闹。乔会计那天穿了一套笔挺的西装，模样更加的英俊，阿朱剪了当下最流行的那种碎式头，穿了一身大红的裙子，乔会计抱着阿朱，满脸的兴奋。柳青青一帮女孩们吃着喜糖，心里莫名的升腾起一种期望与幸福感，都在盼望着自己的这一天也快点到来。这一刻，柳青青特别思念程志鹏，想着哪一天也让他这样抱着自己，是不是很幸福。

婚后的乔会计成功荣升为乔科长。

婚后，阿朱和蒋一杆彻底断了联系，和乔科长安心安意的过起了日子。阿朱很能干，织毛衣，收拾屋子，做饭样样在行，每天变着花样给乔科长做好吃的。一个人的能力与个性是成正在比的，阿朱有很多优点，也有很多缺点，最明显的就是她的泼辣与厉害，还有几分蛮不讲理，有时候会不顾场合地发脾气，有几次甚至弄得乔科长在他的同学和朋友面前下不来台，让所有人都觉得很尴尬。

那天清晨八鬼早，刚一上班，阿朱披头散发地冲进了办公室，拉住工会主席的手就开始哭诉起来：“你要跟我做主，我被乔大力那个王八蛋会打死呀！”眼泪鼻涕一大把哭得稀里哗啦，她大概是太愤怒了，也不管工会主席是男是女，一边擤鼻涕一边掀起身上的衣服要工会主席看，又边悲痛欲绝断断续续的哭诉着被打的原因，大意为乔科长的几个同学到家里来玩，其中有两个女同学，说到他们读书时候的一些事情，阿朱就说了一些不得体的话，两个人就发生了争吵，阿朱先动的手，乔科长一怒之下，将她痛打了一顿，胳膊腿上面都打青了。工会主席是个见怪不惊的老江湖，最擅长的就是做人的调解工作，三劝五劝的，尽捡阿朱喜欢听的话讲，硬是将阿朱弄得破涕为笑地走了。

说来也怪，阿朱被乔科长修理了几次后，一改往日那副飞扬跋扈的坏脾气，变得贤惠听话多了，不仅不在乔科长面前乱发脾气，甚至还有几分怕他，这两人的地位彻底调了个个。弄得厂里人私下里开玩笑：女人是三天不打上房揭瓦，这女人哪，就是要打！都说乔科长真是一个有能耐的男人，先是征服了阿朱的人，再又征服了阿朱的心，不简单。

十二

工会主席是一个和善的小老头，只要他一到车间，准有好事。不是送电影票歌舞票就是加餐票，还有就是到哪里去参加什么活动，只要有好事情，他一定会给柳青青和南雁两人留着。

这天，工会主席到了车间，找到柳青青，说办公室需要增加一个人，觉得柳青青是最佳人选，柳青青就进了办公室，负责工会、共青团、女工、宣传和政工方面的工作。

工会主席说：“小柳，我们厂里现在年轻人越来越多，我们需要开展一些有意义的文体活动，这就需要你多想些招数，如何激发年轻人参与的热情，你跟我拿一个活动方案出来，如果可行，我们就报请厂部，申请人员和资金进行活动开展。”一听说开展文体活动，柳青青开心极了，正可谓求之不得。以前在制浆车间，柳青青就组织过一帮年轻人外出划船、爬山、跳舞等活动，将一帮年轻人的积极性都带动起来了。现在到了办公室，开展这些活动可是理所当然的事情。

柳青青开始动手编写活动方案，洋洋洒洒有上万字，活动策划共分为四个方面的内容，第一个是组织一场职工文艺联欢晚会；第二个是进行体育比赛活动，分为篮球、跳绳、象棋、拔河、绑腿跑、跳棋、乒乓球、羽毛球等共八个方面的内容；第三个是关于造纸技术问答方面的知识竞赛；第四个是操作工现场技术比武。活动时间共分为三个季度完成。工会主席一见，非常满意，说小柳你可真是一个人才，我选的这个人真没有选错，活动方案策划得那么周到，在厂里做这些真是有些委屈你了。

第一个活动是文艺联欢晚会，从节目策划、人员组织到节目排练，整整进行了近两个月时间。厂部的会议室里，每天晚上灯火通明，热闹非凡，严加海一直鞍前马后地做着服务工作，负责茶水、人员通知、节目排练调配等工作，帮了柳青青的大忙。在晚会正式举行的头一天，柳青青写了几张宣传海报，在造纸厂周边的商户及住户进行了张贴。也许是文化生活太过贫乏的缘故，那天来了很多观众，有厂里的家属，有周边的居民，有几个学校的老师，还有镇机械厂、啤酒厂、油脂厂的一些青年职工，台下黑压压的全部是人，就连窗户外面也挤满了人头。

柳青青即是节目策划，又是节目主持，还要和南雁搭档表演节目，忙得不亦乐乎。

厂里号召，各车间负责人必须带头参加活动，柳青青找到伍长春，一个劲地鼓动道："厂里就你一个人最年轻，就当上了车间主任，你一定要表演一个节目。"伍长春自从和熊主任的女儿确定恋爱关系后，熊主任果然没有食言，不仅把车间主任这个位置让给了他，还把自己的技术毫无保留的传授给了他。听到柳青青的夸奖，伍长春的虚荣心得到了极大的满足，但他还是谦虚地说："我哪里会表演什么节目啊，你不是笑话我么？"柳青青道："我第一次组织活动，你一定要捧个场，就是学猫叫，学狗叫也行。"伍长春推辞不过，就说："那我就唱一首《北国之春》吧。"伍长春虽然唱歌水平不算太高，但平时清唱时哼哼几句也还过得去。真正到了上台的时候，不知道是紧张还是怎么的，他拿着话筒，不看观众，双眼望着天花板，过门一响，张嘴就来了两句"悠悠碧空，悠悠碧空"。把亭亭白桦四个字给省掉了，还有，他把"悠"唱成了"摇"，听起来就像在唱"摇摇鼻孔"，台下的观众哄的大笑起来，伍长春涨红了脸，没有唱完就进了后台。幸亏柳青青早就有所预料，担心节目砸锅，在排练时就跟伴舞的女孩子们打了招呼，无论情况怎样，必须将舞跳完。晚会过后，厂里那帮青工将"摇摇鼻孔"当笑话讲了很久。伍长春不知道埋怨了柳青青多少次，让他出了这个丑，再有这种活动怎么也不肯参加了。

联欢晚会过后，给柳青青带来了不少麻烦。青蚨镇机械厂、啤酒厂、油脂厂的一帮年轻人，用文学的语言来描述为荷尔蒙分泌旺盛，用这里土话讲就是一群屁股后头黄都没有收干净的叫鸡公们，每天晚上都跑到造纸厂门口，一聚一大群，他们抽烟、唱歌、讲脏话、逗女孩子，还有的直接就说找柳青青。

刚开始，保安不明就里，还到寝室里来喊："柳青青，有人找你，快点出来。"柳青青急急忙忙跑出来，发现那些人自己根本就不认识。只听到那帮年轻人喊："柳青青，出来跟我们一起去玩，我们请你看电影，喝啤酒吃夜宵。"还有一阵一阵的哄笑声，柳青青就头也不回地回寝室了。

看到柳青青不理他们，一帮年轻人觉得无趣就走了。

第二天又来了，还在门口吵着要进来。这样持续了有几天，连保安都烦了。柳青青只好找到严加海，要他假扮自己的男朋友，去门口应付一下。

柳青青的事，就是严加海的事，他没有不乐意的。严加海又戴上了那副黑社会十足的墨镜，柳青青挽着他的手齐齐来到了门口。

柳青青说："请你们以后不要再来找我，你们看，我有男朋友了，就是他。"

今天来的是机械厂的一群男孩子，有一个人说："哟，还是大哥大啊。"又有一个人说："大哥大怎么了，你怕呀？""我怕个卵。""不怕你上呀，你来干什么的？不是来追女孩子的么，这都不敢？"一是因为在自己的厂门口，二是想在柳青青面前表现出一种英雄气概，严加海也不示弱，一挺身子，说："你们来呀，来呀，想怎么样？"只见一个男孩子跳上前，朝严加海当胸就是一拳，其他人也迅速围了过来，场面一下子大乱，柳青青吓得什么似的，严加海顾不上自己，而是用双手紧紧地护在她的面前，叫她快点离开。

九十年代人就是多，只要哪里一有动静，看热闹的马上就会围得里三层外三层。看到这个情景，保安赶紧给派出所打了个电话，一会儿，警察来到了厂门口，将那帮闹事的年轻人带到派出所，门口的人才散了。从那以后，那帮年轻人再也不来了，柳青青才算清净下来。

一天，造纸厂对门一家住户的小女孩拿给柳青青一封没有封口的信，说："这是我们的老师送给你的，他说希望你能喜欢。"柳青青打开一看，是写在一张白纸上面的一首诗，诗风清丽但不失大胆张扬。

初见

你那美丽的脸庞
散发着迷人的芬芳

你那微笑的嘴角
在我的心里绽放
穿着象牙白色衣衫的姑娘

你那含情的双眸
吸引我卑微的目光
你那动人的声音
如今仍在我耳边回荡
飘扬着乌黑长发的姑娘

当我第一眼看到你
没有人知道我在想什么
当我再一眼看着你
我知道再也不能将你忘记
后来我总想见的姑娘

柳青青不由得有些心动，她毕竟是一个感情细腻、富于幻想的女孩子。她想，这个男孩子一定戴着一副眼镜，文质彬彬，书卷气十足，他还喜欢穿白色衬衣、蓝色长裤么？但她很快调整了自己的情绪，她想到了程志鹏，她的心里只有程志鹏，哪里还容得下别的男生。她还想，先不要理他，这封信没有署名，他肯定还会写第二封，第三封的。果不其然，在第四封信的后面，那个老师署上了自己的名字，说希望能够和她见上一面，并注明了星期日晚七点钟在厂门口，自己手里会拿着一本书。才六点四十分，柳青青就跑到门房外偷偷去瞄，她看到那个手里拿着书的男孩，比想象中的要成熟一些，没有戴眼镜也没有穿白衬衣，而是穿了一件藏青色的西服，很是有几分英姿挺拔，虽谈不上玉树临风，但也是自己喜欢的类型，那个男孩踱着步子，看得出他心里的忐忑与紧张。柳青青心里，终是有几分不舍与不忍，但仍将写好的信递给保安，嘱他交给那个男生，然后回了寝室。信写得非常简单，先道了对不起，说自己已经有了男朋友，他比你先到。也不知过了多久，柳青青有一天无意中听到门口的小女孩说，我们的老师考上了研究生，已经离开了青蚨镇中学啦。柳青青的心中，倒有了几分遗憾。

十三

工厂食堂吃的是大锅菜，大菜一般是肉炖土豆、肉炖萝卜、肉炒香干子。食堂门前有一块黑板，上面的“今日菜谱”里，每天都会把当天的菜单写出来，虽然写着肉炖什么，但是菜里只看得到土豆萝卜香干子，想要找一块肉也不是件容易的事情，配菜就是纯素菜了，豆芽菜茄子苦瓜青菜等，还有开胃的如辣椒炒豆豉、咸榨菜等，都没有什么油水。柳青青几个女孩子简直就像饿死鬼投胎般只想着吃，那真是要多馋有多馋。如果有住在本地的同事请她们去家里吃顿饭，那就是她们最幸福的事情了。厂门口有一个小商店，卖一些毛巾牙刷牙膏梳子脸盆等日常用品，花花绿绿的摆满了整个店面，但最吸引柳青青她们的，就是商店里卖的黄豆酥，一大块装在透明的塑料袋子里，一块钱可以买两袋，黄豆酥通常放在后面的货柜里，货柜不知道是年代久远的缘故，还是商店老板从来不搞卫生的原因，灰扑扑黝黑一片，但这丝毫不影响黄豆酥的味道和柳青青她们对黄豆酥的喜爱。这种黄豆酥非常有咬嚼，吃到嘴里又香又酥又甜。

这天，柳青青和南雁两个人躺在床上，嘴里将黄豆酥咬得嘎嘣嘎嘣响，有一搭没一搭的讲着话。突然，南雁放低了声音说：“哎，机修班来了一个男生，长得好像毛宁，你看到没有？”柳青青说：“没有啊，明天去看看吧。”就只见南雁害羞的抿紧着嘴痴痴地笑。柳青青有些不解，就问：“南雁，你是不是喜欢上他了啊，你了不了解人家哟？”南雁说：“不大了解，只是在工作上接触过几次，看到他做事情比较认真。”柳青青也来了兴趣，就说：“如果你喜欢的话，我就跟你去追。”南雁大笑道：“好啊，我还怕这个不成，要是你帮我追到了，我请你吃一百袋黄豆酥。”南雁双颊绯红，又说：“说真的，同班的那些男生太青涩了，我还真没有一个看得上眼的。但是这个男生，哦，他的名字叫罗明清，比我们年纪大些，看上去又成熟又稳重，听说他的专业技术很不错的。”

看南雁那个认真的样子，柳青青知道，看来南雁是真的喜欢上那个男生了。

第二天，柳青青来到机修车间，看到了正在干活的罗明清。他左手拿了一个弧板，右手拿着一杆焊枪，正在焊接一件设备，只见他动作熟练，进退自如，身边飞溅的火花像一朵朵盛开的焰火，柳青青看得有些呆了，原来工作可以让一个男人如此有魅力。还让柳青青比较吃惊的是：这个男孩真的长得太像毛宁了，虽然穿着工作服，但仍掩饰不住那股英俊儒雅之气。九十年代，毛宁和杨钰莹这对金童玉女几乎是她们所有女生的偶像，造纸厂的门卫室有一台电视机，她们天天晚上坐在门口看本镇的点歌台。那时候，只要谁家有红白喜事，结婚啦，生小孩啦，老人逝世啦，都会去点上几十首歌，字幕上还会打上某某为某某喜得贵子点歌，还有远行三周年、新婚之喜点歌等等。而点得最多的要数毛宁和杨钰莹的歌，每次只要毛宁一出现，将身上长长的围巾潇洒地向身后那么一甩，女孩子们的神情都会特别兴奋和痴呆。

柳青青还知道了一件事情，那就是，供应科的制票员章小琴也在追求罗明清。

章小琴是一个十分温婉乖巧的女孩子，很招人喜欢，销售部的几个男孩子都想追求他，而这些男孩子家都是镇上的，家里条件都比较好，但是她偏偏喜欢罗明清，大概也是因为罗明清的长相为他加了分吧，在毛宁流行的时代罗明清长了一张毛宁的脸，这可是一件很幸运的事情。

没心没肺的柳青青出马了，首先她找到了罗明清，打了几个哈哈，先是夸他技术好，后来又夸他人长得帅，做足了这些功课后，柳青青才切入了正题。

柳青青问："罗师傅，有没有女朋友撒。"

看到柳青青这样问，罗明清有点不好意思："没有啊。"

"有没有喜欢的，有的话，我可以跟你去做媒哟，我这个人比较喜欢做好事。你可别小看我，我十几岁的时候就跟别人做过媒，而且成功率很高的。"柳青青一下子说了这么多，这可不是她事先设计的，而是突发灵感想到的。

罗明清说："好啊，柳干事看上的人，肯定蛮好，只怕我高攀不上呢。"

看到罗明清这样说，柳青青一下子高兴起来，一高兴就忘记了含蓄："是真的吗？我看上的，你真的也会喜欢吗？你觉得南雁这个人怎么样？"

厂里都晓得柳青青和南雁两个人是一条神棍，在柳青青这样问的时候，罗明清心里就有了几分猜测。能够找一个大学生做女朋友，只有初中文化程度的罗明清是比较高兴的，但他心里没有什么把握，不知道南雁的真实态度。

话虽然挑开了，但两个人的交往从哪里开始，还没有半点行动。章小琴这边却是紧锣密鼓地展开了攻势。章小琴是青蚨镇人，家住郊区，有一大帮同学和小姐妹，都知道章小琴喜欢罗明清这件事情，她们想着法子制造章小琴和罗明清在一起的机会，今天来一帮人到厂里喊罗明清出去吃饭，明天来一帮人邀罗明清去看电影，后天又来一帮人叫他出去钓鱼，真的是花样百出。罗明清好像没有什么观点，即不表示同意，也没有拒绝章小琴的邀请。

柳青青知道了这个情况后，果断采取了措施。

有一天，吃过中饭后，在男生宿舍的洗碗池边，柳青青碰到了正在洗碗的罗明清，他们在那棵柳树下谈了很久。柳青青不知道自己哪来的这些观点，简直就像一个饱经风霜的老妇人，她是这样跟罗明清说的："听说你和章小琴关系也不错啊，你是有选择的权利。我跟你权衡一下利弊，然后你自己再来做选择。我们先来看学历，南雁是造纸专业的大学生，有一技之长，将来到哪里都有饭吃。章小琴呢，在供应部制票也是吃一碗青春饭。再来看性格，章小琴虽然性格温柔，但是温柔的没有主见，将来什么都要指望你，依靠你，就是到街上买小菜还个价都没有勇气，南雁多有主见和有思想啊，独立，自强，自信，拥有现代新女性的所有优点是不是？"然后又递给罗明清两张电影票，说："你如果觉得可以，就约南雁去看电影吧。"

看完电影回到寝室，柳青青问南雁感觉怎么样，南雁说："他不大喜欢讲话，给人一种很深沉的感觉，正是我喜欢的类型。"柳青青说："只要你喜欢就好，多接触多了解一下。"

过了几天，便是南雁的生日。头两天起，柳青青就开始挖空心思的进行了策划，要为南雁过一个热热闹闹的生日。第一步是请客。她用彩色硬纸片制作了请柬，并配上图文发出去，人员多数为那群学生，再就是厂里比较活跃的男女生们，还有舅舅的小儿子带来了两个男同事，她又专门去请了罗明清，买了一大堆零食，包括当时刚流行起来的口香糖，还采了一大束野花用清水养着，放在寝室最显眼的地方。柳青青最用心的，是用十六开白纸画了很多画，都配上跟南雁生日有关的小文，张贴在寝室的各个地方，一种清新雅致、温馨浪漫的感觉弥漫开来，人们一走进来，首先就会观赏这些图画，收到了很好的视觉效果。

一共有二十多个年轻人，大家围坐在一起，柳青青取来一个笔记本，要每个人在上面留一句话，有的用英文写上生日快乐，有的写的是汪国真和徐志摩的诗的片断，都是些唯美的句子。柳青青在收笔记本的时候看到了罗明清的留言：祝南雁生日快乐。字是竖着写的，柳青青觉得罗明清不仅留言没有新意，字写得也不好看。

在柳青青的建议与参考下，覃丽芝跟南雁很用心地化了个妆，人一下子感觉变了大样。她打扮得也非常漂亮，穿了一件白色柔质纱的衬衣，用衣服上的飘带在胸前打了一个大大的蝴蝶结，一条黑色的背带裙，将她衬得亭亭玉立，秀美无比。南雁用普通话朗诵了苏榜的《致橡树》，声情并茂。男生们又起哄要南雁唱歌，唱歌是南雁的强项，她一下子唱了几首，那些人听得如醉如痴。柳青青又组织了全员参与的游戏节目，猜谜语，说绕口令等，特别是说到那句当地最经典的绕口令“鸡蛋糍粑我也吃……”的时候，严加海十句就错了七句，一群人都快笑疯了，在那个年代，娱乐活动实在太少，这种自娱自乐的活动让人感觉到好开心。

这一场别开生面的生日庆祝会，给那帮年轻人留下了深刻的印象，他们除了感叹柳青青的多才多艺，还感叹南雁有柳青青这样一位好朋友。显然，罗明清被这一群“有文化”的人吸引了。平常，罗明清多与机修、锅炉车间的人打交道，那是一些技术高超，但没有多少文化水平的技术人员。大家在一起的活动无非就是喝酒聊天打小牌而已，哪里见到过这种文绉绉的阵势。

不知道是柳青青的这一系列策划起了作用，还是罗明清果真知道了南雁的好，罗明清的态度开始向南雁这边倾斜，听说章小琴为这事哭了好几场。有几次，柳青青、南雁和章小琴见面时，章小琴都不跟她们讲话，但是柳青青一点都不计较章小琴的态度，怎么说自己也是胜利方吧，胜利者就要拿出胜利者的姿态来。再后来，章小琴就辞职了，听说去了深圳。

因为南雁的关系，柳青青自然也会跟罗明清有所交集。柳青青觉得罗明清这个人其实没有什么趣味，甚至可以算得上有些木讷，平常很少言语，与快言快语的南雁性格形成极大的反差，南雁怎么会喜欢上他的？不过是一个人的长相实在是太奇妙了，可以掩盖掉自身的好多缺点，想不到大大咧咧的南雁也是个外貌协会的，看来喜欢一个人真的不需要任何理由。

经过一段时间的秘密交往后，南雁和罗明清的恋情就羞答答的公开了。

开始是南雁和罗明清一起去食堂打饭，然后到南雁她们的寝室里来吃。后来罗明清买了一个电炉子，又自己动手焊了一个铁架子，从家里带了猪油，买了盐，将从食堂打来的菜，放了辣酱和猪油，用一个铝盆子装上放在电炉子上面炖，俗话说一滚当三鲜，这话一点不假，菜还是那个菜，不过是炖得热气腾腾的，味道比在食堂的好吃多了，柳青青自然是沾光最多的一个。有时候轮休，罗明清还会骑了自行车，到菜场去买来一条大鱼，寝室的女孩子们一齐动手，这个剖鱼，那个洗碗摆桌子，几个女孩子忙的开心，吃的也开心，有时候还会轮着去买点菜回来自己做，大家一起跟着打打牙祭，改善生活，女孩子们都不喊罗明清的名字，都把他喊姐夫哥，一时间好不热闹。再后来，南雁就直接把罗明清的衣服拎到寝室来洗了，洗好的衣服也不避人，直接晒在寝室门前。

两个热恋中的人，最渴望的事情，莫过于过二人世界的生活了。柳青青和南雁这对形影不离的“二人帮”正在发生着一些变化。人们看到，这两个女孩子不再是腻在一起，更多的时候，南雁都会和罗明清待在一起，柳青青又恢复了“单身”生活。

柳青青半真半假的对南雁抱怨道：“早知道这样，大不该跟你把罗明清追到手的，害得我现在一个人形单影只的，一点也不好玩。”

南雁则搂着柳青青的脖子说：“好妹妹，谁叫你男朋友离得那么远呢？远水解不了近渴啊。如果你没有男朋友，我肯定把严加海介绍给你以兹感谢。你看他多么憨厚纯朴，又那么喜欢你，我看你干脆把你男朋友甩了算了，就找他好不好？这样我们四个人一起玩多好！”

十四

除了柳青青，同寝室的另外几个女孩子都谈起了恋爱。还有一个在不断选择中，那就是小个子女生余红。余红有一个姐姐在银行上班，交代她千万不要跟同厂的男工人谈恋爱，自己一定会跟她介绍一个吃商品粮、端铁饭碗的男朋友。余红很听她姐姐的话，每隔一段时间就会出去相亲。每次相亲前，寝室的一帮女孩子们就会跟余红当参谋，梳什么头发，穿什么衣服等等。谁要是有了新衣服，都会毫不吝啬的主动捐献出来，她们说：“你以后真的找到了一个端铁饭碗的男朋友，可别忘了我们的一份努力，我们日后还指望沾你的光呢。”

余红身高只有一米五五的样子，脸盘子比较大，身体好像有些发育不良。有一次洗澡，柳青青不小心看到了余红的乳房，像男生一样平坦，但两只乳头却非常大，就那么突兀的挺在胸前，柳青青很是吃惊。晚上和南雁两个人睡在床上，相互打闹着要看对方的胸脯，她们两个人的都还比较丰满。两个人悄悄地讨论着余红的乳房问题，说那个吃商品粮的男人如果知道余红长这样一对乳房是不是不会要她了？但事实证明，余红不仅真的嫁了一个吃商品粮的男人，而且还生了两个孩子，柳青青她们这一代年轻人，全部只生了一个孩子，余红却生了两个孩子，算是一个特例。

随着厂里面青年工人越来越多，谈恋爱的人也越来越多，虽然厂部出台了一系列制度，但对年轻人谈恋爱交往的事情，还是睁一只眼闭一只眼的，但后来发生的几件事情，引起了厂部的高度重视。

第一件事情是，有一个外面的女孩子为厂里的男工人闹自杀。

那天晚上，覃丽芝跑到寝室里来，喊他们去男生宿舍看热闹，说有人割腕自杀了。柳青青她们一行人跑到男生寝室那里，只见那里围了一大堆人，保卫科的值班人员正在打电话叫救护车。柳青青看到，一个男孩抱着一个女孩，女孩双眼紧闭，一头长发垂了下来，手腕处正有血滴落下来。

男孩是制浆车间的一个工人，他的女朋友是镇上的，在邮电局上班，非常漂亮，但性格偏激，听说他俩经常吵吵闹闹，分分合合的都有好多次了，这次又是那个男工说要分手，女孩一激动就在腕上割了一刀。

这是厂里非常不看好的一对情侣。男工是厂里的一个关系户，他的亲戚在县财政局当局长，管这个造纸厂。男工虽然编制在制浆车间，但却没有具体岗位，有时候几天都不来厂里，厂里面每月跟他按时发工资，就连伍主任如此固执和认真的一个人，对他也是睁一只眼闭一只眼。这个男工长得一表人才，拿这里人的说法就是：这孩子长得生的都吃的，但年纪轻轻为什么不学个一技之长，老这样不学无术的游来荡去，糟蹋了哟。厂里照顾他，跟他单独分配了一间寝室，他也不大和厂里的工人有太多交往。那个女孩子不仅人长得漂亮，还是个国家正式职工，怎么会看上了他，都替那个女孩子十分惋惜。至于他们是怎么认识并谈起了恋爱的，厂里边的人都不太清楚，只知道两个人好起来好得要命，走路要么手挽着手，要么勾肩搭背，亲热死了，要么一闹起来就是惊天动地，听说闹自杀已经不是第一次了。

女孩子送到医院后，幸好没有什么大碍，但这次事件发生在厂里，影响就很不好了，保卫科很快就将此事报告给了厂部。

发生的第二件事情就闹得比较大了，厂里面先后出现了两个失心疯病人，一个男工一个女工。

先说女工。女工叫王艳晴，也是一个关系户，伯父是青蚨镇镇长，王艳晴进厂后没有直接从事生产，而是安排在锅炉车间当水处理工，这是个比较轻闲的工种。王艳晴上班没多久，就喜欢上了锅炉车间的司炉工小柳。

小柳身材高大，相貌俊秀，非常潇洒，因为家庭条件不好，十五岁就在县酒厂烧锅炉，算得上是一个老司炉工了，厂里面将他作为特殊技工招工进厂。小柳虽然读书不多，但性格开朗，能言善谈，很会讨女孩子喜欢。小柳因为和柳青青同姓，厂里边姓柳的也就他们两个人，小柳就和柳青青攀起了亲戚，他比柳青青小几个月，就一口一声姐姐叫得亲热得不得了，不知情的人还以为两人是两亲兄妹。

锅炉车间一共十几个人，除了王艳晴一个女工以外，其余全部清一色男工。因为女工少，王艳晴刚一来上班，车间里的一个男工就想追他，又找不到追的方法，王艳晴心里也有一点明白，但出于女孩子的矜持，自然要装作不知情的样子。那个男工就想通过请王艳晴吃饭挑开这个话题，并喊了小柳和另一个男工作陪。千不该万不该，那个男工不该请小柳。吃饭的地点是在长江边一家专门吃鱼的馆子，男工点了一大锅鱼，还有一盘小龙虾，那时候的小龙虾没有现在这么吃香，一大盘都只有三元钱。作为陪客，小柳充分发挥了自己能言善谈的优势，先是用筷子夹起一只缺了一条腿的小龙虾说："哎呀，你们看，这小龙虾还是一个残疾呢，断了一条腿，好造孽哟。"就看到王艳晴抿嘴直笑。小柳又对那个男工说："你跟人家艳晴剥龙虾吃啊。"那个男生本来就不会来事，笨笨的都反应不过来，小柳就自己拿起一只，三下五除二地剥下了壳，只拿着那白嫩的虾肉，放在王艳晴的碗里，说："我来帮同事照顾一下小妹妹吧，快点吃啊。"一连给她剥了五只放在碗里，弄得王艳晴羞红了脸，都不好意思再吃下去。

小柳与那个男工比起来，无论是长相还是性格都要占很大的优势，小柳对王艳晴，可能确实没有喜欢她的意思，只是他从小就开始在社会上混，平常花言巧语惯了，对王艳晴这样，只是出于一种习惯。没想到自己无心的行为，导致了王艳晴对自己的误会。没有哪个女孩子能抗拒得了一个男生对自己体贴入微的诱惑。十八九岁的小姑娘，从来没有谈过恋爱，正是对异性及爱情充满幻想的年龄，王艳晴一下子被小柳深深吸引，并开始对小柳进行大胆的追求，经常给他买一些日常用品如牙膏牙刷毛巾香皂之类的送到寝室，关于两个人在谈恋爱的消息也就不胫而走，有人开他俩的玩笑，王艳晴总是含羞不语，小柳却一直不肯承认。

王艳晴可能是才从乡下来的缘故，长得结实而又丰满，剪着一头乡下女人常见的短发，一张不加任何修饰的脸，嘴唇上面一圈黑色的绒毛清晰可见，唯有一双眼睛晶莹闪亮，整个人透着一股质朴原始的气息。虽然那时化妆还不太流行，但柳青青寝室的女孩子们，因为早已经在武汉见过大世面，涂脂抹粉描眉画唇也是她们日常必修的功课了。柳青青在她们的带动下，也由原来的素颜朝天学会了往脸上涂涂抹抹。特别是覃丽芝，每天花在化妆上面的功夫都不会低于半个小时，她的面前，放着一面立式的圆镜子，第一步是往脸上认真而仔细的涂上增白霜，绝不放过任何一个细小的地方，就连眼睑那里都要抹上，然后拿个夹子小心的修整眉毛画眉毛，再刷腮红，上口红，妆过的效果确实让覃丽芝光彩照人。黑蛮矮壮的王艳晴和高大英俊的小柳走在一起，傻瓜都看得出来，两个人确实太不般配了，这也许就是小柳一直不愿意接受和承认的地方，但当时厂里的情况是男工多女工少，小柳也不对王艳晴进行坚决果断的拒绝，两个人就这样不冷不热的相处着。

当时厂里边的年轻人分成了三帮，供应销售行政办公室一帮，辅助车间如机修供电供汽供水一帮，还有就是那些学生一帮，柳青青多数时间和学生待在一起，虽然和小柳关系要好，平常交往得并不多，对他们的事情也不是十分清楚。后来厂部开设了活动室，活动室里有各种娱乐设施和报纸杂志，还有录影机和超大彩色电视机，柳青青和南雁负责活动室的开放和管理。活动室里每天都是热闹非凡，那时候正在热播王志文和江姗主演的电视剧《过把瘾》，厂里的工人只要不当班都会来看，小柳和王艳晴也会来，但从不一起来，总是王艳晴早早地到了活动室，再然后是小柳磨磨蹭蹭的身影。只要小柳没来，王艳晴的心思都不在电视前，总是隔一段时间就会向门口张望，显得焦虑不堪。而小柳呢，吹着不成调的口哨，一副吊儿郎当的模样，外带一副胜券在握的悠闲劲，所谓的吊胃口被他演绎得淋漓尽致。只要一见到小柳，王艳晴的眼里马上大放光彩，兴奋不已。因为爱屋及乌，王艳晴对柳青青很亲热，每次来总是姐姐长姐姐短地叫着，什么苹果瓜子好吃的总会跟她带一点。

突然有一天，小柳再也不理王艳晴了，王艳晴很是着急。她知道小柳只要不轮班，每天吃过晚饭后就会到活动室来，所以每天都会到活动室来找他。许是躲避王艳晴，小柳却再也不来活动室了。王艳晴来后，不再坐在那里等待了，而是一副迫不及待的样子，会焦急的询问柳青青小柳来了没有，如果听到没来，然后又风风火火地走了，也不知道去了哪里。

这样持续了一段时间，王艳晴对小柳的追逐升级了，由追逐变成了围追堵截，每天跟他买早点到食堂打饭送吃的，下了班也不回寝室，而是守在小柳上班的地方，小柳到哪，她就跟到哪。小柳感觉到有些害怕了。

王艳晴的精神越来越亢奋，行为也越来越出格，厂部不得不委婉地将这个情况反映给了镇长，王艳晴的家人到厂里将她接了回去，并送到了沙市红卫医院。厂里的人都知道，沙市红卫医院是一家精神病医院，同事们平常经常打趣那些犯浑的人，笑称你是不是神经有问题，再不清白就把你送到红卫医院去。大家都只是听说红卫医院这个名称，离大家的距离感觉还是很遥远的。当时大家都感到很震动，觉得进红卫医院这件事情不是一件小事。而小柳也被厂部喊去进行了谈话，小柳觉得很委屈，一再声称自己从来没有对王艳晴做过什么。

第一个治疗结束后，王艳晴回到了厂里，跟柳青青送了一本《徐志摩诗集》，端端正正的在扉页上面留言并署上了自己的名字：送给我最亲爱最亲爱的姐姐。柳青青翻了翻，都是些直白火热的爱情诗，看得让人眼热心跳。王艳晴的病一点也没有好转的迹象，虽然行为有所收敛，但人越发的夸夸其谈，她说自己一直在沙市姨妈家里玩，天天逛公园，说小柳算个狗屁，自己再也不想他了，还说沙市有一个男孩，英俊潇洒家里又有钱，很喜欢她，天天追她她没有答应。柳青青发现，王艳晴不仅精神上面的问题没有治疗好，好像还患上了妄想症。

事情并不是像王艳晴描述的那样小柳算个狗屁，安静了一段时间后，王艳晴对小柳的爱越发的炽烈了。以前追小柳还避人，现在连人都不避了，她每天在活动室里大声唱歌，喊小柳的名字。小柳自然是不会在活动室出现了，王艳晴就寝室车间满世界地找，逢人就问是否看到了小柳，起初还有人逗逗她，后来发现随便说的一个地方王艳晴都会去找，就不敢跟她开玩笑了。小柳不得不和她玩起了游击战术，她只要在寝室里找小柳，在外面敲门没有人应答，就捅破窗户翻进去找，弄得小柳一个寝室的人都不得安宁。那天，车间大门新刷了油漆并上了锁，王艳晴在门外看到了一个和小柳十分相像的背影，就不管三七二十一的开始翻门，她的头发上、身上糊满了油漆也不管不顾。厂里看到这个情况，不得不通知了她的家人，再次把她送到了红卫医院。

这次的治疗共进行了三个月时间。可能是因为当时确实就业比较困难，王艳晴又得了这个病，别的单位不好接收她，她的家人又将她送到了厂里来，这次安排她到了制浆车间当操作工。柳青青惊奇地发现，王艳晴像换了一个人似的，目光呆滞，举止木讷，行动也相当迟缓，不再亲热地叫她姐姐，而是非常有礼貌的称她为柳干事，她闭口不再提小柳的名字。可能是强制治疗的结果，王艳晴反应迟钝，在操作中有几次差点造成了事故的发生，以目前的精神状态，已不能适应工厂作业，厂部担心出安全问题，不得已劝其回家，从此不再得知王艳晴的任何消息。

十五

王艳晴走后，柳青青多次软硬兼施的询问过小柳，并答应对他说的话对外界会绝对保密的情况下，小柳告诉了自己和王艳晴的一些故事。

“姐，我真没对她怎么样，本来她现在这个样子我不应该说的，你说就她长那个样，我哪里有兴趣对她怎么样呢，不管你信不信，我连她的手都没有拉过。怎么说呢？她确实不是我喜欢的类型，但在当时那种情况下，能有一个女孩子开开玩笑，对于单调的单身生活也是一种调剂，但没想到，她那么不经哄，开个玩笑就当真了。”

“开玩笑？我看你就真的是在开玩笑，一个天真无知的女孩子，哪里能分辨得出你是真心还是开玩笑？这下好了，玩笑开始，悲剧结束。”柳青青心里马上想起这样一个典故：我不杀伯仁，伯仁却因我而死。只是她没有说，她知道就是说了小柳也听不懂。

“当时我们工段就她一个女孩子，那么多男生，她偏偏就喜欢我。有一个女孩子死心塌地对自己好，出于一种男人的虚荣吧，感觉比较享受，也就没有拒绝。至于为什么有一天，自己又会坚定地拒绝了她，说出来姐姐你一定不要笑话我。”小柳欲言又止，一副难以启齿的样子。

“话都说到这个份上了，还有什么好保留的，说吧，保证不出卖你。”柳青青只差拍胸脯了。

“有一个星期天，王艳晴要我到他伯伯家里去吃饭，说带我见一见她的堂妹，说自己长得不好看，堂妹却是出了名的美女。我本来不想去的，可王艳晴跟我把什么都想周全了，说如果我不好意思就带一个同伴去，就当是同事之间的串门。听说他伯伯是镇长，这也是我为什么一直没有完全拒绝她的意思，姐姐你可别怪我俗气，我家从小条件就不好，从来没有见过镇长这样的官。”小柳说。

“都说女孩子势利，想要找一个条件好的当靠山，为什么男孩子都是这样子的啊？你年纪轻轻的，为什么就想得这么远？”柳青青一下子想到了伍长春和乔科长，两个都是靠父辈的提携才当上了领导。

“没办法啊，我从小父亲去世得早，不得不辍学外出工作来养家，你这个娇小姐哪里能体会得到我所经受的苦楚啊。”小柳说着说着不由得红了眼圈。

柳青青虽然无法理解，但出于尊重对方，也不再说什么了。

“王艳晴伯伯家是一幢两层的小楼房，我一个人不敢去，带的是同事王师傅，当时她伯伯伯母正坐在客厅的沙发上，旁边的餐桌上摆了一大桌子菜，正散发出阵阵香气，一看到我们，她伯伯和伯母马上热情地迎了出来，一副招待准侄女婿的架势，让我们坐在沙发上喝茶。王艳晴说，我妹妹马上下楼了。这时候，从楼上款款走下来一个天仙似的女孩子，穿着一袭白色的裙子，一头乌黑发亮的头发随意地披散在脑后，微笑地向我们打着招呼，当时我都不能呼气了，我哪里见过这样漂亮的女孩子啊，雪白的肌肤，红红的嘴唇，与王艳晴比起来，那简直就是天壤之别啊！”在小柳有限的词汇里，一下子说出这么多形容词，已非常不容易。

“啊？莫不是你对她妹妹一见钟情了？”柳青青也吃了一惊。

“那天吃饭，我都没敢正眼看一眼她的妹妹，我的心理彻底失衡了，这个女孩子分明才是我喜欢的类型么。但是我知道，我没有资格喜欢她。但同时，也坚定了我的目标，我肯定不能再和王艳晴这样拖拖拉拉的玩暧昧了。所以，从那天起，我再也不理王艳晴了，而她一直到现在都不明白这个中的原因，你说姐，我能告诉她我喜欢的人是她妹妹吗？我这心里也不好受！”

柳青青的眼前立马出现了这样一副画面：高傲美丽的白雪公主和卑微丑陋的灰姑娘站在一起形成的极大反差，难怪小柳会接受不了。

千想万想，柳青青绝对没有想到会是这样一种理由，她和南雁甚至猜测，是不是小柳发现了王艳晴的什么身体缺陷而不理她的，就是没想到这个简单的理由，柳青青彻底语塞了，只知道真的吗真的吗这样发问。小柳说：“是的，老天是公平的，马上就对我这行了惩罚，让我也尝到了暗恋一个人的滋味。”

“按照常理，你应该不会放弃和王艳晴的交往的，这样你才有更多的机会接触到她的妹妹啊。”柳青青问。

“我这样不成了一个浑蛋了？明明不喜欢人家，还要自欺欺人。再说我哪里还有心思和她交往，脑海里整天都是她妹妹的身影，这辈子我都没见到过这么漂亮这么温柔的女孩子。姐，你没有听到她讲话的声音，像唱歌似的，好听极了。”小柳无限神往的说。

“瞧你说的，她妹妹就好像一个天仙女似的。”柳青青想笑，但看到小柳一副又痛苦又投入的样子，只好忍住了。

“是的，你别看她年龄小，但举手投足间都透着一种大户人家的端庄气质，就好像电影里的人物。”

“你那么喜欢人家，可以去追她啊？”柳青青认真地说。

“开什么玩笑哟，我从来都没有这样想过，就我现在这个条件，人家姑娘有哪点会看得上我。”小柳把个头摇得像拨浪鼓。

“你真是害人害己哟，以后对别的姑娘可不许再这样了，不要仗着自己长得帅，就到处逗弄别人小妹妹。”

“姐姐，这个教训还不深吗？这几年我都不会谈恋家了，我还想这几年混个名堂出来呢。”

“你对王艳晴感到内疚吗？”柳青青问。

“怎么会没有呢，就是因为觉得和她这样拖下去不行，才完全的不理她，哪知道她会如此痴情，如果没有我这个人的存在，她就不会是今天这个样子。”小柳如是说，好像一下子成熟了许多。

王艳晴事件过后不久，又有一个男工患上了同样的病。这件事情也比较简单。这个男工和另一个男工同时喜欢上了一个女工，竞争失败后变得疯疯癫癫，这个男工是本地的，得了病后就办理了离厂手续。后来听说有一次在水塘边洗东西时，掉下去淹死了。

都是年轻惹的祸。

自从出了这些事情后，厂里每次开大会都要进行强调，厂里的工人相互之间不准谈恋爱，男女生不准公开交往，更不准在男女工寝室里有异性留宿等，并责成保卫科全权负责此事，柳青青也是检查与执行者之一。

青蚨镇全镇人口不足两万，除了一个电影院，娱乐场所几乎为零，年轻人也没有时间和闲钱天天看电影。谈恋爱没有场所，但遏止不住青春的激情啊，何况厂里面又抓得紧，热恋中的情侣们不得不逛河堤，钻柳林。但最多的时候，他们还是喜欢待在寝室里，因为只有寝室才有亲热的地方和机会。厂部知道这个情况后，便经常组织进行查寝活动。

这天，柳青青正在办公室写一篇宣传稿，保卫科的李科长来喊她，说马上和他们一起去男寝室查寝。柳青青正沉浸在稿子中，回了一声说马上就来，急急忙忙的下楼，等她到了保卫科才想起来，南雁肯定在罗明清的寝室里。平常只要厂部有这种行动，柳青青都会提前跟南雁打招呼，但是今天是突击检查，已经来不及了。她跟在保卫科一群人后面，拿着手电筒，挨个寝室开始查看。

他们从南边的第一间寝室开始，门是关着的，里面漆黑一片，李科长用手敲敲门，无人应答，用手电筒往里一照，看见里面确实空无一人。到了罗明清的寝室门口，柳青青暗中祈祷，南雁和罗明清两个人千万不要在房间里啊。李科长是一个很有经验的人，在工厂保卫科待着实在太屈才了，他用手电筒一照，发现门上没有上锁，而是从里面闩上的，就断定里面肯定有人。那个时候的寝室都是用的那种中号铁锁，可以从外面锁从里面栓。他伸出两个手指，就像好朋友串门似的，轻轻地叩着房门，一点也不像搞检查般弄得那样惊天动地，这样叩了十几下，门开了。罗明清披着外套，一看到李科长，下意识地想关门，但是已经来不及了，李科长一扁身子，挤了进去，然后招呼柳青青他们一群人进来。

柳青青硬着头皮进了房间，李科长开了灯，南雁果真在罗明清的床上坐着，身上盖着被子，满脸通红，看到柳青青，南雁的眼里有一丝明显的怪罪，柳青青也没法解释，心里和南雁一样别扭。李科长把他俩教训了一通，要他们写一份检查，说明天要进行全厂通报。

柳青青和南雁走在回寝室的路上，南雁的脸色非常难看，说："你为什么不告诉我今天要查寝啊，特意想来看我出丑的是吧？"柳青青赌咒发誓道："今天我真的不知道要搞检查，是保卫科搞的突击查寝，如果我知道而不告诉你，肯定不得好死！"南雁说："没有就没有，谁让你发这个毒誓的。明天怎么办哪，全厂都知道了，那得有多难堪，以后还怎么做人哪。"南雁急得什么似的，两个女孩子的心里，第一次有了一些嫌隙。柳青青说："明天一早我就去找李科长，要他在通报上面不要写名字上去。"

李科长还是给了柳青青面子，只通报说厂里有一对谈恋爱的男女影响不好，即没做点名，也没写事件。这样，厂里都不知道是南雁和罗明清，在当时，谈恋爱的有那么多对，谁猜得过来呢。南雁不由得对柳青青表示感谢："多亏了你，要是点名道姓的通报出来，那还不得丑死了，还是好朋友好啊！"打那以后，南雁和罗明清两个人再也不敢单独在寝室里待了，两个女孩子也冰释前嫌，和好如初。

十六

“柳青青，你男朋友来信了。”收发室的兰兰一看到柳青青，隔老远就扯起嗓子开始喊，柳青青不仅不怪罪，还特别高兴，在她看来，这无疑是世界上最动听的语言了。

果真有好事情，信是程志鹏写来的，他在信中说，自己即将毕业，毕业后会在家里面玩一个月，然后和同学出门到外面找实习单位。

柳青青那个开心啊，她和南雁一起到街上，精心挑选了两条新裙子，一条是那种掐腰玫红色的一步裙，配上一条同色系的丝巾，又显身材又显气质。还有一条是那种灰黄色灯芯绒背带裙，扎个马尾，非常的可爱俏皮。挑选完衣服，她又去向工会主席请了两天假，坐上了回家的汽车。程志鹏在镇里车站接到她后，再骑自行车一起回家。柳青青坐在程志鹏的自行车后面，心里想，现在要是有一个风筝就好了，自己会牵了它，让它在自己手里一路飞着回家。走在这条他们彼此熟悉且走过无数次的小路上，柳青青感觉无比惬意而开心。这些年来，小路上的树种经常变换，一等到成材，就被卖掉了，这时种的是杨树，枝干粗大，树冠丰满，树下开满了不知名的小花。微风轻拂，蝶儿翩翩，斑驳的树影清晰地投在小路上，好似一幅幅浓淡相宜的剪纸画，柳青青想起了读书时和程志鹏一起结伴上学的情景。那天上学，柳爸爸给了柳青青二十元钱，那是她一个月的生活费。两个人一路走一路玩，柳青青发现钱不见了，着急得哭了起来，程志鹏一边安慰她，一边和她转身仔细的寻找。小路的旁边是水沟，是村里用来灌溉庄稼挖的。程志鹏想起柳青青到路边的小沟里摘过野菊花，就吩咐柳青青负责到路上寻找，他负责在沟边寻找，他拿根棍子，拨拨打打，果真看到了那二十元钱，卷成一团躺在那里，是柳青青掏口袋想找根绳子来系那野花不小心将钱掏出来的。找到了钱，柳青青不由得破涕为笑。程志鹏告诉她，以后再不要将钱随便放到口袋里，而是要放到书包里面。想到这里，柳青青不由得笑出了声。

柳青青发现，程志鹏没有了往日的那种稳沉，而是有几分焦虑不堪的感觉。他学的是企业管理专业，对自己日后的工作没有把握。程志鹏说：“青青，虽然我读了个大学，但现在大学生要想找个好单位非常不容易，说不定我会和你一样，进工厂当工人。”

柳青青说：“进工厂有什么不好的，正好和我一样，我们才平等了。”

程志鹏说："青青，你知道，我家里的情况和你不一样，你是家里的老幺，你哥哥姐姐们都有一个好单位，都过得很好，我是家里的老大，下面还有一个弟弟在读高中，家里供我上大学已经花了不少钱，如果我不找个好点的单位真不行啊。"

听到程志鹏的话，柳青青感觉有些茫然，她可没有考虑这么多，除了没有考上大学这个遗憾外，还从来没有遇到过什么挫折。一想到程志鹏平日就是这样一种成熟的样子，他有这种想法和担心也是很正常的事情。

第二天，柳青青和程志鹏一出现在厂里边，就引起了大家的关注。柳青青一直对厂里的人说自己有男朋友，但厂里边的人从来没有见到过真人，这次才算真正见到了。这个程志鹏不仅英俊潇洒，还是一个大学生，且待人接物彬彬有礼，在工人眼里看来，大学生是多么了不起的人啊，这个程志鹏和柳青青如此般配，难怪柳青青会瞧不起厂里的这帮工人的，这些人对柳青青为什么一直不谈恋爱，一下子感觉到非常释然了。特别是覃丽芝，一个劲地找程志鹏，一定要记得介绍一个同学给自己当男朋友。

程志鹏在厂里玩了三天，柳青青带他到厂里各个车间进行了参观。严加海借着和程志鹏是老乡的缘故，非得请程志鹏吃饭。严加海很兴奋，也没人劝他，自己主动喝了不少白酒，喝得舌头打绞话都讲不清楚。后来听别人讲，自从程志鹏来后，严加海蔫头耷脑了好长一段时间，一直都提不起精神。

这天早上一起床，南雁不知道为什么感觉到很恶心，特别是刷牙的时候，出现了一阵紧似一阵的干呕，这种情况持续了几天。这天吃过早餐，南雁悄悄地问柳青青："我的这种情况是不是怀孕了？""啊？"柳青青吃了一惊，脸不由得红了，问："莫非你们，那个了？"南雁不好意思地点点头。柳青青问："大姨妈也没来？""就是啊，都两个月了。"南雁答，柳青青一下子也没了主意。南雁说："看来你得陪我到医院去一趟了，听别人讲，如果月份大了，就只能做引产手术了，听说引产手术好痛苦。"听到南雁这样说，柳青青比自己怀了孕都还难为情，但她还不忘开南雁的玩笑："为什么要打掉啊，干脆生下来算了。"南雁说："现在我和罗明清两个人的关系，八字没一撇九字没一勾，双方父母都没有见过面，现在生孩子也太仓促了点，而且我也不想这么早就有孩子，自己还没玩醒呢。"柳青青哪里见识过这种事情，心里感到很害怕，吞吞吐吐道："可是，我陪你去，不大好吧？为什么不要罗明清陪你去啊？"南雁说："就是罗明清要你陪我去的，他自己不好意思来请你。你想啊，现在厂里抓得这样紧，如果知道我未婚先孕，还不得开我的批斗大会了？我哪里敢和他一起去？”柳青青一想也是的，虽然害怕，但为了好朋友，还是答应陪她一起去。两个女孩子把罗明清找来商量了半天，最后决定去罗湖镇，罗明清的一个姨妈在那个镇里的医院当妇科医生。

第三天正在好是星期天，柳青青和南雁坐上了开往罗湖镇的汽车。一路上，南雁因为紧张和害怕，一直不讲话，柳青青只好安慰她，讲些玩笑话逗她开心。南雁感觉愤愤不平，道：“下辈子不做女人了，凭什么出了问题就该女人来承担责任呢，男人屁股一拍，什么痛苦都不需要承担。”柳青青安慰道：“做女人好啊，可以穿花衣服，还可以化妆，把自己打扮得漂漂亮亮的，做男人哪有这个特权。”话说得不痛不痒，也难以减轻南雁的紧张心情。

医院到了，南雁磨磨蹭蹭的不想进去，柳青青只好一个人，向别人打听到了罗姨妈的办公室，再来接南雁进去。罗姨妈是一个五十岁左右的中年妇女，非常的慈祥和蔼，讲话也是轻言细语，南雁一颗紧张的心才略略放下来了一点，只是一张脸红得什么似的。拿到阳性的检查结果，罗姨妈说：“明清这个孩子怎么没有陪你来啊，姑娘你可要考虑清楚啊，这个可是头胎，都说头胎又聪明又漂亮。还有，做手术可是有一定的风险的，我建议你还是不要做掉了。”南雁坚定地说：“不做掉怎么办啊，一定要做的，明天我还要上班呢，今天都是请假出来的。”罗姨妈说：“好歹这也是一个手术，一条人命，千万不可草率。”南雁说：“我和罗明清已经考虑清楚了，我们现在根本没有条件生孩子。”看南雁态度如此坚决，罗姨妈又进行交代：“手术后一定要休息一个星期，尽量不要沾冷水，不吃冷东西，要明清跟你煮点鸡蛋补充一下营养。以后你们两个人在一起，还是要注意点。我去向我姐姐说，年底把你们两个年轻人的婚事办了。”南雁羞得什么似的，哪里还会说话，只有点头说好的份。

罗姨妈端来一个盘子，里面放着消毒器具、剪刀等一些手术用具，看到这些冰冷而坚利的器具，要在南雁的身体里切割穿行，柳青青不由得打了一个寒噤。罗姨妈要南雁躺在手术台上，脱下裤子，两腿分开，柳青青就感到有几分难为情，还夹杂着几分害怕。想到南雁自尊心再强，人再聪明，也免不了受人摆布的尴尬，心里突然涌上来一股做女人的不易和悲哀，就想离开手术室。南雁要她不要走开，一定要陪着。她只好站在南雁的床头，拉着她的手，南雁紧闭着双眼，一声不吭。

手术做完了，南雁满脸都是汗水和泪水，柳青青掏出手绢跟她轻轻地擦拭。罗姨妈又不厌其烦地交代了一些事情，两个女孩子似懂非懂地听着，只想着尽快一点离开医院。

回到厂里后，罗明清早已经到外面买了二十个煮熟的石滚鸡蛋，用毛巾包了，悄悄地跟她们送了过来，柳青青也跟着沾了光，吃了两个。

因为年轻人越来越多，造纸厂修建了三十套职工宿舍楼，有一室一厅，有两室一厅，厂里面按工龄、学历、工种、技术等级等评定打分，南雁和罗明清两个人分到了一间一室一厅的房子，年底的时候，两个年轻人决定结婚。婚期定在元旦节，南雁只请到了三天假，柳青青陪她去购买了所有的结婚用品，把个新房布置得漂亮而又喜庆。

婚后不到一年，南雁就生了一个白白胖胖的儿子，柳青青悄悄地说："南雁，你的繁殖能力真是强啊，要是你把那个孩子生下来，现在都快两岁了。"南雁急赤白脸地说："哎呀，我的小姑奶奶，求你了，以后不要再提那件事了好不好？羞死人喽！"

十七

经过几年的建设与发展，造纸厂已经变成了一座现代化的大工厂，并成为县里的重点企业和规模企业，第二条年产三万吨箱板纸的新生产线已经投入生产。纳税大户、质量与品牌先进单位、诚信经营企业等各种光环笼罩在造纸厂的头上，厂里不断进行各项改革，包括厂名都已经鸟枪换炮了，更名为湖北楚天纸业有限公司，几个厂长的称呼也变成了总经理，朱总经理，马总经理等，科长的称呼也变成了经理。对于这些称呼，老总们、科长们、工人们花了好长的时间才相互适应过来，各位老总们、经理们似乎更喜欢这个具有现代气息的称呼。金碧辉煌、庄严肃穆的办公大楼尽显气度非凡，绿树成荫的厂区主干道干净整洁，争奇斗艳的花坛此开彼谢，造型精美的假山和凉亭成了公司里那帮年轻人休闲和谈恋爱的好去处。明亮宽敞、设备一流的职工篮球场，全镇每年一次的篮球比赛也选在这里举行。员工活动室各类文化娱乐设施一并俱全，成了全县的示范基地，经常有县里的兄弟单位和各单位团委的人前来参观学习。逢年过节，公司里福利丰厚，会分发油、米、面、鸡蛋、水果或生活日用品。工人们喜笑颜开地拎着各类物品穿街过巷，满脸的幸福感和自豪感。每到年终，工人还会根据效益领到数额不等的年终奖金。在当时，只要说自己到楚天纸业有限公司上班，马上会受到别人的羡慕和尊重。

这年秋天，柳青青见到了小柳口中描述的王艳晴的堂妹——王雪灵。

王雪灵毕业于省财贸学院，在沙市一家知名企业上了两年班，听说因为不能习惯那里的生活，后回到青蚨镇。在当时，能进入到楚天纸业有限公司财务部上班，不是一件容易的事情，但王雪灵的爸爸是镇长，王雪灵又毕业于财贸学院，能进来也就是顺理成章的事情了。

报到那天，王雪灵穿了一件月白色的风衣，一条浅色的西裤，一头披肩长发，显得身材修长，气质非凡，还有那小巧精致的五官，莹白粉嫩的皮肤，轻言细语的声调，一切都显得如此与众不同，更是有着一份遗世独立的孤傲感。在王雪灵面前，柳青青无来由的有几分手足失措感，她确实从未见过如此清丽脱俗的女孩子，她终于明白了当初小柳为何会对他一见钟情，就是作为同性的自己，也没来由地对她生出了几分好感。

王雪灵在财务室做主管会计。

王雪灵不仅人长得漂亮，专业素养也非常了得，到底是受过大公司洗礼的人。她一手算盘打得出神入化，只要你随便报出一组数字，不论加减乘除，只见她玉指翻飞间，结果很快就出来了，比计算器还快还准。王雪灵做出的财务分析报表严谨科学，从不出错，王雪灵写出的阿拉伯数字娟秀漂亮整齐划一像钢板刻出来的一样，王雪灵稳重内敛少言寡语，不同于一般女孩子的叽叽喳喳，总是一副标准的大家闺秀做派，王雪灵的出现，生生把所有女孩子们的光芒和色彩都给比了下去。最为可贵的是，王雪灵从不为此沾沾自喜和得意。

车间的一帮青工，每个月借着领工资的机会，赖在财务室就不想走，不过就是为了多看几眼王雪灵，他们心里没有任何想法。因为他们非常清楚镇长千金与穷青工之间的距离，这样也好，省得了好多心病。

说到这帮青工，用一个词来形容再贴切不过：穷快活。每天下小夜班吃过宵夜后，他们会在寝室门口用铁勺子或筷子将碗敲得嘣嘣响，还大声武气地在那里喊："兄弟们，都起来屙尿啊！"睡得正香的工人被他们吵醒后，也不甘示弱，下次轮到自己下了小夜班，也不忘在那里喊上一通，惹得下班的人群一阵阵开心的哄笑，被喊醒的人也不恼，接着睡就是了。天天晚上喊人“起来屙尿”成了这帮青工互相逗笑的一大乐子。

他们还有最乐此不疲的一项活动，就是评选四大美女和四大丑女。他们各拟出二十个候选人名单，通过投票进行评选，得票最高的即为厂花。被评选为四大美女的，心里偷着乐高兴死了，那些被评为四大丑女的，总是气急败坏的把他们骂个狗血淋头。这群闲得蛋痛的青工，可不是信口开河瞎评选的，而是先制定出评选条件，如身材皮肤脸蛋头发等等，光漂亮不行，还有一些附加条件如性格脾气特长等，其实被他们评选出的丑女中，有的并不是真正的丑，只是性格脾气不好而已。一直以来，柳青青都是他们心中公认的厂花，不仅人长得漂亮，对他们又非常亲和友善。车间有一个青工，因为长相不大好看，都喊他王小鬼。王小鬼对柳青青痴迷得很，觉得她就是他心中的女神，在任何场合下都十分维护她，但从来没有对她做出过任何举动。车间那帮工人，总喜欢开王小鬼的玩笑，会善意的取笑他是癞蛤蟆想吃天鹅肉，王小鬼也不恼。每次只要柳青青一出现在车间，那帮工人就会喊：“王小鬼，快点，你的梦中情人来了。”王小鬼准会跑过来围在柳青青身边，并两眼巴巴的望着她。柳青青也知道这个事情，从来不让王小鬼难堪，总是笑嘻嘻地和王小鬼搭着话。自从王雪灵来了后，关于谁是厂花的问题，他们之间出现了分歧，一部分认为是王雪灵，一部分认为是柳青青，之所以出现分歧，是因为王雪灵确实比柳青青长得漂亮，但王雪灵太清高，他们无法企及，而柳青青从来没有半点架子，听说他们为这事常常在寝室里争得面红耳赤，互不相让，只差动手了。

王雪灵这样一个出众的人儿，自然会拥有众多的追求者，她收到过不少情书，但好像都是外面的，厂里的男人，肯定都觉得自己配不上王雪灵，没有哪一个愿意冒被拒绝的风险。有一次，收发室的兰兰看到署名王雪灵收的一封信件，上面的落款地址写着：红豆县相思镇想你街520号，立刻大呼小叫地跑到财务部，满脸兴奋地说：“哇，这是谁呀，这么有才，一定是个大帅哥跟你写的求爱信吧？”柳青青也觉得这个人还真是有创意，嚷嚷着要王雪灵公开信的内容，谁知道王雪灵却淡淡地说道：“有什么好看的，一个神经病。”接过信后，看都不看一眼，直接给扔在垃圾篓里，这种态度不由得让兰兰和柳青青大跌眼镜，就是出于好奇，也要看一看吧。大概是见怪不怪了，王雪灵对这些从来都是非常淡然的一种态度，即不高兴也不恼怒，柳青青她们总是猜不透她的真实想法。

王雪灵的身上，就像被一层轻纱笼罩着，无限神秘而充满魅惑，又像一朵水中的莲花，只可远远地欣赏但却无法靠近。

人高于众，众必毁之。公司里就有好事者开始乱猜测，说王雪灵如此傲气，放着沙市大城市不呆，要跑到青蚨镇这个小地方来，是不是在感情上受了什么刺激。柳青青觉得这些人的说法简直是一种无稽之谈，说这种话的人，无怪乎都是嫉妒王雪灵的美丽和出众罢了。

财务部实行会计电算化，需要安排两名员工到武汉进行培训，要求必须专业化年轻化，公司便安排了乔科长和王雪灵两个人到武汉，进行了为期三个月的培训。

培训回来后不久，就发生了一件事情。

朱科长平常上班有事没事就喜欢到财务部转悠，还特别喜欢和文大姐说话，也不管人家是否喜欢他。近段时间，他以一种过来人的直觉，嗅到了一丝不好的气息，那就是乔科长和王雪灵的关系。他还发现，自从乔科长和王雪灵两人从武汉培训回来后，天天晚上在财务部加班，有时候甚至到深夜。为了捍卫女儿的婚姻，他像一只警犬，整天竖着那只尖尖的鼻子，终于有一天，他做了一件非常不得体的事情。

那天晚上，他来到财务部门口，发现防盗门是锁住的。整个办公室就只有财务部是安了不锈钢防盗门的，里面有音乐声响，他在外面用手敲了几下门，里面没有回音。转身将阿朱从家里叫来。再次敲门后，仍然没有人来开门，父女俩再也按捺不住心中的怒火，开始在门外大声喊叫起来："乔大力，你开门！你们在里面干什么好事？"同时用脚使劲蹬着铁门，铁门发出的巨大声响，把公司家属区的人都惊动了，纷纷从窗户里探出头来。乔科长和王雪灵确实在里面，衣衫整洁，表情平静。他们的面前堆满了一大堆的账本，电脑上面是打开的财务管理软件界面。乔科长一看见他岳父一副气势汹汹的样子，气不打一处来，就质问朱科长是什么意思。阿朱看到乔科长对自己的父亲这个态度，气愤极了，就朝不知所以的王雪灵扑过来，啪啪就是两巴掌，王雪灵当下就惊呆了，自然是没有还手的能力。阿朱的叫骂声一声高过一声，骂得要多难听有多难听，家属区里面的人都跑到办公室来进行围观，一时间闹得不可开交。

乔科长解释，至于为什么没有听到敲门声，因为在放音乐；为什么要关着门办公，是因为这些账本都关系到公司的秘密，他们正在进行手工和电脑的对比整理，不能让别人看见。

对于这件事情的真假，一时众说纷纭，没有一个人能说得清楚，但对朱科长父女两人的做法，大多数人还是持反对意见的。俗话说：家丑不可外扬，有什么事情不能在家里解决，非要闹到外面来，一来坏了人家姑娘的名声不说，人家姑娘还没有男朋友，日后可怎么嫁人？二来自己的女儿和乔科长以后还要过日子的，闹成这样，还怎么过下去呢。朱科长白活了这么多岁，都这么一大把年纪的人了，做事还是这么冲动和糊涂。还叫上自己的女儿一起，其实又没有什么事情。最义愤填膺的当数文大姐，她本来就不喜欢朱科长这个人，还特别同情乔科长娶了阿朱，这次动静闹得这么大，还搭上人家王雪灵，背地里大骂朱科长太过分了。

一时间真是沸沸扬扬无从收场，说什么的都有，各种猜测和议论没有断过。

王雪灵有一个星期没有来上班。再上班时，越发的不喜欢讲话了，精神异常萎靡不振。柳青青发现，王雪灵很喜欢站在三楼的阳台尽头，望着天空发呆或者出神，依然清丽的脸上再难得一见笑容。有一天，王雪灵对柳青青说："我不知道自己为什么那么倒霉啊，遇到这种事情。青青，你觉得我会喜欢他吗？"那个他，指的是乔科长。

柳青青坚信王雪灵和乔科长没有问题，如此漂亮出众的王雪灵，追求者无数，她为什么会和已经结了婚有了孩子的乔科长有染呢？所以，她连忙说道："肯定不会信啊，你那么漂亮，他哪里配得上你。阿朱的性格，可是出了名的泼辣，你可千万不要往心里去。"王雪灵说："说实在的，这里还真没有几个我能合得来的人，只有你，心地纯净，我才喜欢和你交流一下。"听到这话，柳青青一下子好感动："在这里真的是委屈你了，你为什么不留在沙市，要来这里啊。"王雪灵停顿了一下，说："在那里，还不是因为有两个男人闹得动刀子，为了躲清净才回来的，想不到在这里，倒惹了更大的麻烦，现在我应该怎么办哪？"柳青青想不到王雪灵如此干脆地说出了自己回来的原因，就说："我看最好的办法，就是找一个人结婚算了。"

王雪灵一脸茫然地望着柳青青，说："你以为是买一件衣服那么简单呢，说嫁就嫁了。"

事情的发展呈戏剧性的变化，不叫无巧不成书，而是上天早就安排好了的。

小柳自从王艳晴事件后，迫于压力离开了造纸厂，和亲戚办了一家化工厂，效益非常好。九十年代正是我国改革开放初期，经济体制正由计划经济转为市场经济，此时脑筋稍活络的一些人做生意都赚了不少钱。化工行业是暴利，小柳看准时机，成了先富起来的那批人。有了钱的小柳也没忘了这帮同事，时不时地请他们出去吃顿饭。有一天，小柳手上捧了一大束玫瑰花来到了公司财务部，说是要跟王雪灵庆祝生日，他们才知道，小柳在追求王雪灵。

一大束包装精美的玫瑰花和一盒巧克力，摆在财务部的办公桌上，这些场景，柳青青她们只有在电影里才看到过，感觉如此新潮与大胆，她们一个个不由得啧啧有声。小柳不过才出去了几年，那副做派倒真像那种见过大世面的王孙贵族了，再加上本来人就长得英俊，衣服又穿得时尚得体，俗话说钱是人的胆，人一有钱，气质跟着也来了。柳青青这帮女孩子一个个睁大了眼睛，心里生生涌上来几多羡慕与嫉妒，都暗自嘀咕，想不到小柳还是一只潜力股，有做生意的天赋，以前怎么没有发现。

从那以后，小柳和王雪灵的交往公开了，经常开着车过来接她，听说是到县城吃饭，跳舞，到沙市去唱卡拉OK，那时候卡拉OK才刚刚开始流行，县城和镇上也有，但音响效果不好。就这样交往了半年时间，他们便结婚了。婚礼在县城最豪华的酒店举行，王雪灵穿着婚纱，漂亮得像个公主，让公司里的一帮人大开眼界。婚后不久，王雪灵就怀了孕，一怀孕她就离开了楚天纸业，柳青青以后便很少看到他们的踪影了。只是王雪灵这个人，给他们留下了极其深刻的记忆。从此以后，公司再也没有来过如此标致和出众的女孩子。

十八

程志鹏毕业后，分配到市里一家大型纺织公司做企业管理工作，刚到公司时，跟柳青青写了一封信，大意为刚开始工作，比较忙乱而没有头绪，正在加班加点的适应新的工作环境，以后可能会减少写信的频率，公司里有电话，有什么事情会跟自己打电话。工作一年后，他们的通信已没有在大学里那么频繁，主要是程志鹏的回信比较慢了，信中也多为对现实工作的诸多不满，说自己的领导如何刁钻如何挑剔，自己的内心如何苦闷等。

已经有三个月没有消息的程志鹏终于寄来了一封信，这封信，无疑将柳青青打进了地狱。信里面夹着一张程志鹏的一个女孩子的合影，照片中的女孩子虽然长得不算漂亮，但笑容却是无比的灿烂和开心。程志鹏告诉柳青青，这个女孩子是他们公司一个副总的女儿，很喜欢他，两人已经确定了恋爱关系，年底会带这个女孩子回家结婚。这次来信，是提前跟柳青青打个招呼，要她不要怪罪自己。还有什么在现实面前，任何理想都是狗屁。没有靠山，想要靠自己奋斗，在这个上千人的公司里，一辈子都不会有出人头地的机会。现在有一个做副总的岳父，再加上自己的努力，用个三五年的时间，争取成为这家公司的中层管理人员。又要柳青青千万不要怨恨他，知道自己有一万个对不起她，要她忘了自己，一定要找个家庭条件好点的男朋友嫁了。

程志鹏如此干脆果断，一点都不拖泥带水，多年的感情用一封信就轻松的画上了句号。柳青青彻底崩溃了，这个世道真是太不可思议了，她想起了乔科长，想起了伍长春，只说女孩子势利，需要找个男人当靠山，怎么男人也是那么势利？为了自己有朝一日能够出人头地，把婚姻当作跳板，感情在他们面前简直比狗屎都不如。

柳青青伤心欲绝的在床上睡了三天三夜，整个人昏昏沉沉，像害了一场大病。迷迷糊糊中，她想起了高中毕业那年做的那个温情而遗憾的梦，那个年轻英俊的军官分明就是程志鹏么，梦中温馨浪漫的情景虽然昙花一现，但一直深深地刻在她的脑海里，时不时地就要拿来回忆一下，在她的潜意识里，早就认定了程志鹏就是自己托付一生的人。想到这里，她挣扎着爬起床，以杜鹃泣血之姿，给程志鹏写下了最后一封信，算是一个交代，也是一个收场，其实最终还是自己内心深处对程志鹏一种感情的发泄。

志鹏：

亲爱的！今生第一次这样叫你，也是我最后一次这样呼唤你，然后我们相约着，相约着把彼此忘记。

相思无终极，长夜起叹息。亲爱的，你可知道我爱你？我曾经说过，如果我要说出“我爱你”三个字，那一定是一种决绝之美，那是来自灵魂深处心的呼唤，犹如高山仰止，大海扬波，山崩地裂，电光火石！

你知道吗？从十岁开始，我就爱上了你，我爱你的一切，你的心地是如此纯净而美好，你对我的那份关怀备至，你的善良与诚实，对我毫无保留的呵护，处处为我着想的关爱，你的宽容大度，你的迷人的笑容，都让我如此的恋恋不舍，真的，我喜欢你的一切，胜过喜欢我自己！

杨柳枝头，有一群鸟儿在歌唱，它们肯定不知道我为何如此忧伤，因为它们不知道世间情为何物。啊，我听见有一只鸟儿的歌唱与众不同，它是不是也和我一样，正经受着灵魂最痛苦的煎熬和折磨？

我能忘记你吗？答案是肯定的，不能。再问，我需要忘记你吗？答案也是肯定的，要忘，因为我不舍得你为我伤心难过和心痛牵挂。我宁可一个人独自承担这份爱的痛楚，也要让你快乐的离去。世界上的爱有很多种，有一种爱叫作放弃，放弃也是一种成全，也是一种大爱，与其苦苦纠缠，不如相忘，以一种超尘之姿，来相约着，相约着把彼此忘记。离开我后，我希望你还是和以前一样快乐和开心，你有着阳光一样的性格，今后无论你和谁生活在一起，我都真心希望你的生命中永远没有阴影，永远都是健康、快乐和幸福。在你离开我的日子里，不奢望你能在夜深人静的时候想起我，只要能够时时知道你的消息，知道你很幸福，我也就很知足了，尽管我知道，你的任何一点消息都是对我的一种折磨，可是，我愿意。

写到这里，我再也不能控制自己的眼泪，让我再回忆一遍，好吗？那些温存的耳语，迷人的清香，朝朝暮暮，耳鬓厮磨，十指相连，心心相印，无时无刻不在我的脑海里回荡。

夜长不得眠，明月何灼灼。我永远记得，你第一次牵我的手，你第一次把我背在身上，你第一次，吻我的脸，第一次说，你爱我。

这个世界太小，缘起缘灭里曾遗落下多少美丽的故事，这个世界又太大，令许多精彩的歌只能在梦中南来北往。与你在一起的时光是如此的美好，我只能感叹造物弄人，感叹命运不济，让我念念不忘，让我在醒时或梦中都带着这悲哀的痛苦。从此，岁月更迭，将会让我领略千帆过尽皆不是的相思，再也找不到我爱的归宿。

思君若满月，夜夜减清辉。几夜无眠，早晨起来，对着镜子，我看见自己的眼窝深深的陷下去，眼里飘散的，是丝丝缕缕的绝望。

无论结果怎样，你曾经给过我的爱，给过我的快乐，让我圆了少女时代一个美丽的梦，你就是我梦里出现过千万次而终不得求的白马王子，然而，我却不是你的灰姑娘。二十多年的呵护，我已经得到了你的爱，我已经非常的满足。我想，一定是我的这生做得不够好，得罪了月老，而让我可遇不可求，那也是我的错。

从现在开始，我不要让自己再流泪，从此以后，我只是你亲爱的妹妹，你是我亲爱的哥哥。我们还要像小时候一样，你若有不开心的事情，有解不开的心结，包括你的恋爱，婚姻，都可以向我倾诉，我会乐意倾听并为你排忧解难。

从现在开始，我就把你交给她了，我是如此的嫉妒她，羡慕她，她是一个多么有福气的女孩子。但是你要记住啊，我只是把你的今生交给了她，来生我是要要回你的，你可不要忘了我们的约定，人生有多少个年轮，人世有多少次轮回，我正满怀期待，守候着来生中和你真正的牵手！

青青妹妹

字斟句酌、反复修改的将信写完后，柳青青的心底如抽丝般疼痛，似乎把自己所有的情感都付诸在这封信里面了，她像个木头人一样，机械而缺少思维。看到她这个样子，南雁不由得痛心疾首：“青青哪青青，你这封信，是要让程志鹏的良心一辈子都不得安宁哪，面对这样一个负心汉，你不仅不纠缠，不责怪，不痛骂，还要让他放心的离去，如此大度与宽容，也只有你柳青青才办得到了。”

柳青青失声道：“你要我怎么办？我是真的办不到去恨他，这么多年的感情，我只记取他的好就够了。”

南雁觉得，柳青青要彻底忘掉过去，重新开始新生活，第一步必须要毁掉她和程志鹏所有的往来信件，免得睹物思人。

南雁从柳青青的箱子里掏出了他们所有的通信，他们之间的通信已经成了一种生活的常态。四年期间，已经有了大几十封，柳青青细心地用一个牛皮袋子装着。面对这样一大堆信件，柳青青突然有了一种黛玉葬花的悲凉，容不得思想，她不由得大声抽泣起来。南雁说：“哭吧哭吧，哭过以后，你就再也不会伤心了。”然后拿起一封信，用火柴点燃，柳青青下意识地去抢，南雁说：“烧断这些念想吧，从你的描述中我发现，程志鹏是一个超级现实的人，而你却是一个完美的理想主义者、浪漫主义者，你们俩根本就不是一路人。说句你不爱听的大实话，从他考上大学，而你却进了工厂的时候起，他就打定主意不会跟你一起了，只是你自己不明白而已，还是现实点，快点找一个真正爱你喜欢你的人嫁了吧，女人经不起时间的浪费啊，你已经不小了，还不快点成家生孩子完成任务。”这些超级现实的话，听得柳青青一愣一愣的，居然没有思维来反驳，只知道一个劲地哭。南雁不再阻拦，也不再劝慰，就那么不管不顾的让柳青青一个人酣畅淋漓的大哭着。

柳青青虽然伤心，但痛定思痛后，思绪倒逐渐清晰起来，她重新开始审度起自己和程志鹏的关系。这么多年来，自己和程志鹏的交往到底算什么呢？自己对于他，不过是尊重有加，依赖大过感情。她左思右想，无比痛心的发现，程志鹏是一个多么有心计的人，一直拿自己当一个备胎，即舍不得放手，又想找一个更好的。自己为什么这么天真，一直这么相信他，浪费了自己最宝贵的青春年华，拒绝了那么多优秀的追求者，失去了最好的机会。多么痛的领悟。一想到这里，柳青青又气恨又伤心，气恨的是自己一片痴心，竟然换来这样一种结果，伤心的是自己还是彻底失去了程志鹏，那么多的好时光就这样一去不复返了么？即使等待，还有一丝希望。现在自己连什么都没有了，青春，爱情，真不知道活下去还有什么快乐可言啊！

十九

这几年来，严加海一直没有谈恋爱，他自己说的话是因为家里穷，条件不好，人又长得丑，没哪个姑娘能看得上自己。明眼人都知道，他是在等柳青青呢。厂里边的大婶们不是没跟他做过媒，有一个砖瓦厂老板的女儿就很喜欢他，说只要和他结了婚，将来就把这个厂交给他经营，他拒绝了。这不，知道柳青青失恋了，严加海又开始追求起她来。

严加海还是从吃上下的功夫。由于楚天纸业有限公司形势红火，工资待遇也比较可观，公司周边开了多家餐馆，什么湘菜、农家菜、家常菜、牛肉餐馆等等，相互请客聚餐喝酒就成了工人们最热闹的一项活动。

严加海知道柳青青喜欢吃牛肉，还特别喜欢吃牛杂，就投其所好，每次先点上一大钵牛杂炖着，再来叫她和南雁一起去吃。吃到高兴处，严加海提议喝点白酒，说酒是个好东西，特别喝到微醉的时候，就会有一种飘飘欲仙的感觉，不知道是受了严加海的诱惑，还是真想那么飘一回，柳青青那天就喝了差不多快三两白酒，人就真的像严加海说的那样飘了起来。严加海就在众人疑惑加羡慕的目光中，雄赳赳气昂昂的将满脸粉红步履蹒跚的柳青青扶回了寝室。

于是公司里就有不少人说，严加海和柳青青在谈恋爱。

柳青青和南雁讨论："这个家伙，别看他表面老实，好像还蛮有心计，那天他是成心灌醉我，然后好实施他的计划吧，当着那么多人的面，这下肯定有人相信我是在和他谈恋爱了，我可是跳进黄河都洗不清了。"

南雁说："反过来想一想，你多幸福哟，刚失恋就有人追。书上看的一句话，忘掉一个人最好的办法就是开始一段新的恋情，依我看，目前严加海是最适合的人选。"

柳青青说："可我的心一直被程志鹏占据着，从来没有想过和严加海之间有点什么，我们是好哥们，好朋友，根本就没有那方面的感觉啊。"

南雁说："成了家有了孩子你就知道了，两口子过日子，天天开门都要面对七件事，柴米油盐酱醋茶，哪里还有时间和精力去讲感觉哟。信我一次，我以一个过来人的眼光来看，严加海这个人不错，是一个过日子的人。再说，感觉是会慢慢培养的嘛。"

柳青青被南雁一副过来人的说教逗笑了，说："你现在越来越像一个庸俗的家庭妇女了，那一份少女的浪漫情怀哪去了？我和他怎么培养啊，像电影《牧马人》里的许灵均和李秀芝一样，先结婚再恋爱？可是现在都什么年代了啊姐姐。"

南雁见说不过柳青青，就自己找台阶下："我也只是给你个建议，决定权还是在你自己的手里。你和严加海结了婚很幸福，你会感激我，万一你和严加海结了婚不幸福，你肯定要怪罪我多事。我只是觉得严加海这个人人品不错，再加上这么多年对你都不放弃，大家可是有目共睹。可是男人哪，谁也说不清楚，罗明清那么老实，还不也做出对不起我的事情了么。"

南雁说的这件事情，其实也没什么，但南雁一直放在心里并耿耿于怀。

那还是南雁的儿子不到半岁的时候，因为要给儿子喂奶，她常常是一副不修边幅的样子，再加上产后发胖，人就像一个中年大妈，天天穿着怀孕时候穿的两条孕妇裙，看上去就像肚子里还怀着一个。有一天，南雁气急败坏的来找柳青青，要她到车间去一趟，柳青青看她这个样子，就问发生了什么事。南雁说："听说车间有一个新来的女孩子喜欢上了罗明清。"柳青青吃了一惊："这是什么时候的事情啊？”南雁说：“我哪里知道，是有人说漏了嘴被我听到了，自从生了孩子后，我都有几个月时间没到车间去了，哪里知道这些事情，别看他本事没有，倒蛮喜欢招蜂引蝶。”柳青青笑嘻嘻地说：“谁让你找一个明星脸做丈夫的？不做出点牺牲行吗，他要不是长着这样一张明星脸，当初能把你给吸引上？”听到柳青青这番调侃，南雁心情不好，也懒得回嘴。两人来到车间，南雁指着一把条椅上面坐着的一个女孩对柳青青说：“快看，就是她。”柳青青一看，这不是前些天刚从轻工业局分配来的中专生肖丽敏么，学美术专业的。肖丽敏不过才二十来岁，高挑个，圆脸大眼睛，皮肤吹弹即破，天真无邪，热情洋溢。知道她是学美术专业的，柳青青还请她画过一副仕女图，和自己的比起来，那幅画，画得才叫一个专业。柳青青看一眼身边的南雁，臃肿的身材加上一头乱糟糟的短发，再配上一副失魂落魄的表情，真的是两个极端。柳青青拉着南雁就往回走，南雁不走，柳青青说：“你今天来的目的是什么，你都知道罗明清和她的一些什么事情？”南雁摇摇头说：“不知道，我就是想把她臭骂一顿。”柳青青说：“也许根本就什么事都没有呢？先把事情搞清楚了再说，今天你要骂了她，可就撕破脸了，这样会对你非常不利。”

其实真没什么事。肖丽敏性格热情开朗，天真而充满幻想。她被分到抄纸车间做操作工，一双擅长写生的手细皮嫩肉，车间的什么事情都感觉无从下手，也没打算学。不是因为罗明清，她早就走了。肖丽敏来后不久，就认识了罗明清，一下子就被他吸引住了，说想不到这里还是块藏龙卧虎之地啊，还藏着一个毛宁呢，会不会是毛宁失散的弟弟？她一直是毛宁的超级粉丝，收藏了毛宁的很多唱片和照片。肖丽敏天天到机修工段找罗明清，要他去参加东南电视台的开心明星脸节目，先练唱几首毛宁的成名曲，自己可以陪他去配合演杨钰莹，肯定会一举成名。看到有这样年轻漂亮的小女生喜欢自己，罗明清不知道该怎么拒绝，工段那些人又喜欢起哄，一看到肖丽敏来，就开始喊罗明清：“罗师傅，快点出来，你女朋友来找你来了。”肖丽敏不羞不恼，还跟着一群人嘻嘻地笑。

柳青青了解到这些情况，就对南雁说：“罗明清暂时还是安全的，是小姑娘的一厢情愿，看来还得我出马了。”就到车间找到肖丽敏，苦口婆心的一番劝导，说罗师傅都是有家有室的人，你这样年轻漂亮，喜欢他多不值得，再说这样也会影响你的前程。肖丽敏本来就没打算做操作工，也觉得对罗明清的追求没有什么希望，就辞职了，听说去了市里的一所私立学校教美术。

虽然没有什么事情，但南雁还是觉得丢人，把一切都怪罪到罗明清的身上来，时不时地拿出来挖苦他几句。有时候，罗明清被骂急了，就说：“你干脆拿把刀，把我这张脸给毁了吧，以后谁能保证，再也没有别的女人会喜欢我呢？”听他这样说，南雁才会住口。

只要严加海不请客，南雁就在家里做饭，喊柳青青去吃，只要看到南雁那个胖儿子，抱着他逗弄着他，柳青青的烦恼就烟消云散了。

吃过晚饭，两个女人又开始了一场老生常谈的讨论。那也是她们经常在一起讨论的话题：女人到底是找一个你爱的人结婚，还是找一个爱你的人结婚，这两者谁更幸福。要在往常，柳青青一定会说：“找一个我爱的人当情人，找一个爱我的人当丈夫。”但现在，她不再这样说了，她觉得自己已经没资格开这样的玩笑了。

南雁说：“实践证明，还是要找一个喜欢你爱你的人结婚，以后你才会幸福。”

柳青青问：“可是我只喜欢我爱的人，我才不管别人是否喜欢我。”

南雁又说：“以我为例。你看吧，当初我怎么就那么喜欢罗明清呢？算是我主动追的他，他现在在家里就像个老爷，油瓶子倒了也不扶一把，大男子主义强得不得了，当初我要找个喜欢我的，那还不得该他侍候着我，今天我也不至于吃这份苦头了，天天在家里爷一样的供着他。我和他一样，都上着八小时的班一分钟没少，可回到家里，带孩子做饭洗衣收拾屋子就成了我一个人的事了。”

柳青青说：“这与谁追的谁、谁喜欢谁多与少没有关系，而是性格问题吧，即使是罗明清追的你又怎么样。两个人都在一起过了几年了，哪里还会在意这些。”

南雁说：“当时他不是还和那个章小琴谈着么，就因为我喜欢他把他抢了过来，就这点把柄一直被他捏着，如今只能顺着他，由着他了，早知道这样，就把他让给章小琴得了。或者，后来给那个肖丽敏也行，我还懒得操这么多心。”

柳青青说：“哈哈，天天抱着大明星睡觉你还不满足，这是多少女人向往的事情啊！人家章小琴没追到他，到现在都还在遗憾。罗明清是有一点大男子主义，但这是与生俱来的，是性格问题，而不是因为谁喜欢谁多少而形成的，就算他和章小琴结了婚，他依然会是这个性格，也不可能对章小琴百依百顺。”

南雁说：“也许吧，我同意你的观点。说到性格，你看严加海性格多好，你要和他在一起，他肯定会对你很好，凡事依着你宠着你，还不得把你当女王一样供着。我们还是回到原来的那个话题，找个喜欢你的人结婚吧，你一定会幸福的。

人家严加海无怨无悔地等了你这么多年，这样一份痴心，厂里谁人不知哪个不晓，有几个人能办得到。和他结了婚，你是里子面子都有了，即满足了你追求浪漫的一份心，说出去好听，又可以实实在在踏踏实实的过日子，双赢。”南雁到底是成了家的有经验，一番话说得是合情合理，无懈可击。

柳青青听从了南雁的建议，同意和严加海结婚。多年的等待终于迎得美人归的严加海高兴得什么似的，他整天喜笑颜开，逢人就敬烟，一改“严一根”的不良形象。其实严加海家里条件不错，就他一个儿子，上面两个姐姐已经出嫁，家里早就给他准备了结婚的费用，再加上他自己这几年上班攒下来的钱，足可以办个热热闹闹的婚礼。他回老家把家里种植多年的杉树给伐了，说是要打一套结结实实的家具，样式一定要是当下最流行的那种。南雁陪柳青青到沙市买了床上用品、窗帘和装饰品，都是当下最时兴的那种，光冰箱上面的那束绢花就花了六十多元。房间里铺了地毯，装了壁灯，不足五十平方米的小家，被柳青青布置得温馨而浪漫，前来参观的人都赞美说这是全公司最好看的新房了。柳青青心里有一些小得意，就问严加海好不好看，严加海满足得什么似的，说：“只有你柳青青才懂得这些情趣，对于单身这么多年的我来说，简直就像在皇宫里一样了。”又说：“青青你爱漂亮，我要按我们那里的规矩，跟你买八套新衣服。”柳青青简直要笑死了，说：“严加海，你怎么还像个乡下人一样，买八套衣服哪里穿得过来，公司里上班，天天要穿工作服，哪里有时间穿自己的衣服，放在家里不穿，等着过时了浪费不成？”严加海则嘿嘿地傻笑道：“你说怎样就怎样，只要你高兴就行！”

婚后，严加海对柳青青可谓百依百顺，宠爱有加，他看似一个大老粗，其实细心得很，什么事情都是大包大揽，一天到晚笑呵呵，浑身上下有着使不完的劲，在工作上也特别卖力。每天早上，柳青青还没起床，他就已经到菜场买回来新鲜的肉、鱼，蔬菜和各式早点。有时候，严加海对自己太好，她会莫名其妙地发发飙，严加海就会问：“姑奶奶，哪里做得不好您只管吩咐，我改还不行吗？”弄得柳青青又想笑。看到她们如此恩爱，南雁自是羡慕得不行，一有机会就嚷嚷着要和柳青青换老公，要罗明清多向严加海学习怎么当丈夫。

偶尔，柳青青会想起程志鹏，他现在过得好不好，就会有一些莫名的失落感，但一想到程志鹏对自己的伤害，就压制住这份想念的念头了。那年，严加海和柳青青在老家过春节，柳妈妈说：“程志鹏带老婆回家了，一直问你的情况，哪天你去看看他吧。”严加海也对柳青青说：“如果有机会，就去看看程志鹏吧，你们一起长大的，或多或少有些感情。”

说着说着，春节就临近了，柳青青还真的和程志鹏见了一面。

那天，柳青青穿了一件纯白的羊绒大衣，衣服裁剪得体，很显身材，然后在脖子上围了一条鲜红的羊毛围巾，红白分明，鲜艳夺目，将她的一张脸衬得也是白里透红。他们在程志鹏姨妈家见到了对方。虽然已经有两三年没有见过面，可互相看到的那一刻，他们发现，彼此没有一点生疏感，儿时那种熟悉而亲切的感觉又回来了，一时间，感性的柳青青不由得百感交集，差点红了眼圈。

程志鹏长胖了，原本清秀的脸上有了一圈肉。看到柳青青，他不由得发出了由衷的赞叹：“青青，你好像越来越漂亮了，你现在应该过得很好吧。”柳青青只笑，不回答。两个人一直说着现状，绝口不提以前的任何事情。

一个多小时后，门外响起了敲门声，程志鹏去开门，门外站着一个女人，手里牵着一个三岁左右的小男孩。

等到那个女人进了门，程志鹏说：“我来给你们介绍一下，这个是柳青青，我的同学，这个是我老婆王芸。”

柳青青看到面前的这个女人，比较白净富态，但身材略微矮胖，戴着一副眼镜，正一眨不眨地盯着自己，眼里有一丝明显的好奇和敌意。

柳青青就起身告辞了。走的时候，她心里很不舒服，程志鹏的老婆为什么来了？后来程志鹏告诉了她原因：“你最后写的那封信，我一直舍不得毁掉，被她看到了，知道我在老家有一个青梅竹马的女朋友，不知道和我吵过多少次。所以，只要回老家，她肯定会脚跟脚手跟手，怕我跟你见面。”

啊？柳青青没想到会是这样，心里又涌起了几分说不出的味道，其实程志鹏的心里，一直也是在意自己的么？她在心里发誓，以后真不要再见了。

新千年的冬天，柳青青和严加海，还有他们三岁的女儿小苹果，一家人热热闹闹的坐在沙发上看春节晚会，感叹岁月安好，有一个幸福的家庭，一个可爱的女儿，一个痛爱自己的老公，人生真的是非常知足了。

二十

柳青青到办公室没几年，工会主席就退休了，周科长应战友邀请南下广州去做防水生意，听说赚了不少钱，在武汉买了房子。楚天纸业有限公司经过三次改革，已由原来的集体企业变成了民营企业，即私有企业，职工全部进行身份买断，再重新进行聘用。马副厂长离开了公司，他同学到湖南办了一家造纸厂，他前去帮忙。刘副厂长和他的熊猫老婆早已退休，回到老家养老。伍长春和他们的女儿结了婚，从车间主任一直做到了生产副总。那批造纸专业班的学生已挑起了大梁，以生产和技术为主。全国各地新开了多家造纸厂，附近地区也新建了几家造纸厂，生产箱板纸和瓦楞纸，对楚天纸业有限公司形成了一定的冲击。楚天纸业经过十多年的生产，部分设备老化，渐渐跟不上市场新形势和新要求，产品质量也不稳定，再加上人员流失，公司的竞争越来越激烈。

为了减轻人员包袱，减少管理人员，公司实行了精兵简政，柳青青挑起了重担，什么行政后勤劳资人事办公室这块的工作全部落在了她一个人的身上。她已经由一个天真单纯的小女生，变成了一个处事严谨、管理科学的中层管理人员，虽然处理起各项工作是游刃有余、得心应手，但办公室工作即烦琐又复杂，常常会让她有些力不从心的感觉，也少了以前的那份开心。

不过才十年光景，公司的用工情况发生了很大的变化，即男工多女工少。那些未婚的女孩子们都不愿意进工厂当工人，好多都去了广州赚大钱，还有的宁可去做美容美发或者按摩，都不愿意进厂当工人，女生一下子成了稀有动物。没有女生，年轻男工人的流失也比较大。

从九十年代末期开始，青蚨镇舞厅的生意便非常火爆，尤其是三陪服务如火如荼，小小的青蚨镇，竟然开了四家歌舞厅，而金色阳光歌舞厅的生意是最好的，招的都是一些年轻漂亮的小姐。每当夜幕降临，舞厅闪烁的灯光吸引了众多男人们跃跃欲试的向往与好奇。舞厅内，衣香鬓影、灯红酒绿、轻歌曼舞、明媚香艳，呈一派欣欣向荣的景象。浓妆艳抹、性感迷人的年轻小姐们，她们利用自己独特的武器，轻易地便俘虏了男人脆弱的意志。一时间，关于男人和三陪女的故事成了这个小镇街头巷尾的饭后谈资，令人们感到新鲜和恐慌。找小姐不仅是成年男人的游戏，一些未婚的男孩子也热衷于此，楚天纸业的男孩子们也不例外，一天工作下来，会跳舞的不会跳舞的，都喜欢到金色阳光歌舞厅去找小姐。公司里有一个男孩子小马，是车间的一名操作骨干，小马听话懂事，平常工作也非常认真勤奋，领导和同事们都很喜欢他。他天天跑到金色阳光歌舞厅跳舞，一来二去的就喜欢上了一个陪舞的女孩，并常常把她带回公司。同事们都极力反对，都劝他放弃和那个女孩子的恋爱，还列举了许多这种女人做妻子的坏处，特别是那些大姨大婶们，都非常热心的跟他介绍女朋友，什么侄女啦，表妹啦，小马一个都看不上，就是觉得这个女孩子好。做年轻人的政治思想工作是柳青青的工作范围之一，也苦口婆心的劝导小马，说："那个女孩子年纪轻轻的，为什么不学个一技之长，到这种地方，还不是因为贪图享受，不愿意吃苦，正经人家的女儿是不会做这个事情的，这个女人不可能和你同甘共苦。"但小马就是鬼迷心窍，铁了心要和那个女的结婚。果不其然，他们婚后很不幸福，这女的玩惯了，根本收不住心，也不想出去工作，抱着几个月大的孩子日夜混在麻将馆，小马也奈何不了她，吵过打过，还提出离婚，但那女的又缠着小马不放，根本就离不了。看到这种情况，公司里的人只有摇头叹息。

还有一个男孩小杨，同样喜欢上了舞厅的一个小姐，小杨不过才二十岁年纪，有着一份不谙世事的单纯，非常腼腆内秀。听说他喜欢的那个小姐还是一个高中生，长得十分漂亮，小杨倾其所有满足那个女孩子的一切需要，每月的工资全部花在了她的身上。小杨是第一次谈恋爱，对那个女孩子自然是付出了全部的真心，就劝女孩子离开舞厅，找一份正经的事情来做，那个女孩子当然不会接受，后来傍上了一个做大业务的鸡头去了深圳。小杨天天到舞厅，再也找不到那个女孩子的人，他不由得大病了一场，哪里还有心思上班，后来不得不离开了公司，听说是到广州找那个女孩去了。

一时间，公司里议论纷纷，即对找小姐充满了好奇，又不乏一种厌恶情绪。朱总也听到了这些议论，就把柳青青找到办公室，狠狠地批评了一顿，说她的工作做得不到位，缺乏发现事故苗头的敏感度，公司发生了这么多道德品质败坏的事情，都没有想办法进行制止，如果真的出现严重后果，柳青青要承担一定的责任。朱总一直都非常注重企业文化建设，作为负责此项工作的柳青青，每年都要制定出年度和月度的各项活动，并负责实施。如每年举办一次联欢晚会，每月一次生日聚会，每周一次舞会等，还有一些体育活动，卡拉OK比赛等，可谓丰富多彩，县电视台多次进行专题采访，让朱总赚足了面子。但现在女孩子越来越少，活动也就越来越难以开展。她每周都要举办一场周末舞会，以前公司里年轻女孩子多，就在公司的活动室里举行，后来女孩子越来越少，就将地点选到了镇里的各个舞厅，哪知道那帮臭小子这么没有自制力。柳青青只好想另外的办法，即与县城一家女孩子非常多的纺织厂举行联谊会，水果吃了，歌唱了，舞也跳了，根本无法来电，活动收效甚微，没把女孩子招来，年轻男孩子倒一个个相继离开了。

为了充实后备力量，朱总亲自到武汉一所大专院校招了一群男生，有七八个，还是没有一个女生。朱总把柳青青喊来，说："现在公司那群学生都不安分，一心想着出去，你现在一定要想办法把这帮男生留住，当作公司的后备力量培养。你要多带他们开展一些活动，你年长他们十来岁，要充分发挥你女性的优势，对他们进行关爱，让他们对公司产生感情。"听到这话，柳青青真的感觉十分为难，不知道从哪里开始做起的好。正是大热天，柳青青就买了很多西瓜跟他们送到寝室，连着几个晚上，又带他们到县城吃小龙虾喝扎啤，唱露天卡拉OK。柳青青带着一群二十来岁的男孩子不管坐车还是吃饭唱歌，只管掏钱买单，那派头就像个大姐大，别人总是投以一份探究的目光，让柳青青哭笑不得。亲情牌打完后，得安排工作了，学机械专业的就安排到机修工段，学电气自动化的就安排到电工工段，还有学制浆造纸的，就安排到车间，都是生产一线，工作累环境差。刚出校门的大学生，一个个心比天高命比纸薄，和当初那帮造纸专业班的学生一样，都以为自己会坐在有空调的办公室里。理想与现实的残酷差距让他们一时难以接受，再加上工厂的环境与学校的环境简直是天壤之别，又值盛夏，天气热得人发晕，这帮男生哪里吃得了这个苦头，在车间呆不到一个小时就会跑到寝室去冲个凉，再不就跑到柳青青办公室提要求，说要双休，要五险一金，并且从上班第一天就开始买。柳青青有一点晕菜，即不敢贸然拒绝，也不敢擅自答应，只有耐着性子向他们解释，工厂上班不比当公务员，双休估计是不可能的，至于五险一金的问题，我们在这里上了十来年班了，五险还是有的，至于住房公积金的问题，到今天也没有见过。那帮男生自然很不满意柳青青的答复，又跑去找朱总，朱总又把柳青青一顿批，说："我要你把他们先糊弄着，让他们先安下心来再说，你处事要圆滑一些，公司的制度是死的，可人是活的，这些人如果真的对我们有用，我们可以对他们实行不一样的政策。"柳青青说："可是，您听到各车间对他们的反映了吗？连上班期间的八个小时都无法坚持。"朱总说："排斥！典型的排斥！我还不清楚这些人么？自己不行，还容纳不下别人！这个公司为什么融入不了新鲜血液，就是你们这些人所为！"又把几个车间主任一顿教训："你们不要看不惯别人，用不了几年时间，保管他们比你们强，人家现在不过才刚刚踏入社会，还是个孩子，需要你们多包容！”柳青青他们都知道朱总的脾气，不再反驳。打这以后，车间主任对那帮男生也是睁一只眼闭一只眼，懒得管，怕管多了他们告状。那帮男生也巴不得，有几个晚上玩游戏到深夜，白天哈欠连天的到车间去点一个卯，就回到寝室睡大觉。

这样过了十七八天，那帮男生到柳青青办公室，要求发工资。柳青青说：“按照我们公司的规定，下个月支付上个月的工资，要收集考勤，要根据生产效益进行考核结账，你们刚来可以不用考核，但考勤还是要的。”几个男生操着一口居高临下的普通话，说：“我们是大学生，不是一般工人，你不能按对待他们的办法来对待我们。”柳青青是一个非常坚持原则且行事一直都比较为公司考虑的人，这也是朱总比较欣赏她的地方。听到这话，心里感觉有些不快，就说：“可是这里是工厂啊，又不是政府机关，从来都没有提前预支过工资。这样，我可以表态先借你们部分生活费，也就是你们上班半个月的工资，等到一个月满后，再跟你们造表发工资，可不可以？”那几个男生一听，二话没说就走了，又找到朱总那里。朱总也感觉到有点烦了，说：“柳青青你到底处不处理得好这帮学生的事情？为什么一点点小事情，都要闹到我老总这里来？我设你这个部门是希望你能跟我解决问题的，而不是把矛盾上交的！”柳青青横下一条心来，发就发吧，又不是用我的钱。就到车间去录他们的出勤日，一看，短短的二十来天，最多的上了十三天班，最少的只有七天班，工资怎么造？怎么发？肯定不能为了几个大学生把公司的规定破坏了吧，以后还怎么进行管理？柳青青就如实按考勤表造了工资，送到朱总那里审核，朱总拿着工资单看了很久，也在犹豫是不是要跟他们把工资加全，柳青青说：“我看他们根本就没打算在这里做下去，我们要留人，也是要留对公司有用的人，而不是一味地纵容他们的缺点和错误。”朱总说：“那你跟我招几个有用的人来看看，我就是招来了人，你们跟我留不住又有什么办法？只要能让他们留下来，我们舍几个钱又算得了什么？”说归说，到底舍不得，还是按柳青青造的表签了字。那帮学生一领到工资，第二天就全部走了。其实他们一来，就对公司的环境很不满意，压根就没打算在这里干下去，只想把日子混到头，领一个月的工资就走人。柳青青和几个车间主任就这事进行了沟通，一致认为，现在大学生的择业面较广，楚天纸业地处乡镇，缺少文化娱乐活动，很难留得住人才，再加上现在的大学生一个个眼高手低，吃不得苦耐不得劳，而外面新开办的一些造纸厂，正在以一种日新月异的形势发展着，无论是技术、装备、管理已远远超过楚天公司。而朱总呢，除了对这帮干部不满意外，对柳青青也不再是原来的那种看法，以前总表扬柳青青素质高，是一名优秀的管理者，现在总觉得她能力欠缺，这样形成了一种相互抵触的情绪，工作起来就更加不愉快了。

二十一

柳青青的工作烦琐又不顺利，心情就感觉很郁闷。以前，柳青青和南雁加上几个要好的同事，一共有七八个人，周末的时候喜欢结伴出去吃饭，他们围坐一桌，喝酒玩闹，八卦新闻、老婆孩子、黄段子乱侃一气，多大的烦恼也就消了。柳青青还喜欢和南雁到县城逛街，从街东逛到街西，不嫌辛苦无限快乐的把中意的衣裙全部试个遍。她一直爱臭美，喜欢漂亮的衣服，但上班必须要穿工作服，一个星期最盼望的就是星期天，可以穿上自己喜欢的衣服，现在星期天很多时候都在办公室待着，买了新衣服也没有时间穿。

这段时间，又发生了一件让朱总很不满意的事情。

办公室门前有一个大大的花坛，每到春天，这里就成了狗的乐园。它们或三五成群的在花坛内嬉戏追逐，或形单影只的独自徘徊，更多的是出双入对的抵死缠绵。每天，柳青青对着电脑写制度拟文件应付各类事情，感觉到头晕脑涨的时候，就会站在窗前，看那些或黑或白或花的小狗窜来窜去，心想做条狗多快活多自在啊，自己现在真的连条狗都不如。有一条黄色的狗引起了柳青青的注意，与其他的狗比起来，它确实没有什么值得骄傲的地方，虽然在这里出没的也没有什么名贵的狗，但也会因颜色、种类、身架而在狗群中有所区别，就好像同为一群黄皮肤的女人，也能够一眼就看出谁普通谁漂亮一样。虽然这只是一条普通的黄狗，重要的是狗群中出现了一条非常出色的黑狗，油光水滑的皮毛，剽悍强壮的体胳，顾盼生辉的眼神，无疑，这是一条引人注目的、与众不同的狗。它的出现，在狗群中引起了一阵小小的骚动，它们之间的追逐开始变得恶狠狠的，不时爆发出一阵阵尖利的叫喊，完全不同于往日嬉戏时的模样，听到它们的嘶叫声，柳青青总会放下手中的活，跑出来瞄上几眼。

先是一条身形娇小的、纯白色的卷毛狗，也许它觉得自己理应会受到黑狗的宠爱，它开始向那条黑狗示好，它情不自禁地追逐在黑狗的屁股后面，毫不留情地得到了群狗的攻击和撕咬。接下来，同样也是一条黑色的母狗，它觉得自己和黑狗为同一肤色，理应会受到优待吧，所以，它也发起了进攻，但那只黑狗对它的热情好像无动于衷，无疑它也以失败告终。只有那条黄色的狗在这群狗中是最为安静的一个，它一直没有参与它们的追逐，而是静静地待在一旁，似乎在看着热闹。

柳青青总是忙里偷闲的观察一阵子，再回到办公室，她后来惊奇地发现，那条黄狗打败了所有的狗，用自己的温柔征服了黑狗。从此以后的花坛，就成了它们的乐园，每日里它们俩亲热缠绵的身影一定会准时出现，一会儿翻扑，一会儿亲吻，一会儿跑得没影了，一会儿又欢快地跑回来。球场，花坛，草坪，到处留下了它们爱的身影，那份恩爱，真的无法用语言来形容。一段时间过后，柳青青差不多都忘记了这件事情，有时候抬头看向花坛，那些狗们好像消失得无影无踪了，还觉得有些遗憾，终于有一天，她竟然又再次看见了那条狗，它腆着一个大肚子，快要生了。柳青青的想象开始活跃起来，那条黑狗呢？它去哪里了？黄狗都快要生了，它怎么不在身边？就开始隔外的关注起那条狗来，不知它每天吃的什么，它有没有主人，它快要生了，为什么不回家？看样子它是打算把狗生在这个花坛里了。是不是因为它们的爱情诞生在这里，这里留下了它们太多美好的回忆？所以它选择这个地方？

柳青青第一次接近它时，它拖着笨重的身体，眼里满是防备和敌意，还有些胆怯，但因为行动不太方便，躲避的也有些迟疑。柳青青就从食堂带了些剩饭来放在它身边，它对这些食物只是闻了一下，便走开了。有时候，柳青青会在街上的垃圾箱里看到它觅食的身影，以后，只要一有机会，柳青青就会带些食物放在球场的空地上，再去看时，发现碗是空的，食物应该是被它吃了。

这条狗拖着个大肚子，天天在门房进进出出，有一天被朱总看到了，就责成柳青青想办法把这条狗赶出去。柳青青一想，这狗快要生了，把它赶出去后怎么办呢？好歹等它生下小狗再说吧，就交代门房的人注意一下，如果看到朱总来了，就要他们赶快把狗赶出去，不要让朱总看到。

几天后，在一窝迎春花树下，黄狗生下了五只小狗，全部继承了那条黑狗的优点，油光水滑、乌黑发亮的皮毛，身架特别高，腿特别长，一个个可爱极了。五只小狗睡在黄狗的周围，连拉带扯的吸着奶水，它闭着眼睛，虽然疲惫不堪，但依然满脸慈祥。柳青青又带着食物想投递给它，它惊觉地醒过来，或许它根本就没有睡着，这次它没有以前那样胆怯了，而是冲柳青青凶猛的狂叫起来。门房的人提醒她，说这个时候的动物是最凶攻击性最强的，这出于动物天性的母爱所致，它担心你会抱走它的孩子，柳青青只能小心翼翼地将食物倒在一旁就赶紧离开。这样两三次后，虽然黄狗不再对柳青青狂叫，但眼里的敌意依然没有消失。那几条小狗却对柳青青亲热起来，看见她就会撒欢，虽然它们还站立不稳，但憨态可掬，只要一见到她，就会摇头摆尾，十分可爱。柳青青每天都会去看看它们，因为这几条狗的存在，她的生活好像一下子又有了乐趣。黄狗略微恢复一点体力后，不得不外出觅食，它拖着异常虚弱的身体，走路摇摇摆摆的，其实它的觅食方式不过是街上的那些垃圾箱。回来后就会躺在地上，小狗们总是迫不及待的围着它吸着奶，此时的黄狗，眼里满是温柔。

不知道什么原因，黄狗全身的毛开始脱落，身体迅速的瘦下去。但它依然将它的五个孩子看得很紧，有人试图抱走它的孩子，都没有成功，后来曾它外出觅食的机会，门前开商店的抱走了一条。一天天过去，小狗们渐渐地开始断奶，可以吃一些食物了，阳光很好的时候，黄狗会带着它的四个孩子在球场上玩闹，追逐嬉耍、形影不离。此时的黄狗，已虚弱疲惫不堪，瘦骨嶙峋。柳青青常常看见它夹着尾巴，躲避着被人追打的危险出去觅食，只要它经过，就会有人厌恶地皱着眉头说，怎么这样丑的一条狗啊，它的身上怎么乱成这样，沾上了肯定会得病。天气渐渐冷了起来，下雨的夜晚柳青青担心它们会冻死，第二天早晨，她急忙地跑去看它们，它们转移了地方，转到了花坛的亭子下面，那里可以避雨，但它们依然冻得浑身直抖。虽然柳青青一有机会就给它们送饭，但那群小狗，总是饥一顿饱一顿，由于营养不良，四条小狗全部发育得不是很好，从娘胎里带来的一点奶膘都快拖没了。黄狗身上的毛快要掉完了，花一块黑一块的，看见了令人恶心。所有见到的人都会掩鼻，只有它的孩子们从不嫌弃它，它们依然围绕着它们的母亲撒着欢儿。它的同胞兄弟，门前商店的那条狗，却长得非常健壮高大，完全成了它父亲当初的模样。不知道狗是否也会和人一样，虽然它们不是一同长大，但是否也会有着一种血脉相连的感觉，有时候，那条狗也会和它的弟兄们一起玩耍，但个头却有着天壤之别，完全不像一胞所生，它玩耍过后会回到自己的家，因为家里有可口的食物在等着它。

朱总发现那条狗还在，而且从一条变成了五条，非常恼火，限定柳青青三天内必须将这个事情处理好。连保卫科的人都不想再掩护什么了，说怕它在这里出入会传染什么病，柳青青想保护它已经不可能，他们就开始讨论驱逐这群狗的办法，有的说去派出所弄来一种麻醉枪，打死它，有的说直接给它们吃的食物里下药，柳青青说你们可千万不要用这种极端的办法。

一个星期内，那几条狗不见了，柳青青没有问原因。她想，它们肯定已经从这个世界上彻底消失了。保卫科的人知道柳青青喜欢它们，就骗她说，夜里用一个麻袋把它们送到别处去了，但愿吧。一连几天，柳青青都在思考一个问题，在动物世界里，为什么生育一方承担的责任如此之大，那条黑狗呢，它到哪去了，为什么要那条黄狗独自承担生育与养育的双重责任，而作为母亲，它连保护自己孩子的权利都没有。柳青青永远记得，它那双充满幽怨而警觉的眼神。自此，柳青青闷闷不乐了好久。

二十二

天气有些反常，连日阴雨，天空没有一丝放晴的意思，太阳偶尔出来打个照面，大家都欢喜不已，公司家属区的树上全部拉满了绳子，晒得花花绿绿没有一处空地方。已经进入三月了，但那种隆冬之势丝毫未减。柳青青坐在办公室里，天天不是空调就是电暖器，人都快烤枯了，以致身体严重缺水。那种对春天无限美好的描绘，如姹紫嫣红、春光明媚、杨柳新绽的词，都只能存在于想象中了。现在的柳青青，真是难得有一份闲适的时间和心情了。她和南雁商量，要去沙市的桃花村、石首的桃花山看桃花，还想组织公司的员工一起去野炊、踏青、放风筝等，天天都在期待天气快点晴起来。更糟糕的是，青蚨镇新修街道及下水道，给出行带来了严重不便，因连日阴雨，路面积水不能排出，稍不小心，泥浆便可以淹没人的鞋面，有时候走在街上，过往的车辆溅起人满身的泥浆，只留下两只眼睛在眨。柳青青一个星期总得出门几次，跑县里各个单位办事，公汽不能走街上，只能走堤上，必须步行两三里，要在平常，也就十几分钟，但目前这种路面，脚一踩下去，鞋子不是泥就是灰。晴天肯定会更惨，灰尘少说也能扬起两米高。有人说这个路八月底可以完工，有人说十月份，还有人说是年底，听得人心里一点着落也没有。

这天，保卫科来了几个穿制服的人，是县公安局刑侦大队的。他们神情严峻地来到柳青青的办公室，拿出一个人的照片来，问她这个人是不是在这里上班，柳青青一看，这不是抄纸车间的那个青工张义良么。她心里开始紧张起来，想起关于对张义良的一些议论，不由得替他捏了一把汗。公安局的同志告诉柳青青，这里有一起较为严重的过失伤人案，犯案人逃逸多年，已进入网上追捕，现在正值严打期间，可能会给予严惩，最低不会少于十年刑期。

以前公司招工要求特别严格，必须提供身份证、户口簿、学历证，操作工都必须是高中生、中专生或者技校生。从二〇〇〇年开始，公司逐渐开始出现了用工荒，特别是年轻男工人，越来越不好招，张义良当时没有提供身份证和户口簿，只拿出了一张高中毕业证，算是柳青青破例录用的。张义良三十岁左右年纪，神情冷峻，寡言少语，也不大与人接触，但工作认真踏实，特别能吃苦，不到半年，就掌握了相关岗位的操作技能。柳青青看他写得一手好字，就经常请他帮忙办黑板报或手抄一些贺卡，各色花样的字体从他的手中流泻出来，宛如一朵朵盛开的小花，不断引来众人的测目与赞叹。有传说他好像是犯了什么事，来这里躲祸的，柳青青也听说过，也不好问他，心里一直有点提心吊胆，担心朱总知道这个事肯定又得挨训了。

说到张义良，不得不说的是与他相关的另一个人物——凡梅。凡梅是抄纸车间的一名操作工，建厂初期征地进厂，工龄有快十来年了，属于车间的操作骨干。凡梅个头不高，三十五六岁的人，一笑起来还有着少女般的羞涩。她的性格很温柔，和人说话从来都是轻言细语，凡梅有一个十几岁的女儿，正在读初中，她的丈夫在制浆车间当操作工，别人都叫他大毛。大毛是一个非常老实木讷的男人，平常很少讲话。车间里有一大群三十多岁的女人，工余休息时，那群女人总是叽叽喳喳热闹非凡，张家长李家短，丈夫孩子公公婆婆，什么话都讲得出口，凡梅每次总是安静地坐在一个角落，一副喜眉笑眼的样子，从不参与她们的言论。那群女人会为了一点小小的利益与同事、班长或车间主任争论得面红耳赤，有时候闹得凶了，她们会按住同龄的男工人，作势要脱他们的裤子，弄得一些小青年落荒而逃。凡梅在一旁看着，笑着，从不参与，好像这些与自己没有关系，她从不和她们一样，说粗话开玩笑。

有一阵子，听说凡梅闹离婚，是因为张义良。这在公司可以说是一条爆炸性的新闻，女人们想到凡梅平时的做派，好像一下子找到了发泄点，就说：“别看她平时一副老老实实的样子，原来是闷头鸡子啄白米，都是装出来的！”更有人恶毒地说：“看他男人那样子，是不是那方面不行，满足不了她，想寻找刺激，因为张义良还是个处男，多的是劲！”还有的说：“你们就等着看笑话了，他们在一起肯定过不了三天半！”末了，还会呸呸的吐上几口：“真是犯贱！”

不知道是因为别人的议论促成，还是两个人真心相爱，凡梅不顾她男人的极力挽留和劝阻，义无反顾、众叛亲离的净身出户，和张义良开始了同居生活。他们没有举行任何仪式，好像也没有人对他们进行祝福，他们住在男工宿舍最头上那一间，柳青青回家时，常常会看到他们一起在门口淘米择菜，总是有说有笑。说到什么好笑的地方，张义良会用手刮一下凡梅的鼻子，凡梅则用手回敬一下张义良的额头，凡梅的脸上常常会有红晕飞起。有时候，柳青青也会来到他们的住处，和他们攀谈，他们就会热情的留她吃饭。也许他们知道别人对他们的议论，而柳青青和别人不一样，还愿意与他们接近吧。其实，柳青青也很好奇，想了解一下他们幸福的指数到底有多少。看到他们恩爱有加的样子，柳青青多么希望，他们相濡以沫的生活能渐渐淡化别人的流言蜚语。

柳青青想：要来的事情，终是躲也躲不掉啊，真是法律无情。此时，凡梅已经怀孕七个月了。柳青青对办案人员说：“他的老婆已经怀孕了，请你们带他走时，不要用手铐。”办案人员答应了柳青青的要求。

虽然张义良走得悄无声息，还是在公司掀起了轩然大波，刚刚平静的两个人又成了别人议论的焦点，有的人说：“哎，凡梅真可怜啊。”有的人说：“活该，看凡梅现在怎么办。”

柳青青生怕凡梅想不开，就来到凡梅的住处，她看到凡梅坐在床上，一副茫然无措的样子，满脸都是泪水，安慰了几句后问她：“你知不知道张义良从前的事情啊？”凡梅说：“知道一些，但也不太清楚，我从来没有问起过他。”柳青青说：“知道一些，为什么不问清楚啊，还离了婚跟着他，就没有考虑到后果？”凡梅不接柳青青的话，只说：“柳主任，问你一句话，你有没有特别喜欢的人？”

柳青青一下子愣着了，没有作答。

凡梅说：“当初和大毛结婚，我就一直不乐意，就是因为家里人看大毛家离镇上近，属于郊区。现在终于遇到了一个自己喜欢的人，就想为自己活一回，也没考虑那么多。我是真的喜欢他，虽然他犯了错，但他不是故意的，我相信他。”柳青青说：“你以后打算怎么办？孩子呢？”凡梅道：“肯定要生下来的。张义良进去了，不知道什么时候才出得来，我和他相爱一场，现在唯一能做的事情，就是跟他留个后人。”柳青青说：“那你想过没有，以后的生活会怎么过下去？一个人带个孩子有多难，再说你的年龄也不小了。”凡梅：“我知道，我会等着他，等他减刑回来。”

从凡梅的住处出来后，柳青青心情异常沉重，又有些感慨，换了自己，会怎么办呢？自己一定没有勇气做出这个决定，三十多岁的人了，还能这样为爱付出，但这个代价是不是太大了啊。

凡梅在医院生下了一个健康的男孩，柳青青买了奶粉去她。她看到了凡梅愁眉不展的妈妈，正默默地在一旁洗着尿片。听说凡梅兄弟姐妹一共六个，她生了孩子后没有一个来看她的，就因为她不听劝阻执意要生下孩子，全部同她断绝了关系。凡妈妈也是顶着巨大的压力和子女们的埋怨来为她带这个孩子的，做妈妈的，哪怕心里有再多的责怪，但自己的孩子还是心痛的。柳青青看到凡梅怀里的那个孩子，倒也粉雕玉琢般，完全不像才出生五六天的样子，眉眼长得和张义良十分的像，柳青青不由得对这个孩子发出了由衷的赞美。听到柳青青的话，凡梅也露出了虚弱的笑容，问：“我想等孩子满月后，就去上班，可不可以啊？”柳青青一听，连忙说：“这怎么行啊，孩子这么小，你身体也太弱，怎么也得休息百把天吧。”凡梅说：“等不及了，我奶水不够，孩子要吃奶粉，没有钱，现在不上班就没有收入，无论如何我都得把孩子抚养大的。”她们俩正说着话，门外进来了一个女人，手里提了一大包小孩子的衣物，是凡梅车间的同事，那个女人是个典型的大炮筒，一进门就大声嚷嚷：“我说你呀你，放着好好的日子不过，这么大年纪了还来受这个罪，你到底是为了哪般哟？”凡梅一点都不恼，说：“你看我儿子长得漂亮吗？”那个女人不好意思地说：“嗯，确实蛮漂亮的。”也不再嚷嚷，放下东西，讪讪地离开了。

柳青青想到了那条黄狗，凡梅和它的处境是多么惊人的相似。

从那以后，对于凡梅的议论就一直没有停止过。有人说，她肯定要把孩子送给别人。有人说，她前夫同意她回去，但条件是孩子必须得送给别人。

二十三

柳青青每天都要拆一大堆信件，有各种各样的公函，还有推销各种产品的邮件。她看到一封手写的信件，下面没有落款，拆开来一看，原来是张义良写来的。自从和程志鹏分手后，柳青青再也没有了写信的习惯，这封信，倒让柳青青感到一些意外。

张义良的字还是那么飘逸，一个个蝇头小楷，像钢板刻上去似的，信的内容也十分通顺流畅，文采斐然。信中对柳青青赞赏有加，什么不同于世俗人的眼光，感谢她不计闲言碎语对凡梅母子的照顾，自己在狱中会好好改造并争取减刑，出狱后定当面感谢。看到这里，柳青青倒有一些惭愧，自己因为工作繁忙，也是想起来了才去看一下她们母子，照顾真的谈不上。

离下班还有半小时，柳青青拿着张义良的信，来到凡梅的住处。凡梅还住在以前的那个宿舍里，小峰已经有一岁多了。门开着，柳青青在外面喊："小峰。"里面传出一声"啊"的叫唤，柳青青看见小峰站在床上，身上穿着一件很旧的红花棉袄，看见她进来，嘴里啊啊地打着招呼，柳青青怕他摔下来，连忙去扶着他，凡梅应声从厨房走了出来。

厨房里的锅已经烧热了，凡梅一手拿着锅铲，一手抱着儿子，柳青青跟着她来到厨房。窄小的灶台上，一个铝盒里装着米饭，一个铝盆里装着煮熟的萝卜，凡梅铲一点米饭，然后再铲一点萝卜，一起放在锅里煮，说："要给小峰喂饭了。"柳青青问："为什么一次要煮这么多饭和这么多萝卜？"凡梅说："节约用汽和用电，一次性做熟了再热一下就简单了。"

小峰在凡梅的怀里和柳青青捉着迷藏，柳青青想抱他，他不让。柳青青发现，这个孩子虽然有着天真无邪的笑脸，但竟然透着几分孩子少见的忧郁，缺少同龄孩子的那份活泼，很安静。

凡梅问柳青青："你看我儿子长得漂亮吗？"不等柳青青说话，然后又自己回答道："如果给他穿上好看的衣服，他也会很漂亮呢。"柳青青连忙说："是啊，你看这孩子长得多清秀，将来长大了肯定是一个美男子呢。"

坦白地说，这个孩子是有几分眉清目秀，但身体相当单薄，典型的营养不良。这个孩子没有奶水，凡梅又没有钱给他买奶粉补充营养，吃的都是那些米做的糊糊，那还是柳青青小时候吃过的东西，现在的孩子没有奶水都喝牛奶，哪里还有吃米糊糊的，凡梅的大女儿刚进入高中，也正是用钱的时候。

凡梅把小峰抱在自己的腿上，一口一口地开始喂他，他吃得很认真，柳青青叫一声小峰他就啊一下，然后开始笑，倒也有几分憨态可掬。

事情的发展有一些让人难以置信。

凡梅的前夫大毛，那个老实木讷的男人，居然同意和凡梅一起照顾小峰。可以想象，大毛顶着了怎样大的压力。大毛很想凡梅回家，但大毛的家里人都反对凡梅带孩子回去，要她把孩子送给别人，而凡梅又舍不得儿子，大毛只好搬到了凡梅和张义良他们的房子里来。人们每天都能听到大毛对小峰轻声的呵护："小峰，你不要乱跑；小峰，千万别玩水；小峰，快点过来；小峰，别这样，别那样……"他的声音很轻细，刚开始的时候，他的脸红红的，从来不看别人异样的目光。后来，双方也都习惯了。为了躲避别人探究的目光，大多数时候，大毛会用一辆自行车载着小峰到外面去玩。

凡梅告诉柳青青："当初大毛决定回来照顾我们的时候，没有一个人同意。他的父母，他的家人，都不允许他回到我身边来。现在这个样子，也真的是为难他了，可是我一个人又要上班又要带孩子，实在过不下去啊。"柳青青听了，心里不由得五味杂陈，心里想：大凡是个男人，都无法接受和忍受吧，自己的老婆和别的男人生了一个孩子，而回过头来还得自己来照顾他，这种心理压力确实不是常人所能承受的。

柳青青问："大毛对小峰好不好？"凡梅说："还好。我们两个人要上三班倒，只能轮换着带，孩子又小，现在还不能上幼儿园。"柳青青很好奇，问："小峰是不是叫他爸爸啊？"凡梅说："他还不会叫人呢。"柳青青又急急地说道："他如果会叫了，你一定要让他叫他爸爸，毕竟大毛对你儿子还不错，不是所有的男人都能做到这一点的。"凡梅不好意思地说道："我知道。但是大毛不让小峰叫他爸爸。他说，我会对他好，但是还是不要叫我爸爸，我听了心里感觉别扭。"

柳青青一下子无语了。沉默片刻，又问："张义良见过小峰没有啊？"凡梅说："见过了，前段时间我带小峰去监狱看他爸爸了。"柳青青问："啊，真的啊？张义良的感觉怎么样？应该特别高兴吧？"凡梅说："他肯定很激动啊，三十多岁终于有了一个儿子，还嘱咐我把小峰好好带大，他出狱后就接他走。"柳青青又说："凡梅，我还想问一个问题，如果张义良出狱后，你还会跟他走吗？"

凡梅一下子就哭了起来，柳青青也不知道怎样来安慰她，就问："你现在对张义良肯定还是有感情的吧？”凡梅点点头：“是的。可是，我现在有什么办法，没有大毛的帮助，我一个人怎么把孩子养得大。把孩子送人，我对不起张义良。以后还跟着张义良，我对不起大毛。我也想好了，还是孩子要紧。”

话说到这里，好像没有什么可说的了，柳青青开始打量房间，已经五点多钟了，房子里没有开灯，光线模糊，屋里没有安装有线电视，只能收一个地方台。柳青青想：这样的代价，是不是太大了点，但各人有各人的生活，各人有各人的追求，你想不通的事情，只要别人觉得好，那他就一定是好的。

回到家里，柳青青的心情有些沉重。严加海拿出本月车间末位淘汰的名单给柳青青，柳青青一下子看到了大毛的名字。

这些年来，柳青青通过不断外出培训和工厂实践，掌握和积累了大量的人力资源管理办法，如竞争上岗、末位淘汰、一岗三薪、班组建设等，都是她制定和起草的操作方案，且运用得非常好，对提升员工技能素质有很好的帮助。这个末位淘汰，即各车间各班组每月通过对员工的操作技能、劳动纪律、质量控管等方面的考核评分而定，排名最后一个的即实行淘汰，取消当月奖金分配，只能拿保底工资，然后再通过一个月的时间竞争上岗，这样员工之间就形成了一种你追我赶的工作热潮。柳青青看了一下大毛的考核表，其中劳动纪律一项扣分最多，有迟到早退，还有上班打瞌睡的记录。柳青青对严加海说：“求你一件事，能不能把大毛的末位淘汰取消了？”严加海问：“为什么啊？”柳青青说：“可能是大毛带孩子影响到他了，才会迟到吧，还有觉睡得少又辛苦，上班才会打瞌睡的。”严加海知道柳青青这个人做事一向认真，这样违背原则的事情一般不会提出来，就有些好奇地问：“你今天怎么想起跟他求情来了，这可是头一次哟。”柳青青说：“大毛这个人太不容易了，如果他被淘汰了，一个月又得少几百块钱，几百块钱可以给那个孩子买点东西吃。”严加海说：“可是这个考核表一直张贴在车间宣传栏上面，接受全车间员工的监督，大家可是有目共睹的，怎么改？”柳青青道：“你就不能变通一下方式么，召集车间开个会，跟大家说明一下大毛的实际情况，这样别人会理解这件事情，大毛下次也不会再犯，给他一个机会。”严加海想了想，同意了柳青青的意见。

二十四

时间一晃，到了二〇〇四年。柳青青因为晚上有点失眠，早晨起床时，脑壳不由得昏昏沉沉的，她就在床上继续躺了一会儿，再一看时间，离上班只有几分钟了。她匆匆忙忙到食堂买了两个馒头，还没来得及吃，南雁显得十分神秘而焦虑地向她招招手，然后告诉了她一个比较令人震惊的消息，伍长春带着公司里的一帮人跑了。

柳青青急忙跑到门卫室向二楼张望，看到朱总的办公室门开着，她拎着两个馒头甩在办公室里，然后小心翼翼地走进朱总的办公室，看到朱总坐在桌前，眉头紧皱，一看到柳青青，就下令召集公司全体中层干部到他办公室开会。

不到十分钟时间，所有的中层干部全部到了朱总的办公室。朱总语气低沉，语速缓慢地说："想必大家已经知道，原本我们想兼并合作的那家造纸厂，现在伍长春过去了，带走了我们两大主体车间的技术力量，这给我们公司的打击是比较大的，现在，我们的同志需要快速地成长起来，做好接班的准备。"

伍长春带人走的事情，知道的人并不多，但是朱总的一番话，不由得让人面面相觑。办公室里烟雾缭绕，只差看不清人的脸了。就连每次开会都喜欢打瞌睡的人也一脸清醒，且表情沉重。这件事，关乎全公司生死存亡的问题，还有自己日后的生存问题，没有哪一个不着急的。

朱总对人员重新进行了分配与调整，严加海负责全面生产管理，南雁担任质检科长。自从青蚨镇建设了工业园后，工人的选择空间越来越大，有一些工人从这个厂跳到那个厂，不断进行选择和比较，特别不利于技术的提高。伍长春不仅带走了一个车间主任、一个质检科长，还带走了二十来个操作骨干，这些骨干都是从建厂起就开始在这里工作的，技术都比较成熟。这样一来，制浆车间、抄纸车间原来一个班有十来个人，现在必须调整到六七个人，由于缺少操作骨干，班长由原来的脱产到现在必须带岗，正在培训的新工人也开始顶岗。造纸是一个技术性相当强的行业，没个三年五载，根本掌握不了技术。每次只要一停机后重新开机，打乱仗现象频出，地面的废纸、废浆堆成一座座小山，浪费损失惊人，公司生产效益受到了严重的影响。严加海每天没日没夜的滚在车间，人都累瘦了一大截，可问题总是层出不穷。

屋漏偏逢连阴雨，坏事一桩接着一桩。

元旦节，正值星期六和星期天，厂里面放了难得的两天假。

星期六柳青青在家里做全面清洁卫生，每次只要一有休息的时间，她就是洗洗唰唰没个消停的时候。虽然办公室人员放了假，但车间没有停产，严加海照常上班。本来那个吊灯是要等严加海回来清洗的，但看到严加海每天如此累，也不忍心要他帮忙，只得自己搭把梯子，小心翼翼地爬上去摘下来洗了。看到家里窗明几净，虽然浑身累得都快散了架，但还是有几分满足感和舒坦劲。有了星期六的忙碌，星期天就清闲多了。柳青青睡了个难得的早床，到外面餐馆里吃了一碗热干面，准备看看葛优最新拍的那部电影《让子弹飞》，她刚把电脑打开，手机便响起来了。柳青青一看，是保卫科的李科长打过来的，她的心里有一种不好的预感：该不会出了什么事情吧？每次厂里只要一放假，总会出现一些事故。果真，李科长在电话里急吼吼的大叫："柳主任，快点来，出安全事故了，在成品仓库这里！"柳青青一个颤抖，只差把手机给吓掉下来了。从柳青青进厂到现在，厂里已经出过几起严重的伤亡事故，她一直都在参与处理。在她看来，最为头痛的事情，莫过于安全事故了。

柳青青急急忙忙跑下楼来，天气异常寒冷，细雨中夹杂着生冷的雪粒。一方面因为紧张害怕，一方面天气确实寒冷，小跑着的柳青青，不由得一阵阵发抖。她来到成品仓库，那里停了一辆装满成品纸的大货车，周围正围着一大群人，在那里指点和议论着，看到柳青青过来，人群中让开了一条路。

柳青青顺着李科长手指的方向，一眼就看到了那个出事故的人，是一个上成品纸的师傅，男性，约五十岁左右年纪，他的头已经完全断了，和脖子只连着一层皮。花花绿绿的脑浆迸裂开来，洒得那人的身上和车上的几卷成品纸上到处都是，初步估计是因为车上货物码得太高，仓库上方有几方带垛的横梁，一共有五根，这个人也许是忘了形，已经躲过了两根，到第三根的时候没有及时躲避，被横梁卡断了脖子。

柳青青一见，只差晕了过去，但她及时的镇定了自己的情绪，吩咐车间一个工段长去值班室抱一床棉被过来，那人飞快地去抱了过来。凭判断，柳青青知道这个人已经没有生还的可能，但还是让人打了医院的急救电话。她是这么决定的：先送医院进行抢救，不行了再送殡仪馆，无论如何不能放在公司里。第一实施人道主义的抢救政策，让家属心里舒服一点；第二如果将死人放在公司里，家属马上就会过来闹，这样对公司影响不好不说，且对赔偿谈判非常不利，只有放在殡仪馆，一切就可以按法律程序来。

医院的急救车很快就过来了，柳青青安排了公司的几个人，抬着那个人上车走了。一会儿，电话来了，和柳青青想象的一样，人到医院就已经没有呼吸了，连抢救都没有实施，按柳青青的安排直接送到了殡仪馆。

接下来，柳青青开始通知保险公司，要和死亡员工比较熟悉的职工通知事故家属，通知财务部准备现金。在通知朱总的这个环节上，是柳青青最感为难的时候。主管安全生产的她，还有主管生产的严加海，现在出了人命，两个人都难辞其咎，该如何开这个口，这可是硬着多大头皮也得汇报的事啊。一想到朱总听到这个消息后，又该刮起一阵怎样的狂风暴雨，柳青青的心里不由得一阵发麻，她不由得重重地叹了一口气，站起身，走到办公室窗前。雨倒是住了，但雪粒子越下越大，夹着横吹的冷风，打得玻璃窗一阵阵的响，不一会儿，地上就可以看到一层白了。要在平常，看到雪，柳青青心底会有一些欢喜，怎么也得附庸风雅的抒发一下心中的情感，但现在，她却是什么心情也没有。她想起了公司以前出的几起安全事故，每一起都是那么触目惊心且让人难以忘怀。

有一年，公司一下子出了两起死亡事故，一个女孩和一个男孩，年龄都才二十岁左右。女孩是一名复卷工，即将生产好的纸卷进行毛边切齐。女孩聪明可爱，很讨人喜欢，正在和公司里一个男孩谈恋爱，两个人关系好得如胶似漆，车间的人天天逗他俩开心。出事的时间是下半夜三点左右，也是人最犯困的时候。女孩将切好的一卷纸从机器上卸下来，按操作规程，她应该站在旁边进行操作，且纸卷前面要放置木塞。也许是太困了，也许是大意了，她站在了纸卷的前面，也未放置木塞，一按操作按钮，纸卷滚落下来时已来不及躲避，一吨多重的纸卷撞在了女孩的身上，因为伤到了内脏，送到医院也没有抢救过来。女孩的尸体被抬到了公司，放在楼下的大会议室里，女孩所有的亲属全部来了，大会议室、楼上的小会议室、公司招待所全部住满了人，一直折腾了三天，直到赔偿协议达成才离开。柳青青印象最深刻的，是女孩的父亲悲痛欲绝的哭声，一个大男人，像个女人一样边哭边呼唤着："我的女儿啊，我要你回来啊……"柳青青看到，女孩的父亲就是上厕所的时候，用一双手搂着裤子，搂着搂着又开始大声地哭起来，连裤子拉链都忘记了拉，那真的是一种最原始的痛苦与绝望啊。

后来，柳青青听女孩的男朋友讲，前一段时间刚好是端午节，女孩就带着他回了家，女孩的妈妈对这个男孩很满意，但提出一个条件，对自己的女儿一定要明媒正娶，要他回去后，就在公司里请一个媒人，男孩自然是一口答应，一回来就请了同车间的张大姐做他俩的媒人。女孩的妈妈说，自从女儿上班后，自己天天都想她，希望他们能多回家。女孩听了，就在家门前种了一棵栀子花树，要她妈妈想她时就看这棵栀子树，看到树等于就看到了她一样，她就是这棵树的化身。当时男孩就说了女孩，说她这个话讲得很不吉利，没想到才几天就出了事。有一些事情还真的不能过细地去想。

到了下半年，又死了一个男孩。

男孩上班还不到三个月。那天，车间正在进行停机检修，男孩异想天开，竟然爬到纸机烘缸的毛布上面睡觉，也许是睡得太着了，居然连开机铃声都没有听到。操作工人启动开机按钮，毛布开始运转，男孩直接从烘缸里滚了下来，双腿卡到了机器里。工人们哪里想到上面会滚一个人下来，连忙停机，并将男孩往外拽，男孩的大腿牢牢的卡在机器里，怎么也拽不出来，只好开始拆卸设备。造纸设备是一团团的死铁，拆卸过程耗时又耗力，男孩卡在上面，人非常清醒，一会儿要他们手脚轻点，别弄痛了自己，一会儿又说小肚子胀痛，想撒尿，扶着他的工人说你就这样尿吧，男孩说你们这么多人看着，我尿不出来。工人只好背过身去，男孩使了一会劲说还是尿不出来。一个工人就去拿了一个杯子一个碗，在他面前将一杯水倒来倒去弄出很大的声响，男孩还是没有尿出来。过了约两个小时，终于把男孩从机器上弄了下来，紧接着送往医院进行抢救，严加海也去了。早晨五点多钟的时候，严加海回家了，满身疲倦的歪在床头，柳青青急忙问那个男孩的情况，严加海说：“没抢救过来，失血太多了。大腿的主动脉卡断了，流了好多血，怎么也无法止住，把医院的棉被全部染透了。路上他还问我，我会不会死啊，我还安慰他，你这么年轻，女朋友都没谈过，阎王爷怎么会收你，想起来都好凄惨！”严加海痛苦地摇摇头，柳青青的眼泪忍不住也流了下来。第二天，发现严加海身上穿的那件衣服不见了，就问严加海，严加海说：“昨天送男孩去医院，是我一直抱着他的，他流了那么多血，弄得我也浑身都是血，怕你看了害怕，就扔了。”搞得柳青青又是一阵唏嘘。

公司一年死了两个未结婚的孩子，一时间议论纷纷，说怕是撞了什么邪。朱总的父亲信了迷信，找了个风水先生来看。先生掐指一算，说女孩死后，一个人在那边寂寞，非得要拉一个童男子跟她做伴的，不是这个男孩也会是别人，现在这个煞已经破了，以后不会再有事故出现了。并在车间、仓库只要是有门的地方全部挂上印了字、扎了口子的黄纸，风一吹簌籁地响，弄得一些上深夜班的人一个个害怕不已，但谁也不敢去将那纸片揭了下来，都怕触怒了神灵。但事情并非风水先生说的那样，安全事故仍然时有发生。

每一起事故的处理，柳青青都会全程参与。早些时候，有工会主席、周科长他们撑着，柳青青还感觉不到那份艰难，后来他们相继离开了公司，柳青青责无旁贷全权处理。造纸厂是一个高危行业，机器无情，断胳膊断腿的时有发生，每出现一起工伤事故，都像打一场战役。这次事故，家属一如既往的闹，提出的赔偿金额是五十万元，并说如果不答应这个条件，就将尸体抬到公司里来。对方还请了律师，柳青青按《劳动法》《工伤保险条例》等相关法律制度，与家属、与律师开始了几天几夜的谈判，最终达成了双方满意的结果。

赔偿完结后，柳青青人都瘦了几斤，但是她知道，接下来的日子也不会好过到哪里去。朱总铁青着脸，将所有的人都痛骂了一通，然后开始分析事故原因，划分每个人应该承担的经济赔偿责任，开展一系列的安全隐患排查及整改措施，时间为期一个月。生产副总、车间主任、班长、保卫科长等相关责任人每天交接班时，必须到现场进行各个环节的跟踪检查，排除一切安全隐患。强盗去了抵后门，有不少人小声嘀咕，可这个后门不抵也不行，抵抵总比不抵好，还可以起到一些震慑和警醒作用。可就苦了柳青青，每天跟在一大帮男人后面，记录着各项安全隐患，还要抓督促整改，每天进行分析与总结，忙得晕头转向。

二十五

伍长春将那个造纸厂经营得风生水起，听说他的经营手段是借鉴了楚天纸业存在的经营管理缺陷，加以改进并进行专门攻克，缺什么抓什么，差什么补什么，严格管理精打细算，利润连年翻番，积累了一笔可观的资金。公司原来的那班造纸专业学生，如王小波、洪班长、余公子等，他们早就不满足公司各方面的工资待遇，在伍长春离开后，也先后离开了公司，到了湖南、湖北、广州、江苏、浙江等地的中小型造纸厂进行承包或做着中高层管理人员，有的收入高出现在公司的十倍都不止。就连性格胆小的刘才德，也在洪班长的介绍下，到了广东的一家造纸厂做车间主任。看到同学们一个个都赚了钱，严加海也想出去，想改善一下家里的经济状况，柳青青说：“你现在是公司的管理骨干，我们几个要是都走了，这个公司更加举步维艰、难以为继了，我们还是站好最后一班岗吧。”

罗明清也想跳槽，罗明清电氧焊样样精通，技术过人，工业园里有几家单位来找他，开出的价格比公司高出几倍，罗明清早就心痒痒了。南雁说：“柳青青和严加海在这里一天，我们就在这里一天，目前公司最需要的就是技术人员，而严加海又在管生产，我们不跟他抬桩谁来跟他抬桩？还有，这公司里每一台设备的性能、每一根管道的埋设，只有你是最清楚的，我们还是不要做这种拆台的缺德事。”

春节的时候，伍长春回老家了。他打柳青青电话，说接他们夫妇、南雁夫妇，还有公司里的一些老同事一起吃个饭，地点在县城的江南一绝宾馆，江南一绝属于县城最高档和最有名的宾馆，消费水平很高，随便一顿饭都要花费上千元，伍长春订的是一张大圆桌，一共可以坐二十多个人，他点了满满一大桌清蒸对虾、螃蟹、辣子鸡、烤鸭等一系列高档菜。坐在柳青青旁边的文大姐说：“这家伙出名的小气，今天太阳打西边出来了啊？”南雁接过话小声说：“是啊，今天接我们到这么高档的地方吃饭是为什么呢，不会是有什么不好的事情吧？”柳青青说：“管他的咧，有好吃的尽管吃。你们是不是想多了，估计是他发了财，想请我们吃一顿饭而已。哪里会有什么不好的事情？”南雁不屑地撇撇嘴，说：“妹妹，你可真是拿人的手短，吃人的嘴软，还没吃到呢，就开始帮他说话了。”

伍长春长胖了，一张脸显得更圆。他一副踌躇满志、功成名就的样子，手里举着酒杯，给各位一一敬酒，先表示了一番对朱总的感谢，说没有朱总的培养就没有自己的今天，然后又非常含糊地表达了自己的意思：“现在的楚天纸业，无论是技术、设备、配套设施、营销市场还是管理水平，都已经无法适应新形势的要求，说不定我们还会做同事的，大家跟着我干，保证不会让你们吃亏。”弄得一帮人你看着我我看着你不知道伍长春葫芦里卖的什么药。后来他们才知道，伍长春这顿饭是有目的的，他想收购湖北楚天纸业有限公司，已经和朱总进行多次磋商，连收购合同都已经拟好了。

为这事，公司召开了多次中层干部及骨干员工会议，商议是否同意让伍长春收购的问题。一帮老工人都不同意，说要不是他伍长春抽吊桥，把一帮技术骨干带走，公司也不至于像今天这个样子。公司宁可倒闭，也绝不能让伍长春收购。通过多次投票，同意收购的比例不到三分之一。看到这帮员工如此齐心，朱总很是感动，内心也受到了一些鼓舞，最后一致表态，还是靠这班老工人经营下去。

柳青青心里非常清楚，公司追求的是利益最大化，以目前的这种经营现状，没有效益，就意味着没有工资、奖金、福利。没有效益，公司全体干部员工的生存将会举步维艰。虽然说工作不是生活的全部，但工作一定是赖以生存的根本，失去了根本的生活，是不可能快乐工作的。虽然目前有诸多的不快与无奈，但这些人偏偏还不能放弃。公司是他们一手一脚建设起来的，一草一木都凝聚了深深的情感，伍长春收购后，人员必定会进行重组，何去何从谁也说不清楚，有谁会舍得抛弃自己家园的主体经营权，没有到山穷水尽的那一步，谁都不想放弃，都想做最后一搏。柳青青认为，以公司的现状，与伍长春合作也许是唯一的办法，但是，看到这群人一副同仇敌忾万分抵触的样子，她自然不会吱声。

面对困境，公司里的人空前团结起来，做事也隔外认真。但产能过剩、环境污染、设备老化、资金紧张、货款回收难、用工荒等一系列问题像一张大网，怎么也无法挣脱。

其中，由柳青青负责的事情之一便是用工问题。由于青蚨镇工业园区的建设，需要大量的工人，年轻人都会选择到新开办的工厂，再加上都知道楚天纸业效益不好，更加增加了招工的难度。柳青青现在主要工作重点就是招工，她经历了从二〇〇〇年以前招一个岗位有几十个人来应聘的盛况，到现在招几十个人都没有一个人来的恓惶。她还记得，有一年春节，需要招几名选纸工人，她只在门口用红纸写了一张招聘简章，门外便呼啦啦涌进了上百人，这种盛况从二〇〇〇年以后，就再也没有出现过了。每隔一段时间，柳青青就得出去招工，她像个游击队员，每到一个地方，就拿出一大沓招工广告向人群发放。电线杆上、商铺门口、菜场、医院只要能贴的地方全部都贴了。各个乡镇、各个人口密集的地方，都留下了楚天纸业的招工广告。她甚至到五峰、长阳等一些偏远山区进行招聘，也勉强招来了几个人，但山区的人非常不好打交道，第一语言有障碍，与班长、班员沟通起来有困难，导致个人学艺进展慢；第二山区人自尊心与自卑心异常强烈，和车间主任、班员稍有一点不融洽，就觉得自己受了欺负，天天跑到柳青青这里来告状，让柳青青烦不胜烦，光处理他们的问题就够劳神的了。严加海也好，车间主任也罢，每天看到柳青青的第一句话就是：我没人干活了，什么时候有人来？搞得柳青青恨不得生几个人出来才好。这样出现一系列的恶性循环就是：新工人质量越来越差，由最初的必须是高中生、年龄必须限制在三十五岁以内，到现在的不管是文盲还是小学生，只要是一个人，都可以接收进厂，而且新工人的培训从原来的半年缩短到一个月时间就开始上岗，如此一来，安全问题、质量问题、操作问题频频出现，情况越来越糟糕。

面对越来越严峻的现实问题，公司决定上一个五万吨牛皮箱板纸技改项目，以期改善目前设备老化问题，用现有老设备解决职工工资问题，新上项目实现扭亏增盈。正是这一决策，楚天纸业最终走入了绝境。因为想节约资金，朱总也是病急乱投医，听从了别人的建议，由中间人介绍，从美国购买了一套旧设备回来，结果发现，购买回来的牛皮箱板纸项目的关键设备无法使用，后来请来省里的专家进行现场鉴定，基本结论是：年代久远，缺损严重，没有先进性。若要组装需大量投入，勉强使用也很难正常运转，而且难以保证产品质量，新购进的设备成了一堆标准的垃圾，致使总投资达两千万元的项目半途而废，不堪重负的楚天纸业不得不全面停产。

尾声

柳青青和南雁到新的工作单位上班都快四年了，柳青青还是从事办公室工作，南雁进入一加做茶产品的企业，从事质量检验。严加海和罗明清带着公司的其他几个工人，在湖北孝感承包了一家造纸厂，效益非常好，收入也非常可观。他们在县城买了商品房，还买了汽车，两个月才回家一次，虽然生活是富足了，但夫妻天各一方，有时候节假日也难得见上一面，总是少了些家庭乐趣。

柳青青和南雁两个好姐妹还是和以前一样形影不离，她俩一起逛街，一起做头发，一起做皮肤保养，两个人的工作都比在楚天纸业清闲，有正常的星期天，只要没事总是喜欢聚在一起。她们最喜欢说的，还是在楚天纸业的那些趣事，那些青葱岁月的往事。有时候，她们也会讨论这样一个问题：如果楚天纸业还在经营，我们现在的生活会怎么样？最后得出的结论是：有得必有失。如果继续在楚天纸业工作，家里的经济状况肯定没有现在好，也买不起房子。但是，公司一大家人在一起工作、生活，那一份其乐融融是好多钱也替代不了的，如今一个个四分五裂天各一方，都人到中年了，还天远地远的跑出去打工，想起来都觉得心酸不已，虽然收入是高了点，但人活着也不光是为了钱。就拿现在来说，人到中年了还闹个夫妻两地分居，而且这种打工生涯也不是长久之计，最多做到五十几岁别人就不会要了，现在能做的就是拼命多赚点钱将来好养老，如果楚天纸业还在，怎样也可以做到退休吧？特别是那些年龄偏大，又没有一技之长的工人，现在不得不四处打零工度日。每一次讨论，都能引起她们一阵黯然神伤。但是，天下没有不散的筵席，谁也不能保证一辈子只待在一个地方，如此一想，又有些释然。

柳青青建了个微信群，将平常关系要好的老同事全部加入到了群里，这些人有的就在附近工厂，有一些外出打工。每天晚上大家在群里喊喊话，发一些搞笑的段子，虽然不能见面，但好像也没有太大的距离感。柳青青在群里提议，今年的国庆节大家在一起聚一天，就在青蚨镇的再回首酒店，能来多少尽量都要来，有一些人自从公司倒闭后，就没有见过面了。接到这个提议，这群人都兴奋不已，纷纷表态一定要来，覃丽芝在群里大声喊，说让我来买单，你们就不要和我争了。

国庆节很快就到了，柳青青和南雁夫妇最先来到酒店，再回首从最开始卖牛肉牛杂、只有一个门面的小店，扩大成了一家颇具规模的酒店，服务员穿着统一的服装，门口还有两个迎宾小姐，气质长相都不俗。老板还是那个老板，都是老熟人。当初严加海可没少带柳青青来这里吃牛杂，一看到柳青青她们，老板脸上笑成了一朵花。柳青青她们刚一落座，覃丽芝便开着车到了。覃丽芝上班不安心，嫁了个离了婚带着一个孩子的有钱老公，结婚后就离开了造纸厂，她老公很疼她，给她开了一家编织坊，卖毛线兼织毛衣，专门织那种高档的羊绒衣，随便一件都得上千元。覃丽芝有时候还到市里省里去参加编织比赛和培训，回来后自己又办培训班，专门培训那些喜欢编织的女人们，不仅满足了自己的爱好，还可以赚钱，一举两得。生活一惬意，人就长得有些富态，个子本来就高，再加上一胖，就显得有几分牛高马大的感觉了，往年那种纤瘦清丽的小模样再也看不见。她一看到柳青青和南雁保持完好的身材，就咋呼开了："哎呀，想当初，你们是多么羡慕我的身材啊，现在该我羡慕你们了！"

乔科长在江浙一家公司做财务总监，月薪上万，正好在国庆节回来参加侄女的婚礼，才有机会和大家见面。他还是那个老样子，没什么变化，因成熟而显得更加稳重儒雅，虽然眼角也有了几条皱纹，但被一副时尚的黑框眼镜很好的掩盖了。阿朱倒是长胖了，一副标准的福太太相，举手投足都是一副跟着乔科长见过世面的做派，只是那种快言快语的风格仍旧没有变。大家都说乔科长驻颜有方，要他公开养颜秘方。阿朱闻听此言，愤愤不平道："唉，他是年轻，可我老了哟，有一次跟他一起上街买衣服，服务员还以为我是他妈，问你儿子穿多大型号的衣服，把我气得要死。”一群人哈哈大笑。

在这群人中，最吸引大家眼球的要数余公子，余公子打扮得十分新潮，一件花衬衣，一条牛仔裤，一条粗金链子。他带来了一个非常年轻漂亮的女人，听说他离婚了，这个是他的准女朋友，不过才三十来岁。避开那个女人，一群人笑余公子，说：“余公子你真有本事，老牛吃嫩草。”还有的说：“这女人这么年轻，你夜里能对付得了吗？”余公子拍着胸脯说：“说什么话哟，再来十个我也对付得了。”又引来一片啧啧声。

文大姐一直住在青蚨镇，还带了自己的胖孙子。她一进门就开始打哈哈，说感谢你们大家还记得我这个老婆子，见到你们真是开心啊！文大姐不过才六十岁，但一头头发已经全白了，问她为什么不染，她说不能染，一染皮肤就过敏。说到头发，一致都说柳青青的发质最好，还是那么乌黑发亮，柳青青连忙坦白：“不行了不行了，早晨都拔了好几根白头发。”确实，一大早晨，柳青青对着镜子，用镊子小心仔细地将鬓角的白头发给拔掉了几根。

由于大多数人都在外地工作，能聚齐的也不过三十多人，大家互相传递着同事们的最新消息。伍长春除了继续经营那个老造纸厂，新投资五个亿的造纸厂已运转正常；洪班长的老板在枝江投资三个亿的造纸厂，由洪班长全权负责经营，并持有股份。这两个人成了楚天纸业当仁不让的首富，当年造纸班的学生一个个都做出了不菲的业绩。吃饭的时候，余公子和覃丽芝连忙用手机拍视频发到微信群里，惹得那些在外地没来参加的人羡慕不已，大声在群里喊：“不要吃完了，跟我留一点。”这群人就兴高采烈的扯起喉咙喊：“好啊，我们跟你留着，你赶快坐飞机回来！”一时间好不热闹。吃完饭，这群人自由组合，打麻将、打花牌，斗地主，他们说难得聚在一起，就多玩一会，七点钟吃晚饭。五点多钟的时候，柳青青对南雁说：“我们到那里去看看吧？”南雁最懂柳青青的意思了，也没开车，就一路步行，来到楚天纸业有限公司。

一切好像还在昨天，但时隔已有二十五年。二十五年的人生长河中，有许多东西已经改变了，比如容颜，比如心智，两个曾经青春无敌的女孩子，都已是人到中年的孩子他妈，她们两人的孩子，也已经快到了她们当初进厂的年龄。踟蹰前行，只见残破的厂房里，只有高大的香樟树依旧生机勃勃，枝丫丰满而妖娆地伸展着，没心没肺地灿烂着，全然不管这里曾发生着的巨大变迁，不管两个中年女人内心的波涛起伏。曾经的喧嚣灿烂与热闹繁华，曾经的车水马龙与门庭若市，如今只剩下一条冷清而孤寂的长路，沧桑的横亘在那里，毫无生机。荒草几乎浸淫了厂区的全部身体，再也不见昔日的繁花似锦和芳草青青，就连那刚毅的铁树，也挣扎在垂死的边缘。那盛开过大朵洁白的玉兰，枯萎的枝叶随风飘荡。那些开满月季的旗台，曾经高高飘扬的红旗早已不见踪影。

柳青青恍惚看到，那一个个身穿蓝色工装的人群，正一个个的走近，又一个个的远去，她的耳畔响起了一阵阵嬉闹声，那些熟悉的声音或温婉或高亢，尽管已经时隔四年，柳青青闭着眼睛也能分辨出那是谁的声音。他们或拿着衣服，或正推着摩托车自行车，正三五成群有说有笑的经过。还有那群已经四五分裂、最好的兄弟姐妹们，正一个个意气风发地走过来。

办公楼、会议室、宣传栏、车间、食堂、污水处理厂、锅炉房……还有生产部前的那片树林。柳青青每日都会穿梭其间，只要稍有空隙，她最喜欢到那片树林流连驻足。看春天里遮天蔽日浓密的树枝丫，看树下不知名的小花小草及阔叶的爬藤植物,看干枯了叶子却依然挺立的毛辣杆,看爬来爬去忙碌不停的蚂蚁……柳青青无论工作中有多少烦恼，只要在这里待上一会儿，心地便会变得干净通透起来。闭上眼睛，静静的什么事情也不去想，听鸟儿的啁啾，听风吹过树梢的声音，会让她忘掉所有的烦恼，置身其中，真的是无比的稳妥与安宁。

还有办公楼前的那片花园。花园里有桂花、栀子、月季、枯枝梅、迎春花等，等它们盛开的时候，柳青青会摘了来，再配上竹枝、红果子、红枫叶及那些绿色植物，不经意见总能成为一盆好看的插花，放在办公室或家里，总有几分赏心悦目。公司举办演讲活动时，也是柳青青配了花束放在台上，都以为是到花店里去买的。栀子盛开的时节，无论是家里还是办公室，那份清香会弥漫了整个五月。公司的乒乓球台那里有几棵高大的棕榈树，勤劳的鸟儿将它的种子播撒得到处都是，围墙及亭子间那里长出来好多。隔段时间，柳青青便会挖上几根种在花盆里装点阳台，因为总有挖不完的，所以她对它们总是疏于管理，死了就再去挖吧。满屋子和阳台上都是各色大小的绿色棕榈，看着很是舒心惬意。

还有食堂里的菜地、柚子园、鸡舍，一些杂乱的植物从水泥地里冒了出来，长得有一人多高，将过道都封闭了，柳青青和南雁停下了脚步。

由公司食堂管理人员种植的这块菜园，真的是柳青青心中的一片世外桃源。那是她下班后经常光顾的一个地方，她会仔细地观察那些碧绿的蔬菜在四季交替中，一天变换出一个模样，那一份生命力的顽强与执着常常会带给她一份欣喜与向上的力量。韭菜、黄瓜、辣椒、洋芋、莴苣、洋葱、大蒜、萝卜、白菜、刀豆、四季豆、茄子，茼蒿、菠菜……几乎在市面上能见到的蔬菜，这里都会出现。真的是品类繁多。而柳青青最喜欢的，还是那些鸦片樱子，那个时候没有像现在管得这么严，可以随意种植。也不知道她们是从哪里弄来的，水嫩的叶子下火锅，再长得高些，就看它开出五颜六色的花，然后结出一个个铃铛样的果实。每次看到这些红的辣椒紫的茄子一个个花枝招展的挂在那里，柳青青的心情真的是无比舒畅。

南雁和柳青青行走着，回忆着，想象着，每到一个地方，都能勾起许多快乐的回忆，她俩不由得感慨万千："时间过得真快啊，就好像一眨眼的工夫，二十五年了，生命中最美好的年华，就这么溜走了。我们的青春和热血，爱情和激情，都随了这断瓦残垣，一起消失殆尽了！"

暮色里，天边一片片流云变幻莫测、五彩斑斓，有的火红，有的金黄，有的银灰。太阳变成了一个又红又大的圆球，慢慢隐落天迹。天空中飘浮着一种柔和的、透明的、清亮的、潮湿的气息。凉风习来，两个人到中年的女子，还有这树木、房屋、烟、云，都定格在夕阳的余晖下，像一张张剪影，无限寂寥而落寞。